그레이브
디거

그레이브 디거

다카노 가즈아키 추리소설
전새롬 옮김

GRAVE
DIGGER

황금가지

THE GRAVEDIGGER
by TAKANO Kazuaki

Copyright © 2002 TAKANO Kazuaki
All rights reserved.
Originally published in Japan by Kodansha Ltd.

Korean Translation Copyright © 2007, 2013 by Minumin

Korean translation rights arranged with TAKANO Kazuaki, Japan
through THE SAKAI AGENCY and BC AGENCY.

이 책의 한국어판 저작권은 THE SAKAI AGENCY와 BC 에이전시를 통해
TAKANO Kazuaki와 독점 계약한 ㈜민음인에 있습니다.
저작권법에 의해 한국 내에서 보호를 받는 저작물이므로 무단 전재와 무단 복제를 금합니다.

| 차 례 |

프롤로그 9
제공자 25
무덤 파는 자 211
에필로그 389

해설—니시가미 신타(에도가와 란포 상 심사위원) 402

● 이 책에 쓰인 본문 종이 E-light는 국내 기술로 개발된 최신 종이로, 기존에 쓰이던 모조지나 서적지보다 더욱 가볍고 안전하며 눈의 피로를 덜게끔 한 단계 품질을 높인 고급지입니다.
● 본문 중 한 행 비움과 두 행 비움은 각기 원서의 장면·시간·상황 및 장 구분에 따라 사용되었습니다.

그레이브 디거

프롤로그

　사건은 해결되지 않은 채로 끝날 분위기였다.
　경시청(도쿄 지방 경찰청을 뜻함. 영국처럼 수도 경찰을 특화시켜 명칭을 '경시청'으로 사용하고 있으며 중앙 경찰청에 버금가는 권력을 행사한다.―옮긴이) 인사 1과 감찰계의 겐자키 주임은 본청 11층의 자기 책상 앞에 앉아 신경질이 나는 것을 애써 참으며, 보고서를 작성하고 있었다. 컴퓨터 키보드를 치는 손가락은 연거푸 오타를 냈다.
　"맥 빠지는 사건이었어."
　부하 니시카와가 누구한테랄 것 없이 내뱉는 소리가 들렸다. 겐자키보다 열 살이나 많은 니시카와는 늘 상사의 비위를 건드리는 말을 서슴없이 내뱉었다. 그것도 삐딱하게 흘겨보며 말이다. 고의적인 태도가 분명했다.
　책상을 맞댄 또 한 명의 부하 직원 고사카가 앳된 얼굴의 미간을 모으며 맞장구를 쳤다.

"우리가 다룰 사안이 아니었나 보죠."

겐자키는 두 부하를 쳐다보았다. 사극에 나오는 탐관오리같이 생긴 니시카와와 동안인 고사카. 그리고 상장기업의 회사원 같은 분위기를 풍기는 자신까지 포함한 이 삼인조는 전혀 형사답지 않았다. 그들이 근무하는 이 부서에 외모가 경찰관답지 않은 수사원만 일부러 모아 놓은 듯하다. 그런 생각도 전혀 터무니없지는 않다. 겐자키가 총괄하는 인사 1과 감찰계의 수사조는 경찰의 내부 범죄를 적발한다는 특수 임무를 수행하고 있기 때문이다. 조당 세 명으로 편성되므로 책상을 맞댄 이 셋이 최소 수사 단위였다. 그리고 이번에 그들이 담당한 사건은 과거에 유례없는 기괴한 사건이었다.

변사체 도난 사건.

겐자키는 컴퓨터의 모니터에서 눈을 들어 창밖에 펼쳐진 도쿄의 야경을 바라보았다. 천만 명이 넘는 인구가 북적대는 대도시. 이 속에 시체를 훔쳐간 자가 숨을 죽이고 도사리고 있다.

누가, 무슨 이유로 그런 짓을 했단 말인가?

몇 년 사이에 부쩍 늘어난 동기 없는 살인, 이른바 살인을 위한 살인은 작은 동물 학살과 같은 징조를 수반하는 경우가 많다. 엽기 살인마는 계획된 살육을 앞두고 토끼나 고양이 따위 작은 포유류를 상대로 예행연습을 반복한다. 겐자키는 이번 변사체 도난이 그런 강력 사건의 징조가 아닐지 걱정스러웠다. 그렇게라도 보지 않는 한 말도 안 되는 사건이었다. 만일 범행이 경찰관의 짓이라면 이쯤에서 미래의 화근을 뽑아 버려야 했다.

겐자키는 모니터에서 고개를 들고 두 부하에게 말했다.

"마지막으로 한 번만 더 사건의 흐름을 확인하도록 하지."

니시카와가 귀찮다는 투로 겐자키를 쳐다봤다.

겐자키는 마흔을 넘긴 니시카와에게 대놓고 말했다.

"날로 먹을 생각 마. 이번 사안을 우리 손에서 놓아도 좋을지를 최종 확인하는 거야. 지난번에는 사실 관계를 되짚었으니까 이번에는 시간대별로 사실을 순서대로 되짚으면서 수상한 점이 없는지 재검토하자고."

니시카와는 어이없다는 듯이 고개를 절레절레 저었다. 이 세 사람 사이에 늘 감도는 싸늘한 분위기가 흐른다. 이 험악한 분위기를 비집고 이야기를 진전시키는 역할은 나이가 가장 어린 고사카의 몫이었다.

"그럼 저부터 하겠습니다."

고사카가 말을 꺼내자 이것도 일종의 팀워크일까 싶은 마음에 겐자키는 한쪽 입 꼬리를 올려 미소를 띠었다.

"발단은 작년 6월, 조후 북부 경찰서 관할에서 일어난 사건이었습니다."

겐자키는 고개를 끄덕이며 조후의 관할 경찰서에서 1년 3개월 전에 탐문 조사한 사건을 떠올렸다.

식물원 부근의 밤거리에서 각성제가 밀매되고 있었다. 판매자는 스물일곱 살의 노자키 고헤이, 구매자는 곤도 다케시라는 마흔일곱 살의 막일꾼이었다. 오래전부터 거래하던 사이였는데 이날 따라 왜인지 말다툼을 일으켰다. 이때 우연히 현장을 지나가던 사람, 총 열한 명이 사건을 처음부터 끝까지 목격했다.

두 사람은 한참 동안 거친 욕을 주고받다가 갑자기 노자키가 바지 뒷주머니에서 작은 접이식 칼을 꺼내어 곤도를 찔렀다. 지나가던 목격자들로서는 믿기 힘든 광경이었을 것이다. 흥분해서 사람을 해친 노자키는 범행을 저지르고 나니 비로소 목격자들의 존재를 알아차린 듯했고, 축 늘어진 곤도를 허겁지겁 승용차로 밀어 넣고는 그대로 달아났다.

제보를 받은 경찰은 목격자들의 증언으로 두 사람의 몽타주를 작성했고 두 주에 걸친 현장 조사 끝에 노자키와 곤도의 신분을 밝혀냈다. 마약상은 곧바로 경찰서로 불려 와 목격 증인들의 얼굴 확인을 거친 후 곤도 다케시에 대한 상해 및 약취 유괴죄로 체포되었다. 다만 이때 수사진은 한 건 올리려는 조급한 마음에 노자키에게 허점을 보이고 말았다. 자백을 받아내지 못한 채로 곤도의 시신이 발견되기도 전에 구속영장을 집행해 버리고 만 것이다.

당연히 노자키는 범행을 전면 부인했다. 결국 곤도의 사망이 확인되지 않았기에 수사 측은 살인죄에 의한 입건을 보류해야만 했다.

고사카가 말을 이었다.

"제1심은 현재 진행 중입니다. 여기서 상황은 두 주 전으로 거슬러 올라갑니다. 변호 측이 심리(審理)를 오래 끌던 게 오히려 검찰 측에 유리한 결과를 가져다 주었죠."

"곤도의 시신이 발견됐지?"

"네."

지겹다는 표정을 짓는 니시카와를 힐끗 쳐다보고 겐자키는 고사카의 말에 귀를 기울였다.

그해를 넘기고 올해 9월, 오쿠타마 숲 속의 '곤조 늪'이라 불리는 작은 호수에서 변사체가 나왔다. 수질 검사를 위해 시청에서 고용한 잠수부가 수심 5미터의 호수 바닥에서 방수 시트로 둘둘 말린 커다란 물체를 발견한 것이다. 보트로 끌어올려 안을 확인하자, 벌거벗은 중년 남성의 변사체가 들어 있었다. 온몸에 타박상을 입었고 가슴에 칼로 찔린 흔적이 남아 있었다.

시체의 상태로 보아 죽은 지 얼마 되지 않았다는 판단이 내려졌고, 경시청 수사 1과와 오쿠타마 경찰서가 합동 수사본부를 설치하는 방침으로 검토되었다. 그런데 이때부터 사건은 예기치도 않은 방향으로 전개된다. 지문 조회 결과 방금 죽은 줄로만 알았던 시체가 1년 3개월 전에 살해된 곤도 다케시로 드러난 것이다. 곤도라면 노자키라는 마약 상인이 죽인 사람이 아니었던가? 여기에 당황한 수사진을 한층 궁지에 몰아넣는 사태가 발생했다. 사법 해부를 기다리던 하룻밤 사이에 의과대학의 법의학 교실에서 유해가 사라진 것이다. 이 시점에서 겐자키의 부서에 수사 명령이 떨어졌다.

"시신의 보관 장소를 아는 자가 경찰 관계자 말고는 없었지. 맞나?"

고사카가 고개를 끄덕였다.

"예."

"감사실장도 그렇게 보고 우리한테 출동 명령을 내린……."

이때 니시카와가 의자에서 무겁게 몸을 일으키며 말했다.

"거기서 이야기가 틀어진 거 아냐. 시체가 있는 장소쯤은 의대 관계자도 안다니까."

"하지만 그 대학에서 이날 이때껏 시신이 도난당한 적은 한 번도 없었다고. 변태가 대학 관계자 중에 있었다면 같은 범행이 되풀이되어야 맞지 않나?"

"이번이 초범인 거 아냐? 게다가 시체가 발견됐다는 사실은 언론에도 보도됐잖아. 그 지역에서 사건 냄새가 나는 변사체가 나오면 해부는 무조건 그 대학에서 한단 말이야. 그런 뒷사정을 아는 놈이면 시체 보관 장소쯤이야 쉽게 알아낼걸."

"그러니까……."

겐자키는 빈정대며 말했다.

"우리한테 출동 명령을 내린 실장의 판단이 잘못됐다, 이건가?"

니시카와는 눈 하나 까딱 않고 대답했다.

"만약에 대비한 조치였겠지. 우리 임무는 경찰 내부에서 범인을 찾아내는 게 아니라, 경찰관의 소행이 아니라는 사실을 확인하는 일이었다, 이 말이야."

"그럼 대체 진범은 어디 사는 어떤 놈이며, 왜 그런 짓을 한 거지?"

"그건 감찰계가 고민할 문제가 아니라니까. 경찰 내부의 범행이 아닌 걸로 드러났으면, 나머지는 관할에다 그냥 맡겨 버려."

니시카와의 논리는 옳기는 하다. 그러나 겐자키는 순순히 받아들이지 못하고 홧김에 빈정댔다.

"보안부 놈들이 그랬을 가능성은 없나?"

니시카와가 인상을 썼다.

"뭐?"

겐자키는 자기 눈으로 확인한 의과대학 출입구와 시체 보관고의 상태를 떠올렸다.

"도난 현장의 시건 장치는 아주 깔끔하게 풀려 있었어. 핀 텀블러식 자물쇠였지. 딸 줄 아는 놈이면 1분 안에 따고도 남을걸."

"범인이 상습 절도범인가 보지."

"그럴 가능성이 높겠지. 하지만 보안부 형사도 자물쇠 따는 기술 정도는 터득해 두지 않나?"

듣고 있던 니시카와가 한심하다는 듯 엷은 웃음을 지으며 일어났다. 니시카와는 감찰계로 발령받기 전에는 보안부 소속이었다.

"수사는 쫑났어. 난 간다."

"기다려."

겐자키가 잡는데도 상대방은 아랑곳하지 않았다.

"주임이 지어내는 삼류 소설이나 듣고 앉았을 만큼 한가하지 않아."

니시카와는 툭 내뱉더니 그대로 사무실에서 나갔다.

다음에 만나면 어떤 징계 조치를 먹일까 궁리하며 겐자키는 새삼 감찰계의 사무실을 둘러보았다.

이 부서에는 스스로 자청해서 발령을 받았다. 경찰관의 범죄를 적발해 내는 만큼 정의를 실현하는 일은 없기 때문이다. 강제 권력의 울타리 속에 있는 악당들을 인정사정없이 때려눕히고 싶다는 속셈이었다. 동료들에게 원한을 사든 검거한 경찰관의 가정이 풍비박산이 나든 그는 개의치 않았다. 범죄행위가 발생한 이상 경찰증을 가진 자만이 용서받는다는 억지 논리는 통하지 않는다.

겐자키의 유일한 오산은, 이 감찰계가 늘 서로 으르렁대는 수사부와 보안부의 최전방에 위치한다는 점이었다. 원래 보안부 출신들이 꽉 잡고 있던 부서였는데 십여 년 전부터 수사부 소속의 수사원도 발령이 나기 시작했다. 결과적으로 견원지간인 두 부서원들이 그야말로 한 배를 타고 사건을 해결해야 하는 특수 부서가 되고 말았다. 겐자키는 절도 수사 담당에서 지능범 수사 담당을 거친 수사부 출신이었고, 니시카와와 고사카는 둘 다 보안부 출신이었다.

두 상사가 벌이는 공방에서 눈길을 피했던 고사카가 조심조심 입을 열었다.

"주임님께서는 수사부에서 오셔서 잘 모르시겠지만, 보안부 내에서도 비밀공작에 투입되는 인원은 극히 일부에 불과합니다. 전원이 열쇠를 따거나 도청을 하지는 않거든요."

이거 너무 진지하게 받아들이는 거 아니야. 겐자키는 속으로 웃음이 나왔지만 그래도 말을 이어 보았다.

"이번 시체 도난이 그 일부의 범행이라면?"

"그래도 시체를 훔쳐 내진 않죠."

"어째 그리 자신만만한 거지? 자네도 보안부의 비밀 부대 소속이었나?"

고사카는 주저주저하면서도 금방 말을 이었다.

"아뇨. 곤도 다케시의 시체 도난 건에 대해서는 역시 경찰 내부의 범행으로 보기에 무리가 있다는 겁니다. 니시카와 선배님 말씀대로 변태가 지나가다가 훔치러 들어간 거예요."

겐자키는 부하의 의견을 수긍하는 대신 말했다.

"실장님께 수사를 계속하겠다고 보고드리기에는 방증이 없다는 뜻인가?"

"네. 하지만……."

고사카는 고개를 끄덕였으나 곧 말을 이었다.

"하나만 다시 검토해야 한다면, 시체 그 자체겠죠."

겐자키는 부하의 얼굴을 쳐다보았다. 그의 표정에는 일말의 두려움이 아른거렸다.

"시체?"

"그렇습니다."

겐자키는 책상에 있던 파일에서 시체 관찰 과정에서 촬영한 컬러 사진을 꺼냈다. 곤도 다케시의 시체. 가슴을 찔린 흔적이 남은 중년 남자의 시체 사진. 이 사진은 매우 괴이했다. 1년 3개월 전에 죽은 사람이 신기하게도 생전과 똑같은 모습으로 발견된 것이다.

겐자키와 부하들이 시신 발견 현장인 곤조 늪에 도착하자, 노년기에 막 접어든 백발의 대학교수가 와 있었다. 구름이 잔뜩 낀 하늘 아래에서 잿빛 수면을 바라보며 노교수는 겐자키 일행에게 물었다.

"형사님들께서는 시체에도 종류가 있다는 사실을 아십니까?"

"시체의 종류요?"

당황해서 되묻는 겐자키에게 교수는 고개를 끄덕여 보였다.

"시체는 일반적으로 썩어서 백골이 되지요?"

겐자키는 비로소 질문의 요지를 이해했다. 경찰학교에서 들은 강의를 떠올리며 대답했다.

"그 밖에 미라와 시랍(시체가 밀랍같이 변하여 부패되지 않고 오랫동안 원형을 지니는 현상—옮긴이)이 있습니다."

"또?"

교수가 다시 묻기에 겐자키는 답변이 궁해졌다. 분명 니시카와가 그런 자신의 모습을 고소하다는 표정으로 쳐다볼 텐데.

"모르겠습니다."

"미라나 시랍은 사후에도 원형을 유지하기 때문에 영구시체라고 부릅니다. 미라는 극도의 건조 상태에서 진행되고 시랍은 공기가 차단된 수분이 많은 환경에서 형성되지요. 시랍은 환경이 부여하는 화학적인 변화의 영향을 받아 시체의 지방분이 밀랍으로 바뀝니다."

겐자키는 고개를 끄덕였다.

"헌데 미라도 시랍도 아닌 제3종 영구시체라는 게 있습니다."

처음 듣는 전문용어였다.

"제3종 영구시체요?"

"네. 죽은 당시의 상태대로 보존된 시신입니다."

놀라움과 의구심으로 얼굴을 마주 본 세 형사들에게 노교수는 담담하게 설명을 이어 나갔다.

"인위적으로 만든 제3종 영구시체의 예로는 여러분께서 잘 아시는 포르말린에 담근 시체가 있습니다. 반면에 자연환경으로 만들어지는 경우도 있어요. 지금으로부터 약 50년 전에 독일의 늪에서 발견된 소녀의 시신은, 죽은 지 얼마 안 된 줄 알고 경찰이 조사를 진행하다가, 입은 옷을 분석해 보니 1000년 전의 시체라는 사실이 밝혀졌습니다. 간통죄를 범한 자에게 내린 처형이었다고 「게르마니아」라는 고문서에 적혀 있었답니다."

고사카가 놀라움을 감추지 못하고 물었다.

"그런 일이 현실적으로 가능합니까?"

"세계적으로도 몇 건에 지나지 않아요. 그 소녀와 함께 처형당한 남성도 늪에서 발견되었지만 그쪽은 백골이 되어 있었으니까요. 불과 몇 미터밖에 떨어지지 않은 자연환경의 차이가 시체의 운명을 갈라 놓은 겁니다."

"그럼 이번 건은?"

겐자키는 조급한 마음을 억누르며 물었다.

"이 늪에서 끌어올린 시체는……."

"시체는 방수 시트로 둘둘 말려서 거의 완벽하게 밀봉이 되어 있었습니다. 게다가 물속에 잠긴 위치의 바로 옆에서 지하수가 솟아나와 섭씨 5도의 물을 끊임없이 뿜어 주고 있었어요. 이를테면 천연 냉장고였던 셈이죠. 이 사진을 보실까요?"

교수는 시체 관찰 사진을 그들에게 꺼내 보였다. 시체의 왼쪽 옆구리를 찍은 접사 사진이었다.

"하얀 줄처럼 보이는 게 늑골입니다. 그러니까 여기만 부패가 진행돼서 백골이 되어 있었습니다. 아마 방수 시트 중에서도 그 부분만 햇빛을 받았던 거겠죠. 온도가 상승돼서 부패를 촉진한 겁니다."

"그러니까 이게 바로……."

교수는 고개를 끄덕였다.

"이 늪에서 나온 시체는 제3종 영구시체로 단정해도 되겠습니다."

이때만큼은 니시카와조차 놀라움을 감추지 못하고 시체 사진을 들여다보았다.
 겐자키는 고개를 들어 늪으로 시선을 옮겼다. 곤도 다케시라는 이 망자는, 차디찬 호수 밑에서 살해당한 모습을 고스란히 간직한 채 누군가가 발견해 주기를 기다렸던 것이다. 죽은 자의 의지 같은 뭔가가 뚜렷이 느껴졌다. 등줄기를 타고 올라오는 걷잡을 수 없는 두려움과 함께.

 그때의 섬뜩한 느낌은 사무실에서 부하와 대화를 나누는 지금도 뇌리에서 잊히지가 않았다.
 "죽은 곤도라는 자는 전과 4범이던가?"
 "맞습니다. 환각제 소지와 그 사용죄, 그리고 절도입니다. 전형적인 약물 누범자죠."
 달리 말하면 인간쓰레기였다. 사회의 밑바닥을 뒹굴던 마약 중독자. 죽은들 불만이 있겠냐며 겐자키는 속으로 죽은 자를 타박했다. 그렇게라도 하지 않고서는 온몸을 휘감는 공포가 사라지지 않을 것 같았다.
 "그 시체가 제3종 영구시체였다는 사실이 도난과 연관성이 있겠나?"
 "이건 어떨까요? 시체를 훔친 자는 곤도의 시신이 썩지도 않고 발견된 게 계산 밖이었던 거죠. 시체의 어딘가에 살인 사건의 숨겨진 진상을 말해 주는 단서가 남아 있었다. 그래서 사법해부를 하기 전에 훔쳐 내서……."
 "그렇게 되면 노자키라는 마약상한테 공범이 있었다는 말인데?"

"맞습니다. 사실 문제는 그겁니다. 노자키는 이미 검거당했고, 조후 북부 경찰서의 조사로는 공범이 있었을 가능성은 전혀 없었다고 하니까요."

겐자키는 잠시 생각에 잠기더니 역시 그럴 가능성이 없다고 결론지었다.

"앞뒤가 안 맞아."

"예."

아쉬운 기색으로 고사카는 수첩을 꺼내 들고 말을 이었다.

"그리고 시체에 관심을 보인다는 이상심리에 대해서도 알아봤습니다. 네크로필리아라고, 시체와 성행위를 하고 싶어 하는 이상 성욕을 가진 자들이 있답니다. 하지만 곤도는 남자라서 이쪽 가능성도 희박하죠."

"그렇겠지."

마음이 무거워진 겐자키는 컴퓨터의 키보드에 손을 얹었다. 동기조차 알 수 없는 기괴한 사건이었지만 검토해야 할 사항은 모조리 검토했다. 감찰계로서 할 만큼은 했다.

"적어도 의과대학의 시체 도난 현장에 경찰관의 관여를 암시하는 사항은 없었다, 이거지?"

"네, 물증이 전혀 없습니다."

겐자키는 키보드를 두드리기 시작했다. 고사카는 상사의 타이핑이 끝날 때까지 잠자코 기다렸다.

"피해자 곤도와 가해자 노자키는 둘 다 친척 중에 경찰관은 없었지?"

"없습니다."

다시금 겐자키는 컴퓨터에 문자를 입력했다. 엔터를 치고 나서 한참 동안 화면을 쳐다보았다. 문제는 없어 보였다. 이 사건에서 감찰계가 손을 뗄 시기가 온 것 같다.
겐자키는 보고서의 결론 부분을 입력했다.

이와 같은 이유로 본 사안이 경찰관에 의한 범행일 가능성은 낮은 것으로 사료됨. 따라서 본 건은 일반 절도 사건으로서 경시청 오쿠다마 경찰서 수사부의 조사 결과를 대기할 것을 요청하는 바임. 경시청 인사 1과 감찰계 주임 겐자키 사토시 경위.

이리하여 시체 도난 사건에 대한 감찰계의 조사는 종결되었다.

거울 속에서 웬 악당 한 놈이 이쪽을 노려보고 있다. 뒤로 빗어 넘긴 새카만 머리, 좁은 이마, 그리고 평행으로 나란히 그려진 가느다란 눈썹과 눈꺼풀.

야가미 도시히코는 자기 얼굴을 바라보며 언제부터 이런 낯짝이 되었나 싶어 한숨지었다.

세월이란 놈의 짓이야. 야가미는 생각했다. 중학교 1학년 때 집 근처에 있던 문방구에서 지우개를 훔친 이래 차곡차곡 쌓아 올린 실적이 얼굴 생김새마저 바꾼 것이다. 그 후로 이십 년이 지나 아직 서른둘밖에 되지 않았건만 열 살은 더 들어 보인다. 악당과 프로야구 선수들 중에 나이 들어 보이는 사람이 많은 이유는, 틀림없이 둘 다 마음고생이 심한 탓이다.

야가미는 세면대를 떠나 3평짜리 방으로 돌아왔다. 이 원룸에 입주한 지는 석 달이 되었다. 여윳돈이 없어 가재도구도 변변히

갖춘 것이 없다.

마루에 직접 깔아 놓은 이불에 누워 머리맡에 있던 팩스 용지를 집었다. 입원 안내서.

로쿠고 종합병원. 게이힌 급행본선 로쿠고도테역에서 도보로 10분.

내일부터 입원할 생각을 하니 악당의 얼굴에도 절로 미소가 번졌다. 새사람이 될 절호의 기회였다. 제발 내일모레로 다가온 수술이 자신의 구질구질한 인생을 정리할 전환점이 되어 주길 바랐다.

슬슬 입원 준비라도 할 참으로 몸을 일으킨 순간 휴대전화가 울리기 시작했다. 발신 번호를 확인한 야가미의 가슴이 더욱 두근거렸다. 로쿠고 종합병원의 담당 의사, 오카다 료코의 전화였다.

"야가미다."

전화를 받자 의사라는 직업과는 어울리지 않는 귀여운 목소리가 들려왔다.

"오카다예요. 드디어 내일이네요. 잘 부탁드려요."

"내가 잘 부탁드려야지."

야가미는 평소에 쓰지도 않는 높임 조로 응대했다.

"몸 상태는 어때요?"

"완벽해. 정력이 넘쳐나서 코피가 터질 지경이야."

오카다 료코는 가볍게 웃어넘겼다. 전화 너머에 있는 미인의 미소를 상상하니 야가미는 기분이 좋아졌다.

"내일 9시까지 가면 되지?"

"네, 저희 전 직원이 기다리고 있어요."

"그건 그렇고."

야가미는 사뭇 진지한 표정을 지었다.

"내가 도와줄 상대방에 대해서는 자세히 말해 줄 수 없어?"

"이식이 끝나면 성별과 나이 정도는 알려 드릴 수 있어요."

"젊은 '언니'였으면 좋겠는데."

농담을 던져 보았지만 상대방은 걸려들지 않았다.

"입원하실 동안의 면회 규칙이나 그런 사항은 지금 알려 드려요?"

"아니, 됐어. 면회 올 사람도 없어."

"친구 분들한테도 안 알렸어요?"

"이런 일은 나쁜 짓처럼 몰래 하는 법이야."

여의사는 또 웃었다. 야가미는 개그맨들이 느끼는 만족감을 느꼈다.

"그럼 내일 병원에서 기다릴게요."

"그래, 내일 봐."

전화를 끊자 야가미는 들뜬 마음으로 입원 준비를 시작했다. 여행 가방에 갈아입을 옷과 이것저것 챙겨 넣으며 운이 따른다는 생각이 들었다. 새로운 인생을 살겠다는 악당을 신께서 넓은 아량으로 받아들여 준 모양이다. 그렇지 않고서야 달걀형 얼굴의 미인 여의사가 담당이 될 리가 없다.

짐을 꾸리고 나니 이제 남은 준비는 금전적인 부분이었다. 나흘 동안 입원비는 무료였으나 지갑 속을 적어도 두 배로 불려 놓지 않으면 용돈이 부족했다. 손목시계를 보니 오후 3시 30분이다. 딱 좋은 시간대다. 돈을 빌릴 상대와는 오후 4시로 약속을 잡아 두었다. 검은 가죽 재킷을 걸치고 휴대전화를 주머니에 쑤셔 넣은 다음 '시마나카'라는 문패가 달린 방을 나섰다.
　야가미가 향한 곳은 자신이 빌린 방이었다. 넉 달 전부터 알고 지내는 시마나카 게이지라는 자와 집을 바꿔 입주했기 때문이다. 만약 경찰이 어느 쪽 집을 찾아와도 방 주인은 지금 없다고 둘러대면 서로 안전했다. 적어도 상대방에게 경고 전화를 걸어 줄 시간은 벌 수 있었다. 이는 두 악당이 머리를 맞대고 짜낸 고육지책이었다.
　집에서 가까운 오지 역에서 게이힌도호쿠선을 탄 지 6분 만에 야가미는 아카바네 역에서 내렸다. 도쿄 23구에서 북단에 위치한 곳이다.
　'라라 가든'이라는 간판이 붙은 아케이드 상가를 걸어 막다른 길에서 골목으로 들어간다. 끝에서 두 번째 원룸 건물이 자신이 시마나카를 위해 명의를 빌려 준 집이었다.
　야가미는 걸음을 멈추고 3층 창문을 올려다보았다.
　빨랫줄에 파란 팬티 하나가 바람에 나부끼고 있다.
　문제없다는 신호였다.
　야가미는 마음을 놓고 건물 안으로 들어갔다. 계단을 올라 3층의 가운데 방으로 향했다. '야가미'라는 표찰을 단 집의 현관문을 두드렸으나 대답이 없다.
　너무 일찍 왔나 싶어 손잡이를 돌려보니 문이 열려 있었다.
　"시마나카, 나 왔어."
　문을 열고 현관에 들어서자마자 바로 옆에 붙은 욕실에서 가스보일러식으로 욕조 물을 데우는 소리가 들려왔다.
　'목욕 중이셨군.'

상황을 파악한 야가미는 웃음을 흘렸다. 꼼꼼한 목욕재계도 시마나카에게는 중요한 업무의 일부였다. 자기 몸이 자본이니까.

"나야, 안에서 기다린다."

욕실의 불투명 유리에다 내방을 알리고 야가미는 방 안으로 들어갔다.

오 데 코롱의 향기가 감도는 3평짜리 방이다. 그중 삼분의 일은 커버를 씌운 대형 옷걸이가 차지하고 있다.

'이 새끼, 얼마나 빌려 주려나.'

빽빽하게 걸린 수많은 옷가지를 쳐다보며 야가미는 돈 계산에 여념이 없었다. 두 주 전에 왔을 때보다 화장대 앞에 놓인 액세서리가 많아진 것 같다. 잘나가는 듯하다. 아마 시간이 남아도는 유한마담이라도 낚은 모양이다.

야가미는 방바닥에 주저앉아 텔레비전 전원을 켰다. 「주부님들 알뜰 상품 정보」가 방영되기 시작했다.

"피하지방과의 전쟁, 현대인의 영원한 테마죠!"

"그래서 이 '지방 버스터'를 소개합니다! 운동을 2분, 2분만 해도 군살이 몰라보게 빠집니다!"

어이가 없어 웃음을 터뜨리며 야가미는 담뱃불을 붙였다. 탁자 위에 있을 재떨이를 손으로 더듬어서 찾자 손끝에 미끌거리는 액체가 닿았다. 뭔가 싶어서 시선을 옮기자 가운뎃손가락 끝에 아직 덜 마른 피가 묻어 있었다.

야가미는 담배를 문 채로 움직임을 멈추었다. 재떨이 주위에 검게 변색된 혈흔이 뚝뚝 떨어진 게 보였다.

코피로군. 야가미는 직감했다. 아마도 이 방에 끝내 주는 섹시

미녀가 찾아왔겠지. 그걸 본 시마나카가 코피를 흘려서…….

자세히 보니 핏방울은 탁자에서 카펫을 거쳐 욕실까지 한 방울씩 이어져 있었다.

야가미는 자신이 아직 시마나카를 직접 만나지 않았다는 점, 그리고 욕실에서 아무 소리도 나지 않는다는 점을 문득 깨달았다. 숨을 죽이고 가만히 욕실 쪽으로 고개를 돌려 귀를 기울인다. 그때 쇼핑 호스트가 외쳤다.

"쇼킹한 가격입니다!"

서둘러 텔레비전 볼륨을 줄인다. 벽 너머로 규칙적인 간격으로 부글, 부글, 물이 끓는 낮은 울림이 들려왔다.

야가미는 몸을 일으켰다. 욕실로 다가가며 스스로에게 진정하라고 타일렀다. 이 자식, 목욕물 받아 놓고 깜빡하고 담배라도 사러 갔나?

욕실 앞으로 간 야가미는 누가 쳐다보는 것도 아닌데 애써 태연한 척하며 문을 열었다.

그와 동시에 푹푹 찌는 열기가 밀려 나왔다. 뭉게뭉게 김이 서린 곳에서 욕조로 눈길을 돌리자 펄펄 끓어 넘치는 붉은 액체가 한 남자를 집어삼키고 있었다.

"으악!"

목소리가 먼저 튀어 나왔다. 한 발짝 물러선 야가미는 욕조로 황급히 다가가 밸브를 잠그고 보일러를 껐다.

생고기가 끓는 지독한 냄새가 진동했다. 욕조에는 고열로 대류 현상이 일어난 선홍빛 물속에 알몸의 남자가 몸을 웅크리고 있었다. 머리까지 물에 푹 담근 채 검은 뒷머리가 해초처럼 흔들리고 있다. 죽은 게 분명했다.

어찌 된 일인지 상황을 선뜻 파악할 수가 없었다. 증기와는 걸맞지 않는 오한이 발끝에서 기어 올라왔다.

야가미는 머리에 떠오른 단상을 하나로 모으기 바빴다. 과거에 나쁜 짓을 수없이 저질렀어도 시체와 맞닥뜨린 경우는 처음이었다. 한참을 넋을 놓고 있다가 문득 죽은 자가 누군지를 확인해야겠다는 생각이 들었다.

욕실 주변을 살피다가 세탁기 옆에 있는 고무장갑을 발견했다. 장갑을 두 손에 끼고 펄펄 끓는 욕조에 손을 넣어, 쇠사슬을 끌어올려 마개를 빼냈다. 선혈로 붉게 물든 뜨거운 물이 배수구를 통해 빠지면서 서서히 죽은 자의 모습을 공개했다.

야가미는 두 손으로 시신의 머리를 들어 올렸다. 얼굴 형태는 추악하게 변했어도(눈을 감고 있다는 게 감사했으나 회갈색으로 변색되어 튀어나온 혀끝은 보고 말았다.) 죽은 자는 시마나카가 틀림없었다.

타살이다.

다른 생각은 떠오르지 않았다.

하지만 누가?

현관이 열려 있었던 것을 보아 시마나카와 아는 사이일 가능성이 컸다. 그러나 열쇠로 문을 땄을 수도 있다. 어쨌든 범인은 방에 들어와서 그에게 칼을 들이대며 협박이 아니라는 사실을 알리기 위해 몸의 일부에 상처를 냈다. 그리고 이 욕실로 끌고 와서…….

이윽고 욕조가 텅 비어 죽은 자의 전신이 드러났다. 왼쪽 가슴에 크게 찔린 상처가 보인다. 치명상인 것 같다. 그런데 시체에는 그 밖에도 기이한 특징이 남아 있었다. 양쪽 엄지손가락이 각각 반대쪽 엄지발가락에 가죽 끈으로 묶여 있다. 시마나카는 앞에서 두 팔을 교차시킨 모습으로 죽어 있었다.

그것이 무엇을 뜻하는지는 이해가 되지 않았다. 다른 이상한 점은 없는지 이리저리 살피자 오른쪽 허벅지 안쪽에 칼로 그은 듯한 상처를 발견했다. 얼핏 X자 같기도 했다. 그러나 자세히 보면 선 두 개 중 한쪽이 확실히 길었다. 범인이 그려 넣은 표시는 X가 아니라 십자 모양일지도 몰랐다.

고문의 일종일까 하는 생각도 해 보았지만 아무래도 납득이 가지 않았다. 성급할지 몰라도 변태의 짓으로 보는 게 가장 설득력 있는 결론이었다. 시마나카는 정신 나간 여자한테 손을 댔다가 말다툼이 커져서 결국 피를 본 게 아닐까?

그러나……

일말의 불안이 머리를 맴돌았다. 야가미는 다리를 휘청대며 욕실에서 나와 구역질을 참기 위해 싱크대에서 물을 들이켰다.

정말 시마나카는 여자한테 살해당한 것일까? 이 방은 자신의 명의로 빌린 방이다. 시마나카를 덮친 자는 원래 야가미를 노렸던 게 아닐까?

야가미는 방으로 돌아가서 단서가 될 만한 게 없을지 주변을 둘러보았다.

팩스 겸용 전화기와 다이어리. 둘 다 범인을 색출해 낼 만한 정보는 없었다. 나머지는 휴대전화와 시마나카가 가지고 다니던 공책만 한 크기의 노트북밖에 없다. 이 두 가지는 방구석에 있던 배낭에서 찾아냈다.

우선 휴대전화를 검사했다. 그러나 음성 녹음도 남아 있지 않고 전화번호부를 검색해도 야가미는 듣도 보도 못한 여자 이름이 줄 줄이 나올 뿐이었다.

이제 남은 거라고는 노트북밖에 없는데…… 야가미는 배낭 속을 들여다보았다. 컴퓨터에 부착할 주변기기도 들어 있었지만 우선 야가미는 컴퓨터를 다룰 줄 몰랐다. 이 방을 나가서 다른 사람에게 묻는 수밖에 없다.

그때 전화벨이 울리기 시작했다. 야가미는 화들짝 놀라 시마나카의 휴대전화를 쳐다보았으나 울린 것은 그 기계가 아니었다. 야가미는 호주머니를 뒤져 자신의 휴대전화를 꺼냈다. 전원을 끄려다가 발신 번호에 '미네기시 마사야'라고 나오기에 손을 멈추었다. 서둘러 전화를 받자 귀에 익은 젊은 남자의 목소리가 들려왔다.

"여보세요, 야가미 님이시죠? 미네기시입니다."

골수이식 코디네이터가 밝은 목소리로 말했다.

"오카다 선생님께 아까 전화 받았습니다. 별 이상 없이 순조롭다고."

"순조롭다고?"

거주자가 타살체로 변한 방에서 야가미는 저도 모르게 되물었다.

"왜요? 무슨 문제라도 생겼습니까?"

"아니, 괜찮아."

야가미는 우물우물 둘러댔다.

"그럼 다행이고요. 내일모레 이식 수술도 잘될 겁니다."

입원 절차를 처음부터 끝까지 챙겨 준 코디네이터는 명랑하게 말했다.

여기 이대로 있다가는 큰일이라는 생각에 야가미는 초조해지기 시작했다.

"한 가지 궁금한 게 있는데, 내가 골수를 줄 백혈병 환자는 어떤 상태야?"

"현재 이식 준비의 최종 단계니까 무균실에 계시죠."

"몸 상태는?"

"이전에도 말씀드렸지만 대량의 항암제 투여와 방사선 치료로 골수가 텅 비어 있어요. 야가미 님의 골수를 받기 위해서요."

"그런데 말이야."

야가미는 목소리를 낮추었다.

"만약 내가 병원에 도착 못하면……."

미네기시는 즉각 되물었다.

"예?"

"만약의 경우에 말이야. 만에 하나 내가 로쿠고 종합병원에 못 가면 어떻게 되는 거지?"

이식 코디네이터는 단호하게 말했다.

"틀림없이 환자 분의 생명이 위태롭죠. 최종 동의 때 자세히 설명드렸을 텐데요?"

"어, 맞아, 맞아. 그랬지."

"설마 야가미 님……."

미네기시가 말을 이으려던 참에 현관에서 노크 소리가 울렸다.

야가미는 가슴이 철렁해서 고개를 들었다. 미네기시의 목소리가 귀에는 들려도 말뜻이 머리에 들어오지 않았다.

현관에 시선을 고정한 채 야가미는 생각했다. 누가 찾아왔어. 하지만 누가?

간격을 두고 다시 무거운 노크 소리가 울렸다.

야가미는 무의식중에 시마나카의 배낭을 메고 달아날 채비를 했다.

"야가미 님, 듣고 계십니까?"

미네기시의 재촉에 야가미는 건성으로 대답했다.

"그래, 걱정 마. 틀림없이 병원에 갈 테니까 마음 푹 놓고 있어. 끊는다."

"어, 여보세요?"

미네기시의 말에 아랑곳하지 않고 야가미는 휴대전화의 전원을 꺼 버렸다.

문밖에 있는 자는 대체 누구란 말인가? 시마나카를 죽인 놈이 돌아왔나? 하지만 일부러 문까지 두드릴까?

설마 경찰이 왔나 하고 생각한 순간 야가미는 진퇴양난에 빠졌다는 사실을 깨달았다. 이 집의 주인은 야가미로 되어 있다. 자신의 지문도 사방에 묻어 있다. 시체를 발견하면 경찰은 분명 이 집 명의자의 행방을 쫓을 것이다.

생각이 거기까지 미치자 야가미의 머리는 마지못해 풀가동되기 시작했다. 돈을 빌리러 왔다는 변명은 아마 통하지 않을 것이다. 왜 방 주인이 바뀌었는지 추궁당할 게 뻔했다. 과거에 저지른 범행이 드러나는 것도 시간문제였다. 최악의 경우 시마나카를 살해했다는 누명을 쓰고 체포당할 가능성도 있다.

입원을 코앞에 두고 경찰에 잡힐 수는 없었다. 반드시 끝까지 도망쳐야 한다.

세 번째 노크 소리가 울렸다.

현관을 쳐다본 야가미는 문을 잠그지 않았다는 생각이 났다.

초조함보다는 온몸의 털이 곤두서는 듯한 긴장감이 몰려왔다. 침착하자. 스스로를 타일렀다. 비상사태에 대비해서 도주 경로는 시마나카와 협의해 두었다. 베란다로 튀면 된다. 그러나 그 전에 신발은 신어야 했다.

야가미는 발소리를 죽여 현관으로 향했다. 욕실 앞을 지나며 "자네와는 짧은 인연이었어."라고 시마나카에게 이별을 고했다. 그리고 소리가 나지 않도록 세심한 주의를 기울이며 신발을 신었다. 얇은 문 너머에서는 아무런 소리도 들리지 않았다.

신발 끈은 무사히 묶었다. 어쩌면 방문객은 이미 돌아갔을 수도 있다. 그러나 안심하기에는 아직 일렀다. 일단 안에서 열쇠를 잠근 다음 도어 렌즈로 내다보자는 생각이 들었다.

야가미는 손잡이로 손을 뻗었다.

동시에 문이 슥 열렸다.

야가미는 숨이 턱 막히면서 그 자리에 얼어붙었다.

눈앞에 샐러리맨풍의 중년 남자가 서 있었다. 그 남자는 야가미를 보고도 표정에 변화가 없었다.

"뭐야, 당신?"

야가미는 바로 협박조로 나갔다.

"누구 맘대로 문을 열고 난리야!"

그리고 재빨리 손잡이를 잡아 문을 닫으려는데 중년 남자도 표정에 아무런 변화 없이 맞은편에서 손잡이를 잡았다.

상대방의 초점 없는 눈을 보니 이놈은 정상이 아니라는 생각이 들었다. 뭔가에 홀린 눈동자였다. 그리고 똑같은 눈동자를 가진 사람들이 중년 남자 뒤에 둘이나 더 있다는 것도 알았다. 학생 같아 보이는 젊은 남자와 조직 폭력단에서 회계 경영이나 맡을 법한 안경 낀 남자. 이 둘도 눈 깜짝하지 않고 야가미를 쳐다보고 있다. 이전에 현장 수사에 나온 형사들도 아마 이런 눈동자였을 것이다.

　야가미는 억지로 문을 닫으려 했다. 그러자 뒤의 두 사람이 합세했다. 더 이상 생각할 시간은 없었다. 야가미는 중년 남자의 낯짝에 주먹을 날리고 몸을 돌려 방으로 뛰어들었다. 뒤에서 방으로 들어서는 여러 사람의 발소리가 울렸다.

　베란다로 나간 야가미는 벽에 설치된 비상 사다리로 아래층으로 내려갈 생각이었다. 그러나 피난용 덮개 위에 화분이 수두룩하게 놓여 있었다.

　'시마나카, 머저리 같은 새끼!'

　속으로 욕을 퍼부으며 야가미는 위층을 향해 사다리를 오르기 시작했다. 그때 밑에서 뻗은 손에 바지 자락을 잡혔다. 곧바로 두 다리를 휘저어서, 달라붙으려는 학생 같은 사내를 발로 걷어찼다. 그런 뒤 어깨로 4층 베란다의 덮개를 쳐 올렸다.

　기어 올라가자 4층 집 베란다 창문은 잠겨 있었다. 곧바로 베란다의 가벽을 깨부수고 한 칸 옆집의 베란다로 이동했다.

　베란다 창문 안쪽의 방에는 그 집의 주부로 보이는 여자가 눈을 동그랗게 뜨고 서 있었다. 야가미는 잠시 씩 웃어 주고 베란다 창문을 열려고 했다. 하지만 그가 지어 보인 억지웃음은 역효과였다. 여자가 놀란 얼굴로 잽싸게 안쪽에서 문을 잠갔다.

들어갈 수 없게 된 야가미는 뒤를 돌아보았다. 옆집 베란다 바닥에서 가냘픈 손이 튀어나오더니 안경 쓴 남자가 머리를 불쑥 내민 순간이었다.

반대편으로 도망을 가고 싶어도 더 이상 집이 없었다. 그러나 옆 건물의 옥상이 보였다. 이 원룸 건물에서는 1.5미터 거리. 야가미는 베란다 벽을 기어올라 그 위에 두 발로 딛고 섰다. 추락에 대한 공포를 떨치고 야가미는 두 팔의 반동을 이용해서 옆 건물의 옥상으로 몸을 날렸다.

발이 바닥에 닿을 때 약간 발목을 삐끗했다. 그래도 아직 달릴 수는 있었다. 뛰어든 옥상에 아래층으로 내려갈 출입구가 없다는 것을 알고 야가미는 반대쪽으로 단숨에 달려갔다.

건물 바로 아래편의 옥상과 맞닿은 곳에 아케이드 상가의 지붕이 있었다. 상가를 덮은 긴 천장이 야가미 앞에 좌우 400미터에 걸쳐 뻗어 있다. 그 위에 설치된 좁은 통로가 있기에 야가미는 아케이드 지붕에 뛰어내려서 철제 난간을 잡고 통로로 기어 올라갔다.

전철역 방향으로 달리자 남자들의 발소리가 등 뒤에 바짝 다가왔다. 이대로는 잡히고 만다. 야가미는 그 자리에 급정지를 해서 허리를 낮추어, 선두에 오던 남자에게 정면으로 박치기를 가했다. 안경 쓴 남자가 뒤로 벌렁 넘어진 바람에 뒤따라오던 중년 남자도 덩달아 쓰러졌지만, 맨 뒤에 오던 학생 같은 남자가 넘어져 있는 자기편 사람들을 밟고 넘어오며 야가미를 향해 돌진했다.

몸을 피하려던 야가미는 상대방이 뽑은 칼을 보고 단념했다. 그 대신 칼로 협박을 당한 탓에 이성을 잃었다. 충격 흡수제가 든 컴퓨터용 배낭을 방패 삼아 뻗어 오는 칼을 막아 낸 후, 상대방의 뒷

머리를 움켜잡고 통로의 난간에 얼굴을 박아 주었다. 그때 나머지 두 사람이 동시에 일어섰다.

잠시 한눈을 판 사이에 짓눌렸던 학생 같은 남자가 몸을 일으켜서 반격에 나섰다. 칼로 베일 뻔한 야가미는 상대방의 관자놀이를 노려 힘껏 배낭을 휘둘렀다.

도미노가 쓰러지는 꼴로 남자가 통로의 난간 위로 넘어지더니 그대로 철봉을 공중회전하듯 빙그르르 돌아 허공을 날았다. 남자의 몸은 아케이드 천장에 설치된 흰색 판을 뚫고 12미터 아래로 떨어졌다.

지상에서 비명이 일었다.

"정당방위였어!"

외친 뒤에 야가미는 정신없이 달리기 시작했다. 상가의 중간쯤에서 밑으로 내려가는 사다리를 발견했다. 어깨너머로 돌아보니 나머지 두 사람과의 거리는 그다지 벌어지지 않았다.

야가미는 사다리를 쥐고 쏜살같이 내려가기 시작했다. 그런데 사다리는 2층 높이에서 끊겨 있었다. 어쩔 수 없이 끝에 매달렸다가 단숨에 뛰어내렸다. 위를 처다보니 신기하게도 남자들이 따라오지 않았다.

"사람이 떨어졌어!"

아케이드 상가 여기저기서 외치는 목소리가 들려왔다. 야가미는 몰려든 구경꾼들 사이를 비집고 나가면서 아카바네 역으로 가서는 위험하다고 느꼈다. 역 앞에는 파출소가 있고 역에 들어가면 감시 카메라가 있다.

'라라 가든'의 입구까지 나가서 큰길을 따라 왼쪽으로 방향을 틀었다. 띈 지 일 분도 채 되기 전에 뒤에서 오는 택시를 발견했다. 인도를 살폈으나 남자들의 모습은 보이지 않았다.

야가미는 손을 들어 멈춘 택시를 탔다.

운전기사가 물었다.

"어디로 갈까요?"

오지에 있는 아파트로 돌아갈까 하다가 피하는 게 상책이라 판단되었다.

"일단 남쪽으로 가 줘."

"남쪽요? 메이지 가도로 나가면 되겠습니까?"

"알아서 가. 빨리 출발해."

"예."

기사가 대답하고 택시가 움직이기 시작했다.

뒤를 돌아보아도 추격자들은 없었다. 안도의 한숨을 내쉬고서 야가미는 휴대전화를 꺼냈다. 등록된 번호에 걸자 상대는 바로 전화를 받았다.

"예, 로쿠고 종합병원 내과 의무국입니다."

귀에 익은 목소리에 긴장이 풀렸다.

"오카다 선생? 나 야가미야."

"무슨 일이세요?"

"좀 예정을 변경하고 싶어서 그래. 오늘 밤부터 입원해도 돼나?"

"오늘 밤요?"

오카다 료코는 당황스러워했다.

"침대가 비었는지 확인해 봐야죠."

"방이 안 비었으면 대기실이라도 좋아. 내가 가면 받아 줄 거지?"

"어떻게든 방법은 있겠지만…… 근데 왜요?"

지금 상황을 설명하는 것은 현명하지 못했다.

"야반도주했거든."

"야가미 씨."

전화 너머로 여의사가 눈썹을 치뜬 게 보였다. 오카다 료코는 처음 만났을 때부터 얼굴이 천생 악당인 야가미를 두려워하지 않던 희한한 여자였다.

"낮부터 야반도주라니 말이 돼요? 이럴 때 쓸데없는 농담 말아요."

"알았어, 미안. 아무튼 지금부터 그쪽으로 갈게."

"몇 시쯤 되겠어요?"

야가미는 손목시계를 보았다. 4시 20분.

"6시까지는 갈게."

"알았어요. 기다릴게요."

전화를 끊고 나서 야가미는 또 다른 번호를 불러냈다. 골수이식 코디네이터인 미네기시였다.

"여보세요, 야가미인데."

전화를 받은 미네기시는 바로 물었다.

"아까는 무슨 일이십니까? 서두르시던 것 같던데."

"별거 아냐. 걱정 말라고."

"그럼 다행입니다. 지금 운전 중이라 나중에 제가 전화드리 겠……"

야가미는 말을 끊었다.
"금방 끝낼 테니 그냥 들어. 오늘 밤에 병원에 가기로 했어."
미네기시의 목소리가 다시금 걱정스러워졌다.
"왜요?"
"혹시 몰라서 그래. 뭐 준비 안 해 가도 되지?"
"네. 속옷이든 뭐든 병원에 다 있어요."
"알았어. 6시쯤에는 병원에 도착할 거야."
"제가 다른 일도 있어서 만나 뵈려면 내일이나 될 텐데 괜찮으시겠습니까?"
"오카다 선생한테는 연락해 뒀어. 나머지는 알아서 할게."
"알겠습니다. 그럼 그렇게 하시죠."
야가미는 전화를 끊자 기사에게 말했다.
"로쿠고에 있는 종합병원까지 가 줘."
"로쿠고라뇨?"
"오타 구에 있는 로쿠고 몰라? 가마타 지나서 도쿄 남단에 있잖아."
"예."
비싼 손님을 낚은 기사는 목소리에 신이 났다. 여기가 도쿄의 북단이니 지금부터 도쿄를 남북으로 가로지르게 된다.
미행이 없는 것을 다시 한 번 확인한 후에 야가미는 사뭇 진지한 표정을 지었다.
어떻게든 병원에 도착해야 한다.
그러지 못하면 내 골수를 기다리는 백혈병 환자가 죽는다.

시대가 변했어. 후루데라 경장은 위기감을 느꼈다. 그가 경시청의 경관으로 발령받은 지 30년이 지났고, 그 최근 5년 사이에 이 나라의 범죄는 급속히 흉악한 양상을 띠었다.

지금 수색 차량의 운전석에 앉은 후루데라의 허리에는 수갑과 무전기, 특수경봉 외에 6연발 회전식 권총의 무게가 추가되었다. 39년 만에 개정된 국가보안위원회 규칙의 '권총취급 규범'이 내일부터 시행되는 것이다. 날짜를 넘기며 24시간 근무에 임하는 기동수사대원들은 오늘부터 총을 항시 휴대하라는 지시를 받았다.

앞으로 긴급 상황에 처한 경찰관은 예고나 경고사격 없이 피의자를 향해 발포할 수 있다. 범죄대국 미국처럼 일본에도 경찰관이 시민에게 총을 겨누는 시대가 도래한 것이다.

거리에서 시민을 습격하는 사건이 빈번하고 폭주족이 날로 난폭해지며, 특히 총 쏘기를 망설이다가 경찰관이 순직하는 사건이 끊이지 않는 상황을 감안하면 부득이한 조치라 할 수 있었다. 이런 상황인 데다가 파트너인 신입 경관이 병가까지 냈으니, 투덜대고 싶어도 말상대가 없는 탓에 후루데라의 마음은 더욱 무겁기만 했다.

'내가 젊었을 땐.'

제2 기동 수사대의 최고참 대원은 생각했다.

39도 정도 열이면 기어서라도 출근을 했더랬다. 시대는 변했다.

후루데라는 네리마 구 히가시 오이즈미의 주택가에서 긴급 주행 속도를 늦췄다. 좁은 골목의 모퉁이를 세 번이나 돌자 비로소 살인 사건 현장에 도착했다. 수색 차량은 구경꾼들을 가르는 순경의 안내로 비상 로프 안으로 들어갔다.

이미 관할 경찰서에서 온 수사 차량과 후루데라와 같은 조의 수색차가 다섯 대 와 있었다. 현장은 2층짜리 목조건물이었다. 양옆의 이웃집보다 한결 큰 저택이었다.

'기동 수사' 완장을 차고 차에서 내리자 두 기동대원이 다가왔다. 모리타와 이구치였다.

"어때?"

후루데라는 두 사람을 내려다보며 물었다. 최고 고참인 후루데라는 키로도 젊은이들에게 뒤지지 않았다.

"피해자는 다가미 노부코, 쉰여덟 살입니다."

이구치가 보고했다.

"건물 임대업을 하던 자산가였고, 이 집에 혼자 살았습니다."

후루데라는 피해자의 집으로 눈길을 돌렸다. 감식 작업이 끝나기 전에는 집 안에 들어갈 수 없다. 그러나 첫 수사를 개시하려면 필요한 최소의 정보는 확보해야 한다.

"누가 제일 먼저 발견했어?"

"피해자의 시누이입니다. 4시에 약속하고 찾아왔는데 대답이 없기에 수상해서 집에 들어갔답니다."

수색차 안에서 중년 여성이 눈물을 흘리며 수사원과 대화를 나누는 모습이 보였다. 최초 발견자일 것이다.

"현관은 열려 있던가?"

"예."

"지인이냐, 강도냐……."

중얼거리며 후루데라는 무전으로 들은 사건의 첫 소식을 떠올렸다.

"참, 현장은 욕실이라며?"

"그렇습니다."

모리타가 대답했다.

"뒤통수에 둔기로 맞은 흔적이 있고 욕조 물은 펄펄 끓고 있었습니다."

후루데라는 얼굴을 찌푸렸다.

"기절한 채로 삶았다는 거야?"

"그런 것 같습니다. 그리고 시신에 괴상한 장난을 쳐 놨습니다."

"무슨 장난?"

"양쪽 엄지손가락과 엄지발가락이 서로 엇갈려 묶여 있었습니다. 피해자가 의식을 되찾았더라도 욕조에서 나오지는 못했을 겁니다. 그리고 목덜미에 십자 모양으로 칼로 그은 상처가 나 있었습니다."

후루데라는 혀를 차며 무의식중에 윗도리 안쪽에 품은 권총을 만졌다.

"우리 상대는 정신병자란 말인가?"

"그럴 가능성이 높습니다. 아니면 원한 관계든가."

그때 피해자 다가미 노부코의 자택에서 감식직원이 나와 후루데라에게 말했다.

"거실과 부엌에는 들어가셔도 됩니다."

후루데라는 두 후배 수사원들과 함께 저택 부지에 발을 들여놓았다.

"그럼 잠시 실례하겠네."

문에서 현관까지는 디딤돌로 이어져 있었다. 분위기가 고상한 집이었다. 피해자는 건물을 임대하던 자산가였다고 하니 혹시 사채업도 했을까? 그러면 살해 동기가 금전 문제일 수도 있다.

현관에서 신발을 벗고 복도 원편의 거실로 들어서자 호화찬란한 실내장식이 이들을 맞이했다. 가죽 소파와 가죽 카펫, 형광등을 제거한 정교한 조명 기구.

이 집에 노년기에 접어든 부인이 혼자 살았다······. 아무리 돈이 많아도 외로운 인생이었을 것 같다. 마당으로 나가는 베란다 문이 열려 있기에 나가 보았다. 마당 뒤에는 벽돌로 울타리를 쳐 놓았지만 넘어오기는 쉬워 보였다.

후루데라는 탁자 위에 증거품을 늘어놓고 있는 감식직원에게 물었다.

"침입 경로가 어디였던가?"

"아직 단정할 수 없습니다."

"그것 좀 봐도 되겠나?"

후루데라는 봉투에 든 증거품을 가리켰다.

"예, 그러시죠."

후루데라는 탁자를 내려다보았다. 투명 봉투 속에 예금통장과 인감 따위가 들어 있었다. 범인의 동기는 재산을 훔치려던 게 아닌 모양이었다. 표지가 빨간 수첩이 있기에 이 집을 찾아올 예정이었던 사람이 없었는지 페이지를 들추어 보았다.

11월 30일 금요일 칸에는 아무런 예정도 적혀 있지 않았다. 뒤쪽의 주소록을 보자 수십 명은 될 지인들의 연락처가 빼곡히 적혀 있었다. 이 사람들을 일일이 만나 봐야 하지만 그 업무는 제2 기동 수사대원들이 아닌 본청과 관할 경찰서의 전담 수사원들이 맡게 된다.

 수첩을 봉투에 다시 넣으려던 후루데라는 딱딱한 감촉에 손을 멈추었다. 뒤표지를 펼치니 플라스틱 카드가 한 장 들어 있다. 도너 카드(Donor Card)라고 적혀 있다. 바로 옆에 골수이식이라는 글자를 읽고 후루데라는 눈썹을 찌푸렸다. 범인에 대한 증오심과 피해자에 대한 동정심이 한데 몰려왔다. 살해당한 부인은 부잣집 마나님이 아니라 자선사업가였던 것이다.

 그때 윗도리의 주머니에서 휴대전화가 진동했다.
 "예, 후루데라입니다."
 전화를 받자 지구대에 나와 있는 부대장의 목소리가 들려왔다.
 "미안한데 아카바네로 가 주겠나?"
 "아카바네요?"
 영문을 몰라 후루데라는 되물었다.
 "욕조 시체가 또 하나 나왔어. 현장 상황이 비슷해."
 "네? 욕조에서 삶았단 말씀입니까?"
 "그래. 다만 아카바네 쪽은 물은 다 빼 놨어."
 후루데라는 문밖의 통로로 눈길을 돌렸다.
 "아직 여기 '주인 분'을 못 만났는데요."
 "감식직원한테 억지 좀 써서 보여 달라고 해. 그리고 바로 아카바네로 가서 연관성을 조사해."
 "알겠습니다."
 후루데라는 전화를 끊고 걸음을 재촉해서 욕실로 향했다. 네리마와 아카바네에서 연달아 발견된 변사체…….

연쇄 엽기 살인 사건이 발생했나?

"이봐."
택시 뒷좌석에서 마음을 진정시킨 야가미는 입을 열었다.
"누가 이 차를 미행하고 있는지 좀 봐봐."
50대 초반의 운전기사는 후사경을 힐끗 쳐다보고 말했다.
"구름 떼처럼 따라오잖아요."
"뭐?"
놀란 야가미가 뒤를 돌아보았다.
"차가 워낙 많으니 하나만 콕 집는 게 더 어렵죠."
야가미는 비로소 자신이 탄 택시가 굼벵이 걸음인 것을 깨달았다. 미터기를 보니 1000엔이 넘었다. 지갑에 남은 액수가 생각나서 야가미는 황급히 물었다.
"지금 어디쯤이야?"
"제7순환도로에서 기타모토 가도로 돌아서 메이지 가도로 가고 있죠."
인도의 전신주를 눈을 크게 뜨고 보니 '기타 구 가미야'라는 표지판이 붙어 있었다. 야가미는 혀를 찼다. 아카바네에서 아직 1킬로미터도 채 달리지 않은 셈이다. 1만 엔도 안 되는 전 재산을 고려하면 이대로 입원한다는 계획이 벌써부터 암초에 부딪힌 듯했다. 목적지까지 가서 요금을 떼어먹을 생각도 했으나 경찰과 연루되면 일이 복잡해진다. 미행자들은 완전히 떨친 상태다. 이 상황에서는 지하철을 타는 게 현명하겠다.

"내려 줘."

"네? 아직 도쿄 북단인데요? 남단까지 가신다면서요?"

"내가 빈털터리란 사실을 깜빡했어."

그러나 기사는 한번 잡은 비싼 손님을 놓치려 하지 않았다.

"입원하신다더니 괜찮으세요?"

"난 아주 건강해. 아무튼 내려 줘."

기사는 마지못해 차를 인도로 붙였다.

요금을 내고 차에서 내려 야가미는 지갑에 남은 돈을 확인했다. 7600엔. 지하철을 타기에는 충분해도 가까운 역이 어디인지를 몰랐다. 이 부근에 이사 온 지 아직 석 달밖에 되지 않아 길눈이 어두웠다.

지나가는 사람에게 길을 물어보려고 걸음을 옮겼다가 곧 단념했다. 역에 설치된 감시 카메라를 생각하면 살인 사건이 일어난 현장 부근에서 열차를 이용했다가는 앞으로 불리해질 것 같았다.

혹시나 싶어서 그 자리에 서서 주위를 빙 둘러보았다. 차도와 맞닿은 인도에 특별히 수상한 사람은 눈에 띄지 않았다.

다시 걸음을 옮기며 야가미는 생각에 잠겼다. 누가 시마나카를 죽였을까? 자신을 쫓아온 그 삼인조는 누구란 말인가? 만일 놈들이 형사라면 경찰증을 보이고 이름을 말했을 것이다. 적어도 칼로 덮칠 리가 없다. 그러면 역시 시마나카를 죽인 녀석들이, 이유는 모르지만 현장에 돌아왔다?

이때 퍼뜩 떠오른 추측에 야가미는 등골이 오싹해졌다. 그놈들은 상대방을 잘못 알고 죽였다는 사실을 깨닫고 다시 집의 명의자인 자신을 죽이려고 되돌아온 게 아닐까?

갑자기 큰 거리를 걸으면 위험하다는 생각이 들었다. 역시 전철을 타야겠다는 생각에 걸음을 재촉했다가 길 맞은편의 파출소를 보고 멈춰 섰다.

순경이 귀에 낀 이어폰에 손을 댄 채로 열심히 귀를 기울이고 있었다.

신경과민으로 설사가 날 것 같았다. 저 순경은 도대체 무슨 정보에 귀를 기울이고 있단 말인가?

골목을 들어서자 공원이 있었다. 파출소에서 보기에 사각지대임을 확인하고 나서 벤치에 걸터앉았다.

해 질 무렵이라 일대에 땅거미가 지기 시작했다.

야가미는 담뱃불을 붙이고 천천히 연기를 뿜어내면서 과거의 기억을 더듬었다. 목숨이 위태로운 아슬아슬한 고비를 몇 번 넘겨 왔던가.

씁쓸한 회한과 함께 연예 프로덕션의 오디션이라며 십대 소녀들을 불러 모은 생각이 났다. 그 분야의 잡지에 광고를 실었을 뿐인데 예상 밖에 응모자가 200명이 넘었다. 오디션 비용은 일인당 3000엔이었다. 회의실 임대료를 제하고도 60만 엔에 가까운 이문이 남았다.

그러나 가짜 오디션에 걸려든 여고생들이 자기 목숨을 노릴 것 같지는 않다. 곰곰이 생각한 결과 진정 위험했던 과거의 고비는 두 번으로 결론지었다.

하나는 성대모사 사기였다. 2년 전에 TV 뉴스를 보던 야가미는 한 정치인의 목소리와 자신의 목소리가 닮았다는 사실을 발견했다. 곧바로 서점에 가서 『국회편람』이라는 책자를 보고 그 정치인의 사무실에 전화를 걸었다.

"나다."

야가미는 정치인의 목소리를 흉내 내었다.

"친구 때문에 급히 50만 엔을 마련해 줘야겠네."

전화를 받은 남자가 의심할 낌새가 없기에 야가미는 그 '친구'를 가장하고 사무실을 찾아갔다. 그러자 정말 현금 50만 엔을 건네주는 게 아닌가. 이때는 되려 야가미가 여우에 홀린 기분이었다. 거물 정치인에게는 50만 엔쯤은 용돈도 안 되는 푼돈인 모양이었다.

또 한번은 눈엣가시였던 조직폭력배 간부의 주민등록을 취득한 적이 있었다. 본인인 척하고 구청에 전출, 전입신고를 했다. 거주지 이전에 따른 의료보험증을 새로 발급받아서 신분증 대용으로 삼아 돈을 마구 빌린 것이다. 500만 엔 정도 수입을 올린 뒤에 손을 뗐는데 그게 들켰나? 금융기관의 감시 카메라에는 야가미의 얼굴이 틀림없이 찍혔을 테니…….

그러나 아무래도 석연치 않았다. 자신을 쫓아온 삼인조는 안경 낀 남자만 빼고 폭력배 같지 않았다. 그렇다면 역시 시마나카는 자신이 뿌린 씨로 살해당한 것일까? 삼인조는 야가미가 현장을 목격한 줄 알고 습격했던 것일까?

담배를 발로 비벼 끄고 배낭에서 시마나카의 휴대전화를 꺼냈다. 전화기에 로쿠고 종합병원의 여의사와 골수이식 코디네이터의 번호를 등록해 놓고, 우선 의사에게 전화를 걸었다.

"야가미 씨?"

전화를 받은 오카다 료코는 첫마디부터 의심하는 눈치였다.

"무슨 일이에요? 이리로 오고 있는 거죠?"

"어, 그래. 걱정 마. 그것보다 컴퓨터 사용법이나 좀 알려 줘."

"컴퓨터에 손대기 시작하면 인생의 골칫거리가 배로 늘어날걸요."

"괜찮아. 골칫거리에는 익숙해. 노트북은 어떻게 쓰는지 알아?"

그러자 여의사는 즉각 물었다.

"OS는 매킨토시예요? 아니면 윈도예요?"

그 질문부터 벌써 전혀 알아들을 수가 없었다.

"까맣고 공책 크기야. 키보드 옆이 좀 튀어나왔어."

"그럼 아마 윈도일 거예요. 미안하지만 의사들은 주로 매킨토시를 사용해요."

"모른단 얘기지?"

"전화상으로 별수 있겠어요? 미네기시 코디네이터는 둘 다 알 텐데."

"알았어. 전화해 볼게."

전화를 끊으려던 야가미를 료코가 붙들었다.

"잠깐, 지금 어디 있는 거예요?"

"기타 구 가미야초에 있어. 꼭 갈 테니까 걱정 말아."

"야가미 씨만 믿어요."

악당에게 무게 있는 한마디를 남기고 여의사는 전화를 끊었다.

야가미는 바로 미네기시에게 전화를 걸었다. 그러자 본인의 목소리로 녹음된 음성 안내로 넘어갔다.

"지금은 의료 시설에 있는 관계로 휴대전화를 사용할 수 없습니다."

할 수 없다. 야가미는 전화를 끊고 자리에서 일어났다. 시마나카 살인의 진상은 나중에 규명하기로 했다. 도쿄를 전속력으로 가로질러 병원에 뛰어드는 수밖에 없다. 골수이식을 한다는 말은 아무한테도 하지 않았으니 행선지가 알려질 우려는 없다. 컴퓨터의 내용은 충분히 안전한 장소일 병원에 몸을 숨긴 뒤에 알아보기로 했다.

남은 문제는 교통수단이었다. 살인 현장에서 좀 더 멀어지지 않으면 감시 카메라가 설치된 지하철역에 들어갈 수가 없다.

도보로 갈 수밖에 없다고 마음을 정하고 골목으로 들어가려던 참에 야가미는 걸음을 멈추었다.

그가 향하던 스미다가와 강에「유람선 승강장 300미터」라는 간판이 걸려 있었다.

"아케이드 지붕에서 추락사라고?"

두 번째 사건 현장에 도착한 후루데라는 예기치 않은 정보를 접하고는 원룸 맨션 입구에서 발이 묶였다.

관할 경찰서의 나카자와 형사는 몸집이 큰 후루데라를 올려다보는 상황에 위축되면서 대답했다.

"예. 사건의 첫 제보는 젊은 남자의 추락사였습니다."

스무 살쯤 되는 남자가 상가로 추락했다. 그 신고 직후에 같은 아카바네서 관할 구역에서 원룸 맨션의 베란다를 수상한 남자 네 명이 지나갔다는 다른 제보가 들어왔다. 거기부터 수사진은 마치 비디오테이프를 거꾸로 감듯 시간을 거슬러 올라갔다. 추락사한 사람은 수상한 네 남자 중 한 명이 아닐까? 그렇다면 그들은 어디에서 나타났나? 베란다의 비상용 승강구를 따라가자 건물 3층의 한 집에 도착했다. 방 안에는 소량의 핏자국이 있었고 욕실의 욕조에 가슴을 찔린 남자의 타살체가 남아 있었다.

나카자와 형사와 함께 3층으로 가는 계단을 오르면서 후루데라는 물었다.

"어떻게 된 거야? 그 네 남자가 범인인 거야?"

"신고한 주부의 말로는 도망치는 한 명을 나머지 세 사람이 쫓아갔답니다."

"떨어져서 죽은 젊은 남자라는 건 어느 쪽이야?"

"쫓던 쪽인 것 같습니다."

"신원은?"

"아직 모르겠습니다. 신분증을 갖고 있지 않았습니다."

쫓기던 자가 범인이라면…… 피해자의 지인 세 명이 범인을 쫓았나? 그러나 죽지 않은 두 사람이 욕실에서 일어난 살인을 신고하지 않은 게 이상하다. 그렇다면 반대로 삼인조가 범인이고 다른 한 명을 죽이려고 쫓았을까? 도망치던 한 명은 삼인조에게 잡혀서 벌써 살해당했을까?

302호 앞에 도착한 후루데라는 문패를 보고 나카자와에게 물었다.

"방 주인이 야가미인가?"

"맞습니다."

후루데라는 오래전 기억을 더듬으며 말했다.

"뒤에 이름이 설마 도시히코는 아니겠지?"

그러자 나카자와는 깜짝 놀랐다.

"바로 그건데요, 야가미 도시히코."

후루데라는 이마를 찰싹 때렸다.

"맙소사."

"아는 사이입니까?"

"내가 소년부에 있을 때 똑같은 이름의 사내아이를 맡은 적이 있거든. 지금 나이가 좀 됐을 텐데."

"비행소년요?"

"암. 아주 지독한 깡패였지."

후루데라는 두 손에 비닐장갑을 끼고 방으로 들어갔다. 안에는 열 명이 넘는 감식직원들이 지문을 채취하거나 점착 롤 테이프를 카펫에 굴리면서 바쁘게 움직이고 있었다.

"미안하지만 좀 둘러볼게."

한마디 양해를 구하자 안에서 잘 아는 감식직원이 나왔다.

"후루데라 경장 왔어? 이것 좀 봐 주겠나? 묘하단 말이야."

후루데라와 나카자와는 감식직원이 손에 든 지갑과 우편물을 보았다.

"이 집의 계약자는 야가미라는 남자인데 실제 살던 사람은 다른 인물인가 봐. 이걸 보면 시마나카 게이지라는 호스트인 모양인데?"

"피해자를 좀 볼까?"

후루데라는 인상을 쓰며 욕실로 발을 들여놓았다.

욕조를 보자마자 연쇄 살인임을 직감했다. 시신을 자세히 부검한 결론이 아니었다. 네리마의 단독주택 욕실에서 느낀 분위기가 이 아카바네 현장에도 고스란히 남아 있었다. 범인이 남긴 흔적 같은, 짐승 특유의 분위기.

후루데라는 커다란 몸을 숙여 벌거벗은 시신의 하반신을 들여다보았다. 두 엄지손가락과 엄지발가락을 엇갈려서 묶어 놓은 가죽 끈, 그리고 대퇴부에 남은 칼로 그은 십자 모양의 상처. 모든 상황이 네리마 현장의 피해자와 일치했다.

동일범의 짓이 틀림없었다. 관리관의 도착을 기다렸다가 두 엽기 살인에 대한 합동 수사본부를 설치하자고 제안해야 했다.

마지막으로 후루데라는 검지로 시신의 이마를 짚어 사후경직이 시작된 머리 부분을 들어 올렸다. 피해자의 얼굴을 보자마자 그는 떨떠름한 표정을 지었다.

"좋아해야 하나 말아야 하나."

나카자와가 대답했다.

"좋은 일부터 말씀하시죠."

"이 녀석은 야가미가 아니야. 시마나칸가 뭔가 하는 호스트겠지. 그 녀석, 아직 살아 있어."

"단정 지으시는 겁니까? 시체가 꽤 손상되어 있는데요?"

"야가미였으면 한눈에 알아봤어. 그런 악당같이 생긴 놈은 흔치 않거든."

후루데라는 시신에서 손을 뗐다.

"안 좋은 이야기는 뭡니까?"

후루데라는 한숨을 내쉬었다.

"야가미 도시히코를 수배한다. 중요 참고인이야."

멀리서 경찰차의 사이렌 소리가 들려왔다.

야가미는 주변에 빈틈없는 시선을 던지며 스미다가와 강변으로 나갔다. 콘크리트로 마감된 강가에 유람선 선착장이 있었다. 강바닥에서 올라온 튼튼한 네 기둥이 세로 20미터, 가로 4미터 정도 되는 두꺼운 철판을 지탱하고 있다. 그러나 철판으로 이어지는 통로는 금속 울타리로 차단되어 있었다. 주변을 찾아도 안내판이 보이지 않는다.

그때 제7순환선을 가로지르는 다리를 통과하는 경찰차 두 대가 보였다.

초조하게 뒤쪽 계단으로 되돌아가다가 비로소 작은 오두막을 발견했다. 영화관에서 매표소만 빼온 것 같은 작은 가건물이다. 안에는 머리가 희끗한 직원이 혼자 앉아 있었다.

"유람선을 타고 싶은데."

"어디까지 가세요?"

야가미는 오두막의 벽에 붙은 시간표를 보았다. 여러 갈래로 나뉜 경로가 복잡하게 그려져 있어 금방 알아보기가 힘들었다.

"오늘은 료고쿠행밖에 안 남았어요."

"료고쿠라고?"

머리로 재빨리 경로를 검색했다. 지금 있는 도쿄의 북부에서 꽤나 동쪽으로 돌아서 가게 된다. 스미다가와 강의 유역은 익숙지 않은 지역이었으나 료고쿠에서 JR선을 두 번만 갈아타면 로쿠고에 갈 수 있을 것 같다. 게다가 시마나카의 원룸에서도 거리가 제법 되었다. 거기까지 가면 역의 감시 카메라는 신경 쓰지 않아도 될 것이다.

"료고쿠까지 얼마야?"

"1000엔요."

"배는 언제 떠나는데?"

"4시 50분요. 15분 남았어요."

"좋아, 한 장 줘."

야가미가 지갑을 꺼내자 직원은 손으로 막았다.

"돈은 배에 타시면 내세요. 시간이 되면 승강장까지 안내해 드릴게요."

"오케이."

야가미는 한동안 그 자리에서 안내판을 들여다보았다. '도쿄 미즈베 라인' 이라는 명칭이 이 대중교통의 정식 명칭인 모양이다. 현재 있는 곳은 '가미야 선착장' 이었고, 료고쿠에는 오후 6시 도착이었다.

병원에는 7시 전에 도착한다. 예정보다 한 시간 늦어지지만 어쩔 수 없다. 이제 두 시간만 사람들의 눈을 피해 다니면 상황 종료다.

야가미는 강가로 돌아가서 나무 벤치에 앉았다. 눈앞을 흐르는 스미다가와 강은 물결 하나 일지 않고 유유히 흐르고 있었다. 물새 몇 마리가 부드러운 물살에 몸을 내맡기고 있다. 가까이에서 보니 강폭이 생각보다 넓었고, 콘크리트로 인해 수직으로 잘린 건너편 기슭까지는 대략 150미터는 되어 보였다.

노을 지는 풍경을 물끄러미 바라보던 야가미의 눈에 강 건너편에 있는 학교 건물이 보였다. 담장 너머로 체육복 차림의 여고생들이 간간이 보인다.

'내가 속인 것도 저런 어린애들이었어·······.'
야가미의 가슴속에 차마 잊지 못할 기억이 되살아났다.
꿈이 산산조각 나 버린 아이들의 눈······.
야가미는 씁쓸한 회한과 더불어 과거에 저지른 몹쓸 짓을 떠올렸다.

건수를 만든 쪽은 자칭 영화 프로듀서였다. 업계에서 다른 사람들을 등쳐 먹기나 하는 불량배였다. 그놈이 쉽게 돈을 벌 수 있는 건수가 있다기에 거기에 편승했다. 오디션 잡지에 광고를 때리고 비디오 영화의 여주인공 모집이라고 내걸어 연예계에 데뷔하고 싶어 하는 아이들을 모았다. 대상자는 중고등학생으로 한정했다. 오디션 비용은 1인당 3000엔. 나이와 비용을 낮게 책정한 이유는 나중에 아이들이 사기라는 사실을 깨달아도 울며 겨자 먹기로 참을 것이라는 계산이었다.

연예 프로덕션의 간판을 내건 가짜 프로듀서의 아파트에는 200통이 넘는 이력서가 날아들었다. 내용을 본 야가미는 적잖이 놀랐다. 응모자 중 반이 편부나 편모 가정의 아이들이었다. 본인의 책임이 아닌 불행을 겪어 온 소녀들이 자신의 힘으로 꿈을 이루겠다고 응모했단 말인가? 이력서에 붙은 사진이 모두 환하게 웃고 있던 만큼 애처로운 마음이 들었다. 더욱이 그녀들의 얼굴은 아마추어인 야가미의 눈에도 하나같이 연예계 데뷔는 꿈도 못 꿀 수준이었다.

드디어 오디션 당일이 되었다. 1시간에 5000엔 하는 회의실을 빌려 면접실로 삼았다. 현금 3000엔을 지불한 200명의 소녀들은 얼마나 큰 기대에 부풀어 있었을까?

감독 역을 맡은 야가미는 가짜 프로듀서와 둘이서 열 명씩 '1차 선발' 면접을 실시했다. 그 결과 150명 이상이 무더기로 탈락했다.

'2차 선발'에서는 마흔 명이 추가로 떨어졌다.

남은 열 명은 두 명씩 다른 방으로 불러서 '3차 선발'을 했다. 야가미가 꾸민 대본으로 엉터리 같은 연기를 시켰다. 연기하는 소녀들은 모두 열심이었다. 그러나 연기력은 학예회 수준이었다. 연극 훈련을 받은 아이 따위는 한 명도 없었다.

"너무 쉽게들 생각하는 거 아냐?"

가짜 프로듀서는 그녀들을 꾸짖기까지 했다. 그리고 한 명씩 다른 방으로 불러다가 '해당자 없음'이라는 결과를 통보했다.

열 명의 소녀 중 눈물을 보인 아이는 셋이었다. 나머지 일곱 명은 넋을 잃고 있거나 보일까 말까 한 엷은 미소를 띠거나, 둘 중 하나였다. 용돈 3000엔을 빼앗기고 결국에는 꿈까지 짓밟힌 소녀들. 아직 십대에 불과한 나이에 너희들은 아무짝에도 쓸모없다는 말을 들은 아이들.

언제부터 가해자가 되었을까? 그 자신도 오래전에는 자기 책임이 아닌 불행으로 고통받던 피해자였다. 그랬던 그가 지금은 자기 의지로 남에게 상처를 주는 가해자로 변했다.

소녀들이 풀이 죽어 돌아간 후에 야가미와 가짜 프로듀서는 60만 엔을 반씩 나눠 가졌다. 그때 사기꾼 파트너는 한심하다는 투로 말했다.

"이년이나 저년이나 못생긴 것들만 와 가지고."

그 말을 듣기가 무섭게 야가미는 그놈을 흠씬 패 주었다. 물론 돈은 싹쓸이해 왔다. 난데없는 박애 정신이 우러나서, 비록 속여서 얻은 돈일지라도 불우한 아이들을 위해 기부하기로 마음먹었다. 그러나 하루이틀 미루는 사이에 그 돈은 생활비로 사라지고 말았다. 골수이식 등록에 대해 안 것은 그 무렵이었다.

"배 들어와요."

고개를 들자 안내소에 있던 직원이 선착장에 올라 쇠울타리를 치우고 있었다.

야가미는 의자에서 일어났다. 스미다가와 강의 상류 쪽에서 세련된 연회용 유람선 같은 납작한 배가 들어왔다. 유람선의 측면에는 '코스모스'라고 적혀 있다. 폭은 7미터, 길이가 30미터 정도 되는 큰 배는 선착장 앞에서 한번 멈추더니 그대로 옆으로 이동해서 강변에 대었다.

야가미는 배에 걸친 발판을 건너며 생각했다. 아이였으면 좋겠다. 자신의 골수로 생명을 되찾을 백혈병 환자는 어린 소녀이길 바랐다. 병이 완치되었다는 말을 의사에게 듣고 기뻐서 어쩔 줄 몰라 하는 아이와 어머니의 모습을 상상해 보았다. 위험한 고비를 넘기고 밝기만 한 미래에 가슴 설레는 소녀의 환한 얼굴…….

배에 올라타자 젊은 여승무원이 미소로 야가미를 맞이했다.

"어서 오세요, 미즈베 라인입니다."

"돈은 여기서 내면 되나?"

"저쪽 카운터에서 내 주시면 됩니다."

승무원은 배의 앞부분을 차지한 객실을 가리켰다.

야가미는 자동문을 지나 객실로 들어갔다. 왼편에 작은 카운터가 있고 또 다른 여승무원이 대기하고 있었다. 료고쿠까지 갈 운임을 지불하고 줄줄이 설치된 좌석의 맨 뒷줄에 앉았다.

이 배는 일상적인 시민의 발 역할을 하는 교통수단이 아니라 관광을 위한 교통임을 야가미는 뒤늦게 깨달았다. 배의 양옆은 전망이 잘 보이는 통유리였고 창가에는 3인석, 중앙에는 4인석이 열 줄씩 마련되어 있었다. 정원은 200명 가까이 될 테지만 놀랍게도 자신을 제외하고는 손님이 네 명밖에 없었다.

배는 서서히 선착장을 떠나 스미다가와 강의 하류를 향해 출발했다. 사람이 뛰는 정도의 속도였다. 배 안에는 녹음된 관광 안내가 간간이 흘러나왔다.

한동안 야가미는 강의 양쪽에 이어지는 콘크리트 벽을 쳐다보고 있었다. 이미 해가 진 까닭인지 호안(護岸) 공사로 단단히 다져진 강가는 하염없이 이어진 검은 스크린으로 변해 있었다. 그러다가 야가미는 걱정스럽게 유람선의 천장을 둘러보았다. 감시 카메라 같은 기계는 없었다. 혹시나 싶은 마음에 자리에서 일어나 자동문을 지나 배의 뒷부분으로 나갔다.

뜨뜻미지근한 바람이 볼을 스쳤다. 벤치가 늘어선 갑판에는 지붕이 있었지만 좌우 현과 뒤는 모두 뚫려 있었다. 낮게 울리는 엔진 소리 속에 스크루가 감아올린 물거품이 강물을 부수는 모습이 보인다.

이곳에도 감시 카메라는 보이지 않았다. 마음을 놓은 야가미는 일단 화장실에 가서 볼일을 본 뒤, 객실로 돌아가 원래 앉았던 자리에 다시 앉았다.

한 5분이 지난 무렵 창밖을 보니 우측 전방의 어둠 속에 주황색 전구가 비춰 내는 선착장이 눈에 들어왔다. 남자 네 사람의 윤곽이 드러났다. 한 명이 회중전등을 흔들어 사인을 보내는 것을 보니 선착장에 배치된 직원인 모양이었다.

"이번 선착장은 아라카와 랜드입니다."

짧은 안내에 이어 배가 천천히 강변에 선체를 댔다.

창밖으로 발판을 건너오는 세 명의 손님이 보였다. 다행히도 남자들은 아카바네에서 자신을 쫓아온 일행이 아니었다.

긴장을 푼 야가미는 이대로 료고쿠까지만 가면 되겠다며 한시름 놓았다. 두 시간 이내에 병원에 도착할 수 있겠다.

배가 다시 움직이기 시작했다. 시간은 오후 5시 10분이 지났다.

거품이 튀는 소리에 눈길을 들자 통로를 끼고 옆자리에 앉은 중년 남자가 캔 맥주의 마개를 막 딴 참이었다. 야가미의 시선을 느꼈는지 회색 양복을 차려입은 그 남자가 이쪽을 쳐다보았다.

야가미는 눈으로 인사했다.

상대방도 인사를 건네 왔다. 그리고 웃는 얼굴로 아직 따지 않은 맥주 캔 한 개를 내밀었다.

"같이 드시겠습니까?"

"어이구, 내가 받아도 되나?"

"네. 혼자서 마시기에는 많습니다."

고마웠다.

"이거 미안한걸."

야가미는 호의에 응하려고 손을 뻗었다. 그러다가 문득 손을 거두고 말했다.

"됐어, 역시 사양할게."

"왜요?"

"다이어트 중이거든."

중년 신사는 가벼운 웃음소리를 내더니 내밀었던 캔 맥주를 접이탁자에 다시 놓았다.

야가미는 주변 풍경을 둘러보는 척하면서 천생 악당같이 생긴 자신에게 스스럼없이 말을 건넨 남자를 관찰했다. 남자는 맥주를 따 놓고 입을 댈 생각을 하지 않았다. 야가미에게 내밀었던 캔도 그대로 내버려 둔 상태다.

그때 여자 목소리로 안내 방송이 나왔다.

"손님 여러분께서 야경을 즐기실 수 있도록 객실 조명을 끄겠습니다."

천장의 빛이 사라지고 유람선 안은 갑자기 어두워졌다. 야가미는 배낭을 어깨에 걸치고 일어섰다.

어쩌면 적을 과소평가했는지도 모르겠다. 아카바네에서 택시를 탔을 때부터 누가 미행을 한 것일까? 그 남자는 유람선을 타는 야가미를 확인하고 다음 선착장에 일행을 부른 것일까? 괜한 걱정일지 몰라도 경우가 경우인 만큼 조심하는 게 상책이었다.

배 뒤의 갑판으로 나가자 프리터(정규직에 종사하지 않고 여러 파트타임을 전전하는 사람—옮긴이)같이 생긴 남자가 벤치에 앉아 담배를 피우고 있었다. 날이 저물었는데도 그 남자는 선글라스를 끼고 있었다. 야가미는 남자의 앞을 지나쳐서 물거품이 이는 배의 꼬리에 섰다.

그때 어렴풋이 자극적인 냄새가 코를 찔렀다. 약품의 냄새를 추적한 야가미는 남자의 바지 주머니에서 비어져 나온 흰 거즈를 발견했다.

두 명의 객실 승무원이 젊은 여자였음을 떠올렸다. 유사시에는 혼자 힘으로 탈출하는 수밖에 없다. 옆을 보니 배의 흘수선(吃水線, 배의 아랫부분이 물에 잠기는 깊이—옮긴이)이 얕은 탓인지 시선 아래 불과 수십 센티미터 위치에 스미다가와 강의 검은 수면이 보였다.

그러나 11월 말에 탁한 강물에 뛰어들 마음이 선뜻 일지 않았다. 야가미는 선제공격을 가하기로 했다. 지금 뒤 갑판에는 프리터같이 생긴 남자밖에 없다. 이 녀석이 누구든 간에 우선 때려눕히고 화장실로 끌고 간다. 사람을 잘못 본 것이라면 항의하지 못하게 흠씬 때려서 기절시키면 된다.

야가미는 배의 꼬리를 떠나 남자를 향해 걸음을 옮겼다.

그때 객실의 자동문이 열리면서 두 명의 승객이 나왔다. 아까 맥주를 권한 중년 남자와 또 한 명은 별다른 특징이 없는 30대 초반의 남자였다.

두 사람이 다가오기 전에 야가미는 프리터같이 생긴 남자 앞에 섰다.

상대방이 위를 올려다보았다. 선글라스 안쪽에서 눈썹을 치켜 올리더니 놀란 토끼 같은 표정을 지었다. 그러나 남자의 오른손이 표정과는 따로 놀며 바지 주머니로 뻗은 것을 야가미는 놓치지 않았다.

야가미는 재빨리 상대방의 팔을 잡았다. 남자는 손에 거즈를 쥐고 있었다. 야가미는 두 손으로 남자의 팔꿈치를 비틀어 올려 흰 거즈를 상대방의 코에 들이댔다.

기화한 약품이 콧구멍을 통해 흘러 들어오는 바람에 야가미도 잠시 몽롱해졌다. 그러나 먼저 선글라스를 낀 남자의 몸이 축 늘어지더니 그대로 무너졌다.

　이를 본 두 남자가 곧장 이쪽으로 뛰어왔다. 야가미는 휘청대며 뱃전으로 도망치기 시작했다. 지금 이 상태로 두 명을 상대하기는 힘들었다. 격투보다 수영을 택하고 벤치를 발판 삼아 강으로 뛰어들려고 했다.

　그때 뒤에서 두 팔이 뻗어 허공에 뜬 야가미의 오른쪽 발목을 잡았다. 야가미는 뱃전에 거꾸로 매달린 채 머리만 수면 밑으로 잠겼다.

　주변은 온갖 소리로 가득했다. 물속을 가르는 스크루 소리가 두 귀의 청각을 빼앗았다. 숨을 몰아쉬려고 애를 썼으나 엄청난 물이 가차 없이 코로 흘러 들어왔다.

　이대로는 죽는다. 하지만 혼수상태에 빠지기 직전, 무게를 감당하지 못했는지 발목을 잡던 한쪽 손이 풀렸다. 야가미는 해방된 한쪽 발로 아직 물고늘어진 상대방의 손가락을 걷어찼다.

　그러자 갑자기 발목을 누르던 압력이 사라지더니 전신이 강물에 빠졌다. 머리 바로 왼편을 굉음과 함께 스크루가 지나가는 것이 느껴졌다. 그 직후에 공기를 잔뜩 머금은 배낭이 튜브 역할을 하며 몸을 수면 위로 끌어올렸다.

　물 위로 떠오른 야가미는 거친 기침으로 폐 속에 들어간 물을 토해 내며, 멀어져 가는 유람선의 뒷모습을 바라보았다.

　야가미를 덮친 두 남자는 아무 일도 없었다는 듯 느긋하게 뱃전에서 떠나갔다. 그 뒤에서 여승무원이 나오는 게 보였다. 두 남자는 웃으면서 마치 취객을 부축하듯 선글라스를 낀 남자를 일으켜 세우더니 그대로 객실로 돌아갔다.

야가미는 그 자리에 서서 헤엄치면서 호흡이 진정되기를 기다렸다. 스미다가와 강의 새카만 물은 악취는 없었지만 미끈미끈한 느낌이 들었다. 주변을 둘러보고 비교적 가까운 왼쪽 강기슭으로 향했다. 거리는 약 50미터.

헤엄쳐서 도착한 콘크리트 벽에 금속 사다리가 달려 있었다. 야가미는 그것을 잡고 높이가 2미터 정도 되는 벽을 타고 지상으로 나갔다.

그리고 그 자리에 주저앉아 헉헉 숨을 몰아쉬며 주변을 살폈다. 그곳은 스미다가와 강가에 만든 산책로인 모양이었다. 어둠 속에 넓은 포장길이 앞뒤로 뻗어 있었다. 그러나 사람의 모습은 보이지 않았다. 인도에서 둑 위로 올라간 곳에는 고속도로의 고가가 보였다.

야가미는 필사적으로 머리를 굴렸다. 지명으로 말하면 여기는 어디쯤인가? 위치는 몰라도 강변에 이대로 남아 있으면 안 된다는 것만은 알았다. 정체불명의 적은 적어도 프로였다. 이 일대에 바로 다음 그물을 던질 것이다.

서둘러야 한다. 야가미는 몸을 일으켰다. 옷이 물을 머금어서 몸이 무척 무거웠다. 그러나 긴장된 탓인지 춥지는 않았다.

어떻게든 살아서 로쿠고 종합병원에 가야 한다. 자신의 목숨은 지금 또 하나의 목숨을 짊어지고 있다.

야가미는 후들거리는 다리로 어둠 속을 뛰기 시작했다.

오후 6시, 네리마 구 오이즈미 경찰서 2층의 대회의실에 긴급으로 특별 합동 수사본부가 설치되고 있었다. 총무과 직원들이 여든 명의 전담 수사원을 위한 책상과 접의자를 마련했고, 전화와 팩스 설치를 비롯해서 수사 관련 자료를 수납할 상자도 잇달아 반입되었다.

회의실 구석의 아직 전혀 사용되지 않은 화이트보드 앞에서는 수사본부의 책임자 네 사람이 추후의 수사 방침을 검토하고 있었다.

"시체 두 구의 사망 추정 시각이 나왔습니다."

보고하는 자는 아직 청년으로 봐도 좋을 외모의 오치 총경이었다. 직무는 관리관, 이는 수사본부장과 부본부장의 보좌역이자 현장의 진두지휘를 맡는 전방의 책임자다. 나이가 서른에 못 미치는 이유는 그가 캐리어(행정고시 합격자 중 경찰직에 배속된 고위 관리직—옮긴이)이기 때문이었다. 원래 경시청 수사 1과에 소속되어 강력범 수사 5, 6계를 담당하고 있으나, 이번에는 다른 부서까지 소집해서 대규모 수사 체제를 갖추기로 이미 결정되어 있었다.

"다가미 노부코의 사망 추정 시각은 오후 3시 30분경, 시마나카 게이지로 추정되는 남성은 4시에서 4시 30분 사이에 살해당한 것 같습니다."

"의외로 간격이 짧군. 네리마, 아카바네 순인가?"

특별 수사본부의 본부장을 맡은 경시청 수사부장, 가와무라 치안정감이 말했다. 그는 풍채 좋은 몸을 진한 감색 제복으로 감싸고 있다.

"좀도둑일 가능성은 없나?"

"예. 피해자의 지갑, 귀금속, 예금통장이 모두 현장에 남아 있었습니다."
 수사 부본부장으로 취임한 경시청 수사 1과장 우메무라가 물었다.
 "두 피해자의 관계는?"
 "현재는 확인된 바가 없습니다. 두 사람의 주소록에는 서로의 이름이 적혀 있지 않았습니다."
 같은 수사 부본부장으로 취임한 오이즈미 경찰서의 고자카이 서장이 입을 열었다.
 "무차별 살인일까요?"
 가와무라가 암울한 말투로 말했다.
 "가능성은 높아 보이는군. 동기는 아직 전혀 파악된 게 없다고 했나?"
 "예."
 오치가 대답했다. 사건이 발생한 지 아직 두 시간밖에 지나지 않았다. 피해자의 사법해부는 고사하고 행적과 유류품 수사로도 단서다운 단서를 전혀 찾지 못했다. 이 자리에서 짚어 두어야 할 사항은 한 가지밖에 없었다.
 "범행의 양상을 감안해서 변질자에 의한 쾌락 살인도 염두에 두면 어떻겠습니까?"
 "그럼 과학수사연구소의 심리연구관이라도 불러야 한단 말인가?"
 가와무라가 떫은 표정이기에 오치는 약간 당황했다.
 "벌써 부장님 명의로 의뢰를 넣어 두었습니다."
 과학수사연구소에 감정을 의뢰하려면 경시청 수사부장의 명의 여야만 했다. 오치는 자신이 앞서간 것을 조금 반성했다. 심리연구가가 담당하는 프로파일링이라는 수사 기법은 아직 정식 도입된 것은 아니었고, 현장의 수사원들 사이에는 실효성에 의문을 제기하는 의견도 많았다.

"알아서 하게."

가와무라는 말했다.

"단 현장을 들쑤셔 놓아서는 안 되네."

"예. 그리고 범행 간격에 한 가지 이상한 점이 있습니다."

오치는 사람들 앞에 도쿄의 지도를 펼쳤다. 네리마와 아카바네의 두 현장에는 피해자의 사망 추정 시각이 적혀 있었다.

"두 범행은 길게 잡아야 60분 간격으로 일어났습니다. 그런데 첫 번째 현장은 전철역과는 거리가 있는 곳이라 철도로 이동하기는 어렵습니다."

"그렇다면 범인의 이동 수단은 승용차란 말인가?"

우메무라 부본부장이 물었다.

"그런데 오늘이 월말이라 회계 마감일인 데다 주말이 겹쳤기 때문에 시내는 어딜 가나 차가 꽉꽉 막힙니다. 교통관제센터에 확인해 보니까 이 두 지점을 한 시간 내로 움직이기는 어렵답니다."

"그럼 오토바이인가?"

"그렇습니다. 그리고 또 한 가지 가능성은 범인이 여럿 있다고 볼 수도 있습니다."

가와무라가 고개를 들고 오치를 쳐다보았다.

"자넨 여러 명의 범인일 가능성이 높다고 보나?"

"판단하기 어렵습니다만 여럿이 저지른 엽기 살인으로 보기에는 제약이 있지 않을까 싶습니다."

"컬트 집단은 어떤가? 맨슨 패밀리(미국의 유명한 사이비 집단이자 살인 단체──옮긴이)처럼 말이야."

"가능성은 있습니다. 그러나 조직적인 범행이라면 두 건의 살인을 동시에 진행했을 겁니다. 수사를 교란시키기에는 더 효과적이니까요."

가와무라는 낮게 신음하며 생각에 잠겼다.

고자카이 부본부장이 입을 열었다.

"단독범이라면 오토바이로 이동했을 텐데, 그렇게 되면 N시스템에는 안 걸리겠는데요."

N시스템이란 경찰이 비밀리에 간선도로에 설치해 둔 차량 감시용 카메라다. 차량 앞에 붙은 차량 번호를 자동으로 판독해서 경찰 내부의 데이터베이스에 기록, 저장한다. 이로 인해 어느 특정 개인의 이동 상황을 과거까지 거슬러 올라 추려 낼 수 있다. 문제는 이 국민 감시 시스템이 차량 앞에 달린 번호판을 읽어 낸다는 점이다. 범인이 오토바이로 이동했다면 번호판이 앞에 달려 있지 않기 때문에 감시 대상에서 벗어나고 만다.

"오토바이라면 우리 뒤통수를 치겠다는 수작인가."

가와무라가 말했다.

"어쨌든 오토바이를 중점 경계한다. 제5방면(도쿄를 열 개 구획으로 나눈 경시청의 관할구역 중 하나──옮긴이) 본부장에게 취지를 알리도록."

"예."

오치가 대답하자 가와무라가 지도 상의 아카바네 현장을 가리켰다.

"마지막으로 남은 큰 문제는, 살해 현장에서 도주한 네 남자가 누구냐는 거지."

오치는 지참한 대학 노트를 펼치며 말했다.

"그 문제에 대해서는, 아케이드에서 추락한 젊은 남자의 신원이 아직 판명이 안 났습니다. 다만 그 집의 명의자인 야가미 도시히코라는 자가 아닌 것만은 확실합니다."

"어떻게 알았지?"

"지문이 달랐습니다."

"지문이라니?"

뜻밖이라는 투로 가와무라가 되물었다.

"전과를 조회해 보니까 야가미 도시히코한테는 전과가 다섯 건 있었습니다. 미성년 때 저지른 절도와 공갈이 세 건, 그리고 성인이 되고 나서 경미한 사기죄로 기소 유예와 약식 기소를 당한 적이 있었습니다."

"야가미 도시히코를 참고인 수배하도록."

"이미 했습니다."

"그런데 뭐가 어찌 된 일인지."

우메무라 부본부장이 말했다.

"목격 정보로는 도망치는 한 명을 나머지 세 사람이 쫓았다던데?"

"목격자한테 얼굴 사진을 보여 줬더니 도주하던 한 명이라는 건 야가미로 확인되었습니다."

가와무라가 말을 이어받았다.

"어디까지나 추측이지만, 일련의 살인을 야가미의 범행이라고 보는 건 어떨까? 두 번째 범행으로 시마나카를 죽일 때 방을 찾아온 시마나카의 지인 세 명한테 현장을 들킨 거야. 그래서 추적이 시작된 거지. 어때?"

"그 세 명, 아케이드에서 떨어진 자를 제외하면 현재 두 명입니다만, 왜 그 후에 경찰에 신고하지 않았을까요?"

"살해당한 사람이 호스트잖아. 지인 중에 조직 폭력배가 있다 한들 이상할 게 없어. 폭력배 놈들이 자기편 사람을 죽인 야가미를 쫓았고 나머지는 입 닦은 게 아니겠나?"

말하고 나서 가와무라는 낙천적인 투로 덧붙였다.

"뭐, 이건 어디까지나 하나의 가능성이라고. 아무튼 야가미는 틀림없는 최고 중요 참고인이야. 전력을 다해 찾아내도록."

"예."

"그럼 우리는 본청에 가 있겠네."

가와무라, 우메무라, 고자카이 세 간부가 자리에서 일어났다. 그들은 앞으로 순찰부장 및 제5방면 본부장과 함께 광역 긴급 대비 계획을 재점검해야 했다.

"나머지는 자네가 알아서 하게."

경례를 붙인 오치는 그들을 배웅하고 나서 수사본부의 안쪽에 있는 책상으로 돌아갔다.

창밖에 해가 떨어진 지도 오래였다. 무차별 살인일까? 접의자에 앉으며 오치는 생각했다. 그리고 미국 연방 경찰이 정의한 흉악범죄자의 분류 규정을 떠올렸다.

살인 충동에 냉각 기간을 두면서 세 군데 이상 되는 장소에서 살인을 되풀이하는 것이 연쇄 살인범이었다. 한 곳에 머물러 네 명 이상 죽이면 대량 살인범, 살인 충동에 냉각 기간을 두지 않고 두 군데 이상의 장소에서 연달아 사람을 죽이면 흥분 지속 살인범에 해당한다.

이번 범인은 세 번째 분류, 무차별 흥분 지속형에 해당될 것 같았다. 희생자의 피에 목마른 누군가가 충동이 이끄는 대로 대도시 도쿄에서 살육을 되풀이하고 있는 게 아닐까? 그렇다면 이 극악무도한 범죄는 아직 끝났다고 볼 수 없었다. 범인의 흥분이 지속되는 한 제3, 제4의 희생자의 등장은 시간문제였다. 도쿄의 밤은 이제 막 시작되었다. 내일 아침까지 도대체 얼마나 많은 시민의 목숨을 빼앗으려는 것인가?

그런 침울한 생각에 빠져 있을 때 앞에 놓인 전화가 울리기 시작했다. 형사들이 모두 출동한 상태라 오치는 직접 수화기를 들었다.

"예, 수사본부입니다."

"관리관님이시죠? 후루데라입니다."

오치는 노련한 고참 기동수사대원에게 물었다.

"그 뒤 상황은 좀 어떻습니까?"

"아직 아카바네 현장에 있습니다. 좀 신경 쓰이는 점이 있어서 말입니다."

"말씀하시죠."

"네리마와 아카바네의 두 현장에서 도너 카드가 나왔습니다. 둘 다 피해자 명의예요."

"골수이식 말이죠?"

되묻고 나서 오치는 재빨리 대학 노트를 끌어당겼다.

"그렇습니다. 다가미 노부코, 그리고 시마나카 게이지는 둘 다 도너 등록을 했나 봅니다."

오치는 눈썹을 찌푸렸다.

"골수이식이면 아마 백혈병 치료겠죠?"

"저도 잘은 모르겠는데, 아무튼 두 피해자의 유일한 공통점입니다."

후루데라도 당황스러워했다.

무차별로 보였던 범행은 실은 골수 기증자를 노린 것이었단 말인가? 그러나 곧 그래 봐야 무슨 득이 될까 싶은 의문이 들었다.

"우연일까요?"

후루데라가 물었다.

"골수이식에 대해 알아볼 수 있는 탐문 수사처를 뽑아 보겠습니다. 경장님은 그대로 현장에 남아 주세요."

"알겠습니다."

전화를 끊고 오치는 벽에 걸린 시계를 올려다보았다. 오후 6시 30분. 탐문 수사처를 찾더라도 관계자들이 이미 귀가했을 우려가 있었다. 우선 보건복지부에 연락을 취해 보자고 생각하며 오치는 중얼거렸다.

"골수이식?"

야가미는 양자택일을 해야 할 상황에 놓였다. 물에 빠진 생쥐인 채로 계속 도망을 가는 게 맞을지, 아니면 적에게 발각될 위험을 무릅쓰고 빨래방으로 뛰어들어야 할지.

물을 잔뜩 머금은 셔츠와 바지, 그리고 검정색 가죽 재킷은 체온을 급속히 빼앗아가기 시작했다.

이대로는 곤란했다. 골수 기증자가 되어 최종 동의를 할 때, 여의사와 코디네이터가 입을 모아 감기만은 걸리면 안 된다고 엄명을 내렸기 때문이다.

빨래방을 찾는 수밖에 없다는 결론을 내렸다. 감기에 걸리면 만약 병원에 도착해도 골수이식이 실패할 가능성이 높아진다. 병균에 감염된 골수를 백혈병 환자에게 이식할 수는 없기 때문이다. 건조기로 옷을 말리려면 30분은 족히 발이 묶이겠지만 달리 방도가 없었다. 적이 나타나면 세탁기라도 내던져서 맞서리라.

스미다가와 강을 벗어나서 큰 철교 밑에서 차도로 나가자 '스이징 대교'라는 간판이 붙어 있었다. 야가미는 강줄기를 따라 내려가기를 포기하고 동쪽으로 진로를 바꾸었다.

상점가를 찾아 발걸음을 재촉하자 편도가 3차선씩 있는 넓은 거리가 나왔다. 스미다가와 강과 평행으로 남하하는 길이다. 다시 남쪽으로 가려다가 곧 구원의 손길을 발견했다. 원하던 빨래방이 아니라 의류 할인판매점이었다. 점포 앞에는 1000엔짜리 가격표가 붙은 재킷이 걸려 있었다.

"어서 오세……"

온 몸이 흠뻑 젖은 손님을 맞이하더니 중년을 넘긴 점원이 이내 환영 인사를 꿀꺽 삼켰다.

"스미다가와 강에 떨어졌지 뭐야."

그래도 점원이 수상해하기에 덧붙였다.

"검둥오리 어미랑 새끼가 떠다니기에 머리를 쓰다듬어 주고 싶더라고."

"스미다가와 강에 검둥오리가요?"

점원이 의구심을 드러냈으나 야가미는 무시했다. 남성복 코너로 곧장 가서 가장 싼 옷과 수건을 집어 들고 점원에게 물었다.

"다 해서 얼마야?"

"어디 봅시다……"

점원은 투명한 주판을 손가락으로 튕기기 시작했다.

"3700엔입니다."

야가미는 즉각 옷값을 내고 탈의실로 뛰어들었다.

수건으로 몸을 닦고 속옷까지 여섯 점을 새로 입으니 앞머리도 이마 위로 흘러내린 것까지 해서 전혀 딴사람으로 보였다.

뜻밖의 변장 효과에 야가미는 의기양양한 미소를 지었다. 검은 새틴풍의 재킷에 인조가죽 바지라. 여기에 전자 기타만 들면 좀 튀는 중년 록 가수였다.

커튼을 젖히고 탈의실에서 나와 벗은 옷을 모조리 점원의 두 손에 얹어 주었다.

"이건 처분해 둬."

"예."

점원은 오물이라도 보는 듯 인상을 썼다.

야가미는 가게에서 나와서 주변을 유심히 살폈다. 가로등 불빛의 대열이 이어진 큰 거리에는 차가 드물게 지나갈 뿐이었다. 인도를 오가는 보행자도 손꼽을 정도밖에 없었다. 길 한쪽에는 고층 아파트가 즐비하고 생활 잡화점이 이어진 쇼핑몰도 있었지만 야가미가 찾는 서점은 없었다.

한참을 걷다가 편의점을 발견했다. 편의점에 들어서서 비로소 지도를 볼 수 있었다.

편의점에는 도쿄와 스미다 구의 지도가 비치되어 있었다. 둘 다 하나씩 집어 들고 계산대로 가서 담배도 샀다. 그리고 밖에서 창 밖으로 흘러나온 점포의 불빛으로 지도를 들여다보았다.

아까 본 스이징 대교의 위치로 보아 스미다 구의 북부에 상륙한 모양이었다. 현재 위치는 남북을 관통하는 스미다가와 강과 도부 이세사키 선 사이에 끼인 좁은 구획이다.

우선 남쪽으로 걸음을 옮겼다. 적은 지금 무엇을 하고 있을까? 배에서 덮쳐 온 세 명은 아마도 다음 선착장까지 갔을 것이다. 그 외에도 아카바네에서 쫓아온 남자들이 두 명 남아 있다. 적은 다 해서 다섯 명일까, 아니면 그 이상일까?

도주 경로를 궁리하면서 가장 가까운 역 두 군데와 도심으로 이어진 스미다가와 강의 철교는 위험하다고 판단했다. 자신이 쫓는 입장이라면 제일 먼저 표적으로 삼을 것 같았다. 반대로 말하면 무수히 얽힌 골목을 따라 가면 적의 눈에 띄지 않고 남쪽으로 갈 수 있을 것이다. 상대편이 몇 명이든 골목 하나하나까지 감시하지는 못할 터였다. 그러나 막상 골목으로 가자니 이 또한 각오가 필요했다. 지금 이렇게 걷다가도 아까 만난 삼인조가 앞길을 가로막지 않을까 싶어서 섬뜩했기 때문이다.

게다가 로쿠고 종합병원에 가려면 언젠가는 스미다가와 강의 철교를 건너 서쪽으로 가야 한다는 문제가 있다. 하염없이 남쪽으로 내려가기만 하면 고토 구를 통과한 시점에서 동경 만(灣)이 앞길을 가로막는다. 어디서 진로를 바꿀지 침착하게 생각해야 했다.

진행 방향 왼쪽에 가정식 패밀리 레스토랑이 나타났다. 갑자기 배가 고파 왔다. 망설인 끝에 야가미는 레스토랑 계단으로 올라갔다. 2층 점포에 들어가서 안내 직원을 기다리는 척하면서 안쪽 주방을 살폈다. 만약의 경우에는 그 뒷문으로 달아날 수 있음을 확인한 뒤에야 야가미는 식사를 하기로 했다.

"저기 앉아도 되지?"

다가온 안내직원에게 주방과 가장 가까운 자리를 가리키며 야가미는 맘대로 자리를 지정하고 앉았다. 혹시나 하는 마음에 레스토랑 안을 둘러보았으나 수상한 남자들은 찾아볼 수 없었다. 가게의 약 3분의 1을 메운 사람들은 모두 가족 단위 손님이었고 구석의 좌식 테이블에서는 소란스럽게 뛰어다니는 아이들의 발소리가 들려온다. 이 근방에 사는 샐러리맨의 가족들이리라. 1인당 1500엔 정도의 만찬으로 소박한 사치를 즐기는 것이다.

그들을 보며 느끼는 일말의 부러움을 떨쳐 버리고 야가미는 홀 직원을 불러 음식을 주문했다. 그리고 배낭을 열어 내용물을 확인했다.

시마나카의 노트북과 주변기기, 그리고 두 대의 휴대전화는 물기로 심하게 손상된 듯했다. 전화기의 액정 모니터가 꺼져 있기에 배터리를 빼내고 접점의 물기를 휴지로 닦았다. 이전에 휴대전화를 화장실에 빠뜨렸을 때 그늘에서 물을 빼는 데에 반나절 정도 걸렸던 기억이 났다. 여의사와 코디네이터에게 연락을 취하고 싶었으나 한동안은 삼가는 것이 나아 보였다.

그리고 전 재산을 확인했다. 가진 돈은 1500엔이었다. 방금 시킨 튀김국수 값을 지불하면 남는 돈은 1000엔도 채 되지 않는다.

앞으로 교통비로 얼마나 필요할까? 주문한 국수를 먹으며 야가미는 스미다 구의 지도를 펼쳐 도주 경로의 확인 작업에 들어갔다.

현재 위치에서 남쪽으로 약 4킬로미터 거리에 아사쿠사가 있었다. 거기까지 가면 방향감각을 되찾을 수 있다. 도쿄에서 손꼽히는 번화가라는 점을 감안하면 인파 속에 몸을 숨기기도 편할 것 같다. 아사쿠사에서 지하철을 타고 우에노에서 게이힌도호쿠 선, 그리고 시나가와에서 게이힌 급행 본선으로 갈아타면 곧장 로쿠고도테 역까지 갈 수 있다.

그러나 이 계획도 아사쿠사까지 무사히 도착해야 한다는 전제하에 가능했다. 그러려면 적이 숨어 있을지도 모를 스미다가와 강의 철교를 건너야 한다. 다리를 완전히 건널 수 있을지가 승부의 갈림길이다.

튀김국수를 먹어 치운 야가미는 짐을 꾸리고 자리에서 일어나 계산대에서 돈을 지불했다. 레스토랑을 나온 뒤 재빨리 주위를 살폈으나 미심쩍은 남자들은 없었다. 대신 눈앞에 산더미처럼 쌓인 폐기 자전거를 발견했다.

하이킹 계획이 사이클링 계획으로 변경되었다.

대학교수는 자택과는 별도의 연구실을 두고 있었다. 나카노에 있는 오피스텔이다. 전공은 서양종교사였고, 책상 위에 얹은 구식 워드 프로세서 전용기와 마주 앉아 일반 독자를 겨냥한 교양서적의 초고를 집필하고 있었다.

전화벨이 울렸다. 출판사 편집자인 줄 알고 수화기를 들었는데 처음 듣는 여자의 목소리였다.
"게이오 대학의 이자와 교수님 되십니까?"
"예, 그렇습니다만."
교수는 정중하게 대답했다.
"저는 경찰청 과학수사연구소의 고토라고 합니다."
"네? 경찰요?"
이자와는 놀라서 되물었다.
"네. 법의학부 범죄심리과 심리연구실이라는 부서에서 범죄 심리를 연구하고 있습니다."
"전문 분야를 잘못 아신 모양입니다. 저는 역사를 연구합니다만."
교수는 온화하게 말을 건네 보았다. 자신이 범죄에 휘말리지 않았기를 기도하면서.
"그래서 전화 드렸습니다. 한 가지 여쭤 보고 싶은데 지금 시간 괜찮으십니까?"
"괜찮습니다."
"그럼……."
상대방은 학자다운 차분한 말투로 기괴한 이야기를 들려주기 시작했다. 사람의 두 엄지손가락과 엄지발가락을 묶어서 펄펄 끓는 물에 담가 죽인 사건이 일어났다고 가정하자. 이 경우 서양종교사의 전문가로서 짚이는 점이 있는지.
처음에는 눈을 휘둥그레 뜨고 듣던 교수도 이윽고 상대방의 정보 입수 능력을 알아차리고 감탄사를 흘렸다.

"제 전공 분야를 찾으셨던 거로군요!"

"네, 얼핏 들은 이야기가 있어서요."

"그렇다면 제대로 전화하셨습니다. 말씀하신 살인 수법은 마녀사냥 때 실시했던 고문의 일종입니다."

"그럼 피해자의 몸에 X자와 같은 칼로 그은 상처를 남기는 수법은 어떤가요? 그것도 마녀사냥의 고문에서 시행했던 건가요?"

심리학자는 흥분조로 물었다.

"X자라고요?"

교수는 등 뒤에 사람이 서 있는 듯한 섬뜩함을 느껴 뒤를 돌아보았다. 물론 아무도 없다.

"그건 십자 모양일 것 같은데요."

"십자일지도 모르겠어요. 길고 짧은 두 선이 직각으로 교차한 도형요."

"아까 말씀 중에 엄지가 묶였다는 손발은 좌우가 반대입니까? 그러니까 양손을 엇갈린 채로 죽어 있지 않던가요?"

"맞습니다."

"설마."

교수는 잠시 말을 주저했다.

"그런 사건이 실제 일어났다고요?"

"기밀로 부탁드릴게요."

상대방은 간접적으로 인정했다.

"뭔가 짐작이 가시는군요?"

"예."

수화기에 대고 고개를 끄덕인 교수는 영어로 된 어떤 말을 입에

담았다. 그리고 수백 년 전의 한 사건을 간추려서 이야기했다.
고토는 놀란 모양이었다.
"이번 사건은 모의범이었네요!"
"아마 그럴 겁니다."
"번거롭게 해 드려서 죄송합니다만 경시청의 수사원을 교수님께 보내도 될까요? 지금 해 주신 말씀을 좀 더 자세히 듣고 싶어서요."
"그러시죠. 10시까지는 연구실에 있습니다."
교수는 다시 한 번 자신의 뒤를 돌아보고 말했다.
"정말 엄청난 일이 벌어졌군요."

"기동수사 239."
차량용 무전기에서 호출하는 목소리가 들려왔다. 살인 현장인 원룸 맨션 앞에서 동료에게 행적 수사의 진행 상황을 듣던 후루데라는 황급히 차로 돌아왔다.
"예, 기동수사 239입니다."
"오치입니다."
"관리관님이십니까?"
지휘 체계에 혼선이 왔나 싶었다. 지구대의 부대장이 아니라 관리관이 직접 연락을 취하다니.
"후루데라 경장님을 특수 수사본부 소속의 예비반으로 배치했습니다. 앞으로는 제 지휘에 따라 주십시오."
"알겠습니다."
후루데라는 상대가 오치인 것을 다행으로 여겼다. 이 젊은 관리관은 캐리어 특유의 뻐딱함도 없고 자신의 경험 부족을 숨기지 않았다. 현장 수사원의 의견에 귀를 잘 기울였고, 범죄수사를 마치 게임 다루듯 하는 엘리트들 특유의 불성실한 태도도 보인 적이 없다.

"그쪽 수사 상황은 어떻습니까?"

"유력한 정보는 없습니다. 그런데 아까 골수 기증자 이야기는 어떻게 됐습니까?"

"그것보다 혹시 경장님께서는 세계사를 아십니까?"

"네? 세계사요?"

후루데라는 어안이 벙벙했다.

"고대 로마 제국이라든가 그런 거 말입니까?"

"좀 더 나중의 중세 암흑시대요."

캐리어 경찰관과 기동 수사 대원이 도대체 무슨 대화를 나누는 건가 싶어서 후루데라는 웃음을 터뜨릴 뻔했다.

"전혀 모르겠습니다."

"알겠습니다."

관리관은 무거운 말투로 말을 이었다.

"그럼 경장님께서는 골수이식 코디네이터 쪽으로 탐문 수사를 들어가 주십시오. 그쪽 휴대전화 번호를 알려드리겠습니다."

후루데라는 수첩을 꺼내어 미네기시 마사야라는 코디네이터의 이름과 전화번호를 받아 적었다.

"이런 시간에 용케 연락이 닿았네요."

"내일 골수 기증자의 입원 준비를 하느라 동분서주하고 있답니다. 그쪽에는 미리 이야기를 해 두었으니 좀 서둘러서 만나 주십시오."

"알겠습니다."

후루데라는 무선 연락을 마치자 휴대전화로 미네기시라는 자와 연락을 취했다. 상대방은 공손한 목소리로 업무차 들른 세타가야 구에 있는 병원에서라면 만날 수 있다고 했다.

후루데라가 이에 응하자 미네기시는 물었다.

"형사님께서는 휴대전화를 사용하시죠?"

"네."

"그러시면 병원 주차장에서 뵙겠습니다. 의료 기기가 오작동할 우려가 있거든요."

그 말에서 진정한 프로 정신이 엿보여 후루데라는 감탄했다.

후루데라는 기동 수사 차량에 시동을 걸고 아카바네의 현장을 벗어났다. 늘 함께 있는 파트너가 병가를 낸 데다 예비반으로 편성되어서 그런지 묘한 해방감을 느꼈다.

후루데라는 운전대를 쥐면서 곰곰이 생각했다. 관리관은 왜 세계사 이야기를 꺼냈을까? 조만간 이유야 알 수 있겠지만 자세히 물어보지 않은 게 후회가 되었다. 후루데라는 단서에 목말라 있었다. 두 건의 살인을 야가미 도시히코의 범행으로 여기고 싶지 않았다. 기억 속의 야가미라는 비행소년은 틀림없는 불량배이긴 했어도 극악무도한 범죄자는 아니었다. 더욱이 엽기 살인을 저지를 정신이상자도 아니었다. 분명히 마음이 따뜻한 놈이었다. 자신이 왜 그렇게 느끼는지 생각해 보니 야가미의 타고난 성격이 떠올랐다. 녀석에게는 특유의 유머 감각이 있었다. 인간과 인간의 탈을 쓴 짐승을 구분해 내는 경계선은 유머 감각이 있고 없고에 달렸다고 본다.

그 후로 한 20분을 내리 긴급 주행으로 달려 후루데라는 목적지에 도착했다.

상대방이 지정한 대학병원의 주차장에는 병동의 창에서 비치는 불빛 앞에 단정하게 넥타이를 맨 30대 초반의 남자가 서 있었다. 골수이식 코디네이터는 서구적인 얼굴에 이목구비가 뚜렷한 사람이었다. 기동 수사 차량의 경광등을 보고 금방 알아본 모양이었다. 성실하게 생긴 얼굴을 약간 누그러뜨리며 가볍게 인사를 건네 왔다.

"경시청의 후루데라입니다."

차에서 내려서 경찰증을 보여 주자 상대방은 경찰관의 거구에 압도당하면서도 바로 자기소개를 했다.

"미네기시입니다."

"바쁘신데 죄송합니다. 골수이식에 대해 급히 배워야 돼서 말이죠."

"무슨 사건이라도 일어난 겁니까?"

미네기시의 느끼한 얼굴에 수심이 가득했다.

"뭐, 형식적인 수사예요."

후루데라는 얼버무리고 질문에 들어갔다.

"골수이식이 백혈병을 치료하는 게 맞죠?"

"맞습니다. 하지만 백혈병에 국한되지는 않습니다. 재생불량성 빈혈이나 면역부전증 같은 증세에도 적용됩니다."

"이식은 수술 규모가 큽니까?"

"아뇨, 아뇨."

미네기시는 전문가 특유의 미소를 띠었다. 일반인들이 갖는 흔한 오해를 잡아 주려는 것이다.

"수술이라는 단어가 무시무시하게 들리지만 기증자 분이나 환자 분의 몸에 칼을 대지는 않거든요. 기증자 분이 전신마취로 잠든 사이에 굵은 주사바늘을 꽂습니다. 허리뼈 속에 있는 골수 액을 빼는 거죠. 그걸 이번에는 환자 몸에 링거로 주입하고. 그러면 이식은 끝이에요."

"생각보다 간단하네요."

"네. 골수이식은 수술보다는 HLA가 맞는 기증자를 찾아야 한다는 게 가장 큰 난관이죠."

"HLA요?"

"혈액형의 일종입니다."

"저는 A형인데."

후루데라가 자세한 설명을 듣기 위해 일부러 말해 보자 미네기시는 미소를 지었다.

"그건 적혈구의 혈액형을 말합니다. 골수이식은 백혈구가 중요합니다. 이게 몇 만 단위에 이르기까지 다양해서, 환자와 기증자가 일치하지 않으면 이식이 불가능하거든요."

"수만 명 중에 한 명이라는 말씀이신가요?"

"맞습니다. 형제가 있으면 25퍼센트의 확률로 일치하는데, 그게 아니면 찾아내기가 여간 어려운 일이 아니에요. 좀 더 자세히 말씀드리자면……"

그는 후루데라의 표정을 살피고 나서 말을 이었다.

"유전자 안에 A, B, DR 로 나뉜 세 가지 영역이 있습니다. 각각 부모로부터 물려받기 때문에 A 두 개, B 두 개 이렇게 총 여섯 갈래로 나뉩니다. 그런데 이 여섯 가지 A, B, DR이 또 수십 갈래로 나뉩니다. A1, A2 이런 식으로요. 골수이식의 경우 이게 모두 일치하는 도너를 찾아야 합니다."

"일치하지 않은 상태에서 이식하면 어떻게 되는 거죠?"

"면역 체계에 문제가 생겨서 환자가 위험해져요. A, B, DR 중에 적어도 두 가지 영역이 일치하지 않는 한 이식은 실시하지 않습니다."

"그렇군요."

후루데라는 은근슬쩍 사건 쪽으로 화제를 돌렸다.

"우리가 자주 듣는 도너 등록이라는 게 그 HLA를 등록한다는 얘기였군요?"

"그렇습니다. 사람의 생명을 구하는 가장 숭고한 자원 봉사죠."

코디네이터는 차분한 태도 속에 자부심을 드러내며 말했다.

후루데라는 이 사람에게 한층 호감이 갔다.

"그럼 등록하시는 분들은 선량한 일반 시민인 겁니까?"

"네."

미네기시는 열심히 말을 이었다.

"등록 자체는 헌혈과 같은 요령으로 채혈만 하면 되니까 간단해요. 그 후에 HLA가 일치하는지 확인해 보고 적합한 환자 분이 계시면 조금 더 세밀한 확인 작업에 들어갑니다. 이식이 결정되면 도너 분의 건강 검진을 거쳐서 최종 합의까지 진행됩니다. 하지만 저희로서는 도너 분께 어떠한 강요도 하지 않습니다. 건강한 분의 골수를 채취하는 거라 거부할 권리는 마지막 순간까지 도너 쪽에 있거든요. 게다가 이식 수술을 하려면 나흘 가량 입원을 해야 됩니다. 공무원이나 회사원들은 근무처에서 수당이 지급되기도 하는데 자영업하시는 분들께는 다소 경제적인 부담이 발생하죠."

"경찰관이면 그 부분은 문제없겠는데요."

"네."

미네기시는 미소를 지었다.

"이 기회에 형사님께서도 등록하시렵니까?"

"그래요, 언제 한번."

반쯤은 그럴 마음도 생겨났다. 후루데라는 사건으로 이야기를 되돌렸다.

"등록된 도너의 명단은 누구나 볼 수 있습니까?"

"아뇨, 보통 기밀 취급이죠. HLA 정보가 누출되면 백혈병 환자에게 골수를 판매하는 사태가 일어나지 말란 법이 없거든요."

"보통이라는 게 무슨 말씀이시죠?"

"해외의 골수이식 사업자와 네트워크가 구축되어 있으니까 그쪽으로는 데이터를 주고받습니다. 물론 국내 관련 시설도 마찬가지고요."

후루데라는 잠시 사건에 대해 생각에 잠겼다. 두 도너의 죽음은 우연일까? 우연이 아니라면 범인은 사전에 피해자가 도너로 등록했다는 사실을 알고 있었다는 말이다.

"목록이 외부로 유출될 일은 없습니까?"

"그런 일은 일어난 적이 없는데요."

미네기시는 조금 뜻밖이라는 반응을 보였다.

그렇다면 범인은 목록을 입수할 수 있는 내부인이란 말인가?

"한 가지 더 말씀드리자면 도너 명단은 데이터를 두 개로 나눠서 관리합니다. 하나는 도너의 신원을 파악할 수 있는 주소와 이름 및 관리 번호, 또 하나는 관리 번호와 HLA입니다. HLA를 보고 바로 이름을 파악할 수 없도록 취한 조치라고 할 수 있죠."

그러나 그 두 파일을 한꺼번에 얻으면……. 후루데라는 곧 또 다른 가능성을 발견했다. 컴퓨터로 관리하는 정보는 항시 해킹당할 위험에 노출되어 있다. 국방부를 포함한 거의 모든 정부 기관의 사이트가 해킹 피해를 입고 있는 현실을 감안하면 도너의 명단이 네트워크를 통해 도난당했을 수도 있다. 시급히 그 가능성을 경찰청의 사이버테러 대응 센터에 문의해야 했다.

"마지막으로 하나만 더 알려 주시겠습니까? 환자 쪽에서 도너가 누군지 알 수 있나요?"

"아뇨, 양쪽 모두 상대방에 대한 정보는 알리지 않습니다. 이식을 할 때에도 각자 다른 병원으로 마련하기 때문에 서로 마주칠 일도 없고요. 다만 이식 후에 상대방의 성별과 나이 같은 간단한 정보는 알려드리고 있습니다."

"그렇군요."

입을 다문 형사에게 미네기시가 걱정스럽게 물었다.

"도너가 문제가 되고 있나요?"

"아뇨."

후루데라는 고개를 저었으나 미네기시는 계속해서 물었다.

"설마 그럴 리는 없겠지만 지금 라디오 뉴스에서 나오는 큰 사건과 관련된 일입니까?"

"라디오에서요?"

"도쿄에서 연쇄 살인이 일어났다면서요."

후루데라는 상대방의 얼굴을 빤히 쳐다보면서 생각했다. 아직 도너가 위험에 처했다는 생각은 추측에 불과하다. 우연일 가능성이 훨씬 크다고 보아야 맞다. 그러나 그 추측이 맞다면 도너의 보호에 대해서도 염두에 두어야 했다.

"도너 명단을 경찰에 제공해 주실 수 있습니까?"

미네기시의 얼굴이 굳었다.

"역시 관련이 있었군요?"

"지금 상황에서는 뭐라 답변을 못 드리겠습니다."

"제 판단으로는 명단 제공을 해도 될지 결정하기 어렵습니다. 윗선에 문의해 주십시오."

그리고 미네기시는 손목시계를 힐끗 쳐다보았다.

"벌써 시간이 늦었으니 결정은 내일이 되겠네요."

"참고로 도너는 몇 명 정도 되죠?"

"도쿄만 해도 수만 명 되죠."

후루데라는 떫은 표정으로 고개를 끄덕였다. 보호는커녕 경고조차 주기 불가능한 인원이다.

"어떻게, 이 정도면 되시겠습니까?"

미네기시가 말했다. 서두르는 듯했다.

"급히 전화할 데가 있거든요."

상대방의 태도가 급변하자 후루데라는 직업적인 호기심을 자극받았다.

"혹시 괜찮으시면 어디로 가시는지 알려 주시겠습니까?"

"이식 때문에 지금 병원으로 향하고 있는 도너 분이 계시거든요. 혹시 모르니까 조심하시라고 전해야겠네요."
"그분께 말씀 좀 잘 전해 주세요."
그리고 후루데라는 최대한 태연한 말투로 덧붙였다.
"밤길에는 충분히 조심하시라고요."

절대적인 인원 부족이었다.
공용차의 운전대를 잡으며 오치 관리관은 인원이 제대로 보충이 되고 있는지 계산해 보았다.
두 건의 엽기 살인에 대해 초기 수사에 임하는 수사원은 기동감식까지 160명이다. 지역마다 검문을 위한 긴급 배치 인원을 더하면 300명에 육박하는 대부대다. 그래도 사태의 긴급성을 감안하면 아직 충분하지 못했다. 살인마가 대도시를 설치고 다니는데도 두 피해자의 교우 관계조차 아직 파악되지 않은 상태였다.
목적지인 나카노 구의 아파트에 도착할 때까지도 오치는 차량 무전기의 내용에 귀를 쫑긋 세웠으나 현장의 수사원들은 아직 유력한 물증이나 정보를 파악하지 못한 것 같았다.
오치는 제7순환도로변에 위치한 경찰학교 근처에 차를 세우고 빠른 걸음으로 11층짜리 아파트에 뛰어들었다. 과학수사연구소의 심리연구관이 일러 준 대학 교수의 연구실이다. 7층에 도착한 뒤 전공이 서양종교사인 학자의 연구실을 두드렸다.
"경시청의 오치입니다."
문밖에서 말하자 바로 현관문이 열렸다. 체구가 마른 50대 초반의 남자가 얼굴을 내밀었다. 안경 속의 가느다란 두 눈은 오랜 세

월 동안 엄청난 양의 서적을 섭렵해 왔음을 보여 주고 있었다.

"게이요 대학의 이자와입니다. 오시느라 고생하셨습니다."

오치는 학자의 연구실에 발을 들여놓았다. 내부는 5평 정도 되는 원룸이었는데, 벽뿐만이 아니라 부엌까지 책장이 차지하고 있었다.

"이쪽으로 오시죠."

안내받은 대로 들어서자 컴퓨터와 전화가 놓인 사무책상과 손님용 접의자가 놓여 있었다.

"어두침침해서 미안합니다. 이게 일할 때 훨씬 능률이 좋아서 말이죠."

이자와 교수는 말했다.

오치는 벽에 있는 흰 전구 불빛으로만 비춰진 실내를 둘러보았다. 촛대에 촛불을 켰던 중세 유럽의 도서관이 이런 분위기였을까?

다급한 마음을 진정시키며 오치는 화두를 꺼냈다.

"과학수사연구소의 고토한테 간략한 보고는 듣고 왔습니다. 말씀드린 살인 수법은 마녀사냥에 기인했다고 보면 되겠습니까?"

"매우 유사합니다."

이자와는 차분하게 말했다.

"그럼 본론에 들어가기 전에 마녀사냥에 대한 포괄적인 설명을 좀 부탁드리겠습니다."

"다 말씀드리려면 밤을 새도 모자랄 텐데요."

"그렇겠군요."

오치는 생각해 보고 나서 말했다.

"그럼 제가 여쭤 보는 걸로 하겠습니다. 배경부터 알고 싶습니다. 유럽의 중세 암흑시대면 종교개혁 전이죠?"

"네. 하지만 마녀사냥의 전성기는 암흑시대가 끝나고 난 르네상스 시대였어요."

"그래요?"

오치의 예상을 뒤엎는 이야기가 벌써부터 튀어나왔다.

"그 마르틴 루터마저 마녀사냥에는 적극적이었죠."

그리고 이자와는 업무차 찾아온 경찰관이 시간에 쫓기고 있음을 감지했는지 말투를 민첩하게 바꾸었다.

"쉽게 설명드릴게요. 원래 유럽에서는 기독교가 성립되기 훨씬 이전부터 마녀를 숭배했습니다. 토속 민간신앙이었죠. 일본식으로 말하면 갓파(물속에 산다는 어린애 모양을 한 상상의 동물—옮긴이)나 덴구(얼굴이 붉고 코가 높으며 신통력이 있어 하늘을 자유로이 날면서 깊은 산에 산다는 상상의 괴물—옮긴이) 같은 부류입니다. 훗날 가톨릭의 지배가 시작되고도 그런 신앙은 여전히 남았습니다."

"일종의 전설이네요?"

이자와는 고개를 끄덕였다.

"그렇죠. 한편 종교개혁을 보면, 가톨릭교회가 막강해지면서 권력을 쥐더니 조직으로서는 부패의 길을 걸었고, 그걸 바로잡으려는 움직임이 12세기 초부터 일어났어요. 가톨릭교회 입장에서는 조직의 자기 방어적인 측면에서 그런 운동을 배척해야만 했습니다. 그래서 이단 심문이 생겨났어요. 교리를 따르지 않는 자를 기독교의 이름으로 처벌하기 시작한 거죠."

"종교의 교리에 지나지 않았는데 법의 힘이 추가되었다는 뜻입니까?"

"네. 하지만 근대법이 성립되기 한참 전의 일이라 이 시대의 관점으로 비판하는 것은 타당하지 않습니다. 현대사회의 구조란 그때와는 비교가 안 될 만큼 몰라보게 좋아진 상태니까요."

"제가 경솔했습니다. 실제 일어났던 일만 여쭤보겠습니다."

오치는 교수의 비판을 수긍했다.

교수도 미소를 머금고 말을 이었다.

"당초에는 교회의 권위에 반발하는 자들을 재판에 걸었는데 점점 처벌 대상이 백성들로까지 확대되었어요. 사악한 의식을 행해 악마를 불러냈다는 둥, 남에게 재앙이 일어나도록 주술을 행했다는 둥 온갖 혐의를 씌워 서유럽 전체를 불바다로 만들었습니다. 게다가 재판 자체를 교활한 논리로 지배했어요. 혹독한 고문에 못 이겨 허위 자백을 하면 마녀 취급을 했고 반대로 입을 굳게 다물고 있으면 고문을 견뎌 내니까 마녀라는 거죠. 전성기에는 몇 마을이 한꺼번에 전멸하기까지 했으니까요. 당시의 기록에 의하면 끝없이 늘어선 처형대가 마치 숲처럼 보였다는 증언까지 있습니다."

오치는 교수의 이야기를 자신이 담당하는 사건에 겹쳐 보았다.

"여성만 마녀 취급을 받았습니까? 남자가 처형당한 적은 없는지요?"

"물론 있습니다. 마녀라는 호칭은 남녀를 불문하고 가톨릭교회의 교리를 어긴 자들을 가리킵니다. 단 여성들이 약초를 이용해서 마술처럼 보이는 행위를 자주 했기에 마녀 취급을 받기 쉬운 경향이 있었던 것 같아요. 결국 마녀사냥의 거센 바람이 불었던 시기는 14세기부터 17세기 사이였고, 처형당한 인원은 정확하지는 않지만 10만 명이 넘는다는 이야기도 있습니다."

"마녀사냥이 그렇게까지 심해진 원인은 뭘까요?"

"이유는 다양합니다. 다만 처음에 말씀드린 대로 교회의 권위에 따르지 않는 자들을 뿌리 뽑겠다는 심산이었는데 처형한 사람의 재산을 몰수한다는 실리도 얻었습니다. 덧붙이자면 이단 심문관 중에는 엽기나 이상성욕에 미쳐서 고문을 맡았던 자도 있었나 봅니다. 불안한 세태와 백성들의 마녀에 대한 망상이 일궈 낸 집단 히스테리라고도 할 수 있겠죠. 하지만 제가 보기에 마녀사냥의 원동력은 인간의 지배욕으로 집약돼요."

"지배욕……."

오치는 중얼거렸다. 나라를 통치하는 정치인이나 흉악범에게도 공통된 욕구였다. 그들뿐만이 아니다. 사람은 누구나 자기와 의견이 다른 자에게 적개심을 느끼고 공격하고 배척하려 든다. 마녀사냥이 자라날 토양은 이 인간 사회에서 사라지지 않았다.

"마녀의 처형법에 대해서 좀 더 구체적으로 알려 주십시오."

오치는 개인적인 지적 호기심을 자제하고 사건의 실마리를 얻기 위해 적극적인 자세를 취했다.

"처형법은 그다지 다양하지 않았습니다. 보통 화형이죠. 마녀를 처형대에 묶어 놓고 밑에서 약한 불로 오랫동안 고통을 주는 겁니다."

그리고 이자와는 처참한 상황을 떠올렸는지 얼굴을 찡그리며 말했다.

"피해자들은 대부분 혹독한 고통을 참다 못해 불을 더 세게 지펴 달라고 애원했답니다."

오치는 고개를 끄덕이며 다음 이야기를 재촉했다.

"두 손발의 엄지를 묶는 수법은요?"

"그건 처형이 아니라 이단 심문 때 썼던 고문 수법입니다. 수법으로 보면 이쪽이 훨씬 다양하고 무궁무진하죠. 두 손발을 묶어서 물에 담그는 방법은 물고문의 일종이었고요. 떠오르면 마녀라고 했으니 물에 잠긴 채 익사하는 수밖에 혐의를 벗을 도리가 없었어요."

"뜨거운 물을 사용한 경우도 있었습니까?"

"사용했어요. 그리고 모든 고문 방법은 일단 옷은 다 벗기는 게 기본입니다. 마녀는 몸에 반드시 징표가 있다면서 온몸의 털을 깎아 내고 샅샅이 조사했으니까요. 그때는 점을 마녀의 징표라고 했고, 심지어는 바늘이나 칼로 일부러 상처를 내기까지 했던 모양입니다."

오치는 심리연구관에게 들은 기괴한 이야기로 화제를 돌리고 싶었으나 아직은 자신의 예비지식이 부족하다고 느꼈다. 범인은 아직 잡히지 않았고, 제3의 범행에 다른 수법을 사용할 가능성도 있기 때문이다.

"참고로 다른 고문 방법도 알려 주시겠습니까?"

그러자 이자와는 얼굴을 찌푸리며 대답했다.

"제가 볼 때 가장 무서운 고문은 두 손을 묶고 높은 곳에서 떨어뜨리는 방법입니다. 발에는 따로 추를 달아서 허공에 뜬 희생자의 몸을 위아래로 잡아당기는 거예요. 그러면 모든 관절이 탈골되거든요. 세 번쯤 반복하면 살아남은 이가 거의 없었다더군요."

비명, 희생자의 단말마의 외침이 귓전에 들려오는 것 같았다.

"또 있습니까?"

"스페인 장화라고, 바이스(vise, 기계 공작에서 공작물을 끼워 고정하는 기구——옮긴이)처럼 쇠로 만든 장화를 신기고 죄어서 다리뼈를 으깨는 방법, 바늘이 촘촘히 박힌 의자에 앉히는 방법, 쇠 지렛대로 근육을 찢는 방법, 이 밖에도 많지만 하여튼 인간이 생각해 낼 수 있는 모든 잔혹한 행위가 있었답니다."

그리고 교수는 불쾌한 느낌이 아니라 슬픈 눈빛으로 말했다.

"다 인간이 저지른 짓이에요. 오로지 자신이 옳다는 신념으로."

고개를 끄덕인 오치는 목소리를 낮추어 물었다.

"요즘 시대에 마녀사냥이 일어난 적은 없습니까? 그런 의식을 치르는 종교 단체라든지……."

"없습니다."

교수는 단번에 부인했다.

"마녀사냥은 17세기로 끝났어요. 역사상 유일하게 이를 저지른 교단, 즉 가톨릭은 훗날 공개 석상에서 자신들의 과오를 분명히 인정하고 사죄했죠. 그런 짓을 하는 집단은 더 이상 없습니다."

"컬트라고 불리는 집단을 포함해도 그렇습니까?"

"들어 본 적이 없네요."

"알겠습니다. 그럼 마지막으로 과학수사연구소 직원한테 말씀해 주신 영국의 이야기를 듣고 싶습니다."

이자와는 고개를 끄덕였다. 입을 축이려는지 목에서 꿀꺽 소리를 내더니 설명을 시작했다.

"그 당시 유럽에서 영국만이 예외적으로 마녀사냥의 피해를 면했습니다. 희생자가 수백 명밖에 되지 않았죠. 대륙과는 달리 고문을 허용하지 않는 법체계를 갖췄다는 이유를 꼽는데, 또 하나, 역사의 어둠 속에 묻힌 기묘한 이야기가 있습니다. '그레이브 디거' 전설입니다."

그 귀에 낯선 단어는, 그러나 확실한 무게로 귓전을 때렸다.

"그레이브 디거요?"

"네. 영어로 '무덤을 파는 자'라는 뜻입니다. 마녀를 박해하는 분위기가 영국에 미칠 무렵에 이단 심문관들이 누군가에게 학살당하는 사건이 발생했어요. 마녀재판과 똑같은 고문 방법으로 말이죠. 여기에 겁을 먹은 이단 심문관들이 마녀사냥을 자제하지 않았나 하는 이야기입니다. 지금 와서는 사건의 진상은 알 수 없습니다. 하지만 그 당시 사람들은 고문당해 죽은 자가 무덤에서 살아나서 자기를 죽인 자들한테 복수한 거라고 수군댔습니다. 그리고 이 부활한 사자(死者)를 '그레이브 디거'라 불렀답니다."

"그레이브 디거, 죽은 자가 되살아난다."

반복하던 오치는 갑자기 입을 다물었다. 뇌리를 스치는 기억이 있었다.

죽은 자가 되살아난다…….

시체에 관한 기묘한 사건을 얼핏 들은 적이 있다. 필시 경시청 관할 구역의 사건이었다. 변사체가 도난당했다는 내용이었던 것 같은데 잘 기억이 나지 않았다. 대학 교수의 이 연구실에 발을 들여놓은 이후로 마치 마계에 길을 잘못 든 것처럼 사고력이 마비된 듯하다.

오치는 이야기의 흐름을 되새기며 질문했다.

"저희가 지금 수사하는 사건을 볼 때, 범인이 그레이브 디거의 수법을 모방했다는 근거로 삼을 만한 요소가 있을까요? 이단 심문관들도 고문에서는 같은 수를 썼다고 하셨는데."

"팔을 엇갈리게 하여 손가락과 발가락을 묶는 방법, 그리고 희생자의 몸에 새긴 십자 표시가 그레이브 디거의 살육을 대변하는 특징이에요. 둘 다 뜻하는 바는 십자가고요. 그레이브 디거는 이단 심문관들을 죽일 때 기독교인을 나타내는 기호를 마녀의 징표 대신 남겼어요."

교수는 자리에서 일어나 길게 이어진 책장의 한 구석에 다가갔다. 그리고 책 한 권을 뽑아 들고 한 면을 펼치더니 오치에게 내밀었다. 영국에서 발간된 고서인 모양이다. 알파벳이 나열된 본문 옆에 판화풍의 삽화가 인쇄되어 있다.

밤의 묘지를 배회하는 망토를 걸친 검은 그림자. 머리를 감싼 두건의 그늘 속에 두 눈동자만 형형하게 빛나고 있다. 양옆에 내린 두 손에는 각각 활과 전투용 도끼를 쥐었다.

그리고 삽화 밑에 The Gravedigger라고 적혀 있다.

오치는 그 그림을 머리에 새겨 넣었다. 마치 지명수배범의 몽타주라도 되듯이. 지금 도쿄에 출몰하는 연쇄 살인범은 이 되살아난 사자의 범행을 모방하고 있다. 대도시 도쿄에 전설의 대량 살육자가 부활한 것이다.

"정말 감사합니다. 많이 도움이 됐습니다."

일어나려는 오치를 교수가 붙잡았다.

"마지막으로 하나만 말씀드리죠. 지금 알려드린 것 말고도 그레이브 디거 특유의 기괴한 처형법이 있습니다. 이단 심문관들도 고문에 사용하지 않았던 고유의 수법이었죠."

"어떤 수법입니까?"

"이것도 전설에 속하겠지만……."

전제를 깔고 교수는 목소리를 낮추었다.

"지옥의 불로 이단 심문관들을 불태워 죽였어요. 그 불길은 이 땅의 불과는 달리 눈에 보이지 않았답니다."

오치는 눈살을 찌푸렸다.

"눈에 보이지 않는 불길요?"

"그렇습니다. 희생자들은 그 불길에 의해 자기 몸에 무슨 일이 일어났는지도 모르는 채로 타 죽었다죠."

손목에 찬 작은 시계는 어둠 속에서는 잘 보이지 않았다.

어둠이 커튼을 드리우고 가로등이 띄엄띄엄 이어진 좁은 골목길을 걸으며 하루카와 사나에는 눈을 가늘게 뜨고 숫자판을 읽어 냈다.

7시가 조금 넘은 시각이었다.

사나에는 좀 걱정이 되었다. 소중한 친구가 이메일을 보낼 시간이다. 늦지 않고 답장을 보내야 할 텐데.

종종걸음을 치며 사나에는 이메일로 맺어진 식구들을 떠올렸다. 외로웠던 사나에를 따뜻한 미소로 맞이해 준 소중한 사람들. 게다가 리더는 모두가 부르는 이름대로 정말 마법사 같았다. 상처받고 예민한 마음을 치유해 주는 인자한 지도자.

좁은 골목길 끝에 자신의 원룸으로 이어지는 마지막 모퉁이가 눈에 들어왔다. 사나에는 다시 한 번 시계를 보았다. 괜찮아, 이 정도면 늘 가던 시간에 집에 들어갈 수 있겠어.

그러나 사나에의 걸음이 갑자기 느려졌다. 얼핏 발소리가 들린 듯했다. 그것도 바로 뒤에서.

까치발로 하이힐 소리를 죽이고 귀를 기울여 본다. 그러자 구두 굽이 길을 스치는 소리가 분명히 들렸다.

「소매치기, 치한 주의」라고 쓰인 간판 앞을 막 지나온 참이었다. 이 주택가 일대는 저녁을 준비할 무렵이면 발길이 뚝 끊기는 곳이었다.

신경을 날카롭게 곤두세운 사나에의 귀에 옷깃이 스치는 소리까지 들려왔다. 약간의 거리를 두고 바짝 접근해 있다.

사나에는 생각했다. 뛸까? 하지만 집까지 무사히 도망칠 수 있을까?

두려워하지 마. 자신을 타이르며 사나에는 가방 속에 넣어 둔 방범 경보기를 떠올렸다. 다음 모퉁이를 돌면 경보기를 꺼내자. 그리고 뒤돌아서 상대방을 확인하자.

사나에는 그 자리에 멈춰 버릴 것만 같은 두 다리를 가까스로 움직여 막다른 길의 모퉁이까지 갔다. 그리고 손을 가방에 넣고 경보기의 끈을 쥔 뒤에 뒤를 돌아보았다.

괴이한 외모의 남자가 서 있었다. 그 모습을 본 충격으로 사나에는 손을 멈추고 말았다. 남자는 두건 달린 망토를 입고 있는 듯했다. 그러나 사나에가 온몸이 얼어붙을 것 같은 공포를 느낀 것은 시커먼 망토 때문이 아니었다. 두건 그늘에 보인 남자의 얼굴, 그것은 둔탁하게 빛나는 은색 가면이었다. 가면무도회나 사육제가 머리에 떠올랐지만 남자의 얼굴을 가린 그것은 더 위험한, 중세 유럽의 기사들이 착용한 투구를 연상케 했다.

남자가 천천히 이쪽으로 다가왔다. 목 안이 턱 막혀 비명조차 나오지 않았다. 사나에는 의지의 힘을 모아 방범 경보기의 끈을 뽑았다.

그러나 경보기가 가방 속에 있던 탓인지 경고음이 생각보다 작았다. 황급히 바깥으로 꺼내려는 순간, 2미터 전방까지 다가온 남자가 망토에서 두 팔을 꺼냈다.

사나에는 눈을 크게 떴다. 남자는 두 손에 흉기를 쥐고 있었다. 화살을 시위에 메긴 석궁이 똑바로 사나에의 몸을 겨냥했다.

"묻는 말에 대답해."

투구 안에서 억양이 전혀 없는 단조로운 목소리가 들려왔다. 그것은 마치 지옥의 망자와 같은 음성이었다.

사나에는 열심히 고개를 위아래로 끄덕였다. 그러지 않으면 그 즉시 화살을 쏠 것만 같았기 때문이다.

남자는 뒤이어 질문을 하나 던졌다.

그러나 사나에는 대답할 수 없었다.

그 날카로운 소리는 찰나에 끊겼다. 무슨 일인지 궁금해할 겨를도 없었다.

학원에서 돌아올 아이에게 먹일 저녁 식사를 마련하던 주부는 가스레인지 불을 끄고 자신이 들은 소리를 확인하려고 했다.

비명이 아니었던가?

귀를 쫑긋 세우자 경고음 같은 소리가 어렴풋이 들려왔다.

'뭐야?'

주부는 앞치마로 두 손을 닦으며 거실을 지나 베란다로 나갔다.

2층 높이에서 길을 내려다보니 가로등 밑에서 젊은 여자가 정신없이 춤을 추고 있었다. 마치 그녀에게만 들리는 음악에 몸을 내맡긴 듯 두 손을 격렬하게 휘저으며 빙글빙글 돌고 있다.

'요새 젊은 애들은……'

이런 식상한 말이 떠올랐다. 그러나 짜증스럽게 눈살을 찌푸린 주부의 얼굴은 이내 경악의 표정으로 바뀌었다.

여자의 몸 앞뒤에 튀어나온 막대기는 액세서리가 아니라 그녀에게 꽂힌 화살이 아닌가! 그러나 고통을 겨우 참아 내는 모습 치고는 상태가 이상하다. 왜 저렇게 몸을 심하게 움직이는 걸까?

뚫어지게 쳐다보던 주부는 그 순간 도저히 현실이라고는 믿기지 않는 광경을 보고 말았다.

젊은 여자의 전신을 모락모락 피어오르는 아지랑이 같은 것이 휘감고 있었다. 열을 품었는지 배경이 일그러져 보인다. 그 투명한 베일에 갇혀 여자가 입을 크게 벌리고 있는데도 절규는 들리지 않았다. 대신 울어 대던 방범 경보기가 음정을 잃고 일그러지기 시작했다. 비닐 재질의 가방이 저절로 터졌다. 안에서 화장품과 함께 방범 경보기가 떨어졌다. 작은 기계는 지면에 튕기더니 소리를 멈추었다. 느닷없이 정적이 찾아온 거리에서 여자의 몸을 꿰뚫은 금속 화살이 고열에 녹아내리기 시작했다.

'저 사람, 불에 타고 있어.'

갑작스러운 깨달음에 두 손으로 입을 가렸다.

'눈에 보이지 않는 불길에 타고 있는 거야!'

젊은 여자의 긴 머리가 뜨거운 기운에 펄럭이며 위로 휘날렸다. 동시에 그전까지 하얗던 얼굴이 빨갛게 부어오르기가 무섭게 진물이 스며 나오더니 검게 숯처럼 변해 갔다. 그리고 타서 눌어 버린 옷이 너덜너덜하게 떨어지며 이미 화상으로 짓무른 여자의 알몸을 드러냈다.

"다녀왔습니다."

학원에서 돌아온 아이의 목소리가 뒤에서 울렸다.

"오면 안 돼!"

그 자리에서 꼼짝할 수는 없어도 소리는 칠 수 있었다.

"문 잠그고 들어와서 부엌에 있어!"

"왜?"

아이가 입을 삐죽 내밀며 말했으나 아이의 엄마는 가차 없었다.

"시키는 대로 해!"

엄마 뒤에서 작은 발소리가 종종걸음으로 사라졌다. 아이와 대화를 나누는 그 짧은 사이에 여자의 몸은 그대로 무너져 내렸다. 그녀의 얼굴은 새카만 숯덩이로 변했고 두 팔을 껴안은 태아의 자세로 몸을 웅크렸다.

주부는 베란다의 난간을 잡은 채 그 자리에 주저앉았다. 자신의 눈을 의심했다. 그러나 가로등 불빛이 비춰 낸 자리에는 틀림없이 조금 전까지는 살아 있던 인간의 시체가 누워 있었다.

주부가 방으로 들어가 베란다 문을 잠그고 커튼을 닫고 경찰에 신고하기까지는 조금 더 시간이 필요했다.

산더미처럼 쌓인 폐기 자전거 중에 한 대를 골라 내며 야가미는, 이건 재활용이라며 자신을 설득했다. 이건 도둑질이 아니라고. 버려진 자전거가 다시 인간에게 쓰일 기회를 줄 뿐이야.

그리고 실제 재활용에도 성공했다. 중학교 때 터득해 둔 기술로 바퀴 살을 꺾지 않고 앞바퀴에 달린 열쇠를 구부린 야가미는 장바구니가 달린 자전거로 사이클링을 시작했다.

굽이굽이 이어진 골목을 골라 아사쿠사로 향한다. 그러나 곧 길을 헤매고 말았다. 하는 수 없이 조금 위험을 감수하고 간선도로로 나가 곧 문을 닫으려는 전파상을 발견했다. 야가미는 그 점포의 쇼윈도 불빛으로 지도를 확인했다.

그때 주의를 환기시키는 작은 벨소리가 들렸다.

야가미는 고개를 들었다.

쇼윈도 속의 텔레비전이 뉴스 속보를 방영하고 있었다.

도쿄에서 연쇄 살인 사건 발생. 범인은 도주 중.

화면을 쳐다보며 시마나카의 사건일까 생각했다. 연쇄 살인 사건이면 피해자가 여럿이다. 그 외에도 또 누가 살해당한 것일까?

어쨌든 상황은 한결 나빠진 듯했다. 도주 중인 범인을 쫓아 거리에 순경이 득실댈 것이다. 게다가 시마나카 살인의 혐의가 자신에게 씌워졌다면 그 죄는 단순한 살인이 아니라 대량 살인이다.

벼랑 끝에 내몰린 초조함에 야가미는 페달을 힘껏 밟았다. 한시라도 빨리 병원에 뛰어들어야 한다. 절대로 잡히면 안 된다.

무코지마 일대로 들어선 야가미는 스미다가와 강에 걸린 사쿠라 철교로 향했다. 그 철교를 넘으면 아사쿠사가 있는 다이토 구였다.

그러나 멀리서 철교를 보고 재빨리 핸들을 왼쪽으로 꺾었다. 철교 입구에 막일꾼 두 명이 잡담을 나누고 있었다. 경찰이 푼돈을 쥐어 주고 망을 보게 하기에 안성맞춤인 놈들이다. 조심할수록 좋다.

스미다가와 강과 평행으로 남쪽으로 이동해서 그다음 철교인 고토토이 대교에 이르렀다. 주변을 맴도는 사람은 없었으나 건너편에 사람이 간간이 보였다. 노숙자일까?

이곳도 그대로 지나치고 세 번째 다리인 아즈마 대교로 다가갔다. 지하철 아사쿠사 역으로 갈 수 있는 가장 가까운 지름길이 바로 이 다리였다. 그러나 바로 옆에 대형 맥주회사가 있는 탓인지 다리 앞의 사거리는 인산인해를 이루고 있었다. 게다가 남녀 직장인들 여럿이 약속한 상대를 기다리며 서 있었다.

손거울을 보며 화장을 고치던 여자가 갑자기 덮치는 악몽을 떠올리며 야가미는 고개를 수그리고 이 다리도 그냥 지나쳤다.

이렇게 건널 예정이었던 다리를 세 개 다 지나치고 말았다. 먼 길을 돌아가게 되었지만 다음 고마가타 대교를 건너 아사쿠사로 돌아가는 수밖에 없다. 그렇게 정하고 나니 머릿속에 썩 나쁘지 않은 작전이 떠올랐다. 고마가타 대교를 건너 1킬로미터 정도 직진하면 아사쿠사를 지나 우에노 역으로 바로 진입할 수 있다. 지하철을 이용하지 않아도 되는 것이다.

고마가타 대교 옆에 자전거를 세우니 지나가는 사람도 드물고 걸음을 멈추는 사람도 없다. 야가미는 150미터 정도 떨어진 맞은편을 응시했다. 사람의 모습은 없었다. 괜찮다는 판단으로 자전거로 다리에 진입했다.

3분의 1 정도 나가자 맞은편에 사람의 그림자가 보였다. 여자다. 이쪽을 등지고 누군가를 찾는 듯 좌우를 살피고 있다. 적이 나타났나. 야가미는 그 작은 윤곽에 시선을 고정했다.

자전거를 타고 앞으로 나갈수록 여자의 외모가 눈에 들어왔다. 사무직으로 보이는 중년 여성이다. 만약 야가미를 감시하는 역할이더라도 자전거로 돌파하면 떨칠 수 있을 것 같다.

다리의 3분의 2에 다다른 시점에서 여자가 갑자기 뒤를 돌아보았다. 불안해 보이는 여자의 표정이 경직되어 있다. 야가미는 긴장했으나 상대방의 시선은 야가미를 거쳐 강가의 길로 되돌아갔다. 그러나 마음을 놓을 수는 없었다. 여자는 분명 누군가를 찾고 있다. 야가미가 옷을 바꿔 입은 탓에 단순히 못 알아본 것일 수도 있다.

이제 15미터만 남긴 시점에서 야가미는 여자 주위에 다른 사람이 없음을 확인했다. 그리고 맹렬한 속도로 페달을 밟았다.

평소의 운동 부족 탓에 두 다리의 근육이 비명을 질렀다. 그래도 전속력으로 속도를 높여 단숨에 여자의 옆을 지나쳤다.

"아!"

외마디소리가 뒤에서 들려왔다. 야가미는 가슴이 철렁해서 뒤를 돌아보았다. 여자 곁으로 양복을 차려입은 남자가 뛰어와 꽃다발을 내밀고 말했다.

"생일 축하해!"

"고마워!"

여자는 까치발로 서서 기뻐하며 가슴에 끌어안은 꽃다발과 남자의 얼굴을 번갈아 보고 있다.

안도의 미소를 지은 야가미는 이런 상황에서는 어떤 여자라도 예쁘게 보인다는 사실에 놀랐다.

그때 느닷없이 누가 말을 걸었다.

"실례합니다."

반사적으로 멈춰 섰으나 잠깐 방심한 틈에 잡혔다는 사실을 깨달았다. 눈앞에 순경이 두 명 서 있었다.

"이 자전거 주인이 본인 되십니까?"

나이가 많아 보이는 순경이 벌써 의심하는 눈치로 야가미에게 물었다.

"당연하지."

야가미는 달아날 수단을 머릿속에 바쁘게 그리기 시작했다. 물론 여기서 검문으로 끝나면 가장 바람직하다.

"전조등도 제대로 켰는데 왜 그래."

젊은 순경이 뒷바퀴 쪽으로 돌아갔다. 바퀴의 흙받기에 붙은 방범등록증을 보려는 모양이다.

"어디 가는 길이시죠?"

정면의 순경이 물었다.

"아사쿠사 6구."

"뭐 하러 가시는데요?"

"심야 영화 보러."

"영화 제목은요?"

순경은 집요했다. 야가미는 재빨리 예전에 봤던 영화 제목을 쥐어짜냈다.

"노비타(도라에몽에 등장하는 소년―옮긴이)의 대모험."

"아사쿠사 6구에서 도라에몽 심야 영화요? 그런 걸 누가 보러 온답니까?"

언제부터 사람을 속이는 게 이렇게 서툴러졌는지 야가미는 자책했다. 그때 뒤에 있던 젊은 순경이 한심하다는 투로 말을 건넸다.

"저기요, 야가미 씨."

"왜 불러?"

뒤를 돌아본 순간 야가미는 실로 많은 사실을 깨달았다. 야가미라는 이름이 이미 수배되었고, 인상착의도 배포되었으며, 지금 자신은 보란 듯이 함정에 빠져서 내가 야가미라고 자백하고 말았다.

"야가미 도시히코지?"

두 순경의 손이 허리춤의 경찰봉으로 뻗었다.

"임의 동행한다. 저항하면 공무집행 방해죄로……."

야가미는 저항했다. 두 손으로 핸들을 꽉 잡고 자전거를 들어 올려 정면에 있던 경관을 겨냥해서 휘둘렀다. 상대방이 엉덩방아를 찧으며 길을 비켜 주었기에 야가미는 착지한 자전거에 체중을 싣고 전속력으로 뛰기 시작했다.

"거기 서지 못해!"

외치는 소리와 함께 뒤에서 젊은 순경의 손이 뻗었으나 어깨를 잡히기 전에 떨쳤다. 야가미는 자전거에 올라타 아사쿠사 방면으로 도망가기 시작했다.

길가에서 상황을 지켜보던 불량배가 야가미에게 응원을 보냈다.

"파이팅!"

투르 드 프랑스(Tour de France, 매년 7월 프랑스에서 개최되는 전국 일주 사이클 대회—옮긴이)가 따로 없다. 야가미는 힘껏 페달을 밟았다. 어깨너머로 돌아보자 뜻밖에도 두 순경은 쫓아오지 않았다. 그러나 야가미를 놓친 자리에 서서 어깨의 무선 마이크에 대고 열심히 무슨 말을 하고 있었다.

야가미는 죽을힘을 다해 달려 인파 너머로 순경의 모습이 사라진 것을 확인했다. 그리고 찻길을 건너 서쪽으로 방향을 틀어 그대로 한 블록을 더 달렸다. 그리고 모퉁이를 돌아 아까 간다던 아사쿠사 거리로 돌아왔다.

뒤통수를 칠 생각이었다. 이대로 넓은 인도를 곧장 가로지르면 우에노 역이다. 야가미는 주위의 시선을 끌지 않도록 일부러 속도를 늦추었다.

그때 사이렌이 울렸다. 고개를 들자 전방에서 잠복 경찰차가 이쪽으로 달려오고 있었다.

야가미는 고개를 수그렸다. 찻길을 달리던 경찰차는 맹렬한 속도로 지나쳤으나 마음 놓을 겨를도 없이 뒤에서 급브레이크를 밟는 소리가 울렸다.

자전거를 멈추지 않고 야가미는 돌아보았다. 잠복 경찰차의 조수석에서 경찰이 얼굴을 내밀더니 손에 마이크를 쥐고 외쳤다.

"검은 재킷 입은 분, 자전거 세우세요!"

차량에 탑재된 확성기를 통해 목소리가 크게 퍼져 나갔다. 오가던 행인들이 무슨 일이냐며 눈길을 돌렸다. 야가미는 자전거의 전조등을 꺼서 페달에 부과되는 저항을 줄이고 전속력으로 달리기 시작했다.

등 뒤의 사이렌 소리가 일단 멀어졌다가 다시 쏜살같이 쫓아오기 시작했다. 경찰차는 유턴해서 3차선을 낀 반대편 차선을 달리고 있었다.

　이대로 가다가는 따라잡히고 만다. 필사적으로 페달을 밟는 야가미의 앞에 큰 사거리가 나타났다. 신호는 빨간불이었다. 교차하는 6차선 거리에는 차량이 끊임없이 통행하고 있었다. 인도를 따라 오른쪽으로 꺾어야 하나 하는 생각에 초조해진 순간, 앞을 가로막은 차량의 대열이 잠시 끊겼다. 지금이면 돌파할 수 있다. 핸들을 앞으로 되돌리자 십자로 맞은편에 있는 불교용품점의 간판이 보였다. 재수가 없으면 극락행이다. 그러나 야가미는 부처님의 가호를 믿고 교차로로 돌진했다.

　그 순간 우측 사각지대에서 덤프트럭이 튀어나왔다. 굉음이 귓전에 밀려온 순간 야가미의 시야가 슬로모션으로 바뀌었다. 심한 충격을 각오한 순간 날려갈 듯한 풍압이 등을 스쳐 지나갔다.

　"좋아!"

　쾌재를 부르기가 무섭게 충돌에 의한 대음향이 일대를 뒤흔들었다. 놀라서 돌아보니 교차로의 정중앙에서 앞부분이 일그러진 잠복 경찰차와 덤프트럭이 서 있었다.

　야가미는 회심의 미소를 짓고 바로 도주를 재개했다. 그런데 다음 사거리를 지나자마자 우측에 파출소가 보였다. 보초를 선 순경이 이어폰에 손을 대고 무전을 열심히 듣고 있다. 순경의 입에서 '야가미'라는 단어가 흘러나왔다.

　야가미는 민첩하게 움직였다. 아직 이쪽을 눈치 채지 못한 순경의 왼발을 향해 자전거와 함께 정면충돌했다.

　비명을 지르며 순경이 쓰러졌다. 야가미도 자전거에서 튕겨 나왔다. 격렬한 충돌을 대변하듯 앞바퀴가 여기저기 일그러졌다. 잽싸게 몸을 일으켜 뛰기 시작하자 등 뒤에서 날카로운 호루라기 소리가 들려왔다. 길에 아직 쓰러져 있는 순경이 근처에 있는 동료를 불러 모으고 있는 것이다.

야가미는 신보리 가도까지 단숨에 달려가서 지나가던 택시를 잡았다. 재빨리 올라타고 거친 숨을 몰아쉬며 물었다.

"이 다음 역, 오카치마치까지 기본요금이면 갈 수 있어?"

"예, 갈 수 있죠."

"출발해."

기사가 차를 출발시켰다.

야가미는 뒤를 돌아보고 추격자가 없는지 확인했다. 그리고 배낭을 어깨에서 내리고 새틴 재킷을 벗었다. 옷차림을 바꾸려면 재킷을 벗는 수밖에 없다. 그런데 옷의 안감을 본 순간 신은 아직 자신을 외면하지 않았음을 알았다. 한 벌에 1000엔밖에 안 되는 그 재킷은 검정과 빨간색의 양면 타입이었다.

옷이 점점 화려해지기는 하나 별수 없다. 티셔츠 한 장으로는 골수이식을 앞두고 감기에 걸릴 우려가 있었다.

빨갛게 변한 재킷을 입고 좌석에 몸을 묻었다. 짧은 휴식을 취하려는 순간 택시의 무전기를 통해 영업소에서 연락이 들어왔다.

"아사쿠사 가도, 우에노 역 방향에 커다란 분실물. 검은 가방. 잊으신 손님은 30대 초반의 남성."

"세워."

야가미는 즉각 말했다.

기사가 깜짝 놀라 뒷거울 속에서 겁먹은 눈으로 쳐다보았다.

악당을 쉽게 보면 큰코다치지. 야가미는 기사를 노려보았다. 방금 들어온 무전 연락은 경찰과 결탁한 택시회사의 암호 통신이었다. 해독하자면 나이는 30대 초반에 검은 옷을 입은 중요 사건의 피의자가 아사쿠사 가도의 우에노 역 방향에서 택시를 도주 수단으로 삼았을 가능성이 있다는 뜻이다.

"어서 세워!"

기사가 차를 갓길에 대고 브레이크를 밟았다.

"움직이지 마."

뭘 해도 자신은 나쁜 짓을 저지를 운명인가 싶은 생각에 낙담하며 야가미는 몸을 앞좌석으로 내밀어 무전기와 마이크를 잇는 코드를 뽑았다. 그리고 조수석에 있던 기사 개인의 휴대전화를 집어 배터리를 빼서 주머니에 넣었다.

"손님……"

기사가 가냘픈 목소리로 말했다.

"뭐야?"

중년의 기사는 물에 빠진 사람처럼 허덕이며 말을 이었다.

"아무리 힘들어도 인생은 다시 시작할 수 있어요. 나도 정리 해고당하고 택시 운전을 시작한 거예요. 이번만 그냥 경찰에 자수하세요."

"자수했다간 그야말로 인생을 망치게 생겼거든. 게다가 난 지금 한창 남을 돕는 중이라고. 당신이 좀 이해를 해 줘야겠어."

"예."

아무것도 모르면서 기사는 고개를 끄덕였다.

차를 내리려던 야가미는 마음을 고쳐먹고 지갑에 든 빈약한 재산에서 기본요금을 지불했다.

기사는 겁에 질린 채로 거스름돈 40엔을 건네주며 물었다.
"영수증 드릴까요?"
"됐어, 필요 없어."
야가미는 길가에 내려서 말했다.
"한동안 여기서 꼼짝 마. 알았어?"
"예."
"당신도 열심히 살아."
"저는 처자식을 먹여 살려야 돼요."
야가미는 주위를 둘러보았다. 순경들의 모습은 보이지 않았으나 멀리서 사이렌 소리가 들려왔다.
번화가에 숨기로 했다. 주말의 인파 속에 파묻히는 수밖에 달리 방법이 없다.
몇 발짝 옮기고 나서 뒤돌아보니 기사는 시킨 대로 얌전히 기다리는 듯했다. 택시가 움직일 조짐은 없었다.
야가미는 우에노와 오카치마치를 잇는 대형 상점가, 아메야 요코초로 발길을 옮겼다.

분쿄 구 시로야마의 길거리에서 젊은 여성이 소사체(불에 타 죽은 시체—옮긴이)로 발견되었다······.
그 첫 신고가 차량 무전기에서 흘러나왔을 때 후루데라는 국도 246호의 갓길에 차를 세우고 경시청 사이버테러 대응센터의 기술자와 통화 중이었다. 도너 명단의 유출 가능성을 추적하기 위해서였다. 무전에서 들려온 소사체 발견 신고는 욕조의 변사체가 아니기에 한 귀로 흘렸다.

"해킹은 기본적으로 어떤 사이트라도 가능합니다."

기술자가 말했다.

"컴퓨터 안에 있는 정보를 보호할 방법이 없단 말인가?"

"방어책은 다양하게 있습니다만 해커들과는 끝없는 숨바꼭질을 하는 관계라서요. 아무리 방어를 강화해도 그걸 뚫는 놈이 꼭 나타나는 거죠. 지금 유통되고 있는 각종 소프트웨어는 결코 완전하지 않습니다. 어딘가에 허점이 존재하고, 거기만 뚫으면 정보는 손쉽게 유출됩니다."

범인이 설사 도너 명단을 가지고 있다 해도 이식 관계자에게만 혐의를 씌운다는 것은 섣부른 판단인 모양이었다.

"만약에 사이트가 해킹당하면 범인을 추려 내기까지 시간이 얼마나 걸리는가?"

"해킹 수법에 따라 다릅니다. 빠르면 며칠 만에 알아낼 수 있고, 수법이 교묘하면 적발하지 못하는 경우도 생깁니다."

"그래, 알겠네. 고맙네."

전화를 끊자 바로 무전기에서 오치 관리관의 호출이 들어왔다.

"기동 수사 239."

"예, 기동 수사 239, 후루데라입니다."

"분쿄 구의 소사체 발견 신고는 들으셨습니까?"

"네, 방금요."

"일단 현장으로 가 주십시오."

"알겠습니다."

차를 출발시키고 나서 후루데라가 물었다.

"불에 탔으면 이번 일련의 사건과는 연관성이 희박하지 않습니까?"

"그게……."

오치답지 않게 말꼬리를 흐리더니 대학 교수로부터 들은 그레이브 디거 전설을 설명했다.

후루데라도 반신반의로 들었다. 광기에 사로잡힌 이상범죄자는 다양한 곳에서 소재를 따오기 마련이다.

"그레이브 디거요?"

"그렇습니다. 그 부활한 사자는 눈에 보이지 않는 불길도 살육의 현장에서 사용했답니다."

그래서 소사체란 말인가. 그제야 납득이 갔다. 분쿄 구의 건이 동일범이라면 범행 수법이 더욱 흉악해진 것이다. 후루데라는 지금 이러는 사이에도 범인이 네 번째 희생자를 찾고 있지 않을까 염려되었다.

"현장에 가서서 앞서 일어난 두 건의 범행과 연관성이 있는지 알아봐 주세요."

"알겠습니다."

후루데라는 골수이식 코디네이터의 탐문 조사 내용과 도너 명단 유출 가능성에 대해 보고했다.

오치는 다 듣고 나더니 곧바로 말했다.

"분쿄 구의 피해자가 도너 카드를 소지했다면 동일범으로 봐도 틀림없겠는데요."

"그렇죠."

후루데라는 대답하고 머릿속에서 용의자 한 명을 지웠다. 세타가야 구의 병원에서 방금 만난 이식 코디네이터. 미네기시가 분쿄 구까지 이동할 만한 시간적인 여유는 없었다.

"마지막으로 하나 궁금한 점이 있습니다."

오치가 말했다.

"시체와 관련된 기묘한 사건을 들으신 기억, 혹시 안 나십니까? 도난이던가…… 한…… 두 달 전쯤이었던 것 같은데."

후루데라는 순간 어리둥절하다가도 기억 속에 잡히는 일이 있었다.

"그러고 보니 제3기동수사의 관할에서 뭔가 있었던 것 같기도 한데. 자세히는 모르겠습니다."

"알겠습니다. 나머지는 제가 알아보겠습니다."

오치는 무전 연락을 끊었다.

분쿄 구로 긴급 주행을 하면서 후루데라는 기억을 되살렸다. 필시 오쿠타마 경찰서 관할이었고, 변사체가 사라졌다는 사건이었다.

하지만…… 귀신 이야기를 들었을 때처럼 일말의 오싹함을 느끼며 그는 생각했다. 그게 되살아난 사자의 전설과 무슨 상관이라는 건가?

변사체 도난 사건 수사가 종료된 지 두 달이 지났다.

그 뒤로 운이 따라 주지를 않았다. 감찰계 주임인 겐자키 경위는 처절한 패배감을 맛보며 본청 11층에 있는 자신의 책상 앞에 앉아 있었다.

다시금 수사는 어중간하게 종료되었다. 겐자키의 부서가 맡은 임무는 경시청 제1방면 본부장의 행동을 확인하라는 큰 사안이었다. 그러나 캐리어 출신의 경무관을 아무리 미행해도 범죄에 손을 댔다는 방증은 얻지 못했다.

밤낮의 구분도 없는 연속 근무 끝에 얻은 피로감 속에서 자신들은 권력 투쟁에 이용당하고 있지 않나 하는 의구심이 일었다. 조사 대상이 된 본부장은 틀림없이 총감 자리에 오를 엘리트였다. 문제는 단 하나, 그가 수사부 출신이라는 점이었다. 그리고 그를 염탐하기 위해 움직인 감찰계의 지휘권은 보안부과 같은 경찰청 경비국장이 쥐고 있다. 이 경비국장은 차기 총장으로 추대하는 목소리도 높고, 또한 냉전 구조가 붕괴된 뒤에 발언권이 약해지기만 하는 보안부의 재기를 꾀하는 실권자이기도 했다.

겐자키의 부서에 지령이 내려온 이유는 제1방면 본부장이 감찰계의 수사 대상이 되었다는 기정사실을 만들기 위함이 아니었나? 이런 사실은 반드시 인사부의 기록에 남게 된다. 보안부의 권력 회복을 꾀하는 경비국장이 손수 나서서 수사부의 실태를 날조한 셈이다.

두 달 전처럼 아무런 수확도 없이 끝난 수사의 보고서를 정리하면서 겐자키는 앞날의 처신에 대해 심각하게 고려할 때가 되었음을 절실히 느꼈다. 감찰계라는 부서가 수사부와 보안부의 힘 겨루기에 편입된 느낌이 들었기 때문이다.

살인과 절도 등의 일반 형사 사건을 다루는 수사부와 사상범, 국제 첩보원, 그리고 컬트 집단을 상대하는 보안부. 수사부는 시민의 안전을 보호하며 보안부는 국가의 체제를 보호한다. 이 두 집단이 앙숙이 되기까지는 쉽사리 해소되지 않는 역사적인 배경이 존재했다.

　국가 경찰은 2차 대전 이전에 언론 탄압의 선두 주자가 된 부끄러운 역사에 의해 전쟁 후에 미군의 압력으로 각 지방의 자치 경찰로 해체당하고 말았다. 수도를 관할하는 경시청은 어디까지나 도쿄라는 지방자치 단체의 산하에 속한 조직인 것이다. 그러나 GHQ(연합군 사령부)의 점령이 끝나자마자 경찰법이 개정되어 경찰청이라는 국가 기관이 부활했다. 이리하여 경시청의 내부에는 지휘 계통이 두 갈래로 존재하게 된다. 경시청의 우두머리인 치안 총감이 장악하는 형사 경찰 그리고 경찰청 경비국장을 정점에 둔 경비, 보안 경찰이다.

　두 부서의 대립은 모든 국면에서 분출한다. 수사부가 언론이 떠들어 대는 대사건을 해결한들 보안부가 보기에는 고작 조무래기를 잡은 수준에 불과하다. 살인범을 놓쳐 봐야 나라가 망할 일도 아니지만 반체제 조직이 활보하게 내버려 두면 국가가 위기에 빠진다는 논리다. 한편 수사부의 입장에서 본 보안부라는 조직은 예산이 전액 기밀 취급인 데다 발령받은 형사는 경찰관 명단에서 말소되는, 어둠에 도사린 불쾌한 집단이었다. 더욱이 수사부에서는 엄격하게 징계하는 위법 수사도 보안부는 묵인한다.

　놈들을 꼭 한번 검거하고 싶다. 오로지 정의를 실현하고자 감찰계에 온 겐자키에게 보안 경찰은 최대의 가상의 적이었다. 하지만 끝내 가상의 적으로 끝나리라. 경찰 내부의 비리를 적발한다는 이 담당 부서가 보안부와 같은 지휘 계통에 속한 이유가, 수사부의 불상사는 가차 없이 추궁하는 한편 보안부의 비합법적인 활동에는 손대지 못하게 하려는 속셈이라는 느낌이 들었다.

보고서를 작성하던 겐자키의 손이 진작 멈춰 있었다. 속이 부글거렸다. 앞으로도 감찰계 직원으로서 일을 하려면 과도한 정의감과는 적당한 선에서 타협해야만 한다.

전화벨이 울렸다. 겐자키는 쓰다 만 문서를 컴퓨터에 저장하고 수화기를 들었다.

"예, 인사 1과입니다."

"감찰계의 겐자키 주임님 부탁드립니다."

그 목소리는 젊었지만 충분히 위엄을 지니고 있었다. 캐리어로군. 생각하며 한 단계 낮은 준 캐리어인 겐자키는 대답했다.

"접니다만."

"저는 수사 1과의 오치 관리관이라고 합니다. 상황이 급해서 용건만 말씀드리겠습니다. 오쿠타마 경찰서 관할에서 일어난 시체 도난 사건을 수사하셨죠?"

겐자키는 감찰계의 움직임이 어디서 샜는지 의구심이 일었다.

"제 입장에서는 아무 말씀도 못 드리겠는데요."

"이미 오쿠타마 경찰서의 경비과에서 정보를 확인했습니다. 혹시 총감님께 들으신 내용이 없습니까?"

총감? 하마터면 입 밖에 낼 뻔했다.

"아무 말씀도 못 들었습니다."

"현재 도쿄에서 무차별 연쇄 살인이 일어나고 있습니다. 먼저 상황을 설명드리겠습니다. 괜찮으시죠?"

반대 의견 따위는 염두에도 없다는 위엄 있는 말투였다. 겐자키는 마지못해 응했다.

"말씀하시죠."

오치는 두 건의 연쇄 살인과 이제 막 발생한 소사체 사건, 그리고 지금도 탈주 중인 범인이 중세 영국의 전설을 모방한 가능성에 대해 설명했다. 그리고 마지막으로 약간 곤혹스럽다는 듯이 덧붙였다.

"그레이브 디거로 불리는 전설의 살육자는 죽은 이가 되살아난 것이랍니다. 시체 도난과 어떤 연관성이 있을까 싶어서 전화 드렸습니다."

거기까지 듣고서야 겐자키는 자신의 부서에 문의가 들어온 이유를 깨달았다.

어이없다는 생각도 들었으나 곤도 다케시의 시체 사진이 뇌리에 떠올라 등골이 오싹해졌다. 대량 살육을 저지르는 부활한 시체. 검은 늪 속에서 죽은 당시의 모습을 유지한 채 발견되기를 기다린 제3종 영구시체.

"시간이 괜찮으시면 수사본부로 오셔서 자세히 보고해 주셨으면 좋겠습니다."

그리고 오치는 덧붙였다.

"감찰계의 협조를 얻는 부분은 이미 보안부장님께 허가를 얻었습니다."

"알겠습니다."

겐자키는 만약에 대비해서 상대방의 발언의 행간을 이용하기로 했다. 겐자키는 시간을 벌 요량으로 말했다.

"부하 직원을 보내도 상관없겠습니까? 시간적인 말미도 좀 주셨으면 합니다만."

"괜찮습니다. 부탁 좀 드리겠습니다."

그리고 오치는 특별 수사본부가 오이즈미 경찰서에 설치되어 있다고 알린 후 전화를 끊었다.

겐자키는 우선 보안부장과 연락을 취해서 오치의 말을 확인했다. 그리고 두 부하, 니시카와와 고사카 둘 중 어느 쪽을 호출할까 고민했다. 오늘 이른 새벽까지 줄곧 제1방면 본부장을 감시하느라 두 사람을 오후에 일찍 퇴근시킨 터였다.

겐자키는 근무 태도가 불성실한 쪽을 골랐다. 골칫거리인 나이 많은 부하, 니시카와의 휴대전화에 걸었다. 그러나 전원이 꺼져 있어 연락이 닿지 않았다. 혀를 차며 호출기로 호출을 해 놓고 5분이 지나도 응답이 없으면 고사카로 바꾸기로 생각한 찰나에 니시카와로부터 전화가 걸려 왔다.

"왜 전화를 안 받아?"

싫은 소리를 하자 상대방은 미안한 기색도 없이 대답했다.

"지하철이었어."

"당장 오이즈미 경찰서로 가 줘야겠어."

"무슨 일인데?"

겐자키는 오치 관리관에게 들은 이야기를 그대로 전달했다. 니시카와도 역시 어안이 벙벙해져서 되물었다.

"그레이브 디거? 이단 심문관을 말살했다고?"

"전설을 흉내 낸 범인이 시체를 훔쳐다가 그럴듯하게 조작하고 있는지도 몰라. 두 달 전에 조사했잖아?"

"아, 그거?"

그제야 니시카와는 깨달은 모양이었다.

"상대방이 설명을 해 달라니까 오이즈미 경찰서에 있는 본부에 가서 수사부 현장이라도 보고 와."

"싫어, 난 안 가."

전직 보안경찰은 말했다.

겐자키는 발끈하며 말을 받아쳤다.

"상사의 명령을 거부하겠다는 거야?"

"그런 건 아닌데."

니시카와는 잠시 머뭇거렸다.

"수사 협조라면 다른 형태로 할 수 있어."

"뭔데?"

"지금은 말 못해. 오이즈미 경찰서에는 고사카라도 보내 놔."

그러더니 니시카와가 먼저 전화를 끊었다.

겐자키는 화를 넘어서서 얼이 빠지고 말았다. 니시카와는 두 가지 태만을 범했다. 상사가 지시한 업무를 거부했으며, 게다가 납득할 만한 변명도 하려 들지 않았다. 인사 평가는 E를 먹이기로 결심하며 고사카의 집으로 전화를 걸었다.

상대방은 바로 전화를 받았다.

"여보세요?"

겐자키는 동안인 부하에게 오이즈미 경찰서에 출두하도록 지시했다.

"무슨 일이 생겼습니까?"

"시체가 되살아났어. 그 제3종 영구시체 말이야."

전조등의 맞은편에 파란 비닐 시트로 둘러싼 구획이 보였다. 현장인 분쿄 구의 주택가에 도착한 후루데라는 기동 수사 차량에서 내려서 비상 로프를 넘어 범행 현장에 발을 들여놓았다.

검문하는 경관에게 '기동 수사' 완장을 보여 주고 비닐 시트를 들어 올렸다. 비닐 벽이 둘러싼 길바닥에 불에 탄 시신이 누워 있었다.

연령이나 성별마저 몰라볼 만큼 새카맣게 탄 시체였다. 몸을 웅크리고 두 주먹을 불끈 쥐고 있는 게 권투 선수 자세라 불리는 특이한 자세를 취한 상태였다. 신고자의 증언이 없었다면 젊은 여성이라고는 도저히 믿어지지 않았다.

"아직 들어가려면 좀 이른데."

비닐 벽 안에 있는 감식직원이 후루데라에게 말했다.

"네리마와 아카바네에서 일어난 두 건의 범행과 연관이 있는지 보러 온 거야. 피해자의 신원은 알아냈나?"

"조금만 더 기다려 봐."

"그럼 검시관께 한 가지 확인하고 싶은데, 시체 표면에 십자 모양의 상처가 없던가?"

후루데라는 시신을 관찰하던 흰옷 입은 남자에게 말을 걸었다. 그러자 검시관은 퉁명스럽게 대답했다.

"설사 있었던들 알아보겠어? 이 꼴 좀 봐."

후루데라는 떨떠름하게 고개를 끄덕이며 일단 밖으로 나가려 했다.

"잠깐."

검시관이 말했다.

"화살이 꽂혀 있었던 건 참고가 되려나?"

"화살?"

후루데라는 발을 멈추고 다시 시신으로 눈길을 돌렸다. 피해자의 몸 앞뒤로 끈처럼 보이기도 하는 흰 금속이 늘어져 있었다.

"열 때문에 엿가락이 되긴 했어도 금속 화살이야."

"활로 쐈단 말이야?"

"그래. 석궁일지도 몰라. 감정을 기다려야 할 테지만 어쩌면 불붙은 화살이 꽂힌 것일 수도 있어."

흉기는 불화살.

관리관에게 들은 무덤을 파는 자의 전설이 떠올라서 후루데라는 불길한 예감이 들었다.

젊은 여성의 시체가 실려 나가자 감식반이 경계선 안에서 작업에 착수했다. 후루데라는 그곳에 온 두 형사, 본청 수사 1과와 관할 경찰서 수사부의 수사원들과 함께 신고자인 주부의 아파트로 들어갔다. 현장이 내려다보이는 2층집이었다.

방 세 개짜리 집의 부엌에 30대 중반의 주부가 기다리고 있었다.

"말씀 좀 여쭤도 되겠습니까?"

후루데라가 상대방을 배려하며 말을 걸자 주부는 창백한 표정으로 고개를 끄덕였다.

"예."

"실례합니다."

후루데라를 포함한 세 명의 수사원들이 작은 식탁에 둘러앉았다. 그때 옆방과 이어진 문이 열리더니 초등학생 정도 된 사내아이가 이쪽을 빠끔히 내다보았다. 얼굴을 반만 내놓고 불안한 눈빛으로 살피고 있었다.

"텔레비전 보고 있어."

엄마가 조용히 말하자 아이는 순순히 문을 닫았다.

"자제 분도 현장을 봤습니까?"

후루데라는 수사상의 관심이 아닌 개인적인 노파심에 물었다.

"아뇨, 저 아이는 아무것도 보지 못했어요."

"다행입니다."

후루데라의 말에 주부가 그를 올려보았다. 눈빛에 무언의 감사가 드러난다.

미소로 답하며 후루데라는 본론을 꺼냈다.

"자세한 이야기를 들려주시죠."

"예."

"피해자는 젊은 여성이었다죠?"

"네, 스무 살은 넘어 보였고, 얼굴이 하얀 여자였어요. 머리가 길고요."

"옷은요?"

"흰색 더플코트였던 것 같아요."

"사진을 보시면 그분을 확인하실 수 있겠습니까?"

"글쎄요, 그건 어떨지……."

주부는 말끝을 흐렸다.

"제가 봤을 때 굉장히 고통스러워 보였거든요."

"고통스러워하다니요? 사모님께서 창밖으로 내다봤을 때 이미 불이 붙어 있었단 말씀입니까?"

수사 1과의 형사가 끼어들었다.

주부의 어깨가 떨렸다. 후루데라는 눈치 없는 질문에 화가 치밀었으나 나무라지는 않았다. 가슴이 철렁 내려앉는 느낌을 받으며 주부의 대답을 기다렸다.

"그랬어요."

주부는 말했다. 다시 몸을 휘감는 두려움과 싸우는 듯했다.

"그녀는 몸에 붙은 불을 끄려고 안간힘을 썼던 것 같아요."

그러자 1과의 형사가 물고 늘어졌다.

"그게 참 이상하지 않습니까? 피해자가 불에 타고 있었다면 불길이나 연기에 휩싸여서 인상착의는 알 수 없지 않나요?"

주부는 수사원들의 얼굴을 둘러보았다. 뭔가 말하려다가도 망설이는 모습이었다.

후루데라는 공손하게 재촉했다.

"괜찮습니다, 뭐든지 말씀해 보세요."

"불길이 보이지 않았어요."

"네?"

되물은 수사 1과의 형사 옆에서 후루데라는 체온이 뚝 떨어지는 느낌이었다.

주부는 제발 믿어 달라고 애원하는 투로 말을 이었다.

"그 사람은 투명한, 그러니까 눈에 안 보이는 불에 타고 있었어요."

"그럴 리가 있나요!"

후루데라는 수사 1과의 형사의 강한 말투를 나무랐다.

"사모님 말씀에 일일이 토를 달 건가? 말씀해 주시는 대로 그냥 들어. 알겠나?"

형사는 불만스러워하면서도 수긍했다.

"네, 알겠습니다."

"현장에 다녀오겠네."

후루데라는 두 수사원에게 뒷수습을 맡기고 신고자의 집을 나섰다.

눈에 보이지 않는 지옥의 업화라······.

오치 관리관에게 들은 단어가 귓속을 맴돌았다.

길거리로 나오자 비닐 벽의 틈새로 스트로보스코프의 섬광이 단속적으로 번쩍이고 있었다. 후루데라는 안으로 들어가서 사진 촬영 중인 감식직원에게 물었다.

"그 뒤로 뭔가 알아냈나?"

"신원이 나왔어. 하루카와 사나에, 스물세 살. 도아〔東亞〕상사에 다니는 회사원이야."

"틀림없지?"

"암. 가방이 타서 내용물이 땅에 떨어져 있었거든. 지갑 속에 사원증이 들어 있더군."

감식직원은 길바닥에 흐트러진 유류품을 발로 가리켰다.

주변을 두루 둘러본 후루데라는 주소록이 눈에 띄어 물었다.

"봐도 되겠나?"

"그럼."

주소록의 표지에는 지문 채취에 사용되는 알루미늄 분말이 묻어 있었다. 필름으로 이미 옮겼겠지만 혹시나 하는 마음에 표지를 문지르지 않도록 장갑을 끼고 주소록을 넘겼다.

목적은 욕조에서 살해당한 두 피해자의 이름, 다가미 노부코와 시마나카 게이지였다. 그러나 두 사람의 이름은 없었다. 세 명의 피해자 간의 상관관계는 찾아볼 수 없다.

후루데라는 사진 촬영과 지문 채취가 끝나기를 기다렸다가 여자의 지갑을 집어 올렸다. 안에는 감식원의 말대로 도아상사의 사원증이 들어 있었다. 오토승용차 전용 면허증도 있었다. 사진을 보니 피해자의 얼굴이 예쁘장했다는 것을 알 수 있다.
후루데라는 마음속으로 범인에 대한 적개심을 불태우면서도 동시에 전율하고 있었다.
'그 사람은 눈에 안 보이는 불에 타고 있었어요……'
또 다른 단서는 없는지 후루데라는 열심히 지갑의 내용물을 확인했다. 신용카드, 은행 현금카드, 잡화점의 포인트 카드, 그리고…….
찾았다.
도너 카드.
확실하다. 후루데라는 확신했다. 그레이브 디거의 일련의 범행은 무차별 살인이 아니다. 사냥감은 도너였다.

아메야 요코초까지는 한참을 가야 했다.
택시에서 내린 야가미는 오피스 빌딩가의 인적이 뜸한 뒷골목으로 들어갔다. 그때부터 숨바꼭질이 시작되었다.
상가 빌딩의 현관으로 들어가 순찰 중인 경찰차를 피한다. 한 대가 지나가면 곧바로 뛰고, 한 블록 건너의 건물에 또다시 몸을 숨긴다. 그리고 다음 경찰차가 지나가기를 기다린다. 주로 주차장에 세워 놓은 차 뒤편이나 건물의 비상계단 등에 숨었는데, 이런 식으로 반복해서 한 발 한 발 아메요코(아메야 요코초의 약칭, 이하

아메요코—옮긴이) 쪽으로 전진했다.

  이렇게 한 시간 이십 분을 소요하며, 손목시계의 바늘이 8시 30분을 가리킬 무렵에야 겨우 아메요코로 진입하는 입구, U로드에 도달했다.

  정적이 감도는 오피스 빌딩 거리와는 별천지였다. 양옆에 음식점이 빼곡히 들어선 좁은 길은 주말을 즐기는 직장인이나 가족들로 붐비고 있었다. 순찰을 도는 순경이 없을지 경계하며 야가미는 인파 속을 걸어 철길의 육교 반대편으로 나갔다.

  아메요코는 엄청난 인산인해를 이루고 있었다. 폭이 몇 미터도 되지 않는 좁은 길에 다닥다닥 붙은 수많은 가게들. 식재료에서 귀금속까지 오만 가지 상품을 펼쳐 놓은 점포를 남녀노소, 도쿄 시민, 지방에서 올라온 여행객, 그리고 외국인까지 합세해서 구경하고 다닌다. 이곳에 없는 인종이라면 갑부 정도일까.

  러시아워의 전철에 버금가는 혼잡 속에서 야가미는 겨우 안도의 한숨을 흘렸다. 여기면 경찰에게 의심받을 걱정도 없다. 만일 발각되더라도 인파를 가르기만 하면 쉽게 도망칠 수 있다.

  여유를 되찾은 야가미는 사람들 틈에 숨어 이리저리 다니면서 사냥감을 찾기에 바빴다. 현재 전 재산은 190엔이었다. 무슨 수를 써서라도 로쿠고 종합병원까지 갈 교통비를 이곳에서 벌어야 한다.

  20분 정도 돌아본 후, 이곳은 먹이로 삼을 만한 놈을 찾기가 어려워 보여 우에노 역으로 되돌아가서 횡단보도를 건너오는 사람들을 뚫어지게 쳐다보았다. 신호가 세 번 바뀐 무렵, 드디어 나타났다.

뿔테 안경을 쓴 40대 후반의 남자. 정장을 차려입고 성실하게 생긴 그자는 머리를 갈색으로 물들인 젊은 여자를 데리고 있었다. 뽀얀 얼굴과 탱탱한 허벅지 라인으로 보아 여자는 미성년인 게 확실했다.

야가미는 둘을 미행했다. 아메요코의 반대편, 육교 너머의 U로드로 이어진 골목을 지나려는 이 어울리지 않는 커플은 식당가의 여관에 들어가려는 참이었다.

"이봐."

야가미는 굵은 목소리를 내며 남자의 어깨를 붙들어 강제로 돌려세웠다. 놀라서 입을 떡 벌린 얼굴이다. 교사나 공무원으로 대충 감을 잡고 야가미는 잽싸게 상대방의 윗도리 속에 왼손을 쑥 집어넣어 지갑을 뺐다.

"어!"

남자가 얼빠진 소리를 냈다.

"애가 미성년인 줄 알고나 하는 수작이야?"

야가미가 미처 말을 끝내기 전에 소녀가 달아났다. 순간 남자의 눈이 도망가는 아이의 뒷모습을 향했다가 곧 야가미 쪽으로 고개를 돌렸다.

"꼬, 꽃뱀이었어?"

마음의 동요를 감추지 못하고 남자는 멱살이라도 잡힌 듯한 소리를 냈다.

악당답게 생긴 악당이 말했다.

"너같이 선량한 시민의 탈을 쓴 악당이 꼴사나울 뿐이야."

야가미는 지갑을 뒤졌다.

"잠깐!"

남자가 손을 뻗다가 다리 사이에 가볍게 무릎 킥을 날려 주자 바로 입을 다물었다. 아니, 고통스러워했다. 남자는 두 무릎을 모아 안짱다리가 되더니 그 자리에서 통통 튀어 오르기 시작했다. 야가미는 상대방의 넥타이를 움켜쥐고 사람들 눈에 안 띄는 곳으로 끌고 갔다. 캥거루 조련사가 따로 없었다.

지갑 속을 뒤지자 1만 엔짜리 지폐와 1000엔짜리 지폐가 두 장씩밖에 없었다. 일단 그 돈을 주머니에 쑤셔 넣고 야가미는 신용카드를 살폈다. 그러자 남자가 공무원임을 증명해 주는 카드가 들어있었다. 외무부가 발행한 신분증.

"이나가키 선생."

이름을 읽은 야가미는 아직도 제자리 뛰기를 반복하는 공무원에게 말했다.

"남은 돈도 내놔. 설마 이깟 푼돈으로 애를 살 생각은 아니었을 거 아냐."

"무, 무슨 소리야!"

땀이 송글송글 맺힌 채 이나가키가 말했다.

"선불이라기에 그 애한테 미리 줬잖아!"

"뭐야?"

뒤통수를 맞은 야가미는 건물에서 머리를 내밀어 오가는 사람들을 살폈다. 소녀의 모습은 시야에서 사라진 지 오래였다. 국민이 노동으로 땀 흘려 얻은 대가가 세금이 되어 국고로 들어가더니, 외무부 공무원에게 급여로 건너간 후에 종국에는 원조 교제의 선불 비용으로 여고생에게로 돌아갔다. 이게 부(富)의 순환이란 말인가?

이나가키가 독기 품은 얼굴로 야가미를 있는 대로 노려보았다.

"이런 짓 해 놓고 무사할 줄 알아? 난 국가를 위해 일하는 사람이야. 자네는 나라를 적으로 삼은 셈이라고."

"너 같은 자식은 국가라는 조직에 속한 폭력배야, 이 새끼야."

야가미는 단정을 짓더니 외무부 관료 앞에서 설교를 늘어놓았다.

"공무원들 잘 먹고 잘 살라고 국민이 희생하는 줄 알아? 이런 탐관오리 같으니!"

그 기세에 눌렸는지 이나가키는 허세를 부리기를 포기하고 기어 들어가는 소리로 말했다.

"지갑 돌려줘."

신분증만 빼고 야가미는 텅 빈 지갑을 이나가키의 손에 쥐여 주었다. 이 녀석의 이용 가치를 계산해서 뼈까지 우려먹어야 한다. 야가미의 악당다운 사고 회로가 되살아나기 시작했다.

"내가 시키는 대로 하면 신분증은 돌려주지. 단 내 말을 어기면 네놈이 미성년자를 돈으로 사려고 했다는 걸 직장, 가족, 언론에 다 까발릴 거야. 알았어?"

이나가키는 창백한 얼굴을 절망적으로 일그러뜨렸다.

"뭘 하라는 거야?"

야가미는 계획별로 순서를 정했다. 사태가 진정되기까지 철도는 자제해야 한다. 역에는 틀림없이 형사가 잠복하고 있을 것이다. 이곳에 머물러 할 일을 처리해 두는 것이 지금 취할 수 있는 최선책이었다.

"컴퓨터는 쓸 줄 아나?"

그러자 외무부의 엘리트 공무원이 물었다.

"OS는 매킨토시야? 아니면 윈도야?"

야가미는 지긋지긋하다는 투로 대답했다.

"윈도. 이거야."

배낭에서 검은 공책 사이즈의 노트북을 꺼내 보이자 이나가키는 마음이 놓인 듯했다.

"이건 알아."

"좋아."

야가미는 상대방의 팔을 붙잡고 음란의 무대가 될 뻔한 여관으로 들어갔다. 길과 맞닿은 벽에 비상용 철제 사다리가 달려 있었기에 그 여관을 골랐다.

체크인은 이나가키에게 시켰다. 야가미가 옆에서 한마디 거들어서, 벽의 사다리와 가까운 3층 방을 배정받았다. 비용은 두 시간 사용에 3800엔이었다.

3층의 방으로 들어가자 4평짜리 다다미방에는 벌써 이불 두 채가 준비되어 있었다. 여고생과 재미를 볼 생각이었던 공무원은 원망의 눈초리로 야가미를 올려다보았다.

야가미도 눈앞의 상황을 보고 치밀어 오르는 분노를 느끼며 말했다.

"다음엔 와이프하고 오란 말야."

"부부 금슬이 좋았으면 여자를 샀겠냐?"

그 단호한 말투에는 묘한 설득력이 있었다.

"인생의 동반자를 잘못 고른 거지."

야가미는 코웃음을 치고 이나가키를 이불 위에 앉혔다. 그리고 노트북을 열었다.

"이 기계 속에 어떤 정보가 있는지 알고 싶어. 주소록이든 주고받은 이메일이든 전부 다."

순간 이나가키의 눈이 우월감으로 반짝였다. '컴퓨터도 다룰 줄 몰라?' 하는 얕보는 태도였다. 때려눕혀 버리려다가 피곤해서 참았다.

노트북에 달라붙은 이나가키를 힐끗 쳐다보며 야가미는 두 대의 휴대전화를 꺼냈다. 물기가 빠진 모양이었다. 둘 다 액정 화면이 원상 복구되었다.

자신의 전화기에 여의사와 골수이식 코디네이터의 음성 메시지가 남아 있었다. 예정 시간인데도 병원에 나타나지 않는 야가미를 걱정하는 전화였다. 우선 로쿠고 종합병원의 오카다 료코 의사에게 전화를 걸었다.

"여보세요."

노여워하면서도 여전히 귀여운 목소리가 들려왔다.

"야가미 씨! 어디서 뭘 하고 있는 거예요!"

"미안해."

야가미가 순순히 사과하는 모습에 옆에서 듣던 이나가키가 의외였는지 쳐다보았다가 곧 하던 일로 돌아갔다.

"오카치마치의 여관에 발이 묶여서 그래."

"여기엔 언제 오실 건데요?"

"오늘 밤 안에는 갈 수 있을 거야."

그런데 갑자기 오카다 료코가 정색을 하고 물었다.

"야가미 씨, 목소리가 피곤해 보이는데 설마 격한 운동을 한 건 아니겠죠?"

여의사의 귀는 예리했다. 야가미가 도너로서 금지 사항을 어긴 게 아닐까 의심하는 눈치였다.

야가미는 솔직히 털어놓았다.

"수영만 조금 했어."

"수영요? 거리는요?"

"별거 아니야. 한 50미터였나?"

그러나 여의사는 납득하지 않았다.

"겨우 그 정도로 그렇게 지쳤다구요?"

"자전거도 탔어. 그리고 좀 뛰었지."

"철인 경기라도 나간 거예요?"

야가미도 좀 걱정이 되기 시작했다.

"이식에 지장이 있을까?"

"수술은 모레니까 오늘 밤 중으로 병원에 오시면 괜찮아요. 충분히 휴식을 취할 수 있으니까요. 하지만 만약 내일 오전 중에 못 오시면 곤란해요. 무슨 일이 있어도 당초 예정대로 내일 오전 9시까지는 입원해 주세요."

"데드라인이군."

"아직 12시간이나 있으니까 충분히 오고도 남잖아요."

오카다 료코는 비꼬아 말했다.

"앞으로 무슨 일이 있으면 바로 연락을 주세요. 오늘 밤은 당직이라 계속 병원에 있으니까요."

전화는 일방적으로 끊겼다.

야가미는 마음이 침울해졌지만 미네기시 마사야 코디네이터에게도 전화를 걸었다.

"야가미 님! 몇 번 전화했는지 아세요?"

기다렸다는 듯이 외치는 미네기시를 야가미가 재빨리 가로막았다.

"걱정 마. 좀 늦었을 뿐인데 뭐. 게다가 나는 그 누구보다도 이 식이 성공하길 바라는 사람이야."

"그건 알죠."

사명감에 넘치는 미네기시는 이해한다는 듯 말했다.

"늦어지시는 이유는 뭡니까?"

"좀 골치 아픈 일에 말려들었어. 그래도 병원에는 틀림없이 입원할 테니까 마음 푹 놓고 있어. 그럼 됐지?"

"예."

대답한 미네기시는 화제를 돌렸다.

"그런데 저도 용건이 있어요. 뉴스 보셨습니까?"

"뉴스?"

자신에 대해 보도되고 있나 싶어서 야가미는 불안에 휩싸였다.

"도쿄에서 연쇄 살인이 일어나고 있어요."

전파상의 텔레비전에서 본 그 뉴스다.

"그 사건은 도대체 어떤 사람들이 죽었대?"

"언론에서는 무차별이라고 하더군요. 빌딩 주인인가 하는 사람과 여자 회사원, 그리고 호스트요."

시마나카다, 야가미는 즉각 알아차렸다. 욕조 안에서 본 흉측한 시체가 뇌리에 되살아났다. 녀석은 무차별 살인자한테 당했구나.

그렇다면 자신을 쫓아다니는 남자들은 누구란 말인가?

미네기시가 말을 이었다.

"그래서 아까 형사 분이 저를 찾아오셔서……."

"뭐야? 설마 날 의심하고……?"

"아닙니다. 그분은 골수이식에 대해 물어보셨어요. 그때 확실하게 알려 주지는 않던데 도너 분들이 살해당하고 있는 게 아닌가 그러시더라고요."

야가미는 할 말을 잃었다. 그래서 나를 노리는 건가?

"야가미 님은 별일 없으시죠?"

미네기시가 물었다.

그러나 이상하다. 야가미는 즉각 생각했다. 도너가 살해당하고 있다면 시마나카도 도너 등록을 했다는 이야기다. 그 자식, 그런 말은 한 번도 내비친 적이 없었다. 하기야 야가미도 등록에 대해서 그에게 털어놓은 적이 없다. 그러나…….

"여보세요, 야가미 님?"

걱정스럽게 미네기시가 불렀다.

"난 문제없어."

"그럼 다행이고요. 만약에 위험한 상황에 처하면 바로 경찰에 보호를 요청하셔야 됩니다."

그게 가능하면 진작 했지. 경찰은 지금 호스트 살해 현장의 방 주인인 야가미 도시히코라는 자를 눈에 쌍심지를 켜고 잡으러 다니고 있으니 말이다.

그때 노트북에 매달려 있던 이나가키가 고개를 들고 손짓으로 말했다.

'됐어.'

야가미는 고갯짓을 해 보이고 휴대전화에 농담조로 말했다.

"만약에 말이야, 내가 그 사건에 휘말렸다고 치고……."

"네?"

미네기시가 놀라서 큰 소리를 냈다.

"내가 연쇄 살인의 누명을 썼다면 알리바이는 증명해 줄 거야?"

"물론이죠. 어떻게든 백혈병 환자 분을 구해야죠."

미네기시는 말했다.

"자네만 믿을게."

야가미는 끝까지 장난스러운 목소리를 바꾸지 않았다.

"내 일생일대의 인명 구조가 말짱 도루묵이 되지 않도록 해 줘."

"알겠습니다."

미네기시는 천생 좋은 사람 티를 내며 전화를 끊었다.

외무부의 공무원을 쳐다보자 상대방은 복잡한 표정으로 질문했다.

"이식이니 살인이니 인명 구조니, 무슨 소리야?"

"너랑 무슨 상관이야?"

긁어 부스럼이 될까 봐 이나가키는 입을 다물었다.

"그래서 컴퓨터 안에 있는 내용은 알아냈어?"

"당신을 원해요. 빨리 와 줘요."

야가미는 흠칫 놀라며, 외무부의 공무원이 동성연애자로 돌변한 줄 알고 방어 태세를 취했다.

"이메일 내용이야. 남의 컴퓨터나 훔쳐보다니, 치사한 놈."
입을 삐죽 내밀고 이나가키는 말했다.
"여자 애를 돈 주고 사는 짓만큼 치사하냐?"
야가미는 되받아치고 노트북의 모니터를 들여다보았다. 화면에 뜬 것은 애인이 시마나카에게 보낸 메시지인 모양이었다.
"더 있어."
이나가키는 계속해서 이메일의 내용을 보여 주었다. 발신자는 달라도 다 비슷한 내용이었다.
지지리도 궁상맞아 보이는 공무원은 부러운 투로 말했다.
"컴퓨터의 주인은 여자한테 인기가 많았나 봐? 외무부에 들어왔으면 꽤나 출세했겠는걸."
"이게 다야?"
"이 기계에 남아 있는 건 다야. 삭제한 이메일까지는 모르지. 그리고……."
이나가키는 화면 속의 화살표를 움직여서 다른 문서 리스트를 불러냈다.
"워드 프로그램으로 작성한 문서야."
그것도 읽어 보니 이번에는 시마나카가 여러 애인들에게 보낸 러브레터였다.
"정력이 넘쳐나시는군."
이나가키가 말했다.
"이런 게 아닐 텐데."
야가미가 짜증스럽게 말하자 이나가키는 다시 겁먹은 말투로 돌아갔다.

"잠깐. '내 문서'에 있는 파일 말고 다른 게 있을지도 몰라."
야가미는 영문을 몰라 공무원의 얼굴을 쳐다보았다.
"무슨 소리야?"
"다른 폴더도 찾아봐야겠어. 텍스트나 HTML, 아니면 이 기계에 인스톨된 워드 프로그램은 바이너리 파일이니까 확장자로 검색하면 알 수 있을 거야."
외계인과 대화를 나누면 이런 느낌일까? 아무튼 야가미는 명령을 내렸다.
"해 봐."
컴퓨터에는 사람을 사로잡는 힘이 있는 모양이었다. 이나가키는 놀라운 집중력으로 작업에 몰두했다. 화면을 노려보며 키보드를 두드리거나 키보드의 중앙에 있는 빨간 돌기를 누르기를 반복하더니 말했다.
"파일을 하나 찾아냈어. 지금 열어 본다."
그리고 파일인가 뭔가를 열었는지 컴퓨터 본체를 야가미 쪽으로 돌렸다.
"문서가 세 개야. 이메일 두 통이랑 메일에 첨부된 다른 데이터. 위에서부터 볼까?"
"그래."
이나가키는 맨 위의 문서를 화면에 불러냈다.
　　ii λ∏?≒甄쑵§∝10릉4폽ㅛ떨뒷ṅ【 X°……
뜻도 모를 문자열이 나타났다.
"뭐야, 이거?"
"글씨가 깨졌나?"

"글씨를 어떻게 깨뜨린다는 거야, 멍청한 자식."

"가만있어 봐. 이상하네."

이나가키는 곰곰이 생각하더니 기계를 끌어당겨 키보드를 두드리기 시작했다. 화면이 정신없이 바뀌었다.

"그래. 이건 암호문이로군. 이 컴퓨터에는 암호 해독 프로그램이 깔려 있어."

"내용을 알 수 있어?"

"해 보지."

이나가키가 화면의 화살표를 움직여서 뜻 모를 문자열을 작은 그림 위로 옮겼다. 그러자 제대로 된 문장이 나타났다.

에이트 맨 사냥 작전 최종 확인. 11월 30일 16시 15분 지골로의 집. 실행자는 지골로 외 리맨, 스콜라, 스튜던트까지 총 네 명. 프리터가 차량 지원. 치명상을 입히지 말 것. 운반 장소는 프리터에게 별도 지시. 연락 담당 비스트. 이상. 위저드가 지골로에게.

야가미는 눈을 동그랗게 뜨고 문서를 뚫어지게 들여다보았다. 몇 번을 다시 읽어도 무슨 뜻인지 종잡을 수가 없었다.

이나가키가 설명했다.

"이 메일은 '위저드'가 '지골로'에게 보낸 것 같네. 그러니까 이 노트북의 주인이 '지골로'인 거지."

"뭐? 그럼 '에이트 맨'은 누구야?"

"글쎄……."

고민하더니 이나가키는 말했다.

"이름에 '팔(八)' 자가 들어가는 사람 아니야?"

외무부의 공무원은 아직 야가미[八神]의 이름을 몰랐다.

경악을 금치 못하면서도 야가미는 계속해서 화면의 메시지를 해독했다. 지골로라는 단어가 시마나카를 가리킨다면 내용은 금방 이해가 된다. 이 지정된 날짜, 즉 오늘 16시에 시마나카의 집에 야가미가 갈 예정이었으니 말이다. 그 15분 후에 세 남자가 찾아와서 야가미를 덮쳤다. 그들은 생김새가 회사원같이 생긴 자와 조직 폭력배의 회계 담당같이 생긴 남자, 그리고 학생같이 생긴 셋이었다.

"'스콜라'는 뜻이 뭐야?"

"학자."

드디어 앞뒤가 들어맞았다. 시마나카는 놈들과 한패였던 것이다. 돈을 빌리러 온 야가미를 그대로 넷이 달려들어 납치해서 밖으로 끌어낸다. 밖에는 '프리터'가 차에서 대기하고 있다가 '위저드'가 제시한 '운반 장소'에 야가미를 끌고 간다. 그 중간에서 연락책을 맡은 게 '비스트'라는 소리다.

스미다가와 강의 배 위에 프리터같이 생긴 남자가 있었던 기억이 났다. 그자가 아카바네에서 달아난 야가미를 차로 미행했다가 유람선에 올라탄 데까지 확인하고 나서 다음 선착장에 한패를 불러들인 것이 아닐까?

야가미는 이 가설을 몇 번씩 따져 보고, 시마나카와 처음 만났을 때를 떠올렸다. 계기는 이케부쿠로의 술집에서 우연히 옆에 앉았기 때문이었다. 시마나카가 먼저 말을 걸어 왔고 술값도 그가 냈다.

넉 달 전 그날부터 시마나카는 야가미를 납치, 유괴할 목적으로 접근했단 말인가? 그렇다면 그 목적은 무엇인가? 메일에는 '치명상을 입히지 말라'고 되어 있던데…….

여기까지 생각하다가 야가미는 퍼뜩 깨달았다. 그들의 계획대로 풀리지 않은 점이 딱 하나 있었다. 야가미를 납치하기 전에 시마나카가 살해당했다는 점이다.

야가미는 눈썹을 찌푸렸다. 이 추측이 맞다면 그를 죽인 범인은 야가미를 쫓는 일당과는 다른 존재다. 즉 도망치는 야가미를 선두로 시마나카 일당, 그 뒤에 정체 모를 살인마가 쫓아오는 상황이다.

이나가키가 물었다.

"하나 더 남은 문서는 어쩔 거야?"

"봐야지."

이나가키가 키보드를 조작하자 또다시 의미 불명의 문자열이 떠올랐다. 같은 요령으로 해독하자 다음과 같았다.

　　첨부 문서는 삭제하지 말고 저장해 둘 것. 명단의 ID는 이름과 조회 완료. 위저드.

"이게 다야. 참고로 이 메일은 넉 달 전에 발신한 거네."

"정말이야?"

넉 달 전이면 시마나카와 만난 무렵이다.

이나가키가 덩달아 흥분하기 시작했다.

"오호라. 이놈들 방식을 알겠는걸. 암호문으로 메일을 주고받고, 읽자마자 삭제하는 거야. 기록을 남기지 않기 위해서지. 제일 처음에 본 문서는 어제 발신된 거니까 컴퓨터의 주인이 삭제하기 전에 기계가 당신 손에 넘어온 거야."

"위저드라는 게 지시를 내린 작자라는 거지?"

"그렇지. 이 일당의 사령탑이겠지."

"위저드가 무슨 뜻이야?"

"마술사."

그 단어를 머릿속에 새겨 넣고 야가미는 말했다.

"이 첨부 문서라는 걸 좀 보여 줘."

이나가키가 익숙한 솜씨로 세 번째 암호문을 해독하려고 했다. 그런데 화면이 갑자기 반응을 보이지 않았다.

"왜 이래?"

야가미는 초조하게 물었다.

"문서의 데이터가 커서 시간이 걸리는 거야."

그리고 한 1분이 지나자 드디어 해독 가능한 문서가 화면에 나타났다.

"무슨 명단이네."

화면을 가득 채운 사람 이름을 보고 이나가키가 말했다. 그리고 명단 전체를 위에서부터 아래로 내리면서 놀란 목소리를 냈다.

"수만 명은 되겠는데!"

야가미는 움직이던 화면을 멈추게 하고 명단을 쳐다보았다. 야가미는 전혀 모르는 이름들이었다. 이름 옆에는 주소와 전화번호, 그리고 ID가 기재되어 있다.

"옆에 아직 뭔가 적혀 있나 본데?"

이나가키가 화면에 있는 문자열을 옆으로 움직였다. 그러자 A2 A10 B46 B7801 DR8 DR12 (5)라는 문자열이 나타났다.

"이것도 암호인가?"

키보드로 팔을 뻗는 이나가키를 야가미는 막았다. 아래위의 문자열을 비교하면 명단에 기재된 사람마다 그 숫자가 다르다는 것을 알 수 있다.

"A, B, DR……"

야가미는 중얼거리면서 기억을 더듬었다. 이 알파벳은 이전에 누차 들었던 설명과 일치했다. 1년 전에 도너 등록을 할 때, 그리고 다섯 달 전에 3차 검진, 한 달 전에 최종 동의 때.

"이 안에 야가미라는 남자 이름이 있나?"

명단이 가나다순이 아니었기에 이나가키는 잠시 헤매다가 바로 손을 움직여 화면에 '찾기'라는 네모난 틀을 꺼냈다. '야가미'라고 입력하고 '실행'을 눌렀다.

"있다."

야가미는 화면에 나타난 자신의 이름을 쳐다보았다.

야가미 도시히코.

틀림없다. 시마나카가 가지고 있던 이 명단은 도너 명단이다.

"세 번째 피해자도 도너 카드를 갖고 있었습니다."

오치 관리관이 수사본부로 돌아온 상사 세 명에게 보고했다.

"동일범의 범행으로 보아 틀림없겠습니다. 범인은 남쪽으로 진로를 바꾼 것 같습니다."

네 사람 앞에는 도쿄 23구의 지도가 펼쳐졌다. 지도에는 네리마

구, 기타 구, 분쿄 구의 세 건의 범행 현장이 표시되어 있었다. 범인이 도쿄의 북부를 동쪽으로 이동한 뒤, 23구의 거의 중앙에서 남하하기 시작한 것을 알 수 있다.

"도쿄를 종단할 생각인가?"

가와무라 수사본부장이 말했다.

"범행은 세 건 다 제5방면입니다. 방면 본부장은 이미 수색 차량을 늘리기로 결정을 내렸습니다."

가와무라가 물었다.

"범인이 유럽의 전설을 모방하고 있다고 했던가? 무덤을 파는 자……였나?"

"맞습니다."

"그 전설의 주인공은 무차별로 사람을 죽이지는 않았을 게 아닌가?"

그것은 오치도 느끼던 의문점이었다.

"네. 이단 심문관만 노리고 다녔다고 했습니다. 이번 사건에서는 도너라는 점 외에는 피해자들의 공통점을 발견하지 못했습니다. 범인은 전설의 수법만 흉내 냈다고 보는 게 낫겠습니다."

"하지만 어떻게 도너를 찾아내고 있지?"

"개인 정보가 유출된 듯합니다만 현재 등록 창구로 되어 있는 보건소라든지 컴퓨터 해킹의 가능성까지 포함해서 수사 중입니다."

"한데 왜 도너일까? 죽인들 무슨 이득이 된다고……"

고자카이 부본부장이 발언했다.

"컬트인가? 범인, 혹은 범인 그룹은 그런 의료 행위를 불쾌하게 여기고 있는 게 아닐까요?"

"하지만 그런 일이 실제로 일어나겠소?"

우메무라 부본부장이 의문을 제기하자 가와무라가 짜증스럽게 말했다.

"컬트라는 건 말이야, 일반인들은 도저히 이해가 안 되는 사상을 주장하기에 컬트라는 거야."

그 대화를 듣던 오치는 가나가와 현에서 발생했던 수혈 거부 사건을 떠올렸다. 신흥종교의 신자가 자식이 수혈받는 것을 거부하는 바람에 살릴 수 있었던 아이가 사망했다. 그러나 그 사건에는 위법성이 없었다. 미성년자의 경우 의료 행위의 수락 여부에 대한 권한이 보호자에게 있기 때문이다. 종교와 컬트를 구분하는 경계선은 무엇일까?

어쨌든 이번 범행이 가장 과격한 교양을 갖춘 컬트 집단의 짓이라면, 즉 다수의 범인이 벌인 조직적인 범행이라면 이미 막아 내기란 불가능하다. 도쿄 전체가 살육의 현장으로 변할 것이다.

가와무라가 우메무라 부본부장에게 지시했다.

"컬트 집단에 대해 보안부에 알아보게. 경시청의 경비국장한테는 내가 이야기해 두지."

"예."

수사부와 보안부가 손을 맞잡은 경찰의 총력전이 되리라는 생각에 오치는 허리띠를 질끈 동여맸다.

"정공법 수사와 함께 요격 수사를 동시 진행한다."

가와무라가 단호하게 말했다. 정공법이란 피해자의 인간관계나 유류품 수사부터 차근차근 범인을 추리는 일반적인 수사 수법이며, 요격 수사는 다음 범행 현장을 예측하여 수사원을 미리 잠복시키는 대기 작전이다.

"인원 보충이 어렵지는 않겠습니까? 기동 감식까지 이미 350명을 투입했습니다만."

오치는 물었다.

"순경 쪽에서 등용해."

"예."

"또 우리가 들어 둬야 될 사항이 있나?"

오치는 세 번째 피해자가 눈에 보이지 않는 불길로 탔다는 목격 증언은 지금은 덮어 두는 게 낫다고 판단했다. 아울러 오쿠타마 경찰서 관할에서 일어난 시체 도난 사건을 보고하기 위해 감찰계의 형사가 이쪽으로 오고 있다는 말까지.

"참고인 야가미 도시히코의 행방은 현재 아사쿠사와 우에노의 중간 지점을 수색 중입니다."

"야가미가 검문에 걸린 지점이 다이토 구였던가?"

"그렇습니다. 소사체 사건 현장, 분쿄 구와 가까운 지역입니다."

"무슨 수를 써서라도 놈을 찾아내. 특히 숙박 시설이야. 잠복을 허용하지 마."

"예."

회의 종료를 선언하는 대신 가와무라는 자리에서 일어났다.

"보안부과 협의하고 오겠네. 상황을 봐서 수사본부를 본청으로 옮겨야 할지도 모르겠어."

그리고 수사부장은 두 수사 부본부장을 거느리고 회의실을 나갔다.

오치는 의자에 눌러 앉아 숨을 돌릴 참이었는데, 피로를 풀 새도 없이 아직 20대로밖에 안 보이는 앳된 얼굴의 사나이가 들어왔다.

"본청 인사 1과 감찰계의 고사카입니다. 겐자키 주임한테 여기로 오라는 지시를 받고 왔습니다."

오치는 넓은 회의실의 반대편으로 가서 고사카를 맞이했다.

"오치 관리관입니다. 시체 도난 건이죠?"

"맞습니다."

오치는 고사카와 마주 보고 긴 탁자 앞에 자리를 잡은 뒤 이미 반 정도 글씨가 빼곡히 자리 잡은 대학 노트를 펼쳤다.

"사건의 흐름을 간략하게 들려주십시오."

"예. 이미 저희는 수사를 중단한 건입니다만……."

전제를 깔고 고사카는 동기마저 확실치 않은 수수께끼투성이인 사건의 전모를 설명했다.

작년 6월, 조후 시의 길거리에서 각성제 매매 과정에서 다툼이 일어나 곤도 다케시라는 막일꾼이 찔려 죽었다. 목격 증언에 의해 범인인 노자키 고헤이라는 자가 체포당했고 이미 제1심에 들어갔다. 그리고 1년이 넘게 지난 후에 오쿠다마의 늪에서 곤도의 시신이 생전이나 다름없는 모습으로 발견되었다.

"제3종 영구시체요?"

오치로서는 처음 듣는 시체의 분류였다.

"예. 그 시체가 사법해부 전에 도난을 당한 겁니다."

"해부 전이기는 해도 현장에서 검시는 실시한 거죠?"

"물론입니다. 전신에 타박상이 있었고 가슴에 칼로 찔린 자국이 있었습니다. 지문 조회 결과로도 시신은 곤도가 틀림없습니다."

오치는 갑자기 눈썹을 모았다.

"목격 증언으로는 가슴을 한 방에 찔렸다던데 타박상은 어떻게 설명해야 될까요?"

고사카도 의아한 표정을 지었다.

"그건 증인한테 물어보지 않고는 모르겠습니다."

"문제의 시체 도난 사건에 감찰계가 나선 이유는 내부 범행으로 봤기 때문인가요?"

"만약에 대비한 조치였던 것 같습니다."

그리고 고사카는 덧붙였다.

"결국 경찰관의 관여를 의심케 하는 사항은 전혀 발견되지 않았습니다."

"그렇군요."

오치는 이번 연쇄 살인과의 연관성에 대해 한동안 묵묵히 생각에 잠겼다. 범인은 틀림없이 영국의 전설을 흉내 내고 있다. 이단 심문관을 몰살시켰다는 부활한 사자. 그리고 해부 전에 도난당한 변사체.

이 둘을 연관 짓는 것은 너무 터무니없을까? 아니면 범인은 그레이브 디거의 범행으로 보이게 하려고 시체를 훔치는 교묘한 잔꾀를 부린 것일까?

"이리 줘 봐."

도너 명단을 들여다보던 야가미는 이나가키를 밀치고 노트북 앞에 자리를 잡았다.

"시마나카라는 이름을 검색하려면 어떻게 해야 되지?"

"우선 검색 창을 불러내."

이나가키는 옆에서 화면을 들여다보며 설명을 시작했다. 시키는 대로 검색 창에 '시마나카'라고 입력하고 엔터를 누르자 순식간에 '시마나카 게이지'라는 항목이 나왔다.

역시 녀석도 도너로 등록했군. 화면을 노려보며 야가미는 생각했다. 같은 도너였으면서 야가미를 납치하려던 시마나카의 목적은 무엇이었을까? 그리고 누가 무엇을 위해 죽였단 말인가?

"노트북에 있는 데이터는 다 보여 준 거야."

이나가키가 말했다.

야가미는 고개를 들어 외무부의 공무원을 칭찬해 주었다.

"수고했어. 대단한 솜씨였어."

"외교상의 기밀문서에 비하면 이 정도야 식은 죽 먹기지."

웃음을 띤 이나가키는 뿔테 안경을 치켜 올리더니 밑에 깔고 앉은 이불을 뭉개며 일어났다.

"이제 됐지? 신분증을 돌려줘."

"아니, 아직 남았어."

의기양양했던 공무원의 얼굴이 그늘졌다.

"뭔데?"

야가미는 서슴지 않고 말했다.

"현금지급기가 있는 편의점에 다녀와. 현금카드로 돈 좀 찾아오라고."

"이, 이 새끼!"

이나가키는 눈썹을 치켜떴다가 불현듯 씨익 웃더니 야가미 앞에 털썩 앉아 말했다.

"거래하자."

"뭐야?"

외교의 프로는 노트북을 가리키며 말했다.

"이 기계에는 아직 당신이 모르는 정보가 남아 있어. 신분증을 돌려주면 알려 주지."

"허어."

야가미는 찬찬히 따져 보듯 상대방의 얼굴을 쳐다보았다.

"나쁜 거래는 아닐 텐데."

"그 정도로는 정보가 부족한걸. 더 자세히 말해 봐."

"좋아. 난 최선을 다해서 이 기계에 있는 데이터를 읽어 냈어. 그건 인정하지?"

야가미가 고개를 끄덕이자 이나가키는 교활한 미소를 띠었다.

"하지만! 이미 지워진 데이터도 보고 싶다는 생각이 들지 않나?"

"그럴 방법이 있다는 거야?"

이나가키는 짓궂게 웃었다. 야가미가 컴퓨터를 모른다는 약점을 이용하려는 듯했다. 야가미는 말없이 휴대전화를 꺼냈다.

이나가키는 야가미의 손놀림을 유심히 쳐다보았다.

골수이식 코디네이터에게 전화를 걸자 상대방은 바로 받았다.

"예, 미네기시입니다."

"급한 용건인데 하나 확인하자. 오카다 선생이 그러던데 컴퓨터를 다룰 줄 안다며?"

"네."

"지워진 데이터를 살려 낼 수도 있나?"

옆에서 듣고 있던 이나가키의 표정이 씁쓸하게 바뀌었다.

미네기시는 곧바로 대답했다.

"가능하죠. 전용 프로그램이 필요하긴 해도 그게 있으면 삭제한 데이터를 읽어 낼 수 있습니다."

"내가 바본 줄 알아?"

이나가키에게 내뱉고 나서 야가미는 물었다.

"전용 프로그램인가 뭔가는 금방 살 수 있어?"

"큰 전자상가에 가면 팔 겁니다."

"고마워."

외무관과의 교섭에 이긴 야가미는 만면에 웃음을 띠며 전화를 끊었다.

이나가키는 이불 위에서 벌벌 떨고 있었다.

야가미는 냉정하게 말했다.

"돈 찾아와."

이를 갈며 이나가키가 일어섰다. 그때 노크 소리와 함께 목소리가 들렸다.

"프런트에서 왔습니다."

야가미, 그리고 이나가키는 동시에 소스라치게 놀라 입구를 바라보았다.

"문 좀 열어 주시겠습니까?"

남자의 목소리였다.

경찰이 틀림없다고 야가미는 생각했다. 수상한 일당의 미행은 뿌리쳤을 터였다.

"신분증 돌려줘."

이나가키가 울음을 터뜨릴 것 같은 목소리를 냈다.

"문을 열면 돌려줄게."

야가미는 목소리를 낮추고 짐을 모두 배낭에 넣으며 말했다.

"대신, 문 열기 전에 저쪽 용건부터 물어."

이나가키는 망설이다가 야가미가 신분증을 흔들어 보이자 고개를 떨어뜨리고 입구로 향했다.

야가미는 배낭을 양 어깨에 메고 방 안쪽으로 갔다. 창문을 열자 바로 오른쪽 벽면에 비상 사다리가 있었다.

현관에서 이나가키가 이쪽을 돌아보았다. 야가미는 고개를 끄덕여 보였다.

"무슨 일이시죠?"

이나가키가 말하기가 무섭게 문이 부서졌다. 경찰이 아니었다. 쳐들어온 세 남자 중에 한 명이 낯이 익은 얼굴이었다. 유람선에서 캔 맥주를 권했던 중년 남자.

야가미는 재빨리 사다리에 손을 뻗어 창문에서 건물 벽으로 나갔다.

세 남자는 그 자리에 넘어진 이나가키에게 몰렸다가 곧 사람이 다르다는 것을 알아챘다. 고개를 든 한 명이 열린 창문으로 눈길을 돌렸다. 거기까지는 야가미가 직접 본 장면이다. 이후 3층에서 2층까지 단숨에 내려가서 길을 향해 뛰어내렸다.

거리를 가득 메운 통행인들이 무슨 일인지 궁금해하며 야가미를 쳐다보았다. 쳐들어온 세 명 외에 밖에서 대기하는 또 한 명이 있을 터였다. 그놈은 완전히 존재를 감추고 있다가 야가미가 도망간 다음 장소까지 미행한 다음, 일당을 불러들이는 것이다.

야가미는 우에노 역을 향해 정신없이 뛰기 시작했다. 역전 거리까지 가서 방향을 180도 바꾸어 철로의 육교 밑에 있는 상점가에서 오카치마치 역 방면으로 진로를 바꾸었다. 쫓는 자가 있다면 야가미가 북쪽으로 향했다고 볼 것이다.

JR선의 육교 밑에 뻗은 상가는 거의 문을 닫은 상태였다. 사람들 틈에 몸을 숨길 수는 없어도 통로가 좁은 덕에 미행이 붙었는지는 쉽게 확인할 수 있었다.

아무도 따라오지 않았다. 거리를 벌릴 기회다.

야가미는 한 번도 뒤돌아보지 않고 남쪽으로 발길을 재촉했다.

피해자의 집은 범행 현장에서 엎드리면 코 닿을 곳이었다. 거리는 겨우 50미터였다. 하루카와 사나에는 안전지대를 눈앞에 두고 타 죽은 것이다.

후루데라는 본청 수사 1과의 형사와 원룸 관리인과 함께 집 안으로 들어갔다.

3평과 2평 넓이의 방에 부엌이 딸려 있었다. 욕조와 세면대도 완비되어 자취방으로서는 충분해 보였다. 그러나 후루데라는 달콤한 향기가 은은하게 나는 방 한 가운데에 서서 묘한 느낌을 받았다.

첫 번째 희생자인 다가미 노부코의 집과 어딘가 모르게 분위기가 비슷한 것이다. 후루데라는 그 이유를 찾아보았다. 적막하다는 점일까? 젊은 여성이 사는 곳답게 실내장식은 흠잡을 데가 없다. 그러나 목제 침대나 오디오 세트, 옷장 등의 가구가 오도카니 놓였을 뿐, 생활 공간이 자아내는 활기랄까, 그런 것이 결여되어 있다. 광고에서 본 장기 숙박형 호텔과 똑같았다. 있을 것은 다 있는데 사람이 뿌리를 내리고 산 집이었다는 느낌이 나지 않는다.

고독한 도시 생활자. 그런 단어와 함께 사건 현장에서 조사한 피해자의 주소록이 공백투성이였던 것이 떠올랐다.

"메일이 한 통 왔어."

목소리에 뒤돌아보자 1과의 형사가 구석에 있던 노트북을 조사하고 있다.

"이상한데?"

"뭐가?"

물어보며 후루데라는 형사의 옆으로 다가갔다.

"전에 받은 메일이 하나도 없어. 보통 남겨 놓지 않나?"

"새로 온 메일의 내용은?"

"이메일 좀 열어 보겠습니다."

1과의 형사는 입회인 자격인 관리인에게 양해를 구한 후, 장갑을 낀 손으로 마우스를 조작했다.

화면에 수신된 메시지가 떴다.

쇄磋⋯⋯빡망촤뾱래´폼居$Z\mu T$록늑솨퀼viii?Z㓌K 갉ᅰviii λ??【Ⅸe§Å24폼멜멪9샤⋯⋯.

"글씨가 다 깨졌어. 이대로는 못 읽겠는걸."

"컴퓨터를 잘 아는 사람한테 시켜 봐야겠군. 어디 좀 보세."

후루데라는 1과의 형사를 밀치고 이메일의 주소록을 보았다. 그런데 이상하게도 메일 주소가 한 건도 기록되어 있지 않았다.

그리고 방을 둘러보며 편지나 전화기에 등록된 전화번호 등 다른 두 피해자와의 관계를 나타내는 물증이 없는지 뒤졌으나 발견하지 못했다.

"뭔가 알아내면 연락 주게."

후루데라는 1과의 형사에게 당부하고 방을 나섰다. 걸어서 금방인 길가에 세워 놓은 기동 수사 차량으로 돌아가 지칠 대로 지친 몸을 운전석에서 쭉 뻗었다. 그리고 담배에 불을 붙이고 고작 몇 시간 사이에 일어난 세 건의 연쇄 살인에 대해 생각해 보았다.

모두 도너가 살해된 사건이다. 얼핏 광기에 사로잡힌 자의 범행처럼 보여도, 합리적인 동기를 전혀 상상하지 못할 것도 없었다. 그야말로 수만 분의 일의 확률이지만 범인의 진정한 목적은 살해한 세 명이 아니라 그들의 골수 제공을 기다리는 백혈병 환자라는 가설이다. 즉 이식을 방해해서 간접적으로 환자의 생명을 빼앗는 것이다.

그러나 이 가설에는 큰 문제가 있었다. 환자까지 포함하면 HLA가 같은 사람이 네 명이나 존재한다는 말이 된다. 역시 이 추리는 억지일까? 미네기시 골수이식 코디네이터는 완전 일치가 아니더라도 A, B, DR의 조합 중 두 개가 맞으면 이식을 할 가능성이 있다고 했다. 어느 정도의 확률일까? 한 환자에게 이식할 수 있는 도너가 세 명이나 나타나기란 애초에 불가능한 상황일까?

만약 앞으로 네 번째 희생자가 생기면 이 가설은 버리자. 아마 추어인 후루데라가 보기에도 HLA가 두 개 이상 맞는 도너를 쉽게

찾을 확률은 높지 않았다.

"기동 수사 239."

무전기에서 관리관의 목소리가 울렸다.

후루데라는 좌석에 몸을 묻은 채로 손을 뻗어 마이크를 잡았다.

"예, 후루데라입니다."

"우에노로 가 주십시오. 야가미 도시히코의 수색반에 합류해 주십시오."

"야가미요?"

후루카와는 윗몸을 일으켰다.

"잠복처를 알아냈습니까?"

"제2 기동 수사의 탐색반이 우에노 역 부근에서 야가미를 직접 확인했습니다. 그런데 굉장히 묘한 상황인데요……."

후루데라는 기동 수사 차량의 시동을 걸고 천천히 달리며 오치의 이야기에 귀를 기울였다.

우에노 역 부근에 수색망을 펼쳤던 기동 수사 대원이 여관 3층 창문에서 사다리를 타고 내려오는 남자를 목격했다. 야가미였다. 거리가 30미터 정도 떨어져 있는 데다 인파 때문에 나아갈 수가 없어서 놓치고 말았지만 야가미가 잠복했던 여관을 조사하니 기묘한 사실이 잇달아 나타났다.

야가미가 있던 3층 방에는 중년 남자가 정신을 잃고 쓰러져 있었다. 약품을 들이마셨는지 한참 몽롱했다가 곧 자신이 외무부의 공무원이며 야가미가 거리에서 시비를 걸더니 여관으로 끌고 와서 돈을 뜯었다고 증언했다.

"도주 자금을 얻으려고 협박한 걸까요?"

후루데라가 말하자 오치가 말을 이었다.
"아직 더 있습니다."
공무원을 여관방에 감금해 두고 그동안 야가미는 적어도 두 사람과 휴대전화로 통화를 주고받았다. 통화 중에 '입원', '사람 돕는 일', '살인', '연쇄 살인의 누명' 등의 단어가 등장했다. 그리고 타인의 소유물로 보이는 노트북의 정보를 검색해서 암호에 의한 이메일 문서를 발견했다.
"암호요? 그건 해독이 됐습니까?"
"네. '위저드' 따위의 은어로 서로를 부르는 그룹이 '에이트맨'이라는 남자를 납치하려고 했답니다. 그 밖에 수만 명에 이르는 명단도 있었는데 거기에 A, B, DR이라는 알파벳 분류가 있었답니다."
"A, B, DR요?"
코디네이터를 만나서 들은 이야기가 바로 떠올랐다.
"그렇습니다. 야가미가 보던 건 도너 명단이 틀림없어요."
후루데라는 대화에 열중하다가 꺾어야 할 길을 지나칠 뻔했다. 사이렌을 끄고 갓길의 정차대에 차를 세우고 말했다.
"하지만 그 컴퓨터는 야가미 게 아니죠?"
"그런 모양입니다. 주인은 암호가 지골로라는 인물이었습니다."
제2의 피해자, 호스트인 시마나카 게이지일까?
오치는 말을 이었다.
"게다가 남자 셋이 방으로 쳐들어왔답니다. 문을 열어 준 공무원은 바로 천에 적신 약품을 들이마신 바람에 남자들의 인상착의에 대해서는 자세히 모릅니다. 야가미는 세 남자에게서 도망가려고 창문으로 빠져나간 것 같습니다."

상황은 아카바네 원룸 맨션에서의 목격 증언과 매우 비슷했다. 세 남자가 나머지 한 명을 쫓는다. 시마나카 살해 현장에서 도망간 자는 야가미라 치고, 쫓는 삼인조는 대체 뭐 하는 사람들이란 말인가? 또한 야가미가 전화 통화에서 말한 '연쇄 살인의 누명'이라는 단어를 있는 그대로 받아들인다면 그가 범인이 아닐 가능성도 있다.

"문제는 아까 그 도너 명단에 야가미의 이름이 있었다는 점이에요."

"뭐라고요?"

"야가미도 도너로 등록되어 있었어요."

후루데라의 머릿속에서 사건의 전개가 완전히 뒤바뀌었다. 그레이브 디거는 도너를 노리고 있다. 즉 야가미는 시마나카를 살해한 용의자가 아니었고, 살육자의 마수로부터 도망 다니고 있었단 말인가? 자신이 혐의를 받은 사실을 눈치 챘다면 경찰의 보호를 요청하지 않는 이유도 납득이 간다.

"아까 제일 먼저 하신 말씀 중에 야가미가 전화에다가 '입원'이라든가 '사람 도울 일'이란 말을 했다는 거죠?"

"맞습니다."

"그 녀석, 혹시 골수이식 수술을 앞두고 있는 거 아닙니까?"

"그럴 가능성에도 대비해서 이미 도쿄에 있는 병원들을 조사 중입니다. 야가미라는 도너가 입원할 예정인 병원으로요."

그러나 오치는 다시 사무적으로 말했다.

"단 이 가능성에 대해서는 수사본부장님께서 받아들이지 않으셨습니다. 야가미가 가장 유력한 용의자라는 점에는 변함이 없습니다."

상황이 이러니 그럴 수밖에 없을 것이다.

"아무튼 지금은 전력을 다해서 야가미를 찾아내야 합니다."

"알겠습니다."

통신을 마친 후루데라는 조수석에 장착된 정보 단말, PAT 시스템의 전원을 켜고 B분류 중에서 야가미 도시히코를 조회했다. 이미 그의 이름은 중요 사건의 용의자로서 경찰청에 등록되어 있다. 범죄 경력 데이터에 있는 야가미의 사진은 차량 탑재 팩스로 인쇄할 수 있었다.

컬러는 아니어도 얼굴 사진은 선명했다. 소년부에서 취조한 지도 16년이 지났다. 7대 3 가르마를 탔던 후루데라의 머리는 듬성듬성 두피가 보이는 대머리로 바뀌었고 야가미의 악당 얼굴은 한층 악당다워진 것 같았다.

어떤 인생을 살아왔나? 후루데라는 사진을 쳐다보며 생각했다. 험난한 세파는 자네처럼 자란 녀석들에겐 거셌을 텐데, 잘 살아남았어. 이 녀석은 나와 다시 만나면 기뻐할까? 후루데라는 휴대전화를 꺼내어 미네기시 코디네이터에게 걸었다.

"자꾸 죄송합니다. 후루데라입니다."

"예, 무슨 일이시죠?"

전혀 성가신 기색 없이 미네기시가 말했다.

상대방의 뚜렷한 얼굴 생김새를 떠올리며 후루데라는 말했다.

"입원 대기 중인 도너가 있다고 하셨던 게 혹시 야가미라는 사람이 아닙니까?"

수화기 너머에서 미네기시가 입을 다물었다.

"야가미 씨 맞죠? 말씀해 주시면 안 되겠습니까? 지금 어디 있죠?"

"야가미 씨라고 대답한 적은 없습니다만."

미네기시가 굳은 목소리로 말했다.

"가령 A씨라고 해 두죠. 그분께 용건이라도 있으신 겁니까?"

"그렇습니다. 그것도 아주 긴급으로요."

다시 침묵이 이어진 뒤에 미네기시는 말했다.

"연락처를 알려드릴 수는 없습니다만 용건을 전달해 드릴 수는 있습니다."

"야가미 씨가 맞는 거죠?"

"제 입으로는 말씀드릴 수 없습니다."

그 고집스러운 대답을 듣고도 기분이 나쁘지는 않았다. 그는 그대로 자신의 직무를 충실히 이행하고 있을 뿐이다.

"그럼 A씨에게 제 번호로 전화하라고 전해 주시겠습니까? 그때 경시청의 후루데라는 이름을 알려 주십시오. A씨의 신변에 문제가 생긴 듯하니 상담에 응하겠노라고."

"알겠습니다. 시도해 보죠."

미네기시는 말하고 전화를 끊었다.

상대방의 반응으로 보아 기증자가 야가미일 가능성이 높았다. 웃음이 절로 났다. 그 작자가 남의 생명을 구하는 자원 봉사 활동에 나서다니!

잠시 후에 휴대전화의 벨소리가 울렸다. 발신 번호를 보니 야가미가 아니라 미네기시였다.

"A씨와 연락이 닿았습니다. 그분은 지금 바빠서 딴 데 신경 쓸 겨를이 없답니다."

"신경 쓸 겨를이 없다고 그럽디까?"

후루데라는 웃음이 터질 것 같았다.

"그분의 답변은, 신경 써 줘서 고맙지만 알아서 하겠답니다."

그가 아는 야가미다운 대사였다.

"그리고 이렇게도 말씀하셨습니다. 다시 만날 날이 기대된다고."

놈은 야가미가 틀림없다. 후루데라는 확신했다.

"혹시 아는 사이십니까?"

"몇 년이나 못 만났지만 저를 기억하고 있는 모양이네요. 이번에 또 A씨와 연락을 취하시게 되면 전달해 주시겠습니까?"

"어떤 말씀이십니까?"

후루데라는 16년 전에 소년 야가미에게 한 말을 다시 했다.

"어려운 일이 생기면 언제든지 저한테 연락하라고요."

오이즈미 경찰서에 갔던 고사카로부터 시체 도난 사건에 대한 보고를 마쳤다는 연락이 겐자키에게 들어왔다. 만났던 오치 관리관은 도쿄에서 벌어지고 있는 연쇄 살인과의 연관성에 대해서는 긍정도 부정도 하지 않았으나 가능성은 희박하다고 본 모양이다.

겐자키는 고사카에게 본청으로 돌아가도록 지시했다. 그리고 사무실 안쪽의 캐비닛에서 수사 자료를 꺼내어 책상으로 돌아갔다. 두 달 전에 내던진 그 사건을 다시 한 번 파헤쳐 보자는 심산이었다. 이번 엽기 살인과의 관련성을 풍기는 단서가 없을까?

형광등 밑에서 자료를 넘기며, 자신은 수사부로 돌아가고 싶은지도 모르겠다는 생각이 들었다. 수사부와 보안부의 알력 싸움의 최전방에 있는 이 감찰계를 떠나, 오로지 악당을 처벌하는 수사부로…… 정의란 단순한 상황에서만 빛이 난다는, 그런 느낌이 들기 시작했다.

전화벨이 울렸다. 수화기를 들자 니시카와였다.

"어디서 뭘 하고 있나?"

겐자키는 자료에서 눈을 떼고 다그쳤다. 지시에 따르지 않은 데에 대한 화풀이였다.

"시내에 있어."

니시카와의 사뭇 진지한 태도가 한층 더 신경에 거슬렸다.

"쏘다니니까 호박이라도 굴러오던가?"

"아까 그 사건은 어떻게 됐어?"

니시카와가 물었다.

"시체 도난과 관련이 있던가?"

"그런 게 궁금해서 전화했나?"

"그래. 나는 나대로 옛날에 한솥밥 먹던 놈들을 좀 알아보고 있어."

겐자키는 놀라서 되물었다.

"보안부를?"

"좀처럼 입을 열지는 않지만서도."

왜 보안부를 알아보는지 의아했지만 이전에 자신이 빈정대며 그럴 가능성을 지적했던 기억이 났다.

"보안부가 시신을 훔쳐 냈다고 보는 건가?"

"그게 아니야. 단순한 정보 수집이지. 그것보다도."

니시카와의 말이 느려졌다.

"두 달 전 그 사건에는 딱 한 가지, 수상한 점이 있었어. 감찰계가 알아볼 사항이 아니라서 입 다물고 있었는데."

"뭔데?"

"곤도가 찔린 상황과 시체 소견이 엇갈린다는 거."

"그러고 보니……"

가물거리는 기억을 더듬으며 겐자키는 가져온 자료를 넘겼다. 곤도 살해 사건 목격자의 공술 조서와 늪에서 끌어올린 제3종 영구시체의 컬러 사진을 찾아냈다.

니시카와가 말을 이었다.

"법의학부 교수는 시체에 전체적으로 타박상이 있다고 했어. 하지만 목격자가 말한 범행 상황은 칼로 한 방에 찔렀다는 거였지. 주먹이 오간 상황이었다고는 아무도 증언하지 않았잖아."

"잠시만."

겐자키는 재빨리 목격자 열한 명의 공술을 눈으로 쫓았다. 니시카와의 말이 맞았다. 범인 노자키는 길에서 느닷없이 곤도를 찔렀고 그대로 차에 태우고 사라졌다.

"그러니까 이게 어떻게 된 상황이라는 거지?"

"모르지. 주임님의 좋은 머리로 생각해 보시구려."

니시카와는 다시 원래의 깐죽대는 말투로 돌아갔다.

"뭔가 알아내면 연락할 테니까, 삐삐나 휴대전화를 못 받아도 괜한 오해는 하지 마."

전화가 끊겼다.

겐자키는 수화기를 돌려놓고 니시카와가 지적한 문제를 생각해 보았다. 곤도를 칼로 찌른 다음, 차로 운반한 뒤에 구타했나? 그러나 조후 시의 현장에서 시체 투기 장소였던 오쿠타마까지는 꽤 시간이 걸릴 터였다. 곤도가 즉사하지 않았더라도 가슴을 찔린 상처가 치명상이라면 곤조 늪에 도착할 무렵에는 숨이 끊겼다고 보는 게 자연스럽다.

그렇다면 피해자 곤도는 언제 어디서 누구에게 구타를 당했단 말인가? 사건이 노자키의 단독 범행이었다는 점은 수사를 담당한 조후 북부 경찰서의 수사원에게 거듭 확인했다. 공범의 짓으로 볼 수도 없다.

다시 공술 조서를 읽다가 수수께끼를 쉽게 해명해 낼 좋은 수가 떠올랐다. 목격자에게 직접 물어보는 것이다.

시계를 보니 오후 10시였다. 전화를 걸기에는 아슬아슬하게 허용될 시간대였다.

겐자키는 수화기를 들고 조서의 첫 장에 기재된 목격 증인의 자택에 전화를 걸었다. 사야마 요스케라는 자영업자다. 그러나 자동 응답의 음성이 전화를 받았다.

주말 밤이구나, 겐자키는 혀를 차며 자료를 넘겨 두 번째 증인에게 전화를 걸었다. 스물두 살 여성, 회사원이다. 이번에는 단 한 번의 신호로 상대방이 받았다.

"여보세요?"

"예. 누구십니까?"

남자 목소리였다. 퉁명스러운 음성이다.

연인일까 생각하면서 겐자키는 자기소개를 했다.

"저는 경시청의 겐자키라고 합니다."

그러자 상대방은 한층 퉁명스럽게 말했다.

"어디 겐자키라고?"

"그러니까 경시청에 있는……."

"소속은?"

"소속요?"

겐자키는 어안이 벙벙했다.

상대방의 목소리가 거칠어졌다.

"1과의 어디 부서냐고 묻잖아!"

순간 겐자키는 깨달았다. 상대방은 형사다. 겐자키는 평소의 말투를 되찾아 물었다.

"나는 감찰계의 겐자키인데, 당신은 누구요?"

"감찰계?"

놀란 듯 간격을 두더니 상대방도 말투를 누그러뜨렸다.

"수사 1과 6계의 마에하라입니다."

어째서 본청의 형사가 있는지 미심쩍어하며 겐자키는 말했다.

"하루카와 사나에 씨라는 분과 말씀을 나누고 싶은데."

"그 사람은 아까 타 죽었습니다."

겐자키는 너무 놀란 나머지 정신이 아찔했다.

"뭐?"

"모르십니까?"

마에하라라는 형사는 질책하듯 말했다.

"연쇄 살인이 일어나고 있고요, 하루카와 씨는 세 번째 희생자입니다."

"지금 검증 중인가?"

"그렇습니다."

"잠시만, 잠시만."

겐자키는 혼란스러운 머리를 진정시키고 물었다.

"타 죽은 사람이 도아상사에 다니는 하루카와 사나에라는 인물이 틀림없다는 건가?"

"맞습니다. 불화살 같은 걸 맞고 길에서 목숨을 잃었습니다. 해부는 내일 오전입니다."

"알겠네. 수고하게."

수화기를 내려놓고도 뭐가 어찌 된 영문인지 정리가 되지 않았다. 1년 5개월 전에 발생한 마약중독자가 찔려 죽은 사건. 피해자의 시신은 도난당했고 그 사건의 목격자가 오늘 밤에 살해당했다.

펼쳐진 공술 조서를 바라보다가 겐자키는 눈을 크게 치켜떴다. 목격 증인은 방금 사망 소식을 전해 들은 하루카와 사나에까지 총 열 명이다.

설마, 싶으면서도 손이 벌써 전화기로 뻗어 있었다.

하루카와 사나에 뒤에 있는 조서. 증언자는 온다 다카코라는 서른여덟 살 여성이다. 직업은 번역가.

제발 전화를 받아라. 기도하는 마음으로 그녀의 집 전화번호를 눌렀다.

전화벨이 울리기 시작했다.

메마른 벨소리는 활짝 열린 창문 아래로 펼쳐진 도쿄의 야경 속으로 빨려 들어가는 듯했다.

온다 다카코는 목젖으로 신음 소리를 내며 입 속을 가득 메운 손수건을 뱉으려고 안간힘을 썼다. 그러나 불가능했다. 타액이 기관지로 역류할 것 같아서 황급히 위로 누웠던 몸을 옆으로 돌렸다.

집과 사무실을 겸한 아파트 7층의 자택. 침입자가 있다는 걸 깨달은 것은 집에 오고 나서 10분이나 지난 후였다. 욕실 거울 앞에서 속옷 바람으로 화장을 지우고 있을 때 등 뒤에 괴이한 모습의 남자가 불쑥 나타났다.

둔탁한 광택을 지닌 검은 망토, 그리고 두건 밑의 은색 가면.

순간 숨이 멎은 다카코에게 남자는 쏜살같이 덮쳤다. 입을 막고 넓은 거실로 끌고 나오더니 미리 훔쳐 둔 다카코의 손수건을 앞니가 부러질 기세로 입 안에 쑤셔 넣었다. 그리고 재빨리 두 손과 발을 묶었다.

강간당할 줄 알고 벌벌 떨던 다카코는 상황이 이상하게 돌아간다는 느낌을 받았다. 남자는 자기 손으로 다카코의 두 발을 딱 붙여서 묶었다. 여자의 자유를 빼앗은 남자는 방의 반대편으로 가서 유리문을 열고 베란다로 나갔다. 베란다에는 벌써 긴 밧줄을 난간에 묶어 놓았다. 남자는 다카코가 귀가하기 전부터 이 방에 숨어 있었던 게 틀림없었다.

어쩌려는 걸까? 침입자의 목적을 알 수 없는 만큼 공포가 고조되어 갔다. 두 눈을 뜨고 있기조차 고통스러웠다. 그러나 눈을 감으면 그만큼 처참한 결과를 앞당길 것만 같은 느낌도 들었다.

그때 전화벨이 울렸다. 남자는 잠시 움직임을 멈추었다가 다카코가 움직일 낌새가 없는 것을 확인하더니 베란다의 밧줄을 실내로 끌고 들어왔다.

전화기에서는 자동 응답 메시지가 흘러나왔다.

제발. 다카코는 속으로 외쳤다.

'누구든 이 상황을 알아차렸으면!'

방금 아파트 앞에서 헤어진 애인이었으면. 다카코는 애원하는 심정이었다. 아무도 전화를 받지 않으면 수상해서 집까지 와 줄지도 모른다.

그러나 매정하게도 응답 메시지가 끝나자마자 전화는 끊겼다. 도움을 요청하던 다카코는 방 구석으로 눈길을 떨어뜨렸다. 조명 테이블 위에 자신이 애용하는 노트북이 있다.

메일을 보낼 수 있다면!

든든한 마음의 지원자가 되어 준 그 사람들과 연락을 취할 수 있다면!

가면의 남자가 눈앞에 다가왔다. 다카코의 눈에서 눈물이 넘쳐났다. 살려 줘. 간절하게 호소했으나 대답 대신 남자는 작은 접이식 칼을 꺼냈다.

저항하려던 다카코는 남자가 위에 올라타는 바람에 온몸의 움직임을 봉쇄당했다. 은색 가면의 차가운 감촉이 볼에 느껴졌다. 남자의 눈을 들여다보려고 했으나 가면에 뚫린 두 구멍은 암흑과도 같았다.

아무 소리도 없이 숨소리조차 흘리지 않고 남자는 손을 움직였다. 칼끝이 피부와 속옷 사이에 들어와 얇은 천을 가르기 시작했다.

죽는구나.

알몸이 된 그녀는 굳이 몸을 숨기려 하지 않았다. 이렇게 된 이상 목숨만은 살려 주면 좋겠다. 상대가 원하는 것을 준다면 그 이상의 사태는 피할 수 있지 않을까?

가죽 장갑을 낀 남자의 두 손이 겨드랑이 부위를 슥 쓰다듬었다. 일말의 희망이 솟아났다. 이대로 상대가 욕구를 충족시키기만 하면 어쩌면 살 수 있을 것이다.

그러나 그 순간, 매끄러운 피부 위에 칼날이 지나가며 엇갈린 두 선을 새겼다.

예리한 통증에 다카코는 허리를 들어올렸다. 남자의 움직임이 갑자기 빨라졌다. 다카코의 두 손을 묶은 줄에 베란다에서 끌어온 밧줄을 이었다. 그리고 그녀의 몸 밑에 두 팔을 넣어 안아 올렸다.

다카코는 몸을 버둥댔으나 남자의 손에서 벗어날 수는 없었다. 그대로 베란다로 끌려갔다. 떨어뜨리는 건가 싶어 눈을 크게 떴으나 남자는 그 자리에 멈추더니 그녀의 몸을 바닥에 내려놓았다.

끊어질 듯 이어질 듯한 공포가 반복되어 사고 능력이 마비되기 시작했다. 발밑에 커다란 모래주머니가 놓여 있었다. 다카코는 그 모래주머니를 자신의 발에 묶는 남자의 움직임을 멍한 눈으로 쫓았다.

웅크렸던 남자가 일어섰다. 이제 끝이다. 하염없이 흘러내리는 눈물이 콧구멍을 통해 목으로 흘러들어왔다.

남자가 모래주머니를 들어 올려서 베란다 밖으로 던졌다. 묶인 줄이 팽팽해지더니 바닥에 누워 있는 다카코의 두 다리가 엄청난 힘으로 당겨졌다. 전신이 찢기는 통증이 느껴졌으나 곧 편안해졌다. 남자가 다카코의 몸을 안아 올린 것이다.

다카코는 좌우로 격렬하게 고개를 저었다. 그 무언의 구걸이 통했는지 남자는 움직임을 멈추었다.

살려 줄지도 모르겠다고 느낀 순간, 은색 가면 밑에서 입이 가려진 불분명한 목소리가 들려왔다.

"묻는 말에 대답해."

끈적이는 목소리의 감촉은 이 세상 사람의 목소리가 아닌 울림이었다. 다카코는 상대의 제안을 받아들이려고 열심히 고개를 위아래로 끄덕였다.

남자는 재빨리 다카코의 입에서 손수건을 빼냈다. 그리고 딱 한마디, 질문을 내뱉었다.

"도모토 겐고는 어디 있지?"

다카코는 놀라서 말이 나오지 않았다. 답이 떠오르지 않았다. 자신이 왜 그런 질문을 받는지도 이해가 되지 않았다. 망연히 눈을 굴리는 사이에 입 안에 다시 손수건이 쑤셔넣어졌다.

이번에는 목숨을 구걸할 여유도 없었다. 남자는 베란다의 난간 밖으로 다카코의 몸을 던졌다.

순간 몸의 무게가 느껴지지 않았다. 시야 속에 무한한 빛이 나타났다가 사라졌다.

몇 초 후 7층에 묶인 밧줄이 공중에서 팽팽해진 순간, 사라졌던 중력이 전신에 다시 돌아왔다. 다카코가 마지막으로 들은 소리는 자신의 몸속에서 들려온 둔탁한 중저음이었다.

희미하게 들려온 불쾌한 울림은 생각보다 훨씬 빨리 남자의 등골을 공포로 오싹하게 만들었다.

베란다 밖에 뭔가 떨어진 것 같았다. 하지만 이 집은 2층이다. 위에서 물건이 떨어지면 베란다 앞을 지나 땅으로 떨어져야 한다.

남자는 읽다 만 음악잡지를 탁자에 올려놓고 베란다 문 밖으로 시선을 던졌다. 얇은 커튼 너머로 그림자가 흔들리고 있었다. 위층으로부터 뭔가 매달려 있었다.

빨래가 떨어졌나? 그는 베란다로 향했다. 빨랫줄이 엉켜서 옷이 뭉친 채로 매달려 있나?

커튼을 열자마자 그것이 보였다. 쌀자루인지 모래주머니인지는 몰라도 아무튼 몽톡한 천 주머니였다. 밧줄에 묶인 천 주머니가 위층에서 내려와 있었다.

'남의 집에 이렇게 민폐를 끼쳐서 쓰나.'

그는 베란다로 나갔다. 어느 층에서 떨어졌는지를 확인하려고 베란다의 난간에서 몸을 내밀어 주머니 위를 보니 두 다리가 눈에 들어왔다.

"으악!"

소리를 질렀을 때는 이미 늦었다. 눈을 피할 틈도 없이 그는 믿기지 않는 광경을 목격해 버리고 말았다.

아랫배에서 비명이 올라왔다. 자신이 소리를 지르고 있다는 것도 모른 채, 그는 숨을 들이쉬고는 끊임없이 외쳤다.

그것은 이미 인간의 형태가 아니었다.

주오 구 신토미에서 발견된 변사체에 관한 정보가 속속들이 오치 관리관에게 들어오기 시작했다.

현장에는 아직 기동 감식이나 1과 수사원이 도착하지 않았으며 신고를 받고 급히 출동한 파출소의 순경 2명과 관할 경찰서의 수사부만 나간 상태였다.

오치는 직접 무전으로 지휘에 나섰고 피해자의 신원, 시체의 상황 등을 보고받았다. 그 결과 피해자가 현장 아파트 7층에 사는 온다 다카코라는 여성이며 직업은 번역가, 7층 자택 베란다에 매달려 2층 부근에 떨어졌다는 것을 알았다. 시신은 알몸이었고 두 다리에는 무게가 약 30킬로그램으로 추정되는 모래주머니가 추처럼 달려 있었다.

이단 심문에 관한 사학자의 이야기를 떠올리며 오치는 범행의 처참함에 몸을 떨었다. 허공에 던져진 피해자는 고도차 15미터를 떨어진 뒤에 급정지했고, 발에 달린 추가 계속해서 온몸을 찢으려고 지면으로 향했다. 사지가 찢기지 않은 것만으로도 행운으로 보아야 한다. 만약 찢겼더라면 찰나의 고통은 더욱 견딜 수 없었으리라.

오치는 시체에 십자 모양의 상처가 없는지 물었다. 답변이 돌아올 때까지 조금 시간이 걸렸다. 현장에서는 적은 인원의 경찰관들이 벽에 걸친 사다리를 이용해서 시신의 상황을 알아보고 있었다.

"있습니다. 왼쪽 겨드랑이 밑, 늑골의 중간쯤입니다."

파출소의 순경이 무전으로 보고했다.

"도너 등록증은 있나?"

"잠시만 기다려 주십시오."

다시 무전이 끊겼다. 혼란에 빠진 현장 상황이 이해가 갔다. 사태의 긴급성을 감안해서 오치는 감식반의 도착을 기다리지 않고 그들을 곧바로 피해자의 자택으로 보냈다.

"지갑 속에 있는 도너 카드를 확인했습니다. 명의는 온다 다카코입니다."

"알았네."

오치는 눈앞에 펼친 지도에 제4범행 현장을 표시했다. 그레이브 디거는 약간 동쪽으로 방향을 틀었으나 여전히 도쿄를 남하하고 있다.

지도를 바라보며 목격 증언은 얻기 힘들 것으로 예상했다. 도쿄역의 동쪽에 펼쳐진 주오 구는 번화가인 긴자를 빼면 야간에는 인구가 격감한다. 도쿄라도 과소 현상이 진행되는 지역이다.

그때 본청의 연락 담당 요원이 전화 한 통을 연결해 주었다.

"인사 1과의 겐자키 주임입니다. 급한 용건이랍니다."

오치는 책상 위에 놓인 전화기에 손을 뻗었다.

"여보세요, 오치입니다."

"아까 시체 도난 건으로 연락받았던 감찰계의 겐자키입니다. 고사카라는 부하 직원이 설명 차 찾아뵈었던······."

"네."

"그 후에 기이한 사실을 발견했습니다. 관리관님께서 담당하시는 사건의 피해자는 곤도 살해 사건의 목격 증인입니다."

"뭐라고요?"

저도 모르게 언성이 높아졌다.

"다시 한 번 말씀해 주시죠."

"고사카가 드린 설명과 중복이 될지 모르겠습니다만 순서대로 말씀드리겠습니다. 1년 5개월 전에 곤도라는 자가 길 한복판에서

칼에 찔려 죽었죠. 제3종 영구시체로 발견된 사람입니다. 그가 찔렸을 때 현장에는 목격자가 열한 명 있었습니다만 그중에 세 명이 벌써 살해되었어요."

"그게 사실입니까?"

오치는 옆에 있던 대학 노트를 재빨리 펼쳤다.

"다가미 노부코, 시마나카 게이지, 하루카와 사나에, 이 세 사람이 틀림없습니까?"

"예, 1과에 조회해서 확인했습니다."

오치는 발견된 지 얼마 되지 않은 네 번째 희생자의 이름을 말했다.

"목격 증인의 명단에 온다 다카코라는 번역가가 있습니까?"

"포함되어 있습니다."

아주 짧은 찰나였으나 오치는 할 말을 잃었다. 도너에 이은 제2의 공통점이다. 그러나 이는 무엇을 뜻하는가?

"증인 명단을 팩스로 보내 주십시오."

"알겠습니다. 그리고 참고로 말씀드리자면 다른 증인들한테도 연락을 취하려고 했는데 모두 집에 없었습니다."

"그 건은 제가 인계받겠습니다. 미안하지만 거기서 대기해 주십시오. 지금 제가 본청으로 가겠습니다."

"알겠습니다."

겐자키는 대답했다.

전화를 끊자 잠시 후 연락요원이 팩스로 수신된 증인 명단을 가지고 왔다. 오치는 재빨리 눈으로 훑었다.

온다 다카코, 가토 신이치, 기무라 오사무, 사야마 요스케, 시마나카 게이지, 다가미 노부코, 네모토 고로, 하야시다 히로미쓰, 하루카와 사나에, 히라타 유키히코, 와타세 데쓰오 총 열한 명.

틀림없다. 네 명의 피해자가 포함되어 있다. 그레이브 디거가 살육제를 펼치고 있는 대상은 곤도 살인 사건의 목격 증인들이다.

그러나 왜? 오치는 열심히 머리를 굴렸다. 증인들을 노리는 이유는 무엇인가? 게다가 이중 네 명이 도너라는 사실은 우연일까?

오치는 자리에서 일어났다. 특별 수사본부를 오이즈미 경찰서에서 본청으로 옮기기로 결정한 상태였다. 출구로 향하면서 문득 피해자들의 공통 항목에서 도너라는 조건을 지워 보면 어떨지를 생각해 보았다. 곤도 살인 사건의 목격 증인을 노리고 있다는 점에만 주목하면…….

그들을 노리는 이유는 하나밖에 없다.

오치는 걸음을 멈추고 자신이 내린 결론이 틀림없는지를 거듭 확인했다.

야가미는 JR선의 육교를 넘어 도쿄 23구를 순환하는 야마노테 선의 내부 구역으로 들어섰다. 지도를 보며 일단 서쪽으로 향한 이유는 분쿄 구와의 구 경계선이 가깝기 때문이었다. 방금까지 있던 다이토 구를 빠져나오면 경찰의 관할 구역이 다르니 감시의 눈도 다소 느슨해질 것 같았다.

유시마 부근에 나와서 진행 방향을 남쪽으로 되돌렸다. 다행히 경찰관도 없고 정체불명의 삼인조도 쫓아오지 않았다.

몇 발짝 안 가서 이번에는 지요다 구로 진입할 수 있었다. 가까운 역 두 군데, 오차노미즈 역과 아키하바라 역 중 어느 쪽으로 향할까 고민하다가 야가미는 아키하바라를 선택했다. 시간은 10시를 넘었으나 세계 최대의 전자 상가에는 아직 몸을 숨길 만한 인파가 남아 있을 것 같았다.

역 근처로 가면 렌터카 영업소를 발견할 수 있을 것이다. 외무부 직원에게 뜯어낸 돈으로 차를 빌려도 거스름돈이 남는다. 그러면 이제 아무에게도 불심검문당하지 않고 남행 드라이브를 즐기면 된다. 로쿠고 종합병원에도 날짜가 바뀌기 전에 도착할 수 있을 것이다.

긴장을 늦추지 않고 번뜩이는 눈으로 주위를 둘러보며 야가미는 전자 상가의 뒷골목으로 들어갔다. 주변에 오가는 사람이 없어서 당초의 의도와 달랐다. 가전제품을 파는 대형 할인점도 차례로 간판의 불을 끄기 시작했다.

이제 어떻게 할까? 야가미는 걸음을 늦추었다. 아키하바라 역 부근에는 만세바시 파출소가 있다. 이대로 검문에 걸리지 않고 렌터카 영업소를 찾아낼 수 있을까?

아무한테나 묻는 것이 빠르겠다는 생각에 야가미는 가는 길에 식당을 찾기 시작했다. 이참에 식사도 할 생각이었다. 저녁 때 먹은 튀김국수의 열량은 이미 격렬한 운동으로 모두 소진하고 말았다.

좌우의 건물을 두리번거리며 100미터 정도 걷다가, 야가미는 생각지도 않던 가게의 간판을 발견하고 걸음을 멈추었다.

POLICE DEPARTMENT. 경찰 마니아를 위한 가게, 오후 1시~밤 10시 30분.

가게는 상가 빌딩의 3층인 모양이다. 손목시계를 보니 폐점 시간까지 5분이 남아 있었다. 야가미는 건물의 좁은 계단을 오르기 시작했다.

3층에 가자 짧은 복도 앞에 문이 있고 POLICE DEPARTMENT 라는 간판이 걸려 있었다. 야가미는 문을 열고 안으로 들어갔다.

20평방미터 정도 되는 좁은 점포였다. 양쪽 벽에는 유리 진열대와 옷걸이가 널려 있고 진위의 여부는 몰라도 경찰관의 유니폼과 장비들이 빼곡히 놓여 있었다.

"5분 후에 문 닫습니다."

안쪽 계산대 옆에서 라디오의 음악에 귀를 기울이던 가게 주인 같은 남자가 퉁명스럽게 말했다.

야가미는 주인에게 물었다.

"순경 유니폼을 갖춰 입으려면 얼마나 들어?"

"여름 거요? 겨울 거요?"

"겨울 걸로."

"계급장부터 싹 다해서 12만 5000엔요."

야가미는 생각보다 비싼 가격에 놀랐다. 그렇다면 사용 정지된 신용카드에 가게 주인이 걸려들까?

"카드는 쓸 수 있어?"

"안 돼요. 현금만 받아요. 그리고 살 때는 신분증 보여 주시고 서약서도 써야 돼요."

"무슨 서약서?"

"구입한 상품을 악용하지 않겠다는 거요."

야가미는 가게 안으로 눈길을 돌렸다.

"여기 있는 게 다 진짜야?"

그러자 가게 주인은 야릇한 미소를 흘렸다.

"손님, 초짜시죠?"

"그래."

야가미는 인정했다.

"일부는 진짜고 나머지는 복제품이에요. 텔레비전 촬영을 할 때도 이런 게 필요하잖아요."

야가미는 납득했다.

"그래, 그렇겠군."

"3분 후에 문 닫습니다."

"무전기도 있네."

야가미는 진열장 중에 한 군데를 가리키며 말했다.

"저게 있으면 경찰끼리 주고받는 무전도 들을 수 있나?"

"손님, 진짜 초짜시네요."

주인은 한심하다는 투로 말했다.

"경찰 무전이 디지털로 바뀌고 나서는 도청하기 힘들어졌어요. 저건 아날로그 시대에 쓰던 기계죠."

"그럼 경찰증 같은 건 없어?"

"'경찰증'이라고 써 놓은 텔레비전 드라마용은 있어요."

"진짜랑 어떻게 다른데?"

"진짜에는 '경찰증'이라고 안 적혀 있죠. '경시청'이나 지방 이름 붙여서 '○○경찰'이라고 써요."

과거에 실물을 몇 번씩 봤어도 그렇게 자세히 본 적은 없었다.

"순경한테 보여 주면 당장 들통나나?"

"물론이죠. 게다가 내년부터는 경찰증을 싹 갈아서 FBI 같은 걸로 바뀌잖아요."

그리고 주인은 눈을 번득였다.
"설마 악용하려는 건 아니죠?"
"설마."
웃으면서도 아무런 소득이 없다는 생각에 야가미는 신경질이 났다.
"1분 후에 문 닫습니다."
"알았어. 잘 봤어."
가게를 나서려던 야가미는 상품 진열장을 보고 문득 발을 멈추었다. 가격표가 붙지 않은, 은색으로 빛나는 수갑이 놓여 있었다. 어쩌면 언젠가 필요할지도 모르겠다는 생각이 들었다.
"이 수갑은 얼마지?"
주인은 그제야 흥정하는 눈빛으로 야가미를 물끄러미 쳐다보았다. 얼마나 낼까 가늠하는 투였다. 야가미는 이 수갑이 진짜라는 것을 간파했다.
"난 이런 사람이야."
야가미는 자신만만하게 신분증을 꺼냈다. '외무부'라고 적힌 부분을 보란 듯이 가리키며 다른 손가락으로 교묘하게 얼굴 사진을 가렸다.
"외무부 분이세요?"
주인이 유심히 야가미의 얼굴을 쳐다보았다.
"어쩐지 못되게 생겼더라."
야가미는 애써 상냥한 미소를 지어 보였다.
"소속 관청은 달라도 나랑 잘 지내면 짭짤할 텐데?"
"외무부라…… 글쎄……."

주인은 고개를 갸우뚱거렸다.
"신분 확실하겠다. 서약서는 써 주면 되겠다. 그래, 이 수갑 얼마야?"
"폭탄가로 1만 5000엔요."
"너무 비싸!"
"1만 엔. 협상 끝."
"좋아!"
그리고 야가미는 왠지 그 자리의 분위기상 주인과 악수를 나누었다.
"자, 여기 서약서요."
주인이 내민 종이와 볼펜을 받아 들고 야가미는 성명란에 외무부 공무원의 이름을 기입했다. 그리고 적당히 꾸며 낸 자택 주소를 적으며 물었다.
"이 근처에 차를 빌릴 만한 데는 없어?"
"렌터카 영업소가 쇼헤이바시 가기 전에 있어요. 소부 선 철교 근처에."
아키하바라와 오차노미즈 역의 중간 지점이다. 여기서는 걸어서 5분이면 도착한다.
"서약서는 이거면 됐지?"
"네, 좋아요. 자, 문 닫아요."
야가미는 가게를 나와 다시 밤거리로 돌아왔다. 그리고 바로 걸음을 멈추었다. 수갑을 갖고 있어 봐야 이로울 게 없다는 생각이 들었다. 렌터카 영업소에 도착하기 전에 불심검문에 걸렸다가는 변명하기도 힘들다. 승리는 코앞에 있다. 여기서 서두르다가 꼬리를 잡혀서는 안 된다.

어디 숨길 만한 장소가 없나 두리번거리다가 거리에 놓인 쓰레기봉투가 눈에 띄었다. 그 밑에 수갑이 든 종이봉투를 쑤셔 넣었다.

그런데 미처 숨을 돌릴 틈도 없이 앞쪽의 삼거리를 경찰차가 지나갔다.

야가미는 반사적으로 바로 옆 건물로 뛰어들었다. 이제 남은 거리라고는 몇 백 미터밖에 없다.

아사쿠사에서 아메요코로 갈 때처럼 야가미는 건물에서 건물로 옮겨 가며 차츰차츰 렌터카 영업소에 접근했다.

본청에서 소집된 수사 회의에 호출을 받고 겐자키는 고사카를 데리고 감찰계 사무실을 나섰다. 저층용 엘리베이터로 회의실이 있는 6층에서 내렸다.

두 달 전의 시체 도난 사건과, 겨우 일곱 시간 사이에 네 명이나 되는 시민이 살해당한 엽기 살인 사건이 완전히 연결되었다. 그러나 연쇄 살인마는 무엇 때문에 곤도 살인 사건의 목격 증인을 살해하는 것일까?

회의실에 들어서자 가와무라 수사본부장, 그리고 우메무라 수사 1과장을 포함한 두 명의 수사 부본부장이 자리에 앉아 있었다.

"잠시 대기하게."

가와무라의 말에 겐자키와 고사카는 우메무라 부본부장에게서 과거 네 건의 상세한 수사 정보를 들었다.

그중에서도 네 번째 피해자에 관한 정보를 듣고 겐자키는 공포에 떨었다. 범행 시각은 오후 10시를 넘은 무렵, 감찰계 사무실에서 목격 증인인 온다 다카코의 자택으로 전화를 걸었을 때, 그 집에서는 그레이브 디거가 한창 처참한 범행을 저지르는 중이었던 것이다.

일련의 설명이 끝나자 가와무라가 입을 열었다.

"자네들은 지원 인력으로 이쪽에 합류하게 되었어. 보안부장의 허가는 이미 얻어 두었네."

겐자키에게 선택의 여지는 없었다.

"예."

"그런데 감찰계는 세 명이 움직이지 않았던가?"

예리한 지적에 겐자키는 포커페이스를 유지하며 말을 골랐다.

"니시카와라는 부하가 있습니다만 기밀을 요하는 임무가 있어서 제 재량으로 파견했습니다."

"그래?"

가와무라는 짧게 말하더니 그 이상은 묻지 않았다.

도대체 니시카와는 혼자서 뭘 조사하겠다는 건지 겐자키는 전혀 알 도리가 없었다.

"늦었습니다."

그때 노크 소리와 함께 다부진 인상의 남자가 들어왔.

남자는 겐자키에게 가볍게 머리를 숙였다.

"아까는 감사했습니다. 오치 관리관입니다."

"겐자키입니다."

일말의 굴욕을 느끼며 자신보다 나이가 어릴 캐리어 경찰관에게 인사했다.

가와무라가 화두를 꺼냈다.

"본론에 들어가기 전에 네 번째 범행에 대해 정리하지."

오치 관리관이 의자에 앉기를 기다렸다가 우메무라 수사 부본부장이 말을 이어받았다.

"문제는 피해자의 두 발에 묶였던 30킬로그램짜리 모래주머니라네."

"모래주머니의 입수 경로 말씀이십니까?"

오치가 물었다.

"그게 아니라 내 말은 운반 방법일세. 제1, 제2의 범행 간격을 감안하면 범인의 이동 수단은 오토바이일 가능성이 높았지. 하지만 큼지막한 모래주머니를 운반한다면 어떨까 싶어서 말이야."

"탄뎀시트(Tandem Seat, 2인 승차를 위해 뒷좌석이 있는 것—옮긴이)에 묶으면……."

오치는 말을 꺼냈다가 바로 문제점을 깨달은 모양이었다.

"눈에 띄겠네요."

"그렇지. 한편 차량을 이용했다고 보면 아무래도 앞서 저지른 두 범행에 무리가 생기고."

우메무라는 말하고 두 감찰계 직원들을 향해 덧붙였다.

"도쿄의 교통 정체를 감안하면 시간적인 여유가 없거든."

겐자키는 고개를 끄덕이고 자신도 발언을 해야 할 분위기라고 판단했다.

"범인이 한 명이 아니란 말씀이시군요."

"그렇다네."

오치가 가와무라에게 물었다.

"컬트 집단 쪽은 어떠셨습니까?"

"보안부에서 필요한 최소한의 정보는 얻었네."

가와무라는 감찰계의 두 사람을 곁눈질하며 쓴웃음을 섞어 말했다.

"의료 행위를 거부하는 집단은 있어도 도너를 테러의 공격 대상으로 삼겠느냐고 하더군."

"요 며칠 사이에 암암리에 움직이는 집단도 없답니까?"

"거기까지 깊은 정보를 그 자식들이 제공하겠어?"

가와무라의 말에 수사부 출신의 겐자키는 저도 모르게 얼굴 근육이 느슨해졌다. 옆에 앉은 보안부 출신의 고사카는 좌불안석일 것이다.

"동기 부분에서 겐자키 주임님께 확인하고 싶은 사항이 있습니다."

오치의 말에 겐자키는 고개를 들었다.

"애초의 발단이 된 곤도 살인 사건입니다만 공판은 지금 어떤 상황이죠?"

"공판요? 이미 제1심에 들어갔습니다."

허를 찔려서 겐자키는 당황했다.

"곤도를 죽인 노자키라는 자는 범행을 인정했습니까?"

"부인하고 있다고 들었습니다."

"그걸 뒤엎을 만한 증거는 있습니까?"

"그러고 보니……."

겐자키는 두 달 전의 기억을 더듬어 조후 북부 경찰서에서 들은 재판 상황을 떠올렸다.

"공판이 길어지고 있습니다. 결정적인 증거는 목격 증언밖에 없었기 때문에 변호 측이 버티고 있답니다."

"그러니까 곤도를 죽인 범인을 유죄로 끌고 갈 만한 증거가 목격자의 증언밖에 없다는 말씀이시죠?"

"맞습니다."

"그렇다면 만약 이대로 그레이브 디거가 범행을 계속해서, 남은 일곱 명의 증인이 모두 살해된다면."

오치의 이 말이 회의실 분위기를 완전히 뒤엎었다. 모두가 용수철처럼 고개를 번쩍 들고 관리관의 얼굴을 쳐다보았다.

겐자키는 공판 절차를 속으로 되짚었다. 목격 증인의 공술서를 법정에 제출해도 변호 측이 동의하지 않으면 그 서류는 증거 능력을 지니지 않는다. 증인 한 사람 한 사람을 법정에 불러 판사 앞에서 검찰과 변호 쌍방이 심문을 실시해야만 한다.

그렇다면 법정에 나와야 할 증인이 모두 사망한다면…….

계속해서 오치 관리관이 말했다.

"목격 증인이 전멸해서 제일 이득을 보는 사람은 노자키라는 피고인이 아니겠습니까? 그야말로 죽은 자는 할 말이 없는 거죠. 증언자가 사라지면 노자키를 유죄로 몰아갈 증거가 소멸됩니다. 반대로 말하자면 그레이브 디거가 하룻밤 사이에 범행을 되풀이하고 있는 이유는 피해자 간의 관계가 드러나기 전에 모조리 죽일 속셈이 아니겠습니까?"

"그럼 우리가 그 사실을 눈치 채면 당연히 보호에 들어갈 것이니, 범인은 그 전에 증인들의 전멸을 꾀했다는 말씀입니까?"

여전히 놀란 표정으로 겐자키가 말했다.

"그렇습니다."

"하지만."

가와무라가 끼어들었다.

"공판 전에 증인이 사망한 경우에도 생전의 공술 조서는 법정에 제출할 수 있을 텐데?"

"문제는 그 조서의 증명 능력입니다. 곤도 다케시의 시신이 제3종 영구시체가 되어 발견되었을 때 목격 증인과 엇갈린 시체 소견이 나왔습니다. 전신 타박상이었죠. 칼로 단숨에 찔린 것이 치명상이라면 구타당한 흔적은 남을 리가 없습니다."

대화를 듣던 겐자키는 젊은 관리관의 명석한 두뇌에 질투를 넘어 경탄을 금치 못했다.

"공술 내용의 신빙성에 의문이 생긴 이상, 조서가 유죄의 결정적인 증거가 되지 못합니다. 게다가 법정에서 심문해야 할 증인들은 오늘 밤에 차례대로 살해당하고 있습니다."

"그래, 알겠네."

가와무라는 말했다.

"남은 일곱 명의 증인을 보호하게."

"벌써 수배했습니다. 하지만 주말이라 그런지 아직 한 명도 연락이 닿지 않은 상태입니다. 게다가 저희 인원도 부족합니다."

"수사부면 어디든 상관없이 모을 수 있는 놈들은 다 불러 모아."

"예."

"한 가지 궁금한 점이 있습니다."

겐자키는 손을 들고 의문을 제기했다.

"뭔가?"

가와무라가 물었다.

"노자키의 무죄를 노리고 이번 사건이 일어났다는 가설입니다. 그렇게 되면 그레이브 디거라는 범인은 노자키와 한 패라는 말이 되겠죠?"

"그렇지."

"두 달 전에 저희가 조후 북부 경찰서에 확인한 바로는, 곤도 살인 사건은 노자키의 단독 범행이었고 공범자는 없었다고 하던데요."

"하지만 마약상이었다며? 밀매 조직이 관련되었다 해도 이상할 게 없어."

가와무라가 강한 어조로 채근했다.

"어떻게 대처할까요?"

우메무라 부본부장이 가와무라의 얼굴을 보았다.

"그레이브 디거인지 뭔지 하는 흉악범이 아직 도쿄를 배회하고 있는 한 일분일초를 다투는 상황입니다. 그러나 시간이 이래서야 뭘 해도 내일을 기다려야 하니, 원."

"구치소에 있는 노자키를 두드려 깨워야죠."

오치가 말했다.

"곤도를 찌른 당사자의 입을 통해 이야기를 듣는 수밖에 없습니다."

그 말에 세 간부가 고개를 들었다. 그들 사이에는 말이 아닌 눈짓이 오갔다. 심야 취조는 고문으로 간주되어 법에 저촉될 우려가 있었다.

겐자키는 그들의 시선을 보고 자신에게 발언권이 주어졌음을 느꼈다.

"감찰계는 오치 관리관의 방침을 지지하겠습니다. 이 이상 희생자를 늘릴 수는 없습니다."

"좋아."

가와무라가 겐자키를 쳐다보았다.

"취조를 맡아 줄 수 있겠나? 이미 모든 인원을 소진한 상태거든."

"저는 괜찮습니다."

즉각 대답하고 겐자키는 가와무라의 노회함에 혀를 내둘렀다. 피의자에게 실시할 심야의 심문에, 본래 그런 행위를 적발해 내는 감찰계를 끌어들이자는 속셈이다.

"하지만 감찰계에서 둘이나 가면 좀 곤란하지 않겠습니까?"

우메무라가 겐자키와 고사카를 보며 말했다.

"그럼 이렇게 하세."

가와무라가 말했다.

"예비반에 혼자 다니는 형사가 있었지?"

"제2 기동 수사의 후루데라 경장입니다."

오치가 대답했다.

"그 후루데라와 겐자키 주임이 노자키 취조를 맡도록 하게. 감찰계의 고사카 순경은 증인 보호 지원에 들어가고."

겐자키와 고사카가 동시에 대답했다.

"예."

"여기 사람 없어?"

목소리를 듣고 주차장에 있던 아르바이트생은 세차하던 손을 멈췄다. 조립식 간이 건물로 만든 좁은 영업소 사무실에 영락없는 악당 얼굴의 손님이 서 있었다.

"지금 갑니다."

수도꼭지를 잠그고 렌터카 회사의 로고가 찍힌 유니폼에 젖은 손을 닦은 뒤에 점원은 영업소로 들어갔다.

"차를 빌리고 싶은데."

험상궂은 얼굴의 손님은 이미 요금표를 들고 있었다.

"이 기본 타입 차량이 있나?"

열두 시간 대여에 4500엔인 소형차였다.

"예, 있습니다. 저희 영업소의 대여 방침에 대해 설명드리자면……."

"설명은 됐어. 면허증 보여 주면 되지?"

"예."

겁먹은 티를 내지 않도록 신경 쓰며 점원이 말했다.

"빨리 서류 꺼내 와."

"그럼 여기에 써 주세요."

고객은 서류와 자신의 운전면허증을 맞바꾸었다. 성명이 야가미 도시히코라고 적혀 있다.

"이렇게 하면 되나?"

다 적더니 야가미라는 고객이 물었다.

"됐습니다. 그럼 계산을……."

야가미는 마지못한 동작으로 지갑을 꺼내어 요금을 지불했다.

"감사합니다. 그럼 밖에서 기다리고 계세요."

점원은 사무실의 뒷문으로 나가서 주차장으로 향했다. 차양 밑의 열쇠걸이에서 차키를 꺼내어 이 고객과는 너무도 어울리지 않는 노란 소형차에 올라탔다.

거리와 맞닿은 주차장 출구에서는 벌써 야가미가 기다리고 있었다.

운전석에서 내린 점원에게 야가미는 불평했다.

"뭐야, 이 색깔? 좀 얌전한 색 없어?"

"기본 타입이 지금은 이 차 한 대밖에 없어서요."

"짜증 나네."

야가미는 차체의 흠집을 확인하고 운전석에 앉았다.

"조심히 다녀오십시오."

모자를 벗고 고객을 내보내자 점원은 영업소 안으로 돌아왔다. 카운터 밑, 고객의 위치에서는 보이지 않는 곳에 순찰을 돌던 순경이 남긴 메모가 붙어 있었다.

용의자 수배, 야가미 도시히코. 연락처, 경시청 제1방면 본부.

점원은 전화를 들고 메모 아래에 적힌 번호를 눌렀다.

렌터카로 달리기 시작한 야가미는 제한속도를 지키며 얌전히 운전했다.

무사히 차를 빌린 덕에 사태가 순식간에 호전되었다. 어디든 U턴해서 히비야 가도를 타면 길은 그대로 제1게이힌 국도로 이어진다. 로쿠고 종합병원까지 일직선이다.

백혈병을 극복하고 기뻐하는 아이의 얼굴이 눈앞에 선명하게 떠올랐다. 야가미의 인생 최초의 선행이 이루어지는 것이다.

쓰마고이사카와 스에히로초의 두 교차로에서 우회전한 후, 야스쿠니 가도에서 계획대로 히비야 가도를 탔다.

야가미는 병원을 향해 남하하는 일차선을 탔다. 목적지까지는 직선거리로 20킬로미터다. 밤이 깊어지며 도심의 거리도 한산해지기 시작했다. 신호 대기에 걸리면서 가더라도 한 시간이면 충분하다.

속도를 올린 대형 트럭이 옆을 스치며 소형차의 차체를 흔들어 놓았지만 야가미는 느긋한 기분으로 보내 주었다. 조심할 상대는 경찰차밖에 없다. 그러나 만일 경찰차가 나타나도 바로 옆에 붙어서 창문으로 얼굴이라도 보지 않는 한 문제없을 것이다.

라디오를 켜자 음악 전문 채널에서 때 아닌 뉴스가 나왔다. 도쿄에서 일어난 연쇄 살인 사건. 새로이 네 번째 피해자가 발견되었고…….

새로운 정보는 없었으나 야가미는 문득 미네기시에게 받았던 전화가 생각났다. 경시청의 후루데라라는 형사가 연락을 취하고 싶어 한다. 야가미를 노리고 있을 가능성이 있으니 보호하고 싶다는 말이었다.

그 말을 듣자마자 함정이 틀림없다고 직감했다. 아사쿠사의 강제적인 불심검문을 보면 경찰이 야가미를 체포하려는 것은 자명한 사실이었다. 경찰은 야가미의 과거를 조사해서 소년부에 있던 후루데라와의 접점을 찾아낸 것이다. 상대가 그 형사라면 야가미가 긴장을 늦출 것으로 생각했나?

후루데라 영감도 한물갔어. 야가미는 거구의 형사를 떠올렸다.

이런 어린애 장난 같은 함정을 팔 인물은 아니었는데.

그렇다 해도 후루데라는 어떻게 자신과 미네기시의 관계를 알아챘을까? 미네기시는 코디네이터의 비밀 유지 의무로 야가미에 대해서 밝히지 않았던 모양이다. 다만 불안한 점은 아직 남아 있다. 파란불로 바뀌어 차를 출발시키고 나서 휴대전화를 꺼내어 로쿠고 종합병원의 여의사에게 전화를 걸었다.

전화벨 두 번 만에 오카다 료코가 받았다.

"야가미 씨."

여느 때와 같은 시원시원한 응답을 기대하던 야가미는 여의사의 힘없는 목소리에 놀랐다.

"목소리가 피곤해 보이는데?"

야가미는 웃으면서 말했다.

"격한 운동이라도 한 모양이지?"

"그게 아니에요. 야가미 씨를 기다리다 지친 거죠."

"딴 상황에서 그 말을 듣고 싶군."

"나한테 마음 있어요?"

그럴지도 모르겠다. 야가미는 뜬금없이 생각했다. 달갈형 동안의 여의사는 분명 매력적이었다. 하지만 과거를 떠올려 보면 자신이 여자에게 마음이 흔들렸을 때란 꼭 목숨이 간당간당한 궁지에 몰렸을 때였다. 그리고 이럴 때 맺어진 남녀 관계가 오래가지 않는다는 사실은 여태껏 독신인 자신의 인생이 증명해 주고 있었다.

"오카다 선생이 지금 제일 보고 싶은 여자인 것만은 사실이야."

이 정도로만 말해 두었다.

"저도 그래요. 근데 지금은 어디예요?"

"아키하바라를 막 나왔어."

그러자 여의사의 목소리가 앙칼지게 울렸다.

"왜 지하철역을 하나씩 순서대로 거쳐 오는 거예요? 우보전술(牛步戰術)이라도 하자는 거예요?"

"따지고 싶은 마음은 나도 이해해. 하지만 마음 푹 놓고 기다려. 차를 빌렸으니까 이제 그쪽으로 곧장 가기만 하면 되거든. 12시 넘어서 도착할 거야."

"이번엔 정말 믿어요."

"미안해."

사과하고서 야가미는 용건을 말했다.

"그런데 경찰에서 무슨 문의가 들어오지 않았나?"

"있었어요."

오카다 료코가 선뜻 말하기에 야가미는 놀랐다.

"정말이야?"

"네. 야가미란 남자가 입원할 예정은 없느냐고요."

"그래서?"

"아쉽게도 우리 원장님께서는 퇴근이 이르셔요."

야가미는 미소를 띠며 말했다.

"날 감싸 준 건가?"

"내가 감싸 준 건 야가미 씨가 아니라 야가미 씨의 골수라고요."

엄청나게 아픈 주사를 맞은 느낌이었지만 야가미는 꾹 참았다.

"야가미 씨."

사뭇 진지한 목소리로 여의사가 말했다.

"왜 경찰이 찾는 거죠?"

"자세한 이야기는 병원에 도착하면 말해 줄게."

"믿어도 되는 거죠?"

"그럼."

고개를 끄덕이고 야가미는 말을 덧붙이려고 했다. 나는 나쁜 짓은 전혀 안 했어. 그러나 그렇게 말하면 거짓말이 되기에 이렇게 말했다.

"나는 다시 태어나려는 거야. 제대로 된 인간으로 말이야."

"다시 태어나는 건 좋은데 골수에는 손대지 마요."

여의사는 말하고 전화를 끊었다.

휴대전화를 배낭에 쑤셔 넣고 야가미는 가속 페달을 밟았다. 욕설을 한껏 퍼붓고 싶은 심정이었다. 전방 신호가 노랑에서 빨강으로 바뀌는 순간이었지만 속도를 늦추지 않고 사거리를 통과했다.

그 직후에 야가미는 본능적으로 뒷거울을 쳐다보았다. 뒤쫓아 오는 차가 한 대, 야가미와 똑같이 아슬아슬한 타이밍으로 신호를 통과했다. 짙은 녹색 승용차다. 타고 있는 사람은 운전자 한 명이었다.

잠복 경찰차는 아니었다. 사복형사는 2인 1조로 움직인다. 게다가 경찰이라면 야가미를 찾아내는 즉시 경광등을 지붕에 얹고 긴급 주행으로 전환했을 터였다.

야가미는 사거리에서 좌회전으로 진로를 동쪽으로 바꾸어 보았다. 뒤 차도 따라왔다. 또다시 왼쪽으로 핸들을 꺾어 아키하바라 방면으로 되돌아가자 따라오던 차는 방향을 바꾸지 않고 지나갔다.

너무 민감했나? 속도를 늦추고 운전석 시트에서 자세를 고쳤다. 미행이 없는지는 거듭 확인했다. 경찰 마니아 가게에서 렌터카 회사까지도 그냥 걸으면 5분 걸릴 거리를 30분이나 소요하며 이동했으니 말이다.

다시 히비야 가도를 탈 생각으로 야가미는 다음 사거리에서 핸들을 왼쪽으로 꺾었다. 완전히 꺾는 순간 뒷거울을 보자 차 한 대가 속도를 높이며 다가왔다. 아까 본 짙은 녹색 승용차다.

야가미는 브레이크를 밟았다. 녹색 차는 속도를 늦추지 않고 추월에 들어갔다. 그 차체가 우측을 통과하는 순간 운전석에 앉은 남자의 옆모습이 뚜렷이 보였다.

조직 폭력배의 회계 담당같이 생긴 얼굴이 긴 남자.

야가미는 적의 암호명을 떠올렸다. 스콜라.

야가미를 추월한 차는 느닷없이 속도를 늦추더니 전방 30미터 지점에 멈춰 섰다. 밤거리에서 비상등만 소리도 없이 깜빡이고 있다.

U턴으로 도망갈까? 뒤를 돌아보자 뒤에도 승합차가 한 대 멈춰 있었다. 운전석에는 유람선에서 약품을 적신 손수건을 들이밀던 젊은 남자, 프리터의 모습이 보였다.

'네놈들의 이름과 얼굴이 차츰 일치되는걸?'

야가미는 씩 웃고 재빨리 머리를 굴렸다. 리맨까지 적어도 세 명이 더 있을 터였다. 뒤에 있는 승합차에 타고 있을까? 집단을 상대로 하는 전투에서 승리하려면 적의 보스를 쓰러뜨리는 것이 지름길이다. 위저드라는 작자는 어디에 있을까?

그때 윈치를 감아올리는 듯한 소리가 들려왔다. 놀라서 앞으로 시선을 되돌리자 짙은 녹색 승용차가 엄청난 기세로 이쪽을 향해 역주행하기 시작했다.

야가미는 재빨리 기어를 후진으로 넣고 가속 페달을 힘껏 밟았다. 뒤 유리 속에서 뒤에 있던 승합차가 점점 커진다. 추돌하기 일보 직전에 사이드브레이크를 거는 동시에 핸들을 급회전시켜서 스핀 턴으로 맞은편 차선으로 진입했다.

협공 태세에서는 빠져나왔지만 두 대의 차량은 곧바로 방향을 바꾸어 추적하기 시작했다. 야가미가 탄 소형차와의 간격은 눈 깜짝할 새에 좁아졌다.

어떻게 할까. 동쪽으로 향하면서 야가미는 머리를 굴렸다. 적을 뿌리치는 데에 전념해야 하나, 아니면 이대로 단숨에 로쿠고 종합병원으로 가야 하나?

야가미는 조금이라도 병원에 가까이 다가가기로 결정했다. 추월하려는 승합차의 바로 앞에 차를 밀고 들어가서 그대로 맹렬한 속도로 사거리에서 완전히 방향을 틀었다.

지금 중앙가도를 달리고 있으니 이대로만 가면 다마치 부근에서 제1게이힌 국도로 합류한다. 로쿠고까지 직선거리다.

"N 히트됐습니다."

경시청 수사부의 층 전체에 제1방면 본부의 보고가 울렸다. 특별 수사본부의 장소 이동 준비를 하던 오치는 걸음을 멈추고 벽 스피커를 올려다보았다.

"야가미 도시히코가 운전하는 수배 차량은 주오 가도의 간다 역과 도쿄 역 사이를 남으로 주행 중."

아키하바라의 렌터카 회사가 신고한 차량 번호가 N시스템에 포착되었다.

현재 통신 사령본부에서는 대형 화면에 해당 지역의 지도를 펼쳐 놓고, 실시간으로 동태 파악이 되는 그 일대의 모든 경찰차에 야가미 추적 명령을 내렸을 터였다.

이제 야가미의 체포는 시간문제가 되었다. 사태가 급변했기에 오치는 가와무라를 포함한 간부 세 명을 다시 소집해야겠다고 생각했다.

그때 제1방면 본부가 예기치도 못한 정보를 덧붙였다.

"수배 차량의 후방에 도난 차량 두 대가 뒤따르고 있음."

도난 차량 두 대? 전화기 쪽으로 달려가던 오치는 동작을 멈추었다. 야가미에게 한패가 있단 말인가?

날카로운 사이렌 소리가 들려왔다.

야가미는 고개를 들어 뒷거울을 들여다보았다. 쫓아오는 두 대의 차량 뒤에 경광등이 세 개나 추가되어 들쭉날쭉거렸다.

전방으로 시선을 되돌리자 신호는 빨간불이었다. 그러나 사거리를 지나가는 차량은 보이지 않았다. 핸들의 중앙부를 때려 경적을 울리며 야가미는 적신호를 돌파했다.

무사히 지나오기는 했어도 우연에 불과했다. 이런 짓을 되풀이하다가는 언젠가 대형 사고를 일으킬 것이다. 그러나 머리로는 그렇게 생각했어도 가속페달을 밟는 오른발은 바닥을 뚫을 기세로 조절판을 최대치로 만들었다.

타이어가 심하게 삐걱대는 소리에 뒷거울을 보자 스콜라와 프리터가 운전하던 차 두 대가 사거리에서 좌우로 갈라지는 모습이 보였다. 그들에게도 경찰은 성가신 상대인 모양이다. 삼자에 의한 추적극은 상황이 완전히 바뀌더니 경찰과 야가미의 맞대결이 되었다. 뒤따르던 경찰차 세 대는 사라진 두 대에는 전혀 관심도 두지 않고 곧장 야가미를 따라잡기 시작했다.

속도가 시속 100킬로미터를 넘어 차 안에는 경종이 울리기 시작했다. 이미 경적은 쉴 새 없이 울려 대는 상태였다. 이대로 가면 긴자의 번화가로 진입하고 만다. 그 생각에 야가미는 핸들을 오른쪽으로 꺾었다. 무역회사 건물이 즐비한 한밤중의 마루노우치라면 교통량이 거의 없을 것이다.

그러자 맞은편 차선에서 잠복 경찰차 두 대가 맹렬한 속도로 곧장 다가왔다. 한 대가 중앙선을 넘어서 진행 방향을 막는 꼴로 차량의 옆 부분을 야가미에게 보이게 배치했다.

서둘러 핸들을 꺾었으나 옆으로 밀린 차의 뒷부분이 잠복 경찰차와 접촉했다. 반대편으로 심하게 흔들리며 제자리를 찾은 야가미는 가까스로 스핀을 막아 내고 다시 가속페달을 밟았다.

이대로 차로 도망다닐 수는 없다. 야가미는 충혈된 눈으로 시계를 보았다. 시간은 자정에 가까웠다. 어디든 렌터카를 버리고 지하철 막차가 떠나기 전에 역으로 뛰어들어야 한다. 그러나 어디에서 차를 내려야 하나.

인적이 없는 마루노우치 부근에 진입한 뒤에 북으로 진로를 바꿔 놓고, 긴자로 향하지 않은 것을 후회했다. 차든 인파든 좋았다, 무조건 복잡한 환경에 섞이지 않으면 쉽게 눈에 띄고 만다.

지금이라도 늦지 않았다며 핸들을 꺾으려던 순간, 두 대의 경찰차가 좌우에서 협공에 나섰다. 이러면 직진할 수밖에 없다.
 마이크를 쥐고 외치는 순경의 모습이 바로 오른편에 보였다.
 "노란 소형차, 멈춰!"
 야가미는 상대방의 말에 따랐다. 몸을 쭉 펴서 좌석에 등을 묻은 다음 오른발로 브레이크를 힘껏 밟았다.
 풀 브레이킹의 충격으로 안전벨트가 몸을 꽉 조였다. 나란히 달리던 두 대의 경찰차가 쏘아 올린 포탄 같은 기세로 전방으로 사라졌다. 동시에 뒤에서 세 대의 경찰차가 달라붙었다.
 야가미는 가속페달을 밟았다. 그때 잠복 경찰차가 추돌하면서 거기에 밀려난 꼴로 소형차는 도주를 재개했다.

 "수배 차량이 고쿄(황거〔皇居〕, 일본 왕의 거주 지역——옮긴이) 방면으로 진로를 변경!"
 차량용 무전기에서 흐르는 추적반의 보고에 후루데라는 귀를 기울이고 있었다. 야가미는 마치 수사진을 비웃기라도 하듯 화려한 노란색 차를 탔다고 한다.
 기동 수사 차량을 운전하며 후루데라는 자신도 추적에 합세하고 싶어서 땅을 쳤다.
 수배 차량의 번호가 N 히트되었다는 정보는 도쿄구치소에 있는 노자키의 취조를 지시받은 직후에 알았다. 후루데라는 바로 오치 관리관에게 연락해서 야가미의 체포에 지원을 나가겠다고 했으나 관리관은 받아들이지 않았다. 가쓰시카 구(區) 고스게에 있는 교도소로 가서 마약상을 심문하는 임무야말로 후루데라가 맡은 가장 중요한 일이었다.

빨리 잡혀 다오. 후루데라는 애간장이 탔다. 시간은 이미 오후 11시 58분이다. 2분만 있으면 날짜가 바뀌고 만다. 만일 그때 야가미가 아직 도주 중이라면…….

"경시청에서 각 부서에 알린다."

무전기에서 통신사령본부의 음성이 들려왔다.

"1분 후, 12월 1일자를 기준으로 권총 취급 규범이 개정된다. 흉기를 지닌 상대, 또는 검문 돌파나 위험 주행을 멈추지 않는 폭주 차량에게는 예고나 위협사격 없이 발포할 수 있다. 긴급 상황에서 여러분의 적절한 대처를 기대한다. 이상."

녀석의 질긴 악운도 이제 끝이구나. 도쿄의 한복판에서 카 체이스를 펼쳤다가는 총을 맞아도 할 말이 없는 시대가 왔다.

스위치를 켜 둔 라디오에서 12시를 알리는 종이 울린 순간이었다. 맞불이 튀는 듯한 소리가 뒤쪽에서 터졌다.

추적 차량 하나가 떨어져 나갔나 싶어서 야가미가 뒷거울을 들여다보자 선두를 달리는 경찰차의 조수석 창문에서 경관이 몸을 내밀고 권총을 겨누고 있었다.

놀라서 핸들을 꺾은 순간 두 발째 총성이 울려 퍼졌다. 총알이 전방의 지면에 맞아 불꽃을 튕겼다.

이 나라의 순경이 언제부터 이렇게 참을성이 없어졌는지! 야가미는 혀를 차며 차를 좌우로 흔들었다. 세 발, 네 발, 발포는 이어졌지만 시속 120킬로미터로 질주하는 차량의 타이어에 구멍을 뚫지는 못했다.

야가미는 다음 사거리에서 모퉁이를 돌아 긴자를 향해 다시 남하하기로 했다. 그러나 코너를 돈 순간 다음 사거리를 막은 경찰차의 대열이 눈에 들어왔다.

젠장. 오른발을 가속 페달에서 떼고 스핀 턴을 하려고 사이드브레이크에 왼손을 뻗었다. 그러나 그 순간 뒤따르던 다섯 대의 추적 차량이 이미 모퉁이를 돌아, 갈 길을 막고 있었다.

전방에는 교통 기동대원인 순경이 유도등을 정신없이 흔들며 정지하라고 지시하고 있다. 할 수 없군. 야가미는 단념했다. 이렇게 된 이상 강행 돌파밖에 없다. 오른발이 다시금 가속페달을 있는 대로 밟았다.

야가미가 속도를 올린 것을 알아챘는지 도로에 나와 있던 교통 기동대원이 정차대로 뛰어갔다. 동시에 권총을 빼 든 경찰관이 우측 인도로 뿔뿔이 흩어졌다.

봉쇄선이 코앞에 다가왔다. 곁눈질로 인도를 살피자 경관들의 총부리는 타이어가 아닌 운전석을 겨누고 있었다.

"나무아미타불, 아멘!"

하느님과 부처님께 기도를 올리며 야가미는 세워 놓은 차량의 대열을 향해 돌진했다.

수많은 총구가 일제히 불을 뿜었다. 총알이 차체를 관통하는 둔탁한 소리가 차 안에 울려 퍼졌다.

그 직후 소형차의 프런트 노즈가 도로를 봉쇄한 차량의 좁은 틈새에 끼어들었다. 충돌하는 순간 속도가 순식간에 80킬로미터까지 감속되었으나 동시에 경찰차 두 대가 쌍바라지처럼 튕겨 나가면서 전방에 돌파구가 뚫렸다. 야가미의 차는 양쪽 전조등을 산산조각 내면서 봉쇄선을 뚫고 나갔다. 그때 차체가 심하게 옆으로 밀렸으나 엔진의 구동력이 타이어에 돌아오면서 자세를 바로 잡았다.

야가미는 다시 고속 주행을 전개하며 황급히 자신의 하반신을 내려다보았다. 출혈도 없고 통증도 없다. 그 총격 속을 헤쳐 나왔단 말인가? 가만 보니 운전석 문에 탄흔이 있었다. 차체를 관통한 총알이 무릎 바로 위를 통과한 모양이다.

고개를 든 야가미는 조수석에 둔 배낭을 쥐고 금이 간 앞 유리를 안에서 깨려고 했다. 그 순간 눈앞에 건물 벽이 다가오고 있었다. 차를 두 대 튕겨낸 충격으로 서스펜션이 평형감각을 잃은 것이다. 핸들을 똑바로 쥐고 있는데도 야가미가 탄 소형차는 무서운 속도로 무역회사의 건물 벽면으로 향하고 있었다.

이 상태로는 충돌한다. 가속페달을 밟고 있던 발을 브레이크로 옮겼다. 그리고 핸들을 재빨리 왼쪽으로 꺾었다. 콘크리트 벽이 유난히 천천히 다가오기에 이만하면 괜찮을 것 같았다. 그러나 속도계를 보니 소형차는 90킬로미터의 속도를 유지한 채 빌딩을 향해 돌진하고 있었다.

모든 것이 슬로모션이었다. 계속해서 브레이크를 밟고 있는 짧은 순간에, 태어났을 때부터 지금까지 나쁜 짓만 저질렀던 자신의 인생이 스쳐갔다.

'죽는구나.'

그렇게 생각한 순간 보닛이 벽에 충돌해서 일그러지는 광경이 보였다.

'그나마 백혈병 환자의 생명만이라도 구할 수 있었더라면……'

뼈저린 회한이 가슴에 밀려온 직후, 야가미의 시야는 새하얗게 변한 뒤 곧 허무한 암흑 속에 갇혔다.

무덤 파는 자

아이의 엄마는 색종이로 만든 1000마리 학을 물끄러미 쳐다보고 있었다.

수많은 고사리손들이 오랫동안 등교하지 못하고 있는 딸을 위해 접어 준 1000마리 학. 날개의 크기가 들쭉날쭉한가 하면 꼬리가 몹시 긴 학도 있다. 학마다 순수하고 간절한 기도가 깃들여 있었다.

마지막 전쟁에 임하는 딸에게 이 1000마리의 학을 쥐여 주고 싶었다. 그러나 무균실에는 필요한 최소의 소지품 외에는 가지고 들어갈 수가 없었다. 항암제를 대량으로 투여하고 방사선을 내리쬔 딸의 몸에는 이미 어떠한 세균에도 저항할 힘이 남아 있지 않았다. 눈에 보이지 않는 단 하나의 미생물이 딸의 목숨을 앗아 가지 말라는 보장이 없었다.

날짜는 바뀌었다. 이식은 내일 실시된다. 지나왔던 길고 험난한 투병 생활을 돌이키며 아이 엄마의 눈가에 눈물이 번졌다.

딸은 항상 울었다. 주사를 맞을 때, 먹고도 토해 낼 때, 약의 부작용으로 머리칼이 자꾸자꾸 빠져 버릴 때, 동그란 눈망울을 크게 뜨고 눈물을 뚝뚝 떨어뜨렸다.

'왜 하필 이 아이가!'

엄마는 원망하지 않을 수 없었다. 병마는 왜 우리 아이를 점찍어 덮쳤단 말인가? 자신이 엄마로서 연약한 몸밖에 물려주지 못했다는 죄책감에 마음이 찢어질 것만 같았다.

발소리가 다가왔다.

고개를 들자 복도 끝에서 주치의가 걸어오고 있었다. 평소의 넥타이 차림이 아니라 평상복에 흰 가운을 걸치고 있다. 자택에서 심야의 직장에 달려왔다는 상황을 알아차리고 아이의 엄마는 불길한 예감에 사로잡혔다.

"여기 계셨군요."

주치의의 부드러운 목소리가 적막한 병동에 울렸다.

아이의 엄마가 물었다.

"무슨 일 생겼나요?"

"여동생 분께 연락을 취해 주셨으면 좋겠는데요."

여동생, 즉 딸의 이모는 골수이식의 제2후보자였다. HLA는 완전히 일치하지 않는다. 불안은 한층 커졌다. 딸과 완전히 같은 HLA를 가진 도너를 이미 찾았을 터였다. 그 사람은 오늘 중에 병원에 입원할 것이며, 내일은 그에게서 뽑아 낸 골수액이 딸이 있는 이 병원에 도착할 예정이었다.

아이의 엄마는 조심스럽게 물었다.

"제1후보자 분은 어떻게 되셨고요?"

"자세한 내용은 모르겠습니다. 아까 코디네이터 분께 연락이 왔는데 만전을 기하는 의미에서 여동생 분께서도 대기하시는 게 낫다고 하더군요."

"이런 시간에요?"

주치의는 아무 말 없이 그저 고개만 끄덕였다.

"하지만 제 동생의 HLA는……."

"회복될 가능성이 분명히 조금은 떨어집니다. 단지 안전망을 두 겹 세 겹으로 치려는 조치겠죠. 제1후보자가 오시면 문제가 없습니다."

"알겠습니다. 바로 전화를 걸어 볼게요."

아이의 엄마는 말했으나 피곤에 지친 몸은 금방 움직여 주지 않았다.

"예, 부탁드리겠습니다."

주치의는 복도로 돌아갔다.

벤치에 앉은 채로 아이의 엄마는 기도를 올렸다.

하느님, 도와주세요.

제발 저 아이를 건강한 모습으로 되돌려 주세요.

이윽고 자리에서 일어선 아이의 엄마는 간호사실 앞에 있는 전화 쪽으로 걸음을 옮겼다. 그런데 문득 무사하기를 기도해야 할 사람이 또 한 명 있다는 생각이 들었다. 딸의 목숨을 구해 줄 사람, 이름도 얼굴도 모르는 제1후보자.

그 사람에게 무슨 일이 생긴 것일까?

아이의 엄마는 눈앞에 절망의 낭떠러지가 입을 벌린 느낌에 선뜻 발이 움직여지지 않았다.

"수배 차량은 충격을 당하고 건물 벽에 정면충돌."
후루데라는 도쿄구치소로 향하며 차량 무전기에서 흘러나오는 보고에 열심히 귀를 기울였다.
"엔진 발화로 현재 진화 작업 중."
이럴 수가. 긴급 주행을 계속하며 후루데라는 악당의 최후를 생각했다. 건물 벽에 매달리듯 박살이 난 소형차. 찌그러진 운전석에는 틀림없이 야가미의 죽은 얼굴이 핸들을 덮고 있을 것이다.
드디어 희망이 사라졌구나. 후루데라는 어깨를 축 늘어뜨렸다. 야가미는 범인이 아니더라도 기괴한 연쇄 살인의 상황을 아는 중요 참고인임은 틀림없었다. 녀석을 잡았더라면 수사는 순식간에 진전되었을 텐데.
그러나 후루데라가 가장 아쉬웠던 점은 사건 진상 해명에 차질이 생긴 점보다 야가미가 베풀려던 착한 일에 대한 부분이었다. 그놈은 자진해서 골수 기증자가 되었다. 그리고 그 소원이 이루어져 오늘 입원할 예정이었다. 그 악당은 인생을 다시 시작하려는 참이었다.
사이렌을 울려 적신호를 통과하며 후루데라는 걱정이 되었다. 야가미의 골수를 기다리던 백혈병 환자는 어떻게 될까?

허무한 암흑 속에 눈을 뜨자 앞이 새하얗게 보였다. 머리가 끝없는 나락으로 떨어지고 있는 듯한 소름끼치는 느낌도 든다. 이대로 떨어지면 안 된다는 생각에 야가미는 고개를 치켜들었다.

그러자 눈앞에 커다란 흰 봉지가 있고 내부 공기가 다 빠졌는지 흐물흐물 오그라들었다. 이게 내 영혼이로구나.

"어?"

바로 오른편에서 외치는 소리가 들려왔다.

몽롱한 상태로 야가미는 목소리의 주인에게 물었다.

"당신은 신이죠?"

"나는 신이 아니라 경시청 자동차 순찰대의 스즈키다."

신음하며 야가미는 윗몸을 일으켰다. 핸들과 자신의 머리 사이에 시트 같은 천이 펼쳐져 있다.

에어백이었다.

"아!"

절로 탄성이 나왔다. 고객을 배려해 준 자동차 회사에 감사의 말이라도 하고 싶은 심정이었다. 몸이 괜찮은지 팔다리를 움직여 보았으나 부상은 없는 듯했다. 잠깐 정신을 잃었던 모양이다. 왼팔에 얽혀 있는 배낭을 보고 야가미는 몇 분 전에 자신에게 일어난 일을 돌이켜 보았다.

"살아 있다니 놀라운걸? 지금 꺼내 주지."

스즈키는 동료들과 함께 문을 잡아당기기 시작했다. 차체가 크게 흔들리며 계기판 위에 흩어진 유리 파편이 떨어졌다.

휘발유 냄새가 나기에 야가미는 걱정스럽게 찌그러진 보닛으로 시선을 옮겼다. 그곳에는 흰 가루가 살포되어 이미 진화 작업이 끝났음을 말해 주고 있었다.

살았다. 마음을 진정시키며 야가미가 떠올린 생각은 오로지 하나였다. 여기서 어떻게 도망치나? 그러나 그때 요란한 소리와 함께 문이 열리면서 스즈키가 야가미의 오른팔을 잡았다.

"야가미 도시히코, 도로교통법 위반 현행범으로 체포한다."

"난 부상자야."

"할 말이 있으면 경찰서에 가서 들어 주마."

말하기가 무섭게 스즈키는 야가미의 두 팔목에 수갑을 채웠다. 그리고 웃었다.

"끝까지 도망을 못 가셔서 얼마나 아쉬우실까?"

"그러게 말이야."

야가미는 힘없이 고개를 떨구며 생각했다. 아키하바라의 경찰 마니아 가게에서 샀던 수갑은 확실히 진짜였다. 지금 똑같은 물건이 자신의 팔목을 조이고 있다.

스즈키는 또 한 명의 순경과 둘이 붙어서 야가미를 밖으로 끌어냈다. 야가미는 제 발로 설 수 있었다.

야가미를 위아래로 살펴보더니 스즈키가 말했다.

"멀쩡한 모양인데? 따라와."

길 건너편에 세워 둔 경찰차로 끌려가면서 야가미는 주변에 시선을 던졌다. 모든 경찰차는 시동이 걸린 상태였다. 교통 단속용 소형 경찰차가 없는지 뒤를 돌아보니 차량 대열의 맨 끝에 한 대 멈춰 있었다.

"허튼수작 부릴 생각 마."

스즈키가 말했다.

"아무 생각 없어."

야가미는 대답했으나 말과는 달리 1만 엔의 투자가 헛되지 않앉음을 깨닫고 있었다.

"앗!"

그때 멀찍이 서 있던 다른 순경이 외치며 이쪽을 손가락으로 가리켰다. 야가미를 연행하던 스즈키와 또 한 명의 경관이 영문을 몰라 좌우를 살폈다. 야가미는 이미 소매에 숨겨 두었던 진짜 수갑의 열쇠로 두 손목의 구속을 풀었다.

두 쇠고리가 소리를 내며 땅에 떨어졌다. 야가미의 팔을 잡고 좌우에 있던 순경들의 눈길이 떨어진 물건을 향했다. 야가미는 두 사람의 팔에서 팔꿈치를 빼내고서 뒤에 있던 소형 경찰차를 향해 쏜살같이 돌진했다.

"거기 서!"

사복형사가 앞을 가로막았다. 야가미가 온몸으로 부딪히는 바람에 형사가 빼려던 특수 경봉이 길 건너로 튕겨나갔다. 쓰러진 형사는 야가미의 발을 잡으려다가 얼굴을 밟히는 바람에 손을 풀었다.

"목표물 도주!"

뒤에서 성난 외침이 들려왔다. 야가미는 소형 경찰차의 운전석으로 뛰어들었다. 그때야 비로소 조수석에 여순경이 있다는 사실을 알았다.

"아!"

여순경이 서류를 끼워 넣은 클립보드에서 눈을 들었다. 예쁘장한 얼굴이었다. 미인이라는 인종은 만나서는 안 될 상황에만 나타난다. 야가미는 여순경을 껴안아 움직임을 봉쇄하고, 몸 뒤로 돌린 손으로 조수석의 문을 열었다.

"여자한테 난폭하게 굴다니 난 몹쓸 놈이지?"

야가미는 사과하며 여순경을 차 밖으로 밀쳐 냈다.

"거기 서지 못해!"

보닛 너머로 뛰어온 형사들이 일제히 총을 뽑았다. 야가미는 운전석에 몸을 수그려 얼른 가속페달을 밟았다. 총성이 몇 발 울렸으나 곧 포일스핀의 고음에 흡수되었다. 곧바로 타이어가 마찰력을 되찾아 소형 경찰차는 형사들을 흩뿌리며 출발했다.

산발적으로 이어지는 총성이 차의 앞면에서 측면, 후면으로 이동했다. 야가미는 좌석에 누운 자세로 한 손으로 핸들을 조작했다. 열린 조수석의 문에서 보이는 정차대만 의지하며 운전했다.

그때 작은 폭발음이 들리더니 차체가 오른쪽 후방으로 가라앉았다. 뒤 타이어를 맞은 모양이다. 하지만 장거리 드라이브를 할 생각은 없었다. 야가미는 몸을 일으켜 일방통행로를 역주행하기 시작했다.

"목표물은 남쪽으로 도주 중!"

소형 경찰차의 차량 무전기에서 들려온 목소리는 곧 다른 목소리에 차단되었다.

"목표물이 엿들을 우려가 있으니 무선은 삼갈 것."

통신은 끊겼으나 요란한 사이렌 소리가 바짝 뒤쫓아왔다. 뒷거울 속에 빨간 경광등이 득실대고 있었다.

야가미는 가지바시 가도를 가로지른 후에 핸들을 오른쪽으로 꺾어 차를 인도에 실었다. 경적 소리에 앞을 걷던 행인이 깜짝 놀라며 비켜섰다. 뒤를 살피자 놀랍게도 경찰차도 몇 대씩 인도로 쫓아오고 있었다. 야가미는 다시 앞을 보고 조준을 정한 뒤 지하철역으로 통하는 계단에 소형 경찰차를 진입시켰다.

바닥에서 금속을 찢는 굉음이 들려왔고 차체가 위아래로 진동하면서 계단을 달음박질하며 내려갔다. 좌우 벽과 차량 사이의 틈은 10센티미터도 되지 않았다. 소형 경찰차의 차체가 벽에 닿아 속도가 떨어질 때마다 야가미는 가속페달을 밟았다. 중간의 계단참에서 차 밑이 심하게 손상된 듯했으나 이내 타성으로 굴러 내려갔다. 지하의 승강장에 도달했을 때 소형 경찰차의 여기저기에서 금속이 삐걱대는 비명이 들려왔으나 엔진은 아직 아이들링을 계속했다.

야가미는 기어를 다시 넣고 핸들을 왼쪽으로 꺾었다. 그리고 놀라는 통행인들을 힐끗 쳐다보고 지하상가를 달리기 시작했다. 추적 차량의 차폭으로는 계단을 내려올 수 없을 것이다. 이렇게 번 시간은 5분임을 재빨리 계산하고 철도 경찰대가 도착하기 전에 차를 버려야겠다고 생각했다. 지하 통로에는 감시 카메라가 가득했기 때문이다.

이윽고 JR 유라쿠초 선으로 향하는 통로의 분기점에 이르렀다. 야가미는 소형 경찰차에서 내려서 발걸음을 멈춘 구경꾼들을 향해 외쳤다.

"경찰이다! 구급차를 불러! 119!"

샐러리맨풍의 남자들이 일제히 휴대전화를 꺼냈다. 이렇게 하면 경찰 신고를 적어도 3분은 늦출 수 있다.

야가미는 유라쿠초 역을 향해 뛰었다.

아직 막차를 탈 수 있다.

게이힌도호쿠 선만 타면 로쿠고 종합병원까지 걸어갈 수 있는 범위에 들어선다.

 사이렌 소리가 들려왔다.
 도쿄구치소 앞에 차를 세운 겐자키는 운전석에서 내렸다. 긴 울타리의 맞은편에서 기동 수사 차량이 한 대 달려오는 모습이 보였다.
 겐자키는 뒤를 돌아 구치소 정문에서 보초를 선 교도관에게 눈짓해 보였다. 이미 이야기는 해 두었다. 교도관은 정문 옆의 쇠문을 열었다.
 기동 수사 차량이 정차하더니 안에서 몸집이 큰 중년 남자가 나왔다. 기동 수사 대원 치고는 꽤나 나이가 많아 보인다.
 겐자키는 다가가서 자기소개를 했다.
 "감찰계의 겐자키입니다."
 상대는 가볍게 머리를 숙였다.
 "제2 기동 수사대 후루데라입니다. 어서 안으로 들어갑시다."
 두 경찰관은 정문을 경호하는 교도관에게 경례를 붙이며 구치소의 부지로 발을 들여놓았다.
 "자찰대의 실수담, 들으셨습니까?"
 겐자키는 상대와의 거리를 좁힐 만한 가십거리로 말을 꺼냈다. 자찰대란 자동차 순찰대를 이르는 말이다.
 "참고인에게 수갑을 채워 놓고도 놓쳤답니다."
 "그렇다면서요."
 후루데라는 왠지 유쾌하게 웃었다.

"야가미란 놈은 마술사인가 봅니다."

"악당이죠. 그것도 아주 지독한 놈입니다. 지능범 수사 때 몇 번 만난 적이 있어요."

겐자키는 불쾌한 투로 말했다.

"그래요?"

후루데라가 놀라서 겐자키를 쳐다보았다.

"취조 때에는 유들유들한 태도를 유지하다가 체포당하면 이내 신파극 저리 가라의 불우한 신세 한탄을 늘어놓는다고요. 정상참 작을 받아 실형을 벗어나려는 수작이에요."

"녀석도 험난한 세상을 사느라 기를 쓰는 거겠죠."

대수롭지 않다는 식의 반응에 겐자키는 깨달았다.

"후루데라 경장님께서도 그놈을 아십니까?"

"소년부에 있을 때 상대했더랬죠."

"꽤 속 썩였죠?"

"그렇지도 않았습니다."

겐자키는 그 답변을 약간 불만스럽게 여기며 후루데라가 어떤 부류의 형사인지 단정 지었다. 정이 많은 사람이다. 가해자든 피해자든 같은 사람으로 보고 범죄자를 동정하며 공술을 유인하는 타입이다. 선악의 경계를 애매하게 매기는 이 방법은 겐자키가 가장 싫어하는 수법이었다.

"단."

후루데라는 말을 이었다.

"녀석을 만만하게 봤다가는 큰코다칩니다. 녀석은 강력범이 아니라 지능범입니다. 특히 도주할 때 그 능력을 발휘하죠. 범죄자

도주 올림픽이라도 열린다면 녀석이 틀림없이 금메달을 딸걸요."

겐자키는 그 농담이 역겨웠다.

"야가미라는 범죄자에게 호의를 느끼시나 보죠?"

"적어도 연쇄 살인을 저지를 인물은 아닙니다."

"이번 사건과는 무관하다고 보시는 겁니까?"

그제야 거구의 기동 수사 대원은 얼굴을 긴장시켰다.

"노자키를 취조하기 전에 최종 확인을 해 두죠."

구치소 본부로 이어지는 벚나무 길을 잰걸음으로 지나가며 겐자키가 대답했다.

"그러시죠."

"그레이브 디거라는 살인마가 죽이고 있는 사람들은 한 사건의 목격자들이었죠? 그 사건이란 곤도라는 자가 찔려 죽은 건이었고, 범인인 노자키는 현재 소송당한 상태. 맞죠?"

"맞습니다. 그런데 목격 증언이 애매하기 때문에 증인이 모두 살해당한다면 노자키가 무죄가 될 가능성이 생깁니다."

"노자키가 이득을 볼까요?"

말해 놓고 후루데라는 낮게 신음했다.

겐자키는 위를 올려다보았다.

"의문점이라도 있으십니까?"

"그렇게 되면 노자키의 패거리들이 무덤 파는 자의 전설을 흉내 내고 있다는 말이겠죠?"

"그렇죠. 그 일당에 야가미란 자도 포함되어 있을지도 모릅니다."

"하지만 노자키가 뒤에 마약 밀매 조직을 업고 있다 한들 일개 깡패를 위해 거기까지 나서 줄까요?"

"그럼 어떻다는 말씀이십니까?"

겐자키는 약간 짜증스럽게 물었다.

"모르죠. 모르겠지만……."

후루데라는 잠시 간격을 두더니 말했다.

"이번에 현장을 세 군데 보고 왔습니다만 똑같은 냄새가 났어요. 살육 충동에 사로잡힌 남자가 발산하는 분위기 같은 것 말입니다. 조직적인 범행으로 단정 짓고 들어가면 함정에 빠질 수도 있어요."

"분위기라."

겐자키는 약간 빈정대는 투로 말했다. 수사원의 직감에 의지하는 것은 전근대적인 수사 수법이다. 이번에 경시청이 대결해야 할 과거에 유례없는 살인마에게는 통하지 않는다.

"무슨 심정인지 알아."

후루데라는 존댓말을 버리고 후배를 타이르는 말투가 되었다.

"하지만 이번 사건은 조직 범죄가 아닐 거란 느낌이 들어. 요새 유행하는 동기 없는 살인이니 쾌락 살인이니, 그런 것과는 더더욱 다를 거고."

"곤란합니다."

왜 이런 수사원이 왔는지 겐자키는 화가 치밀었다.

"지금부터 노자키를 취조해야 합니다. 목격 증인의 전멸전이라는 시나리오에 따라 주시지 않으면 얻을 수 있는 정보도 놓치고 만다고요."

후루데라는 아무 말도 하지 않았다.

젠자키는 이 고참 기동 수사 대원에게 한 가지 더 일러 두기로 했다.

"이전에 법률에 대해 생각해 본 적이 있어요."

화제가 바뀌었기에 후루데라는 어리둥절해서 젠자키를 내려다보았다.

"고문과 관련된 문제죠. 물론 현행법상으로는 피의자에 대한 고문이 금지되어 있습니다. 그러나 예를 들어 대규모 테러 계획을 탐지해 낸 경우, 즉 그대로 방치하면 수많은 시민의 생명을 앗아갈 만한 상황이면 피의자에 대한 고문은 위법성을 면하지 않겠습니까?"

후루데라는 표정에 아무런 변화 없이 물었다.

"그건 감찰계의 견해인가? 노자키라는 자에게 지금부터 그렇게 하자는 건가?"

"그레이브 디거는 아직 도쿄를 배회하고 다니고 있습니다. 빨리 검거하지 않으면 날이 밝기 전에 시민이 몇이나 더 살해당할지 모릅니다."

그리고 젠자키는 덧붙였다.

"이게 다 정의를 위한 일이에요."

"정의를 위한 일이라."

후루데라가 복창했다.

"어려운 문제야."

뭐가 어려운지 되물으려다가 젠자키는 그만뒀다. 잘못 덤볐다가는 전형적인 반격, 감찰계에 대한 야유나 빈정거림을 받기 십상이기 때문이었다.

완만한 모퉁이를 돌자 감시탑과 그 아래의 구치소 본부가 눈에 들어왔다. 은은한 불빛이 현관을 비추었고 유리 안에 두 형사를 기다리는 당직 교도관의 모습이 보였다.

"심문은 제가 합니다."

겐자키는 말했다. 계급은 자신이 위였다.

"경장님께서는 보고 계세요."

"알겠습니다."

후루데라는 대답했다.

지상으로 뛰어오르자 철교 위를 달리는 열차 소리가 들려왔다. 야가미는 유라쿠초 역 교바시 출구로 가서 자동 티켓 판매기에서 표를 샀다. 어깨로 숨을 몰아쉬고 있었지만 막차 시간이 다 된 무렵이라 주목받을 염려는 없다. 서둘러 개표소를 통과해서 눈앞의 계단을 한 칸씩 건너뛰어 올라갔다. 야가미가 타려는 게이힌도호쿠선 이소고 행 열차가 4번 승강장에서 기다리고 있었다.

"열차가 곧 출발하오니 한 걸음 물러서 주시기 바랍니다."

구내 방송과 동시에 야가미는 열차 안에 뛰어들었다. 닫힌 문 너머로 밖을 살폈으나 승강장에는 경찰의 모습을 찾아볼 수 없었다.

열차가 움직인 후에도 야가미는 경계를 풀지 않았다. 출입문과 가장 가까운 손잡이를 잡고 주변을 둘러보았다. 열차는 심야 시간대로 보이지 않을 정도로 혼잡했고, 술에 취한 샐러리맨이나 여성 직장인들이 꾸벅꾸벅 졸거나 잡담을 나누고 있었다. 그 인파 속에 이쪽으로 다가오는 자가 없는지 뚫어져라 쳐다보았으나 보이지 않았다.

아무래도 이번에는 잘 뿌리친 모양이다.
그 즉시 두 다리가 마치 돌덩어리처럼 무거워지더니 피곤이 한꺼번에 몰려왔다. 빈자리가 없어서 그냥 재킷만 벗어 땀에 젖은 몸을 식혔다.
열차가 신바시 역의 승강장으로 들어섰다. 야가미는 배낭에서 지도를 꺼내어 자신이 탄 게이힌도호쿠선의 선로를 쫓았다. 원래 시나가와 역에서 게이큐 본선으로 갈아타야 했으나 이미 막차가 떠났을 가능성이 있어서 그 계획은 단념했다. 이대로 게이힌도호쿠선을 타고 가도 큰 문제는 없다. 두 노선은 도쿄의 남단을 가로질러 가나가와 현으로 진입할 때까지 평행으로 달리기 때문이다. 단 지금 탄 열차는 로쿠고 종합병원 부근에 역이 없기 때문에 일단 다마가와 강을 건너서 가와사키 역까지 가면 도보로 되돌아와야 한다. 그래 봤자 걸어서 15분 거리로 예상되었다.
"업무 연락입니다. 1호차, 차량 점검."
스피커에서 흘러나온 목소리에 야가미는 고개를 들었다. 그제야 열차가 아까부터 신바시 역에 정차 중이라는 사실을 깨달았다.
"업무 연락. 10호차, 차량 점검."
"1호차, 아직 점검 끝나지 않았습니다."
여러 목소리가 승강장에 울리고 있었다. 야가미는 열린 문에서 밖을 살폈다. 열 개 차량으로 편성된 열차의 맨 끝 차량에 올라타는 양복 차림의 두 남자가 보였다. 그 밖에는 승강장에 유니폼을 착용한 역무원이 서서 멈춰 있는 열차를 지켜보고 있다.
형사가 탔나?
야가미의 온몸에 긴장감이 되살아났다. 벗었던 재킷을 다시 끼어 입고 배낭을 어깨에 둘러멨다.

이 열차에서 내려야겠다는 생각이 들었으나 그때 승강장 중앙에 있는 벤치에 두 남자가 앉아 열차의 출입구를 날카롭게 감시하는 모습이 보였다.

"1호차, 점검 완료."

"10호차, 점검 완료."

어떻게 할까? 망설이는 동안 출발을 알리는 벨소리가 울렸다.

"기다려 주셔서 대단히 감사합니다. 차량 점검을 완료했습니다. 출발합니다."

차장의 목소리가 차량 안에 울렸다. 점검 종료란 무슨 뜻인가? 내리려면 지금밖에 기회가 없는데 신바시 역은 이미 통째로 경찰에게 포위당했다는 예감이 들었다.

문이 닫혔다. 게이힌도호쿠선은 다시 남쪽을 향해 움직이기 시작했다.

기우였다. 차량 점검인지 뭔지는 열차의 맨 앞 차량과 뒤 차량만 실시했다. 하지만 마음에 걸리는 점이 있었다. 맨 뒤 차량에서 올라탄 두 남자는 역으로 돌아가지 않았다. 지금도 이 열 개 편성의 열차 안에 있다는 말이다.

야가미는 혼잡한 차량 안에서 천천히 이동하기 시작했다. 7호차에서 6호차, 그리고 5호차로.

열차는 겨우 2분 만에 다음 정차역인 하마마쓰초에 도착했다. 열린 문을 통해 승강장을 살피자 경찰이 보였다. 개표소로 향하는 계단 언저리에서 열차를 타고 내리는 승객을 관찰하고 있다.

내릴 수는 없었다. 문가에 서서 야가미는 출발을 알리는 벨소리를 들었다. 그때 앞뒤 차량과 연결된 두 문이 동시에 열리면서 각각 두 명씩 남자가 들어왔다. 신바시 역에서 올라탄 사람들이다. 그들은 승객의 얼굴을 샅샅이 확인하며 야가미 쪽으로 다가왔다.

위험하다고 느꼈을 때에는 승강장으로 내리는 문이 닫히고 말았다. 열차가 천천히 움직이기 시작했다. 이대로라면 다음 다마치에 도착하기 전에 발각되고 만다.

초조하게 앞뒤를 돌아보다가 앞에서 다가오던 남자 한 명과 눈이 마주쳤다. 완전히 들통이 났다. 남자는 옆에 있는 파트너에게 귓속말을 하더니 곧 입에 손바닥을 대고 말을 건넸다. 황급히 반대편을 돌아보니 뒤에 있던 두 남자가 귀에 꽂은 이어폰에 손을 대고 있었다.

남자들이 형사라는 사실은 이미 의심의 여지가 없었다. 그들은 차량의 앞뒤에서 승객들을 헤치면서 곧장 야가미를 향해 다가왔다.

이렇게 된 이상 어쩔 수 없다. 야가미는 결심했다. 어렸을 때부터 꼭 한번 해 보고 싶은 일이었다. 야가미는 그 자리에 웅크려 앉아 의자 밑에 있는 비상용 밸브의 뚜껑을 열었다.

"이봐!"

야가미의 의도를 알아챘는지 앞에서 접근하던 형사 한 명이 걸음을 재촉했다. 야가미는 개의치 않고 빨간 밸브를 힘껏 잡아당겼다.

요란한 경보가 울리면서 주행하던 열차가 앞으로 확 쏠렸다. 작은 비명이 일어나며 승객들은 급브레이크에 쓰러지지 않으려고 손잡이와 난간에 매달렸다.

야가미는 일어나서 문에 손을 댔다. 양옆으로 벌려 보니 쉽게 열렸다. 생각보다 강한 바람과 함께 바퀴가 철로와 마찰되는 고음이 흘러들어왔다.

야가미는 뛰어내리지 못하고 있었다. 열차는 아직 약 30킬로미터 속도를 유지하고 있었다. 속도가 떨어지기를 기다리던 차에 균형을 잡은 네 형사가 혈안이 되어 앞뒤에서 몰려왔다.

더 이상 기다릴 수 없었다. 야가미는 서서히 감속 중인 차량에서 뛰어내렸다. 땅에 내딛은 순간 몸이 열차의 진행 방향으로 끌려가며 빼곡히 깔린 자갈 위를 데굴데굴 굴렀다.

몸을 일으켰을 때에도 열차는 아직 주행 중이었다. 형사들을 태운 5호차는 다마치 방면으로 계속 나가고 있었다.

야가미는 반대 방향으로 뛰기 시작했다.

"거기 서!"

외치는 소리와 함께 열차에서 뛰어내리는 네 명의 발소리가 들려왔다.

"멈추지 않으면 쏜다!"

일본 순경이 설마 그럴 리는 없다. 그러나 그 직후 총성이 울려 퍼졌다.

야가미가 어깨너머로 돌아보자 네 형사가 차량 세 칸 정도 뒤까지 바짝 따라붙었다. 그중 한 명이 손에 쥔 총을 하늘에 겨누고 두 발째 위협사격을 가했다.

"거기 멈춰!"

그냥 협박일까, 아니면 진짜일까? 협박으로 판단하고 다시 앞을 돌아본 순간 세 발째 총성이 울리면서 전방의 자갈이 허공으로 튀어 올랐다. 뒤에서 날아온 탄환에 맞은 것이다.

야가미는 멈춰서 두 손을 들고 뒤로 돌아섰다.

"좋아."

총을 쏜 형사가 말했다.

"거기 가만히 있어."

상대의 총부리는 곧바로 야가미를 겨누고 있었다. 형사들은 야가미를 견제하듯 걸음을 늦추고 천천히 다가왔다.

야가미는 그 자리에 못 박힌 채 그들의 등 뒤로 시선을 옮겼다. 다마치 역을 출발한 야마노테선 열차가 이쪽으로 달려오고 있었다. 철로를 하나 건넌 우측 노선이다.

"야가미 도시히코 맞나?"

"맞아."

대답하며 반대 노선의 야마노테선이 속도를 늦춘 것을 감지했다. 아직 거리가 200미터 정도 있다. 제발 멈추지 말아 다오.

"도로교통법 위반 혐의로 체포한다. 다른 혐의는 경찰서에 가서 확인한다."

형사들은 차량 한 칸 거리까지 다가왔다. 최대한 접근하게 내버려 두는 수밖에 없다. 야마노테선은 서행 운전으로 전환은 했어도 시속 약 30킬로미터 속도로 접근하고 있었다. 야가미는 그 순간을 위해 속으로 타이밍을 계산하고 있었다.

"두 손을 머리 위로 들고 그 자리에 무릎 꿇어!"

야가미는 당황하는 척하며 밑에 깔린 자갈을 내려다보았다.

"빨리!"

그 호통이 출발 신호가 되었다. 야가미는 비스듬히 가로지르며 튀어나가 팔을 뻗은 형사들 옆을 빠져나갔다.

"멈춰!"

외치는 소리가 들렸으나 이제 총알을 두려워할 필요는 없었다. 형사들의 권총 앞을 야마노테선의 열차가 지나고 있는 것이다. 야가미는 그 선두 차량을 향해 돌진했다.

조종사의 눈이 야가미 쪽으로 향하더니 철로로 달려오는 그의 모습을 포착했다. 주위를 뒤흔드는 대음향으로 경적이 울려 퍼지며, 그와 동시에 회전을 멈춘 바퀴가 철로 사이에 불꽃을 튀겼다. 야가미는 그 열차의 정면을 가로지르려다가 철로를 넘어서는 순간, 타이밍이 아주 약간 늦었다는 것을 알았다. 거대한 차량이 왼편에서 야가미를 깔아뭉갤 기세로 다가왔다.

야가미는 제자리에서 펄쩍 뛰어올랐다. 손을 있는 대로 쭉 뻗어 조종석의 창문에 달린 와이퍼를 움켜쥐었다. 밑 부분을 잡은 덕에 와이퍼는 성인 한 명의 체중을 지탱해 주었고, 야가미를 매단 채 철로를 달렸다.

"하마마쓰초로 가!"

유리창을 끼고 눈앞에 있는 조종사에게 외쳤으나 상대방은 그저 놀라움에 눈을 동그랗게 뜨고만 있었다.

시속 5킬로미터까지 떨어진 것을 확인하고 야가미는 조종실 앞에서 뛰어내렸다. 착지한 순간 침목에 발을 헛딛으며 넘어졌으나 열한 개 차량으로 편성된 열차는 철길에 쓰러진 야가미를 깔아죽이기 직전에 멈췄다.

긴 차량이 형사들의 진로를 차단해 주고 있었다. 야가미는 몸을 일으켜서 철길 옆 제방을 향해 뛰기 시작했다. 거리는 10미터도 채 되지 않았다. 철로와 맞닿은 도로로 내려가는 계단을 찾아내어 입구를 가로막은 울타리를 단숨에 뛰어넘었다.

바로 앞에 묘지가 있었다. 다마치와 하마마쓰초 사이의 샛길로 내려오자 뒤편에 작은 터널이 있었다. 그곳을 빠져나가면 위에 깔린 철길의 반대편이 나온다. 야가미는 주황색 전구가 비춰 내는 좁은 가도교를 달리기 시작했다.

"어디로 뛴 거야?"

저마다 외치는 목소리가 터널 반대편에서 울렸다. 야가미는 주위를 둘러보았다. 그 일대에는 회사 건물만 모여 있어서 몸을 숨길 만한 장소를 찾기 힘들었다.

"철로 양쪽으로 흩어져!"

형사의 목소리와 함께 발소리가 들려왔다. 터널 안을 살짝 들여다보자 이쪽으로 달려오는 두 형사의 윤곽이 보였다.

무사히 넘길 수 있을까 생각하며 야가미는 가도교를 지탱하는 쇠기둥을 잡았다. 놈들이 그냥 지나쳐야 할 텐데.

야가미는 높이가 대략 3미터 정도 되는 벽을 타고, 방금 내려온 철로 옆의 제방으로 다시 올라갔다.

당직 교도관의 안내로 후루데라와 겐자키는 구치소의 엘리베이터로 4층으로 갔다.

경찰관의 입장에서 형사 피고인이 수감된 구치소라는 시설은 의외로 친숙하지 않은 장소다. 피의자가 피고인이 될 무렵에는 그 신병이 경찰관의 손을 떠나기 때문이다. 후루데라는 깔끔한 타일이 깔린 복도를 걸으며 신기하다는 듯이 두리번거렸다. 구치소 안에 취조실이 있다는 자체가 생소했다. 보통 기소당한 피의자의 취조는 검찰청이나 법원 안에 있는 별도의 공간에서 실시한다.

안내하던 나이 지긋한 교도관이 말했다.

"이 동만 좀 특별합니다. 지방법원의 특수 수사부 전용이거든요."

후루데라는 납득이 갔다. 이곳은 도쿄 지방법원 특수 수사부가 체포한 정치가나 대기업의 임원을 받아들이는, 그야말로 특별 구역인 것이다. 속세의 권력자들은 범죄자가 되고서도 특권을 누린다는 말이다.

"이쪽입니다."

교도관이 말하고 나란히 이어진 출입문 중 하나를 열었다.

취조실 자체는 경찰서와 큰 차이가 없었다. 면적은 2평 정도 되었고, 방 한가운데에 책상을 장방형으로 세 개 모아 놓았다.

"그럼 경장님은 여기 앉아 계시죠."

겐자키가 문에서 가장 가까운 접의자를 가리켰다. 겐자키 본인은 피의자와 마주 본 팔걸이의자에 앉았다.

어디 솜씨 한번 볼까. 후루데라는 지정된 자리에 걸터앉았다. 형사다운 구석도 없이 요새 젊은이 같기만 한 감찰계의 주임이 어떻게 취조하는지 찬찬히 살펴보기로 했다.

두 사람이 자리에 앉자 곧 노크 소리가 났다. 출입구에 대기하던 교도관이 문을 열었다. 당직 교도관과 함께 운동복 차림의 젊은 남자가 들어왔다. 곤도를 찔러 죽인 마약 상인 노자키 고헤이였다.

한참 자다가 깬 듯 노자키는 눈을 깜빡이며 책상에 앉은 후루데라와 겐자키를 번갈아 쳐다보았다.

"거기 앉아."

교도관이 말하며 노자키를 자리에 앉혔다.

"그럼 무슨 일 있으면 책상에 있는 벨을 눌러 주십시오."

두 교도관은 호출 버튼 스위치를 형사들에게 알려 주고 취조실에서 나갔다.

후루데라는 겐자키와 노자키를 옆에서 바라보며 심문이 시작되기를 기다렸다.

이윽고 겐자키가 등받이에 몸을 기댄 채로 말했다.

"노자키가 맞나?"

"그래."

노자키는 눈을 비빈 김에 헝클어진 머리칼을 쓸어 올렸다.

"뭐야, 이거?"

"급한 용건이야. 자네한테 꼭 물어봐야 할 게 있어서 왔어."

"이거 취조야?"

"그렇다면?"

"지금이 몇 시인 줄이나 알고 하는 얘기야?"

"12시 30분. 그건 왜 물어?"

"형법 제195조. 특별공무원 폭행학대죄."

노자키가 말의 덩어리만 덜컥 내던졌다.

그것은 수사 측의 고문에 부과되는 죄명이었다.

후루데라는 묘한 설렘을 느꼈다. 이놈은 피라미 마약상이 아니라는 느낌이 들었다. 적어도 꼼꼼한 법률 지식을 머릿속에 채워 줄 사선 변호인이 붙어 있다. 왜 국선이 아닌 사선인가? 그 돈은 어디서 난단 말인가? 후루데라는 당장 준비 부족이라고 겐자키에게 주의를 주고 싶었다. 연쇄 엽기 살인이 일어난 지 아직 아홉 시간밖에 경과하지 않았다. 우리는 노자키라는 자의 배경을 충분히 파악하지도 않고 이곳에 와 버렸노라고.

노자키가 툴툴대며 말했다.

"빨리 내 방에 보내 줘."

겐자키가 입을 열었다.

"기쁜 소식 하나 알려 줄까? 곤도 살인 사건의 증인이 한 명씩 살해당하고 있어."

그 말뜻을 이해할 정도의 짧은 공백이 흐른 후 무관심한 태도였던 노자키가 움직임을 멈추었다.

"자넬 유죄로 만들 증인들이 죽어가고 있다니까."

"어째서?"

되묻는 짧은 순간, 노자키의 옆모습에서는 악의가 사라졌다.

후루데라는 심문이 끝났음을 알았다. 자신이 취조관이었다면 방금 스친 표정만으로 노자키가 무관하다는 결론을 내렸을 것이다. 자꾸 불필요한 추궁을 하면 스스로의 목을 조를 수도 있다.

"자네의 공범이 한 짓이지?"

노자키의 표정이 원래대로 죄수의 얼굴로 돌아갔다.

"공범? 헛소리하고 있네."

"단독범이라고 우기는 건가?"

"아니. 공범도 없고 단독범도 아니야. 나는 곤도 아저씨를 죽이지도 않았어."

"끝까지 시치미를 떼시겠다?"

"그렇게 나를 살인자로 만들고 싶냐? 이 세금 도둑놈아!"

겐자키가 마약상을 노려보았다. 노자키는 굴하지 않고 도발적인 말로 거세게 밀어붙였다.

"어서 날 내 방으로 돌려놔. 안 그러면 변호사한테 말해서 네놈들을 고소해 버릴 거야! 너희들이야말로 고생 좀 할걸!"

겐자키가 몸을 앞으로 내밀며 오른팔을 뒤로 치켜들었다. 후루데라는 책상 위로 몸을 내던져 노자키의 얼굴로 날린 겐자키의 주먹을 막았다. 노자키는 의자에 앉은 채로 뒤로 물러나다가 벽에 머리를 부딪쳤다.

눈을 부릅뜨고 겐자키가 후루데라를 노려보았다.

"뭐야!"

후루데라는 비꼬며 말했다.

"이래서야 누가 감찰계인지 분간이 되겠어? 자네가 이렇게 나오면 누가 말리겠나!"

"더 이상 피해자를 늘릴 순 없어요! 모르시겠습니까!"

겐자키는 붙잡힌 팔을 뿌리치려 했다. 윗도리의 옷깃 사이로 허리에 찬 권총이 보였다. 후루데라는 정의에 사로잡힌 자의 눈도 악당의 눈과 다를 바 없다고 느꼈다.

"진정해. 나도 피해자를 늘리고 싶진 않아. 하지만 이런 짓을 하면 역효과라니까! 캐낼 수 있는 정보도 못 캐낸다고."

"그럼 경장님은 할 수 있으시다는 겁니까?"

도전하듯이 겐자키가 말했다.

후루데라는 그 말에는 대답하지 않고 겐자키의 팔을 놓았다. 그리고 노자키를 바라보고 물었다.

"변호사를 고용할 돈은 부모님께서 대 주셨나?"

"뭐?"

그 자리의 분위기가 갑자기 바뀌는 바람에 노자키는 당황스러워했다.

"좋은 변호사를 붙여 주신 모양인데."

"당신이 무슨 상관이야?"

노자키의 목소리의 톤이 낮아졌다. 가족 이야기가 나오자 집 생각이 났다는 증거였다. 녀석과는 아직 대화할 여지가 있다고 판단되었다.

"부모님은 뭐 하시는 분인가?"

"뭐야, 당신들?"

노자키가 두 형사를 번갈아 보았다.

"폭력 형사 다음엔 인정파 형사님 등장이신가?"

겐자키가 불끈 화난 표정을 지었으나 후루데라는 묵살했다.

"동정하는 게 아냐. 이건 거래야."

"무슨 거래?"

노자키의 눈초리가 교활하게 변했다.

"곤도 다케시의 시신이 발견된 건 알지?"

"알아. 검사가 말해 주더군."

"이제 자네 죄는 살인죄로 전환될 거야. 아마 판결은 10년 이상의 유기형이겠지. 하지만……"

입을 떼려던 상대를 가로막고 후루데라는 말을 이었다.

"오늘 밤에 곤도 사건의 증인이 벌써 네 명이나 죽었어. 자네가 관여했다는 게 확인되면 곤도를 포함해서 피해자는 총 다섯 명, 판결은 틀림없이 최고형으로 껑충 뛰어오르겠지."

노자키는 놀란 채로 입을 열었다.

"……뭐?"

"진실을 알고 싶네."

후루데라는 말했다.

"업무적인 대화를 나누세. 내 질문에 대답하게. 미리 말해 두겠지만 자네가 뭘 증언하든 나는 의심도 질책도 하지 않겠네. 사실이 듣고 싶을 뿐이야."

"좋아."

초조한 기색을 드러내기 시작한 노자키는 결투 신청을 받아들이듯 말했다.

팔짱을 끼고 침울하게 앉아 있는 겐자키를 힐끗 쳐다보고 후루데라는 질문에 들어갔다.

"증인이 살해당한 것과 관련해서 짚이는 구석이 있나?"

"없어."

"곤도를 죽인 사실도 부인하는 건가?"

"그래."

"자네의 결백을 증명할 사항이 있나? 알리바이는 없나?"

"알리바이라면 있어."

후루데라는 고개를 들었다.

"하지만 내가 만나고 있던 사람은 회사원 같아 보이는 손님이었는데, 이름도 연락처도 몰라."

노자키는 분한 듯이 고개를 떨구었다.

"각성제를 팔고 있었다는 사실은 인정하는가?"

"그래. 하지만 난 곤도 아저씨를 찌르지는 않았다고."

"그럼 열한 명의 목격 증인은 어찌 된 건가?"

"잘못 본 거야. 나랑 닮은 놈이 범인이었겠지."

"자네나 혹은 곤도의 주변에 자네와 많이 닮은 사람이 있었나? 형제까지 포함해서."

노자키는 허공을 향해 눈알을 이리저리 굴리며 한참을 곰곰이 생각하더니 말했다.

"아니, 그런 놈은 없었어."

옆에 있던 겐자키가 헛기침을 했다. 언제까지 이런 짓을 할 거냐는 불만의 표시였다. 후루데라는 개의치 않고 계속 질문했다.

"곤도 다케시라는 마약 중독자는 원한을 살 만한 사람이었나?"

"아니, 그 사람은 약해."

"약하다니?"

"이 썩어 빠진 세상을 헤쳐 나가기에는 너무 나약하다고. 그래서 도둑질도 했고 약에도 손을 댄 거야. 제대로 살아 보려고 해도 잘 안 됐거든."

"곤도한테 친구나 지인은 있었나?"

"아니……"

말하려다가 노자키의 눈이 초점을 잃었다.

뭔가 기억해 내려는 표정이었다. 후루데라는 기다렸다.

"잘 모르겠지만 아저씨한테 생활비를 대 주던 놈이 하나 있던 거 같던데?"

뜻밖의 이야기였다.

무덤 파는 자 239

"누군가가 돈을 대 줬다고?"

"그래. 하지만 부모 형제는 아니었던가 봐."

"왜 그렇게 생각하지?"

"약 살 때 1만 엔짜리를 몇 장씩 갖고 있던 적이 있더라고. '주머니 사정 좋은데!'라고 했더니 허둥지둥 그걸 숨기더니 이러더군. '고마운 사람한테 받은 돈으로 마약을 샀다가는 천벌 받지.' 그러더니 곤도 아저씨는 주머니에서 다른 돈을 꺼내서 약을 샀지. 그런 일이 두세 번 있었어."

"생활비를 대 주는 사람에 대한 정보는 그뿐인가?"

"음."

대답한 노자키도 아쉬워 보였다.

"그놈이 뭣 때문인지는 몰라도 그 아저씨를 찌른 거 아냐?"

"그건 너무 단순한 생각이야."

"아닐걸, 틀림없어. 그놈이 나랑 닮은 거야. 그래서 본 사람들이 내가 범인이라고……."

"잠깐."

후루데라의 마음속에 걸리는 것이 있었다. 범죄 수사를 해 본 사람은 목격 증언이 얼마나 애매한지를 안다. 그러나 이번 건에서는 열한 명의 증인 전원이 노자키를 범인으로 지목했다. 이에 추측할 수 있는 가능성은 세 가지다. 첫째는 노자키가 진범이라는 가장 개연성이 높은 결론. 둘째는 노자키를 쏙 빼닮은 자가 범인이라는 가능성이 희박한 추측. 그리고 세 번째 가능성은…….

후루데라가 물었다.

"목격 증인 중에 자네가 아는 사람이 있던가?"

"아무도 증인인가 뭔가 하는 사람들의 이름을 가르쳐 주진 않았어."

"그럼 지금부터 말하는 이름을 아는지 들어보게."

후루데라는 수첩을 꺼내어 다가미 노부코 외 열한 명의 증인의 이름을 열거했다.

다 듣고 난 노자키는 고개를 절레절레 흔들었다.

"아니, 다 모르는 이름이야."

그때 겐자키가 옆에서 끼어들었다.

"왜 그딴 걸 물으시죠?"

"나한테 조금만 더 시간을 주겠나?"

후루데라는 말하고 노자키 쪽으로 눈길을 되돌렸다.

"이번 사건에서 이득을 본 사람은 없나?"

"곤도 아저씨 앞으로 보험을 들어 놓은 사람이라도 있을까 봐?"

"자네를 위한 이야기니까 잘 생각해 봐. 곤도가 죽으면 기뻐할 만한 놈이 없는지."

한참을 생각하더니 노자키는 말했다.

"모르겠는데."

후루데라는 상대방을 뚫어지게 쳐다보며 말했다.

"그럼 자네가 체포당하면 좋아할 사람은?"

노자키가 흠칫 놀라더니 고개를 들었다. 겐자키도 허를 찔린 듯 후루데라에게 눈길을 돌렸다.

"내가 당한 거야?"

노자키가 조용히 물었다.

"짚이는 구석이 있나?"

후루데라를 쳐다보던 눈동자가 아까와 같이 초점을 잃었다.

빨리 생각해 내라. 후루데라는 비는 심정으로 기다렸다.

"설마……."

노자키는 중얼거렸다.

"있군."

"있어."

노자키는 말했다.

"그놈은 내가 체포당해서 틀림없이 이득을 봤어."

"누구인가?"

"우리 아버지 이야기를 할까?"

분실물이라도 찾는 듯 떨어뜨린 시선을 이리저리 옮기며 노자키는 말했다.

"우리 아버지는 노자키 미쓰히로란 사람이야. 작은 출판사 사장인데 내 무죄를 철썩같이 믿고 있지. 그래서 비싼 돈을 주고 변호사를 붙인 거야."

"좋은 아버지시군."

후루데라가 말하자 노자키는 약간 복잡한 표정을 지었다.

"근데 이유는 그게 다가 아니야. 우리 아버지는 경찰을 싫어해. 공산주의 신봉자거든."

"공산주의?"

마약 상인의 입에서 뜻밖의 단어가 튀어나온 탓에 후루데라는 당황했다.

"아니, 사회주의였던가? 뭔진 몰라도 하여튼 좌익 쪽이야."

"그래서?"

후루데라는 다음을 재촉했다.

"그 아버지가 작년 6월의 선거에 출마하려고 했어. 경쟁에서는 꽤 유리했나 봐. 근데 그런 시기에 내가 체포당하는 바람에 아버지는 입후보를 취소했지. 결국 현직에 있던 상대 후보가 굴러온 호박을 주운 셈으로 당선됐어."

"그 현직 상대 후보의 이름이 어떻게 되는가?"

"도모토 겐고."

옆에 있던 겐자키가 재빨리 시선을 움직여 후루데라의 눈치를 살폈다. 이번만큼은 후루데라도 고개를 돌려 그 시선을 되받았다. 도모토 겐고라는 국회의원은 경시청 보안부에 재적했던 전 고위 경찰관이었다. '사쿠라'라는 암호명으로 불리던 보안 비밀부대의 지휘관이었던 자다.

"내가 체포당하고 가장 이득을 본 게 그 사람이야."

이 대목에 이르자 후루데라는 눈앞의 젊은이의 이야기를 어디까지 믿어야 좋을지 망설여지기 시작했다. 황당무계했지만 마약상이 꾸며 낸 것 치고는 이야기가 너무 잘 맞아떨어졌다.

그때 겐자키가 후루데라에게 귓속말을 건넸다.

"잠시 저랑 말씀 좀 나누시죠."

"왜?"

후루데라는 겐자키의 재촉에 일어나서 취조실의 구석으로 갔다. 노자키는 무슨 내용인지 몰라 안절부절못하는 시선을 던졌다.

"제 부하 중에 니시카와라는 보안부 출신이 있는데요."

겐자키는 피고인에게 등을 돌려 속삭였다.

"이번 사건에 대해 듣더니 옛날 동료들을 쑤시고 있는 모양입니다."

후루데라는 고개를 들고는 겐자키의 얼굴을 말끄러미 쳐다보았다.

"보안부가 연관됐다는 거야?"

"자세한 내용은 모릅니다. 나중에 연락을 취해 보겠습니다."

후루데라는 고개를 끄덕이고 겐자키와 함께 원래 자리로 돌아왔다.

"무슨 얘기야?"

물어보는 노자키의 말을 막고 후루데라는 말했다.

"아까 이야기를 다시 하세. 목격 증인과 도모토라는 상대 후보 사이에 연관성은 없던가?"

"그런 걸 내가 어떻게 알아?"

"그럼 자네가 살인 혐의를 받은 게 도모토의 책략이라는 증거는 전혀 없다는 거지?"

"그놈이 득을 봤다는 것뿐이지."

"알았네."

후루데라는 이야기를 마무리하기로 했다.

"늦은 시간에 미안했어. 자네 협조에는 감사하게 생각하네. 오늘 밤에 우리가 만났던 이야기는 비밀로 해 두세. 서로를 위해서 말이야."

"잠깐. 난 앞으로 어떻게 되는 거야?"

후루데라는 피곤함이 묻어나는 목소리로 말했다.

"나도 모르지. 아무도 모를 일이야."

겐자키가 책상 위의 호출 버튼을 눌렀다. 바로 교도관이 들어와서 노자키를 일으켜 세웠다.

취조실을 나갈 때 노자키가 물었다.

"당신들, 내 말은 믿어 준 거야?"

"믿지도 않고 의심하지도 않아. 지금부터 조사할 따름이지."

후루데라는 말하고 손목시계를 보았다. 오전 1시가 다 된 무렵이었다.

문이 닫히자 겐자키가 입을 열었다.

"이야기를 정리하자면 이렇게 되겠네요. 열한 명의 증인이 모두 허위 증언으로 노자키를 함정에 빠뜨린 거예요. 도모토 의원의 정치 경쟁자를 제거하기 위해서."

"그래."

"이 얘기는 사실과 맞아떨어지네요. 시체 소견과 목격 증언이 엇갈렸잖아요. 곤도의 시신에는 전신에 구타당한 흔적이 있었는데 목격 증언에는 그런 사항이 없었습니다."

후루데라는 겐자키의 얼굴을 쳐다보았다.

"집단으로 곤도를 죽였다?"

"어쩌면 허위 증언을 한 열한 명이……."

말을 잠시 끊은 겐자키의 얼굴에 한층 흥분된 기색이 드러났다.

"이거면 시신 도난도 설명이 되네요. 곤도가 죽은 모습 그대로 발견된 게 그들에게는 뜻밖이었던 거죠. 위증을 뒤엎을 증거가 나와 버렸으니까요. 시신은 증거 인멸을 위해서 훔쳤다고 볼 수 있어요."

"그 모든 사항을 지시한 게 도모토 국회의원이다?"

"그렇습니다."

"그래도 현직 국회의원 아닌가?"

후루데라는 50대 중반의 도모토 겐고의 얼굴을 떠올렸다. 운동선수처럼 단단한 체격에 만면에 미소를 머금어도 눈만은 결코 웃지 않는 자. 정계에 발을 들인 후에도 경찰 간부 모임에는 반드시 나타나서 보안부나 국정원이 입수한 혁신계 정당의 정보를 얻어 가는 여당의 권력자.

겐자키가 말했다.

"한 가지 걸리는 점은 증인들 간에 개인적인 친분 관계가 없다는 점입니다. 그래서 그레이브 디거의 범행이 무차별 살인으로 보였고요."

"접점을 지운다는 대목이 보안부의 수사 수법답지 않나? 게다가 보안부의 형사는 경찰관 명단에서 말소된다며. 이름으로 조회해도 경찰인지는 알 수가 없어."

"열한 명의 증인이 모두 보안부 형사라고요?"

되물은 겐자키는 약간 어이없다는 듯한 눈치였다.

"비현실적인가?"

"네. 이번 피해자는 모두 자기 직업이 있는 사회인입니다. 경찰에 몸담았던 사람들이 아니었어요."

"하지만 잠복 수사 때는 신분을 감추고 다른 조직에 잠입하잖나?"

"그래도 무역회사에 취직하지는 않죠. 잠복 수사는 특수 공작 담당자로 경찰청에 등록되고요, 그 데이터는 저희 감찰계에도 넘어옵니다. 잠복 수사 중에 위법행위를 저질러도 적발하지 않도록 말입니다."

"그래?"

후루데라는 허공을 쳐다보았다.

"이번 목격 증인들의 이름이 그 리스트에 있었으면 진작 저희가 알았겠죠."

"그렇군."

"하지만 노자키의 이야기가 옳다면 증인들은 서로 얼굴도 모르는 남남이 아니라 하나의 집단을 형성했을 텐데……."

겐자키도 생각에 잠겼다.

후루데라는 그들을 도너라는 공통 항목으로 묶었다가 곧 그 추측을 지웠다. 피해자들의 도너 카드에 적힌 등록일이 올해 날짜였기 때문이다. 곤도가 살해된 당시 목격 증인들은 아직 도너 등록을 하지 않은 시기였다.

그렇다면 증인들을 연결하는 접점이란 대체 무엇일까?

"관리관님."

본청 회의실의 오치 앞에 수사원 한 명이 찾아왔다. 이토라는 그 형사는 컴퓨터에서 출력한 종이를 손에 들고 있었다.

"세 번째 피해자인 하루카와 사나에게 발신된 메일입니다. 암호 통신이었습니다."

"암호라고?"

놀란 오치는 의자에서 몸을 일으켜 이토가 내민 문서를 받았다.

"그저 글씨가 깨진 걸로만 여겼던 터라 해독하는 데에 시간이 걸렸습니다."

문서를 눈으로 쫓은 오치는 기묘한 내용에 황당해졌다.

어제 보내 주신 메일을 읽었습니다. 밤새 우셨다는 말에 제 마음도 아팠습니다.
하지만 님께는 잘못이 없다고 봅니다. 직장에서 고립된 까닭은 주변 사람들의 나쁜 기운이 우연히 당신에게 모였기 때문입니다. 이를 쫓아내려면 더욱 열심히 덕을 쌓는 수밖에 없습니다. 어쩌면 오늘 밤 님께 그 기회가 주어질지도 모릅니다. 왜냐하면 우리의 선행이 암초에 부딪히려는 상황이기 때문입니다. 협조를 구할 수도 있으니 다음 메일을 기다려 주세요.
우리가 항상 함께라는 사실을 잊지 마십시오. 님께 치유의 시기가 찾아오기 바라며. 이상.
위저드로부터 스노 님께.

오치는 아연실색하며 고개를 들었다.
"위저드!"
"맞습니다. 야가미를 쫓고 있는 걸로 추정되는 집단도 아마 위저드의 지시로……."
오치는 다시 한 번 통신문을 읽었다. 아마 '스노'는 하루카와 사나에의 암호명일 것이다. 문제는 발신자인 '위저드'였다. 외무부 공무원의 증언에 의하면 야가미가 가지고 다니던 노트북에도 같은 이름이 있었다. 시마나카 게이지에게 발신한 것으로 추측되는 암호 메일의 발신자도 '위저드'였다. 즉 안면이 없을 것으로 보인 열 명의 목격 증인 중 하루카와 사나에와 시마나카 게이지는 위저드라는 인물을 축으로 연결되어 있었다. 그렇다면 남은 아홉 명의 증인은 어떨까? 그들이 서로의 관계를 숨긴 채 하나의 집단을 형성하고 있었다고 볼 수 없을까?

오치는 지시를 내렸다.

"사이버테러 대응 센터에 연락을 취해 보게. 이 메일의 발신자인 '위저드'가 누군지 찾아내고."

"예."

"다 도모토 겐고의 계략이었다고 치자."

후루데라는 말했다.

"자신이 선거에서 이기기 위해 마약 중독자인 곤도를 죽이게 한 거야. 그리고 라이벌의 아들인 노자키에게 누명을 씌운 거지."

"예."

후루데라는 취조실 의자에 앉아 천장을 물끄러미 쳐다보았다.

"실제로 움직인 건 거짓 증언을 한 열한 명인 거지. 정체 모를 수수께끼의 집단. 아무래도 사건 해결의 열쇠는 이 일당의 정체를 밝혀내는 데에 있을 것 같아. 그들이 어떤 접점을 가졌는지, 그리고 도모토 의원과 무슨 관계인지 말이야."

"네. 하지만 경찰 출신인 도모토가 뒤에서 조종하고 있다면 수사 중에 방해 공작이 들어올 가능성이 있겠는데요."

후루데라는 고개를 끄덕였다.

"윗선에서도 도모토가 시키는 대로 움직일걸. 하게 되면 우리 둘이 움직이는 게 좋겠어."

노자키의 이야기가 진실이라면, 즉 곤도 죽이기에 도모토가 관여했다면 언젠가 살인과 시체 유기, 그리고 무고죄로 이 국회의원을 체포하게 될 것이다.

후루데라와 겐자키는 서로의 마음을 살피듯 눈을 마주쳤다.

먼저 입을 뗀 것은 겐자키였다.

"제 방식은 이미 아시죠? 상대가 누구든 간에 범죄에 발을 담갔다면 적발해야 합니다. 증거만 확보하면 도모토를 검거할 수 있을 겁니다."

"앞서가지 마."

후루데라는 서둘러 말했다. 겐자키의 공격 대상은 마약 상인에서 정부 여당의 실권자로 바뀌었다.

"우리 목표는 그레이브 디거를 검거하는 게 먼저야. 그걸 잊지 말게."

"네."

당연히 안다는 투로 겐자키는 고개를 끄덕였다.

"야가미를 쫓아다니는 놈들도 이 일당이 확실합니다. 열한 명의 목격 증인 중에 시마나카라는 자가 포함되어 있었으니까요."

"'지골로' 라."

중얼거린 후루데라는 '위저드' 라는 사령탑의 이름을 떠올렸다.

"그런데 오늘 밤에 이 일당이 그레이브 디거에게 살해당하고 있어."

그렇다면 그레이브 디거란 누구인가?

"이 시나리오를 검증하려면 아무래도 '위저드' 의 집단을 알아보는 수밖에 없겠는데요? 그레이브 디거 검거와 직접 연관되었을 것 같아요."

그리고 겐자키는 시험하는 듯한 시선을 후루데라에게 던졌다.

"경장님은 어쩌실 겁니까?"

후루데라는 마음을 정했다.

"좋아. 본부에 보고하는 건 뒤로 미루세. 아직 노자키의 취조 중이라고 생각하게 내버려 두자고."

겐자키는 후루데라와 만나고 나서 처음으로 표정을 누그러뜨렸다.

"어떻게 움직일까? 구체적인 대책이 있는가?"

"잠시만요."

겐자키는 휴대전화를 꺼냈다.

감찰계의 주임은 연달아 두 통의 전화를 걸었다. 말투를 보아 상대방은 둘 다 부하인 것 같았다.

통화를 마치자 겐자키가 말했다.

"우선 첫 번째는 목격 증인의 보호에 들어간 고사카라는 부하의 이야기입니다. 아직 살아 있는 일곱 명의 증인은 여태 한 사람도 귀가하지 않았습니다."

"막차 시간이 지났는데도?"

"그렇습니다. 아무리 생각해도 이상하죠? 그리고 또 한 건은 보안부의 움직임을 염탐하러 갔던 니시카와입니다. 뭔가 정보를 파악했나 봅니다. 지금부터 메지로에서 만나기로 했습니다."

"그래, 출발하세."

그때 후루데라의 윗옷에서 휴대전화가 진동했다. 전화기를 꺼내어 발신자를 보니 발신 번호 표시 제한으로 나왔다.

"예, 후루데라입니다."

전화기에서 낮은 목소리가 들려왔다.

"골수 기증자가 살해당하고 있다며?"

후루데라는 무심코 되물었다.

"누구냐?"

"문제가 있어서 전화했는데."

목소리의 주인을 알아차리고 후루데라의 긴장이 한꺼번에 풀렸다.

"오랜만이야, 야가미."

"그래."

다마치 역과 하마마쓰초 역의 중간 지점, JR선의 노선이 세 개가 지나가는 제방 밑에서 야가미는 꼼짝달싹 못하고 있었다. 아래쪽 길에는 몇 분 간격으로 경찰차와 순경들이 이리저리 뛰어다니고 있다. 수색의 손이 JR선의 철길 위로 뻗어 오는 건 시간문제였다.

"어디냐?"

후루데라가 물었다.

"대충 위치는 알고 있을 텐데."

야가미는 몸을 수그린 채로 말했다. 열차의 왕래가 끊긴 지금은 소음으로 통화가 차단될 염려는 없었다.

"내 주위에 순경들이 득실대고 있으니까."

"드디어 궁지에 몰리셨나?"

"그래. 그렇지 않으면 역탐지당할 위험을 무릅쓰고 전화를 걸겠어?"

"안심해. 역탐지는 안 했어."

야가미는 믿어도 좋을지 망설였으나 진퇴양난인 지금 상황으로는 속수무책이다. 옛 지인에게 전화를 거는 수밖에 달리 방법이 없었다.

야가미가 말했다.

"한 가지만 묻겠어. 예를 들면 말이야. 범죄자가 이식을 앞둔 도너라도 경찰은 그놈을 체포하나?"

"물론이지."

"바로 다음 날에 백혈병 환자를 구해야 한대도?"

"틀림없이 체포는 하지. 구속 후에 어떻게 할지는 전례가 없어서 말해 줄 수가 없고. 즉 법무부의 공식 견해는 아직 없다는 말이지. 피의자가 부상을 입었다면야 병원으로 보내지만 제3자의 병을 치료하기 위해서는, 글쎄……."

"위급한 백혈병 환자를 저버릴 수도 있단 말인가?"

"상황에 따라서는 그럴 수도 있지. 이봐, 야가미."

후루데라는 목소리 톤을 누그러뜨리고 말했다.

"우리는 겨우 열 시간 전부터 아주 비정상적인 사건에 휘말려 있는 상태야. 다 뒷전에 미뤄 놓고 사법해부도 못 따라오는 상황이라고. 자네에게 알려 줄 만한 확실한 내용이 전혀 없다네."

야가미는 웃었다.

"여전히 당신은 정직한 경찰이로군."

"그거 하나 내세우고 사니까."

그때 야가미는 입을 다물었다. 제방 아래에 경광등을 켠 경찰차가 천천히 다가오고 있었다.

"뭐야, 무슨 일이야?"

후루데라의 말을 무시하고 차가 사라지기를 기다렸다. 경찰차는 한번 멈췄다가 제방 밑의 가도교로 들어서더니 철로의 반대편으로 사라졌다.

"스타로 군림하기도 힘들어. 모두 이 몸을 쫓아다니니 말이야."

"하나 물어보자."

후루데라가 사뭇 진지하게 물었다.

"예스나 노로 대답해. 자네, 오늘 밤 연쇄 살인을 저질렀나?"

야가미가 대답했다.

"노."

"좋아. 그럼 더 늦기 전에 지금 자수해. 경찰에 자네 결백을……."

"안 돼. 폭주 행위다 뭐다, 살인 빼곤 다 했어. 게다가 자수와 자살만은 절대 안 한다는 게 내 방식이야."

멀리 사이렌 소리를 듣고 야가미는 초조해지기 시작했다.

"시간이 없어. 조건을 말한다."

"조건? 무슨 조건?"

"나는 연쇄 살인의 단서를 쥐고 있어. 시마나카 게이지라는 자가 갖고 있던 노트북이야. 하마마쓰초 역 부근의 긴급 수배를 해제해 주면 그 증거를 고스란히 넘겨주겠어."

잠시 침묵이 흘렀다.

"물건을 보지 않고는 뭐라 말하기 곤란한걸."

"내용은 메일로 주고받은 암호 통신이야. '위저드'란 자가 거느린 일당이 도너 명단을 입수한 거야. 시마나카도 그중 한 명이고. 게다가 '리맨'이다 '스콜라'다 하는 웃기는 이름을 붙인 놈들이

나를 쫓아다니고 있어."

후루데라가 입을 다물었다.

"참고로 그 새끼들 뒤에는 시마나카를 죽인 놈이 따라오는 모양이야."

"그래? 확증은 있나?"

"'논리라네, 왓슨.' 나를 쫓아다니는 자식들은 시마나카의 일당이고 시마나카를 죽인 자는 따로 있다는 말이지."

후루데라가 말했다.

"내 추측과도 일치한 듯하군. 시마나카와 한패인 놈들의 본명은 모르는가?"

"몰라, 암호명만 알지. 어찌 된 영문인지 내가 있는 곳을 잘도 추적해서 쫓아온단 말이야."

"쫓기는 이유에 짐작이 가는 바가 없단 말이지?"

"없어."

그때 제방 아랫길을 경찰이 자전거를 타고 지나갔다. 상대가 통과하기를 기다렸다가 야가미는 작은 목소리로 말을 이었다.

"노트북에는 삭제된 데이터가 있어. 특수 프로그램을 사용하면 살릴 수 있어. 경찰 입장에선 보물섬이 아닌가?"

말 없는 시간이 길어지자 야가미는 안달이 났다.

"빨리 말해. 시간이 없어."

"알아서 거기서 빠져나와."

후루데라는 말했다. 야가미는 귀를 의심했다.

"뭐?"

"윗사람들한테 말한들 자네 요구는 퇴짜 맞을 게 뻔해. 게다가

나도 아무런 도움을 줄 수가 없어."

야가미는 다시 한 번 말했다.

"당신은 정말이지 정직한 경찰이야."

"그게 내 결점이기도 하니까. 그래서 여태껏 경장이나 달고 있잖나."

"어쩔 수 없군."

야가미는 전화를 쥔 손을 바꾸었다. 앞뒤로 뻗은 철길을 둘러보고 추적자들을 뿌리칠 수 있을지 살피기 시작했다.

"바쁜 시간 빼앗아서 미안했어. 인연이 되면 또 만나자고."

"그래. 그리고 골수이식이 성공하기를 나도 기도하겠네."

"알고 있었어?"

"꼭 백혈병 환자의 생명을 구하게."

"그래."

야가미는 전화를 끊고 몸을 일으켰다. 오랫동안 엎드려 있었던 탓에 근육이 여기저기 굳어 있었다. 이렇게 된 이상 철길 위로 가는 수밖에 없다. 남으로 15킬로미터만 걸으면 로쿠고 종합병원까지 도착할 수 있다.

그때 갑자기 휴대전화가 울리는 바람에 야가미는 흠칫 놀랐다. 서둘러 받은 뒤 제방 아래를 살폈으나 경찰의 모습은 없었다.

"야가미 씨?"

귀여운 목소리가 들려왔다. 여의사 오카다 료코였다.

"지금 어디에요?"

"하마마쓰초까지 왔어. 지금부터 거기로 갈게."

"어떻게 오려고요?"

오카다 료코가 미심쩍다는 듯이 말했다.

"전철은 진작 끊겼잖아요. 택시 타고 올 거예요?"

"걸어갈 거야."

"진심이에요?"

"그래."

"야가미 씨."

자세를 바로 하듯 여의사는 말투를 바꾸었다.

"저녁 6시부터 야가미 씨를 상대했지만 점점 신뢰가 안 생기네요. 정말 여기에 올 생각이 있는 거예요?"

그 말에는 할 말이 없었다. 약속 시간에 벌써 일곱 시간이나 늦었으니 말이다.

"설마 병든 환자 분을 내팽개칠 생각은 아니……."

"그럴 일은 없어. 믿어 줘. 꼭 병원에 갈게."

갈 길을 서두르는 야가미가 전화를 끊으려는데 오카다 료코가 물었다.

"이전부터 궁금했는데, 어쩌다 골수 기증에 지원을 했어요?"

"이런 악당 같은 얼굴에는 안 어울리나?"

"그런 게 아니라. 야가미 씨는 그리 나쁜 사람이 아니라고 봐요."

뜻밖의 말에 야가미는 휴대전화를 다시 쥐었다.

"내가 나쁜 사람이 아니라고?"

"그래요. 나쁜 놈처럼 생긴 사람은요, 양심의 갈등 때문에 나쁜 얼굴이 되는 거예요. 양심이라고는 눈곱만큼도 없는 진짜 악당은 실은 평범하게 생긴 법이죠."

그 말을 듣고 야가미의 마음은 신기하게도 가벼워졌다.

"도너가 되려는 건 속죄라도 하자는 건가요?"

"맞아."

야가미는 순순히 인정했다. 수화기 건너편에 있는 여의사에게는 뭐든지 털어놓을 수 있는 느낌이 들었다.

"상대를 고를 수는 없지만 되도록이면 아이의 생명을 구하고 싶어. 예전에 한번 아이들의 꿈을 망친 적이 있거든."

"신경 쓰지 말아요. 요새 어른들은 다 그러니까."

여의사는 선선하게 말했다.

야가미는 오카다 료코라는 의사가 전공을 잘못 택했지 싶었다. 내과보다도 정신과에 있으면 더 많은 환자를 고칠 수 있을 것 같았다.

"하지만 훌륭한 결심이네요. 알겠어요. 저는 좀 더 야가미 씨를 기다리도록 하죠."

"고마워."

여의사와 대화를 좀 더 나누고 싶었지만 전방에 작은 불빛을 발견해서 전화를 끊었다. 야가미는 자갈 위에 엎드려서 두 개의 빛의 점을 응시했다.

회중전등인 모양이었다. 그 빛이 똑바로 아래로 떨어지는 걸 보고 다마치 역 승강장에서 두 남자가 철로 위로 뛰어내린 것을 알았다. 어깨너머로 뒤를 살피자 어느새 하마마쓰초 역에서도 두 개의 빛이 접근하고 있었다. 제방의 양옆으로 흩어져서 철로 위를 비추며 천천히 이쪽으로 다가오고 있다.

어떻게 움직일까 고민하는데 철로 가에 있는 쇠기둥이 눈에 들어왔다. 전선을 지탱하기 위한 기둥은 쇠막대기를 끼워 맞춘 격자 구조였다. 사이사이에 손발을 걸치면 기어오를 수 있어 보였다.

야가미는 다시 한 번 앞뒤의 네 개의 빛을 보았다. 그들의 회중전등은 지면만 비추었지 결코 위를 향하지 않았다. 기둥 위까지 올라가면 경찰들이 그냥 지나치지 않을까?

야가미는 기어서 쇠기둥 밑까지 가서 위를 쳐다보았다. 그러자 생각도 못했던 도피 경로를 발견했다. 쇠기둥은 그대로 뻗어 그 위를 달리는 모노레일의 궤도에 닿을 듯했다. 이어져 있지는 않지만 기둥 위에서 손을 뻗으면 모노레일 선로로 옮겨 갈 수 있을 것이다.

문제는 높이였다. 하네다 공항으로 향하는 모노레일은 건물 5층 정도의 높이에서 운행되고 있었다.

밑만 안 보면 돼. 야가미는 스스로를 타이르고 나서 쇠기둥에 손을 뻗어 소리 없이 오르기 시작했다.

잠복 경찰차를 도쿄구치소에 남겨 두고 겐자키는 기동 수사 차량에 올라탔다. 거구의 기동 수사 대원이 많이 피곤해 보였기에 겐자키가 자진해서 운전대를 잡았다.

니시카와와 만날 예정인 메지로의 패밀리 레스토랑까지는 긴급주행으로 가면 15분이면 도착할 것이다. 출발하자마자 겐자키는 불만을 얘기했다.

"왜 야가미의 거래를 안 받아들이셨습니까?"

"아까 전화 말인가?"

"그렇죠. 잘만 하면 노트북과 세트로 검거할 수 있었는데."
"그런 짓을 하면 녀석을 배신하게 되잖나."
겐자키는 입을 뾰족이 내밀었다.
"상대는 중요 참고인이란 말입니다. 게다가 전과가 있는 인간쓰레기죠. 왜 그렇게까지 그놈 편을 드십니까?"
후루데라는 어깨를 으쓱대고 물었다.
"자네는 왜 그렇게 야가미를 미워하는가?"
"경찰과 범죄자라는 관계니까 그렇겠죠."
"그렇군. 난 범죄자를 좋아해."
겐자키는 얼떨결에 조수석을 쳐다보았다.
"뭐라고요?"
"살인이나 강간같이 피해를 회복할 수 없는 범죄는 별개야. 그런 짓을 저지른 놈은 엄벌에 처해야 해. 하지만 말이야, 사기꾼이라든가 좀도둑 같은 그런 놈들은 사랑스러워. 그래서 난 형사가 됐어."
"어째서요?"
"우리 아버지가 도둑질을 했거든."
뜻밖의 이야기에 겐자키는 후루데라를 쳐다보았다. 경찰을 채용할 때에는 일가친척 중에 범죄자가 없다는 사실을 확인할 터였다.
겐자키의 시선을 받고 후루데라는 입가에 은은한 미소를 머금고 이야기하기 시작했다.
"1950년대에서 60년대, 아직 일본이 가난했던 시절이야. 아니, 빈곤을 숨기지 않던 시대라는 게 더 정확할까. 우리 아버지는 백화점 영업부에 계셨어. 매일 일을 마치면 여러 가지 음식을 싸 갖고 와 주셨지. 빵, 우유, 그 당시에는 고급 과일이었던 바나나······ 나는 그걸 먹고 이렇게 몸집이 커진 거야. 아버지가 직장에서 먹을 것을 훔쳤다는 사실을 안 건 중학교를 졸업할 무렵이었지."

이야기하는 후루데라의 눈이 심야의 길거리를 걷고 있는 고등학생들을 향했다.

"아버지는 직장에서 잘렸다 뿐이지 경찰 신세는 지지 않았어. 직장을 잃은 아버지가 집에 돌아왔을 때 어머니와 나, 여동생이서 어떻게 맞이해야 좋을지 당황스럽더군. 세상이 볼 때는 범죄자여도 우리한테는 자식들을 사랑하는 아버지였거든. 결국 어머니가 있는 돈 없는 돈 다 털어서 집 근처에 있는 레스토랑으로 갔어. 거기서 아버지의 취직 파티를 한 거야. 아직 다음 직장도 못 구했으면서."

후루데라는 커다란 몸을 등받이에 묻었다. 그리고 겐자키에게 물었다.

"자네가 그때 순경이었다면 우리 아버지를 체포했겠는가?"

겐자키는 대답이 궁했다.

"하지만 야가미란 자는 다르지 않습니까? 자식을 위해서 범죄에 손을 댄 게 아닙니다."

"아냐, 녀석은 착한 놈이야."

후루데라는 단언했다.

"내가 소년부에 있을 때 그 친구가 일으켰던 공갈 사건이 있었는데······"

"착한 놈이 공갈 사건을 일으킵니까?"

"일단 들어 봐. 야가미와 같은 반에 도쿄대학에 갈 만한 공부벌레가 있었어. 그 아이가 천체망원경을 갖고 싶어서 부모와 선생 몰래 아르바이트를 시작했어. 학교 규칙 위반이라는 걸 알면서도 패스트푸드점에서 일을 한 거지. 거기에 야가미가 찾아갔어. 야가미는 햄버거와 음료수를 주문하고 나서 이렇게 말했지. '부모랑 선생한테 비밀로 하고 싶으면 감자튀김도 내놔.'"

겐자키는 웃음을 터뜨리고 말았다.

"깜찍한 공갈이네요."

"그게 그 자식 수법이야."

후루데라는 남에게 들은 재치 있는 농담을 전해 주듯 싱글벙글 웃으며 말을 이었다.

"공부벌레는 그렇게 해서 비밀만 지켜진다면야 하고 감자튀김을 내줬지. 그런데 날이 갈수록 야가미의 요구 사항이 커지는 거야. 감자튀김에서 햄버거, 거기에 모닝세트까지. 심지어는 친구 서른 명을 불러다 생일 파티까지 치렀지 뭐야. 결국 피해 금액 50만 엔 선에서 검거되었지."

"처분은 어떻게 됐습니까?"

"보호관찰이었지. 감별소에 보내는 건 내가 막았어."

겐자키는 다시금 약간 비꼬는 투로 말했다.

"그때부터 그놈 편을 드셨습니까?"

"그래. 그 녀석이 자기 생일 파티를 왜 열었을 것 같아?"

겐자키는 대꾸 없이 후루데라의 답을 기다렸다.

"집에 가도 열여섯 살의 생일을 축하해 줄 사람이 하나도 없었던 거야."

비행소년들에게는 있을 법한 이야기였다.

"가정환경이 안 좋았던 겁니까?"

"최악이었지."

내뱉듯이 말하고 후루데라는 진지해졌다.

"그 친구보다 행복한 가정에서 자랐으면서 더 심한 죄를 범한 놈들은 쌔고 쌨어. 야가미의 전과 정도는 새 발의 피야. 그만큼 그 자식이 놓인 환경은 처절했다고."

"어떻게요?"

"그 녀석 몸에는 친부모한테 당한 폭력의 흔적이 지금도 남아 있을걸. 화상과 베인 흔적이 온몸에…… 그놈은 사회적으로는 평범한 얼굴을 가진 악마 밑에서 자란 거야. 그런 환경에서 자기 힘으로 살아남았단 말이야."

서바이벌리스트라는 단어가 겐자키의 머리에 떠올랐다. 무슨 일이 있어도 살아남는 자.

"야가미를 놓친 게 불만이겠지만 언젠가 시간이 해결해 줄 걸세. 증거가 될 노트북은 골수이식을 마치면 그놈이 보내 줄 거야. 아마 작은 대가와 교환 조건이겠지."

"어떤 대가요? 설마 체포를 눈감아 달라든가?"

"아니, 글쎄 뭘까?"

후루데라는 잠시 생각한 뒤에 대답했다.

"감자튀김 아닐까?"

겐자키는 조수석을 쳐다보았다. 후루데라가 시선을 맞받았다. 찡그린 얼굴을 유지하려고 했으나 겐자키는 참지 못해 웃음을 터뜨렸다.

"야가미란 놈은 그런 놈이야."

후루데라도 웃으면서 말했다.

"요구 사항이 그 이상 커지지 않기를 바랍니다."

말하면서 겐자키는 스스로도 뜻밖에 이 기동 수사 대원과 잘 지낼 수 있으리란 생각이 들었다.

그 10분 뒤에 후루데라가 조수석에 있는 페달을 밟아 긴급 주행 사이렌을 껐다. 겐자키는 신 메지로 가도에 있는 패밀리 레스토랑에 차를 들여놓았다.

1층 주차장에서 2층으로 올라가자 구석 자리에 니시카와가 있었다. 뚱뚱한 몸을 자리에 파묻고 커피 잔을 입가로 가져가며 이쪽을 칩떠보고 있다.

이 사람과 마주하면 괜히 마음이 침울해진다. 아마도 탐관오리 같은 얼굴의 이 사나이가 항상 음모를 꾸밀 것처럼 보이기 때문이리라.

후루카와와 나란히 자리에 앉자 마주 앉은 니시카와가 무뚝뚝한 표정을 바꾸지 않고 말했다.

"주임 혼자 올 줄 알았는데."

"제2 기동 수사대의 후루데라 경장님이시네. 지금 함께 다니면서 수사 협조를 얻고 있어. 신용엔 문제없어."

후루데라가 가볍게 머리를 숙였다. 니시카와는 점수를 매기듯 후루데라를 유심히 쳐다보았다.

서빙 직원에게 커피 두 잔을 시키고 겐자키는 전 보안부 직원이었던 부하에게 물었다.

"어찌 되었어? 옛 직장을 쑤시고 다녔다며?"

"음. 이걸 좀 봐."

니시카와는 주변을 은근슬쩍 둘러보고 나서 종이 한 장을 내밀었다.

겐자키와 후루데라는 그 종이를 들여다보았다. 'M1'에서 'M11'까지 이어지는 번호 옆에 열한 명의 남녀의 이름과 주소, 전화번호가 적혀 있었다. 온다 다카코, 가토 신이치, 기무라 오사무, 사야마 요스케, 시마나카 게이지, 다가미 노부코, 네모토 고로, 하야시다 히로미쓰, 하루카와 사나에, 히라타 유키히코, 와타세 데쓰오…….

겐자키는 고개를 들었다.

"그 목격 증인의 명단인가?"

"아니야. S공작 명단이야."

"S공작?"

후루데라가 놀라며 겐자키의 손에서 명단을 빼앗았다.

"곤도 살인 사건의 목격자를 경찰청의 데이터베이스로 조회해봤거든. 형사부에서는 모르는 보안부의 특수 비밀번호를 이용했지. 그랬더니 이 명단이 나온 거야."

"무슨 뜻이야?"

겐자키는 물었다. S공작이라는 것은 범죄 조직 속에 경찰에 협조할 스파이를 확보하는 비밀공작을 뜻했다. S공작의 'S'란 스파이(SPY)의 'S'다. 밀고자들을 경찰청의 데이터베이스에 등록하는 까닭은 그들이 다른 건으로 위법행위를 범했을 때 전후 사정을 모르는 다른 부서가 체포하지 않도록 미연에 방지하기 위해서였다. 조직 범죄 박멸을 위해서라면 협조자 개인이 범한 죄는 눈감아 주는 것이다.

이번 보안부의 데이터베이스에 이 사람들의 이름이 있다는 사실은, 그들이 국가 전복 음모를 꾀하는 위험 단체의 구성원인 동시에 조직 내부의 정보를 수사 당국에 흘리고 있었다는 사실을 뜻한다.

"이 열한 명은 사상 단체 같은 데에 소속되어 있던가?"

"컬트야."

니시카와는 말했다.

"어떤 컬트? 단체 이름이 뭐야?"

니시카와는 불현듯 입을 다물더니 재킷 주머니에서 담배를 꺼내어 테이블의 끝자락에 놓았다.

그러자 그게 신호였다는 듯 니시카와의 뒤에서 한 남자가 일어섰다. 겐자키와 후루데라의 시야에 진작 들어왔을 텐데도 전혀 주목을 끌지 않았던 자가 천천히 이쪽으로 다가왔.

회색 정장 차림의 남자. 나이는 마흔 정도, 평범이라는 단어가 이 남자의 특징을 대변하고 있었다. 인파 속에 섞이면 결코 눈길을 끌지 않을 흔한 모습이다.

니시카와가 소개했다.

"하세가와 씨. 소속은 묻지 마."

겐자키는 인사를 나누며 보안부 형사가 틀림없다고 확신했다.

하세가와는 니시카와 옆에 앉더니 테이블 위에서 두 손을 맞잡고 깍지를 끼었다. 그리고 억양 없는 목소리로 말했다.

"명단에 있는 열한 명에게 관심이 있으신 모양이군요."

"네, 하세가와 씨께서 S공작 담당이십니까?"

"아뇨, 저는 아닙니다. 투입된 수사관은 따로 있습니다."

"투입이라고요……."

보안부가 꽤나 힘을 쏟고 있다는 느낌이 들었다. 잠복 수사까지 실시하고 있는 모양이다.

옆에서 니시카와가 물었다.

"괜찮으시다면 투입된 형사가 혹시……?"

"총무과의 미사와입니다."

"그놈이군."

니시카와가 먼 곳을 쳐다보는 듯한 눈이 되었다. 미사와라는 잠복 수사관을 아는 모양이다.

겐자키는 말했다.

"그래서 이 열한 명의 협조자들은 어떤 단체에 소속된 겁니까?"

"보안부의 암호명으로 '미니스터', 약칭 'M'으로 불리는 컬트 집단입니다. 내부 실정은 다른 컬트 집단처럼 여러 종교의 교리를 섞어 놓은 단체이고, 요새 유행하는 '치유 붐'에 편승해서 신자를 포섭하는 모양입니다. 신자가 총 200명 되는 작은 단체죠."

"보안부가 위험 단체로 지정한 이유는 무엇입니까?"

"그게 확실치가 않습니다."

하세가와는 약간의 당혹감을 보였다.

"저도 'M'에 관해서는 얼핏 전해 들었을 뿐입니다. 어느새 상부의 결정으로 미사와가 투입되었고 이 열한 명을 밀고자로 확보했더군요."

윤곽은 파악이 되었으나 아직 이 단체에는 불확실한 사항이 많았다.

"교주는 누구입니까?"

"신기하게도 그마저 밝혀진 바가 없어요. 파악된 사항은 단체 내부에서 교주를 지칭하는 암호명 '위저드' 뿐입니다."

그 단어를 듣자 겐자키와 후루데라는 서로 마주보았다. 야가미를 습격하라는 지시를 내린 것도 '위저드'였다. 그렇다면 역시 야가미가 연루된 건뿐만 아니라 곤도 살인 사건도 'M'의 조직적인 범행으로 볼 수 있지 않을까? 얼핏 무관해 보였던 목격자들은 하나의 집단에 소속되어 있었다.

"좀 엉뚱하게 들리실지 모르겠지만."

후루데라는 전제를 두고 하세가와에게 물었다.

"보안부 출신의 도모토 겐고 국회의원이 이 단체와 관련이 있다는 이야기는 들어 보신 적이 있습니까?"

그러자 하세가와가 눈을 커다랗게 떴다.

"그런 정보를 형사부에서 확보하고 계십니까?"

"아직 확인은 안 됐습니다만. 도모토가 'M'을 이용하고 있었다는 사실은 없습니까?"

"실상은 정반대입니다. 'M'의 박멸을 위해 잠복 수사를 하도록 압력을 가한 사람이 도모토 의원이었거든요."

겐자키는 저도 모르게 되물었다.

"박멸하려고 압력을 가했다고요?"

"맞습니다. 경찰청 경비국에요."

그 말을 듣고 후루데라도 납득이 안 가는 표정을 지었다. 두 사람이 짠 시나리오로는 도모토가 'M'의 멤버들을 조종해서 곤도 살인 사건을 일으키고 정치 경쟁자의 아들에게 죄를 뒤집어씌웠을 터였다. 그런데 실제로는 도모토가 'M'의 박멸을 지시했다는 것이다.

열심히 머리를 굴리는 겐자키를 두고 후루데라가 물었다.

"오늘 밤 들어서 이 밀고자들이 살해당하고 있다는 건 알고 계십니까?"

하세가와는 고개를 끄덕였다.

"네. 아까 니시카와 씨한테 듣고 놀랐습니다."

하세가와는 눈알을 이리저리 굴리며 말을 이었다.

"단순하게 보면 'M'의 내부에서 경찰 협조자에 대한 숙청이 시작된 게 아닐까요?"

하세가와가 위험한 단어를 거침없이 입에 담기에 겐자키는 보안부 직원이 딴세상 사람임을 새삼 느꼈다.

"그러니까 배신자를 처형한다는……?"

"그렇습니다."

"오늘 밤 건에 대해서 보안부는 움직일 조짐이 없는 겁니까?"

"저는 모릅니다. 책임자는 미사와니까요."

아무래도 열쇠를 쥐고 있는 것은 미사와라는 잠복 수사관인 모양이었다.

"이 정도면 충분하시죠?"

하세가와가 말했다. 그 빠른 말투는 자신이 너무 많은 이야기를 했다고 후회하는 듯했다.

"도움이 되었습니다. 감사합니다."

후루데라가 머리를 숙이자 하세가와는 자리에서 일어났다. 그리고 자신이 있던 테이블로 가서 계산서를 들고 그대로 계산대로 향했다.

"미사와라면 알아. 연락이 닿을지도 몰라."

니시카와가 말했다.

"그럼 부탁 좀 할까?"

"좋아."

겐자키는 부하의 협조적인 태도가 의외였다.

"잠깐 기다려 봐."

니시카와는 미사와와 나누는 대화 내용을 알리고 싶지 않은지 휴대전화를 들고 레스토랑 출구로 갔다.

"아까 이야기를 들으면서 한 가지 발견한 게 있어."

후루데라가 말했다.

"뭡니까?"

"그레이브 디거가 'M'의 내부 사람이고 배신자를 처형하기 시작했다는 얘기. 만일 그게 정말이라면 미사와라는 잠복 수사관과 도모토 겐고의 목숨도 노리지 않겠나?"

"그러니까 범행의 동기는 적대 세력에 대한 보복이란 말씀이십니까?"

"그래."

"그렇다면 최종 목적은 중요 인물의 암살이란 말인데요?"

"하지만 뭔가 아직 납득이 안 간단 말이야."

겐자키도 이에 공감했다.

"하세가와의 이야기가 진실이라면 그레이브 디거를 검거할 수 있는 지름길이 있어요."

"뭔데?"

"도모토 겐고를 지키는 거죠. 거기에 도모토의 목숨을 노리는 '무덤 파는 자'가 나타날지도 모르니까요."

"그렇겠군."

후루데라는 고개를 끄덕였다.

그때 니시카와가 돌아왔다.

"미사와의 휴대전화에 음성으로 남겨 놨어. 기다리면 답변이 올 거야."

"좋아. 겐자키 주임은 니시카와 씨와 움직여 주게."

후루데라가 자리에서 일어났다.

"경장님은 어쩌시게요?"

"도모토가 어디 있는지 알아낼 거야. 단서가 없는 이상 거기서 '무덤 파는 자'를 기다릴 수밖에."

철로 갓길의 쇠기둥을 오른 지 7미터. 야가미는 거기에서 앞뒤에서 다가온 네 명의 추적자들을 보냈다. 도망자를 쫓는 사람들은 회중전등을 하늘로 비추지 않았다. 그들은 시선을 철로 위에 떨어뜨린 채 쇠기둥 앞에서 서로 마주친 뒤에도 각자 가던 방향으로 걸어갔다.

일행이 충분히 멀어진 것을 지켜보고 나서 야가미는 기둥 위로 더 올라갔다.

쇠기둥 끝은 제방 밑 찻길에서 보면 족히 10미터가 넘는 높이였다. 그 바로 위에 손을 뻗으면 닿을 위치에 모노레일의 궤도를 지지하는 기둥이 있었다. 그러나 그쪽으로 옮겨 가려면 쇠기둥 끝에 올라서서 허공에 몸을 일으켜야 한다.

막상 그럴 단계가 되니 야가미는 자신의 계획이 단순했다고 느꼈다. 높이가 주는 공포는 상상을 초월했다. 매달려 있는 기둥에서 두 손을 놓는다는 생각만으로 몸이 얼어붙을 지경이었다.

야가미는 다시 한 번 땅을 내려다보았다. 발을 헛디뎠다가는 틀림없이 황천길이다. 이런 짓을 해서 뭐 하나 하는 심통이 갑작스레 생겨났다. 몸은 여기저기 쑤시고 속은 배가 고픈 단계를 넘어 아파 왔다. 이런 상태로 공중서커스를 하다니 미쳐도 한참 미친 짓이다. 성공할 리가 없다. 모노레일 기둥을 미처 잡지 못한 채 10여 미터 아래에 내동댕이쳐지기 십상이다.

그럼 되돌아갈까? 다시 땅으로 눈길을 돌리자 뭔가가 야가미의 머리칼을 위로 잡아당겼다. 놀라서 위를 쳐다보아도 아무것도 없다. 그냥 바람이 스친 것일 수도 있다. 그러나 산들바람의 장난은 어린아이의 고사리손의 감촉과 비슷했다.

야가미는 쇠기둥을 끌어안고 움직임을 멈추었다. 자신이 무엇 때문에 이런 짓을 하고 있는지를 생각했다. 속죄를 위해서? 거짓 오디션으로 아이들 마음에 상처 준 게 후회가 되어서? 아무래도 아닌 것 같다는 결론을 내렸다. 자신이 도우려는 상대는 약한 어린아이가 아니던가? 본인의 책임이 아닌 불행에 시달려 상처받고 무릎을 끌어안고 울 수밖에 없는 가여운 어린아이.

그것은 바로 자신의 과거의 모습이었다.

야가미는 깨달았다. 백혈병 환자의 생명을 구하는 일은 인생 최대의 도박이었다. 내건 것은 돈이 아니라, 있다는 사실조차 잊었던 자신의 자존심이었던 것이다. 친부모의 폭행에 의해 너는 아무 짝에도 쓸모없다는 말만 듣고 자란 자신이, 자존심을 되찾을 수 있는 유일한 길.

　야가미는 볼을 쓰다듬은 바람을 향해 말했다.

　"좋아. 해내겠어."

　소인이 남의 생명을 구하려면, 아마도 물불을 가리지 않는 일시적인 열광의 힘을 빌지 않는 한 어려울 것이다. 야가미는 그 일시적인 열광을 되찾았다. 백혈병 환자의 생명을 구하기 위해 기둥 끝을 감싸 안으며 기어올라 그대로 균형을 유지해서 두 다리로만 일어섰다.

　어깨 높이에 두 레일을 지지하는 철골이 있었다. 그 철골을 두 팔로 껴안은 뒤에 천천히 체중을 상반신으로 옮겼다. 발 디딜 곳을 잃고 야가미는 철골에 매달렸다. 몸을 흔들 때가 가장 무서웠다. 두 다리는 아무런 디딤판도 없이 건물 4층 높이의 허공에 떠 있는 것이다. 그래도 가까스로 두 다리를 흔들어 그 반동으로 몸을 위로 올렸다.

　성공했다. 철골에 제대로 걸터앉은 뒤에, 그대로 송충이처럼 기어서 왼쪽 레일 아래로 갔다.

　모노레일이 달리는 궤도는 콘크리트였다. 단면은 사각형이었고, 그 레일은 하마마쓰초와 하네다 공항을 연결하고 있다. 지금 있는 철골에서는 약 2미터의 높이였으나 레일 측면에 차량 운행을 위한 도르래가 있어서 그것을 쥐고 기어오를 수 있었다.

　야가미는 드디어 레일 위에 올라섰다. 폭은 약 80센티미터밖에 없다. 지상에서 걷기에는 충분한 폭이어도 거센 바람이 부는 15미터 상공에서는 목숨을 건 평균대였다.

　난 전생에 서커스 단원이었을 거야. 야가미는 두 손을 좌우로 뻗고 남을 향해 걷기 시작했다. 위험하기 그지없는 공중 산책이었지만 최소한 경찰이 쫓아올 염려는 없었다. 이대로 레일을 따라가면 오모리 일대까지 직선코스였다. 적당한 곳에서 역으로 올라가서 지상으로 내려가면 경찰의 긴급 수배망에서도 벗어날 수 있을 것이다.

　모노레일의 궤도는 건물 사이를 누비고 지나간다. 도쿄의 과밀현상이 이런 곳에도 나타나 있다. 실제 차량에 타면 창밖에 겨우 몇 센티미터밖에 떨어지지 않은 가까운 곳에서 열심히 일하는 회사원들의 모습을 볼 수 있을 것이다.

　야가미는 주변 풍경에 눈길을 빼앗기지 않도록 주의했다. 추락사했다가는 말짱 도루묵이다. 노트북과 휴대전화가 든 배낭의 무게가 고마웠다. 그것만으로도 좁은 레일 위에 자신의 두 다리를 안정시키는 데에 도움이 되었다.

　한참을 걷다 보니 높이에 익숙해졌는지 보통 속도로 걸을 수 있게 되었다. 지레 겁먹기보다는 일정한 리듬을 유지하며 걷는 게 안전하다고 터득한 것이다.

　잘하고 있어. 스스로 격려하며 앞으로 힐끗 시선을 던진 순간 몸의 균형이 무너졌다. 뱃속에 누가 얼음 덩어리를 처넣은 듯한 차가운 느낌이 지나갔다. 몸을 못 가누고 헛발을 디딘 왼발이 레일에서 벗어났다. 순간적인 판단으로 야가미는 오른발도 레일에서 떼었다. 그대로 밑으로 떨어진 몸은 레일에 걸터앉은 꼴로 급정지했다.

말이 나오지 않았다. 급소를 직통으로 맞았다. 그만, 제발, 이런 애원은 효과도 없이 짧은 간격을 두고 아랫배에 이상야릇하고 격렬한 통증이 몰려왔다. 남자는 이래서 힘들어…… 통증을 잊겠노라고 구구단을 죽어라 외며 야가미는 앞을 바라보았다. 금방 균형을 잃은 이유를 알았다. 커브 길에 들어선 레일이 안쪽으로 크게 기운 것이다. 그 비탈은 깊은 각도는 아니어도 걸어가기에는 불안했다.

사람을 돕기가 이렇게 어렵다니!

여전히 밀려오는 통증에서 벗어나려고 온몸을 비비 꼬며 야가미는 비스듬한 레일에서 포복 전진을 시작했다.

휴대전화로 통화하던 니시카와가 자리로 돌아왔다.

"미사와한테서 답변이 왔어. 'M'에 대해서 이야기를 들려주겠다는군. 지금 만나러 가야겠어."

"그러지."

겐자키는 일어섰다.

둘은 계산을 마치고 패밀리 레스토랑을 나왔다. 주차장에는 니시카와가 타고 온 잠복 경찰차가 있었다. 겐자키는 조수석에 올라탔다.

차가 도심을 향해 출발하자 겐자키는 물었다.

"미사와라는 잠복 수사관이 어디까지 입을 열겠나? 보안부 직원은 동료들한테도 정보를 누설하지 않는다던데."

"그 부분은 문제없어. 나한테 빚이 있거든."

"빚? 무슨 빚?"

니시카와는 조수석에 앉은 겐자키를 힐끗 쳐다보고 말했다.

"이왕 이렇게 된 거 주임한테는 다 말해 주지. 보안부의 뒷돈을 조작해서 내가 그놈 대출금을 막아 줬거든."

"뭐?"

겐자키는 조수석에서 엉겁결에 자세를 고쳐 앉았다.

"보안부의 활동 예산은 다 비밀에 부쳐지니까. 금액이든 용도든 뭐든지 다 그래. 위로 갈수록 몰래 해먹기 쉬워지는 구조야. 부정부패의 온상이지."

니시카와는 엷은 웃음을 띠었다.

"사회 물정이 좀 이해가 되나?"

"덕분에."

니시카와는 코를 킁 하고 울리더니 고개를 앞으로 되돌렸다.

겐자키는 이 연상의 부하가 감찰계에 배치된 이후로 전혀 일에 대한 의욕을 보이지 않던 이유를 알 것 같았다. 폭력단과 유착하는 형사, 각성제에 손을 대는 수사원…… 감찰계가 검거한 자들은 틀림없는 범죄자였다. 그러나 피라미였다. 니시카와는 그런 놈들을 잡아야 무슨 소용이 있냐고 말하고 싶었던 것이 아닌가? 경찰 내부에는 훨씬 악덕한 놈들이 따로 있다. 세금을 훔쳐다가 자기 배를 불리는 무리들이다. 그런 자들을 잡지 않는 한 자신들의 업무는 약자를 괴롭히는 수준밖에 되지 않았다.

겐자키는 다시 한 번 운전대를 잡은 부하를 쳐다보았다. 묘한 느낌이 남아 있었다. 하세가와와의 만남을 주선한 것도 그렇고 미사와 약속을 잡기도 했다. 이번 일에 한해서 니시카와는 여느 때와 달리 협조적이었다.

"그런데 자네는 왜 이번에 미사와에게 빚을 돌려받을 생각을 했지?"

겐자키는 물어보았다.

여전히 무뚝뚝한 표정으로 니시카와는 말했다.

"글쎄……."

"꽤 열심이잖나?"

니시카와는 고개를 갸우뚱거리더니 말했다.

"굳이 말하자면 신변에 위협을 느껴서랄까?"

"신변에 위협이라고? 무슨 말이야?"

"그 무덤 파는 자의 전설 말이야. 그 이야기를 들었을 때 난 불길한 느낌이 들었어. 그레이브 디거인가 뭔가가 노린 게 이단 심문관이라며?"

"그랬지."

"현재 우리나라에서는 보안부가 이단을 심문하고 있거든."

"뭐?"

겐자키는 운전석의 니시카와를 쳐다보았다.

니시카와는 나지막하게 말을 이었다.

"그 부서에 발령받은 뒤에 난 나카노에 있는 경찰대학교에 입학했지. 보안부 직원들에게 영재교육을 실시하는 기관이야. 학생은 본명을 감추고 도청이나 미행 기법을 배우고 있어. 그중에서도 반공 사상 교육이 제일 철저했어. 공산당은 악이다, 빨갱이를 용납하지 마라. 그런 식으로 보안부 직원들은 이단 심문관이 되어가지."

"일반 경찰학과에서도 반공 교육은 실시하잖나?"

"정도가 다르지. 보안부 직원은 공산당원을 그대로 풀어 뒀다가는 나라가 망한다고 세뇌를 당해. 매일 그렇게 세뇌당하다 보면 위법 수사도 서슴지 않게 되지. 가택침입, 도청, 도찰, 매수. 별수 있어? 보안부가 오히려 컬트 집단이 되어 가는 거야."

"자네는 세뇌를 안 당한 건가?"

"나 스스로는 모른다는 게 세뇌의 무서운 점 아니겠어? 물론 나는 일개 시민으로서 공산주의는 지지하지 않아. 자본주의는 인간을 비천하게 만들고 공산주의는 인간을 게으름뱅이로 만들지. 양자가 싸우면 게으른 놈들이 자멸했다는 게 세계의 역사야. 나는 강한 쪽에 붙고 싶어."

겐자키는 맞장구를 치는 대신 웃음소리를 냈다.

"그래서 정말 지금 체제가 뒤집히려 한다면 나는 진지하게 싸울 거야. 공산주의 정권의 탄생은 어떻게든 막아야 해."

그런 일이 실제로 이 나라에 일어날까. 겐자키는 의문스러웠으나 입 밖에 내지는 않았다.

"그런 생각 자체가 세뇌의 결과인지는 난 모르겠어."

"그럼 고민할 필요는 없지 않나? 반공이란 결론은 똑같잖아."

니시카와는 고개를 저었다.

"하지만 지금의 민주주의도 완벽한 게 아니야. 다수결의 원리란 마흔아홉 명의 불행 위에 쉰한 명의 행복을 쌓아 올린 시스템이거든. 좀 더 말하자면 지지율이 30퍼센트인 정당이 정권을 잡으면 70퍼센트의 의견은 무시당하고 마는 거야. 거부당한 쪽은 울며 겨자 먹기로 단념할 수밖에 없어. 내가 그쪽이 아니기를 기도할 뿐이지."

"결국 무슨 말을 하고 싶은 거야?"

"아마 아무도 찾지 못했다 뿐이지 지금 체제보다 훨씬 좋은 사회 시스템이 분명 있을 거야. 고대 인류가 지금의 민주주의 따위는 상상도 못했던 것처럼. 그 새로운 개념이 등장하면 그때도 보안부 녀석들은 또 저항하겠지. 현재 상황과 다르면 모조리 적, 바꿔 말하면 이단이니까."

니시카와가 말하는 이야기는 결코 허황되지 않았다는 생각이 들었다. 그 징후는 이미 지금의 사회에서 간파할 수 있다. 국정원이 극우나 극좌 등의 사상단체뿐 아니라 시민 옴부즈맨이나 언론 관련 단체, 나아가 교원 조합에까지 감시의 눈을 번득이고 있는 것은 틀림없는 사실이기 때문이다. 사형 제도 폐지, 일장기 반대, 원자력 반대, 무엇이든 간에 현실을 바꾸려는 자들은 모두 적으로 간주된다. 민주주의국가의 그늘에서 꾸물대는 마녀재판의 논리. 현대사회의 이단 심문 제도였다.

"다시 사건 이야기를 하자면······."

니시카와가 말했다.

"솔직히 말해서 그레이브 디거가 어떤 놈인지 전혀 감이 잡히진 않아. 나는 형사 사건의 수사에 익숙하지 않으니까. 하지만 왜 범인이 그 전설을 흉내 내는가를 생각해 볼 필요는 있어. 아마도 그레이브 디거는 뭔가를 호소하고 있는 거야. 그냥 죽이고 싶었다면 그렇게 복잡하게 꾸몄겠어?"

"단순한 강력범이 아니다?"

"맞아. 그리고 극장형 범죄(범죄가 일어난 장소를 무대로 범인이 주인공, 경찰이 조연, 언론과 일반인을 관객으로 간주하고 범죄 자체가 마치 연극의 일부인 것처럼 보이게 하는 범죄—옮긴이)도 아니야."

니시카와는 거기까지 말하더니 한 번도 보인 적이 없는 수줍은 표정을 지었다.

"뭐, 이건 내 감이지만."

그 감이 맞을 수도 있다고 겐자키는 생각했다. 전설을 모방한 수법은 많은 유류품을 남기기도 하고, 범인의 입장에서는 몹시 위험률이 높은 범행이다. 왜 굳이 그랬을까? 거기에 사건을 풀 열쇠는 없는 것일까?

차가 가스미가세키의 관청가로 들어섰다. 니시카와가 경시청에서 한 블록 떨어진 히비야 공원 부근에 잠복 경찰차를 세웠다.

"잠깐 기다려."

겐자키를 차에 남겨 두고 니시카와가 길에 내려서 히비야 공원으로 들어갔다. 겐자키는 궁금해서 부하의 움직임을 눈으로 쫓았다. 공원 안의 나무 그늘 뒤로 걸어간 니시카와는 50미터가량 가다가 걸음을 멈추었다. 그곳에서 기다리던 남자와 서서 이야기를 나누는 모양이었다.

겐자키는 뚫어지게 응시했으나 어둠에 가려서 미사와라는 자의 얼굴은 보이지 않았다.

한참이 지나자 니시카와가 뛰어 돌아와서 운전석에 올라타더니 말했다.

"미안하지만 차에서 내려 주겠나?"

"문제라도 생겼나?"

"아니, 염려할 건 없어. 미사와가 사람이 같이 왔다니까 반기지 않더라고. 보안부 특유의 경계심이겠지."

"별수 없군."

겐자키는 마지못해 차에서 내려 창문 너머로 물었다.

"내가 어떻게 움직이면 되겠나?"

"연락을 기다려. 뭔가 알아내면 바로 전화할 테니까."

"알았네."

운전대를 쥔 니시카와는 그러나 출발하지 않고 가만히 있었다. 못 다한 말이라도 있는 눈치였다.

"아직 할 말이 더 있는가?"

니시카와는 앞을 응시한 채 말했다.

"딱 하나만. 보안부에 있을 때 나는 극좌파 집단의 폭탄 테러를 막았어. 언론에도 발표되지 않은 극비 사안이었지. 우리는 시민의 목숨을 구했어. 그것만은 말해 두고 싶었어."

"잘 알겠네."

겐자키는 고개를 끄덕였다.

니시카와는 만족했는지 가속 페달을 꾹 밟았다. 겐자키는 주머니에 두 손을 찌른 채 모퉁이를 도는 니시카와의 차를 배웅했다.

오전 2시가 넘어 후루데라는 기동 수사 차량으로 나가타초에 들어선 뒤, 국회기자회관 앞에 도착했다. 이미 정치부 기자와의 약속은 잡아 두었다. 경시청 기자클럽을 전담하는 사회부 기자 중에 알고 지내는 사람에게 그레이브 디거 사건에 관한 정보를 약간 흘려 주는 대가로 연결을 부탁했다.

기자회관 앞에서 상대방에게 전화를 걸자 지금 오겠다고 했다.

몇 분도 채 지나지 않아 무라카미라는 정치부 기자가 나왔다. 양복 옷깃에 펜 모양의 배지를 달았다. 기자로서의 체력과 경험이 균형 있게 자리 잡힌 듯한, 체격 좋은 30대 초반의 남성이었다.

"후루데라 경장님이시죠? 말씀을 나누시려면 회관으로 들어가셔도 괜찮겠는데요."

대형 신문사의 기자는 사람 좋게 말했다.

"감사하지만 여기서 말씀을 나눴으면 합니다."

후루데라는 차 안으로 상대방을 불러들였다. 낮말은 새가 듣고 밤말은 쥐가 듣는다 했다. 도모토의 소재를 찾아다닌다는 사실은 비밀에 부쳐 두고 싶었다.

"도모토 사무총장의 담당 기자님이시라면서요?"

후루데라가 묻자 상대는 쓴웃음을 섞으며 말했다.

"석 달 전에 잘렸습니다. 지금은 여당 전반을 담당하고 있어요."

"잘리다니요?"

"도모토에 대해 비판적인 기사를 썼거든요. 그래서 담당이 바뀌었어요."

언론과 정치가 사이에 흔한 유착 관계였다. 비굴한 미소로 꼬리 치는 인간이 아니면 권력자에게 다가갈 수 없다. 당초 예정과 달랐지만 도모토에게 비판적인 사람이면 오히려 나을지도 몰랐. 후루데라는 본론으로 들어갔다.

"도모토의 요즘 소식을 혹시 아십니까?"

"무슨 말씀이십니까?"

"지금 이 시간에 그가 어디에 있는지."

그러자 무라카미는 표정을 확 바꾸었다.

후루데라는 상대방의 오해를 눈치 채고 서둘러 말했다.

"아뇨. 그런 게 아닙니다. 저는 일반 형사 사건을 취급하는 제2 기동 수사대 소속입니다. 정치 비리를 담당하는 부서는 아니에요."

"그럼 왜 그런 걸 물으시죠?"

"아주 작은 일이에요. 신문의 1면을 장식할 만한 일은 아닙니다."

"뭐, 알겠습니다."

무라카미 기자는 말했다. 납득은 못 했어도 다리를 놓아 준 사회부 기자의 체면을 세운 것이리라.

"도모토 겐고의 근황은요, 사흘 전부터 행방이 묘연합니다."

후루데라는 눈을 치켜떴다.

"행방불명입니까?"

"네. 하지만 흔한 일입니다. 도모토는 지병으로 고혈압이 있어서 국회가 열리는 동안에 검진을 받거든요. 아마 그거일 겁니다."

"왜 은밀히 진행하는 거죠?"

"정치의 실권자 정도 되면 건강과 관련된 소문이 정국을 좌우할 수도 있으니까요."

후루데라는 납득했다.

"그렇군요. 그의 소재지를 추적할 수 있는 좋은 방법이 없겠습니까? 주치 병원이라든가."

"정확한 정보는 없습니다."

그레이브 디거가 나타나길 기다리는 건 불가능하다는 말인가?

후루데라는 잠시 후에 말했다.

"도모토의 행방을 아는 사람은 극히 소수겠지요?"

"맞습니다. 가족 아니면 비서 중에 몇 명이겠죠. 그 정도일걸요?"

그렇다면 가족 중에 범인이 없는 한 도모토는 안전하다. 이로써 용건은 끝났으나 자주 만나기 힘든 정보 제공자에게 확인할 수 있는 정보는 다 확인해 두고 싶었다.

"도모토는 경찰 관료를 거쳐서 국회의원이 됐지 않습니까? 경찰 조직에 대한 발언권은 여전한가요?"

"물론이죠. 도모토뿐만이 아니라 여당 의원 중에 특정 행정 관청과 유착되지 않은 정치가는 한 명도 없습니다."

"도모토는 보안부의 수사에 참견하는 경우도 있나요?"

"아마 있습니다. 확실히 정보 수집 능력이 달라요. 보안부나 국정원이 혁신계 정당의 정보를 수집하고 있으니까요. 그런 걸 죄다 파악해서 도모토는 야당 대책에 활용하는 겁니다."

"구체적으로는 어떤 정보를 수집하는데요?"

"아주 세부적인 이야기까지 하자면 선거 때 상대 후보가 어느 정도 지지를 얻고 있는지까지 알 수 있답니다."

기대 이상의 정보였다. 도모토가 선거 전에 정치 경쟁자의 아들에게 살인 누명을 씌운 것은 그런 배경 때문이 아닐까?

"지난번 선거 때는 도모토가 고전을 면치 못할 걸로 추측되었다면서요?"

"네. 노자키라는 혁신계 후보가 무섭게 따라붙고 있었죠. 하지만 스캔들 때문에 입후보를 취하한 것 같던데요?"

후루데라는 전혀 모른다는 듯 물었다.

"어떤 스캔들요?"

"외아들이 마약 거래로 옥신각신하다가 누굴 찔렀다죠?"

노자키의 증언과 같은 내용이었다. 역시 구치소의 취조실에서 들은 내용은 사실인 모양이다. 그럼 이번에는 보안부의 하세가와 형사의 이야기도 확인해야 한다.

"도모토가 컬트 집단의 수사를 지시했다는 이야기는 들으신 적 없습니까?"

"그건 모르겠습니다. 어떤 컬트 집단 말씀이십니까?"

정치부 기자는 거꾸로 질문을 던졌다.

"보안부의 암호로 '미니스터', 약칭은 'M'입니다."

무라카미는 고개를 갸우뚱거렸다.

"모르겠는데요."

"그럼 됐습니다. 잊어 주십시오."

후루데라는 부인했으나 신문 기자는 진지한 표정을 바꾸지 않았다.

"형사님께서는 어떤 사건을 조사하고 계시는데요?"

"지금은 묻지 말아 주십시오. 뭘 말씀드려도 거짓말이 됩니다."

"2년 전에 있었던 비서의 자살입니까?"

후루데라는 놀라서 상대의 얼굴을 뚫어지게 쳐다보았다.

"뭐라고요?"

"모르셨어요?"

무라카미는 뜻밖이라는 투로 말했다.

"도모토를 둘러싼 의혹이에요. 그의 비서가 경영하는 컨설팅

회사에 어떤 은행으로부터 수상한 돈이 유입됐어요. 그리고 그 의혹이 터지자마자 금고지기였던 비서가 자살했죠."

그러고 보니 그런 사건이 있었던 것이 기억났다. 당시의 보도로는 자살 외에 자세한 사실 관계는 전달되지 않았었다.

무라카미는 말을 이었다.

"그런데 그 금고지기는 사망 추정 시간 15분 전에 사무실에 전화를 걸었답니다. 지금 들어가겠다고. 그런데 어찌 된 일인지 그 직후에 배기가스로 자살을 했다는 거 아닙니까. 한밤중에, 도쿄 한복판에 있는 주차장에서요."

후루데라는 천천히 말했다.

"누군가가 죽였다?"

"모든 게 안개 속에 사라졌죠. 첫 수사를 맡았던 관할 경찰서에서는 현장 일대에 남아 있던 여러 명의 남녀의 발자국을 확인했습니다. 단서다운 단서는 그뿐이었답니다."

'M' 일 수도 있다. 곤도 살인 사건에 관여한 것으로 추정되는 그 열한 명은 그 외에도 도모토의 음모에 가담했단 말인가? 하지만 그렇게 되면 도모토가 직접 'M'의 박멸을 지시했다는 하세가와 형사의 증언은 어떻게 되는가? 일부러 미사와라는 잠복 수사관까지 투입했다는 사실은?

"이런 이야기는 나가타초에는 얼마든지 널렸습니다. 과거에 있었던 비리 사건에서는 당사자만 목숨을 잃은 게 아닙니다. 취재하던 언론인이라든가 수사에 협조한 증인이라든가, 묘하게 죽은 사람이 수도 없이 많아요. 2차 대전 이래 최대의 비리 사건은 아시죠?"

"1970년대의 항공기 의혹요?"

"네. 그때는 관계자가 네 명이나 죽었거든요. 그것도 모두 급성 심부전으로."

"급성 심부전이면 병으로 죽었다는 거 아닙니까?"

"그럴지도 모르죠. 하지만 그렇지 않을지도 모릅니다. 그 당시 미국 상의원의 조사회에서 기묘한 증언이 튀어나왔답니다. 중앙정보국, 그러니까 CIA가 자연사로 보이게끔 사람을 죽이는 독약을 개발했다는 거예요. 시체 해부를 해도 심부전으로밖에 보이지 않는 약물을요."

"그걸 일본에서도 누가 사용했단 말입니까?"

"진상은 고스란히 역사의 어둠 속에 묻혔죠. 그 사건 때는 그 밖에도 진상을 아는 중요 증인이 있었어요. 사건에 대해서는 입을 열지 않았지만 그들은 심장병도 없었는데 급성 심부전의 특효약인 니트로글리세린을 쭉 복용했어요. 그렇게 목숨을 부지한 겁니다."

나가타초 일대의 밤의 어둠이 한층 어둡게 느껴졌다.

"덧붙이자면 총리의 범죄를 추궁한 언론인은 보안부 형사가 미행에 붙었답니다. 수상의 자리에 있는 자가 보안 경찰을 마음대로 움직인 거죠."

후루데라는 고개를 끄덕였다. 권력이 부패하는 구조란 바로 이런 것이다. 현 체제 속에서 권력자가 범죄행위에 가담한 경우, 이를 추궁하는 행위마저 반체제의 딱지가 붙어 보안 조사의 대상이 된다. 그리고 권력 기구는 비리를 추궁하는 손에서 벗어나 부패의 길을 곧장 달려간다. 구정물을 좋아하는 시궁쥐의 세계가 자연 정화되기를 기대하기는 어렵다.

정치계의 부정부패로 찌든 수치스러운 이 나라의 현대사는 앞으로 언제까지 계속될 것인가? 그리고 50년 후의 역사 교과서에는 이런 대목은 송두리째 삭제할까?

"귀중한 정보를 주셔서 감사합니다."

후루데라는 잠시 고개를 숙였다.

"천만에요."

무라카미는 비로소 표정을 누그러뜨렸다.

"수사가 진척되면 연락 한번 주십시오. 저도 꼭 한번 내밀한 말씀을 듣고 싶습니다."

"때가 되면 기꺼이 그렇게 하겠습니다."

오이즈미 경찰서에 있던 특별 수사본부는 본청으로 이전을 마쳤다.

설비를 갖춘 회의실에는 탐문 수사를 마친 형사들이 속속 돌아오고 있었다. 모두들 수사 회의가 시작되기까지 기다리는 시간을 이용해서 보고서 작성에 여념이 없다.

안쪽에 자리 잡은 오치 관리관은 그런 수사원들의 모습을 바라보며 특명을 내린 세 개 조의 연락을 기다리고 있었다.

제1조는 다마치, 하마마쓰초 역 사이에 투입된 100명이 넘는 수색조였다. 슬슬 야가미를 체포했다는 보고가 들어와도 좋을 법한데 현장의 경찰들은 뭘 그리 애를 먹고 있는지.

제2조는 노자키 고헤이를 취조하기 위해 도쿄구치소로 향한 후루데라, 겐자키였다. 이쪽에는 취조에 방해가 되지 않도록 오치는

일부러 전화를 걸지 않았다.

그리고 제3조. 살해당한 하루카와 사나에의 컴퓨터에 남아 있던 한 통의 메일. 그 발신자 '위저드'라는 인물의 신원을 밝히는 작업이 시급히 추진되었다. 우선 경시청의 사이버테러 대응 센터의 수사관이 메일의 헤더 부분에서 발신자의 IP주소와 인터넷 회선 접속 업체를 추려냈다. 이 보고를 받고 오치는 컴퓨터를 잘 아는 이토 형사를 프로바이더에게 보냈다. 법원의 영장을 받을 여가가 없었기 때문에 이토는 수사 관련 사항 조회서를 지참했다. 그 서류를 보여 주면 프로바이더 측은 통신 내용은 밝히지 않더라도 위저드라는 인물의 본명과 주소를 알려 줄 터였다.

초조한 마음으로 벽시계를 올려다본 순간 전화벨이 울렸다. 곧바로 수화기를 들자 상대는 제3조, 이토 형사였다.

"프로바이더의 메일 서버에 접속 기록이 남아 있었습니다."

이토의 목소리가 들떠 있었다.

"위저드의 본명을 알아냈습니다."

오치는 대학 노트를 끌어와서 말했다.

"그래, 말해 보게."

"우선 이름은······."

휴대전화가 울렸다. 후루데라는 기동 수사 차량의 속도를 늦추고 윗도리의 주머니에서 전화기를 꺼냈다. 발신 번호를 보니 오치 관리관이었다.

관리관이 기다리다 못해 전화한 것이다. 후루데라는 인상을 찌푸렸다. 지금 받지 않아도 둘러댈 수 있다는 생각에 음성 녹음으로 전환했다.

앞 유리 너머로 눈길을 되돌리자 히비야 공원 입구에 서 있는 겐자키가 보였다. 후루데라는 천천히 차를 갓길에 댔다.

"쫓겨났습니다."

후루데라와 교대로 운전석에 앉자마자 겐자키는 말했다.

"니시카와가 지금 미사와와 이야기를 나누고 있습니다. 뭐든 알아내는 즉시 연락을 준답니다. 경장님 쪽은 어떠셨습니까?"

"도모토의 행방은 못 찾아냈어. 그 대신 묘한 이야기를 듣고 왔지."

후루데라는 신문기자에게 들은 이야기를 전했다.

대충 이야기를 마치자 겐자키는 후루데라와 같은 의문을 느낀 모양이었다.

"2년 전의 그 비서 자살 사건에도 역시 'M'이 엮여 있을까요?"

"뭐라 말하기는 그렇지만."

후루데라는 말하다 말고 휴대전화를 꺼냈다. 음성 녹음이 수신되었다는 표시였다.

"오치 관리관이야."

메시지를 재생시키자 관리관의 목소리가 들려왔다.

"오치입니다. 긴급 사안입니다. 위저드의 정체를 밝혀냈습니다."

놀란 후루데라는 빠른 말로 겐자키에게 전했다.

"'M'의 교주를 알아냈다."

"네?"

겐자키가 몸을 앞으로 내밀었다.

"하루카와 사나에에게 암호 메일을 발신한 자는 도쿄 메구로에

사는 미사와 신지라는 사람입니다."

후루데라는 소스라치게 놀랐다.

"현재 수사원이 미사와의 자택으로 향하고 있습니다. 취조하시다가 중간에 한번 연락 주십시오. 이상입니다."

메시지가 종료된 뒤로도 후루데라는 한참이나 손에 있는 전화기를 물끄러미 내려다보았다.

"무슨 일이십니까?"

겐자키가 물었다.

"'M'의 교주, 위저드가 미사와라는 인물이래."

겐자키는 잠시 어리둥절해했다.

"미사와요? 지금 니시카와가 만나러 간 보안부의 미사와 말입니까?"

후루데라는 대답하지 않았다. 열심히 머리를 굴려 사건을 순서대로 추적해 보았다. 전 경찰 관료인 도모토 국회의원이 'M'의 박멸을 위해 잠입시킨 잠복 수사관. 그 미사와라는 형사가 실은 'M'의 교주였다? 수사하는 쪽과 수사당하는 쪽이 실은 1인 2역을 맡았다면…….

이윽고 후루데라의 머릿속에 서서히 사건의 전모가 드러나기 시작했다.

"두 가지만 같이 짚어 보세."

떨리는 심정으로 후루데라는 말했다.

"잠복 수사관의 이름은 경찰청의 데이터베이스에 등록된다고 했지?"

"맞습니다. 위법행위가 발각되어도 저희 감찰계가 적발하지 않도록 말입니다."

"밀고자도 그랬지? S공작으로 확보한 스파이도 같이 등록된다고 했지?"

"네. 그쪽도 위법행위는 눈감아 주는 거죠. 이번 일로 말하면 그 열한 명의 목격 증인입니다."

이로써 이제까지 얻은 단서가 연결되었다. 도모토 겐고가 표면상으로는 'M'의 박멸을 지시해 놓고 뒤에서 곤도 살인 사건을 조종했던 구도가 드디어 떠올랐다.

"'M'이라는 게 원래 미사와가 직접 만든 컬트 집단이야."

겐자키가 놀라움에 두 눈썹을 치켜떴다.

"네?"

"비합법 조직을 만들어서 신자를 세뇌시켜 가지고, 명령에 따르는 열한 명을 선발한 거야. 그리고 도모토가 'M'의 박멸을 지시했고, 미사와를 잠복 수사관으로 보낸 거지."

겐자키의 두 눈이 활발한 두뇌의 움직임을 반영하며 미세하게 떨리기 시작했다.

"목적은 미사와와 이 열한 명을 경찰청의 데이터베이스에 등록시키기 위한 거지. 이 총 열두 명은 위법행위를 해도 적발당하지 않잖아."

겐자키가 경악을 금치 못하며 말했다.

"그러니까 법의 심판을 받지 않는 총 열두 명의 범죄자 집단이 형성되었단 말이죠?"

"그렇지. 도모토의 지시대로 움직이는 무법 집단 말이야. 놈들이 곤도를 죽이고 마약 상인한테 죄를 씌운 거야."

"그렇게 되면……."

겐자키는 눈알을 이리저리 굴렸다.

"곤도 사건의 진상이 드러나도 그 일행은 죄를 추궁당하지 않았겠네요!"

"그래. 형사부가 수사에 착수했더라도 보안부의 압력으로 무산되었겠지. 게다가 검찰청이 입건을 하려고 해도 불가능해. 검사총장 자체가 보안부에는 대들지 않는다는 전례를 만들어 버렸잖아."

후루데라가 예로 든 이야기는 보안부의 비밀부대가 저지른 도청 사건이었다. 혁신계 정당의 간부 자택의 전화를 보안 경찰이 조직적으로 도청하고 있었던 것이다. 그러나 검찰청은 증거를 확보해 놓고도 입건하지 않고 사건 자체를 어둠 속에 묻었다. '거대 악의 척결'을 표방하던 검사총장이 경찰 조직과의 정면 대결을 앞두고 꼬리를 내리고 도망친 것이다. 만약 같은 도청 행위를 민간 단체가 했더라면 검찰관은 주저 않고 소추했을 터였다.

"그 사건은 저도 자세히 기억합니다."

겐자키가 말했다.

"검찰, 그 새끼들, 경찰의 범죄 행위는 묵인하면서 한편으로는 거리의 시시껄렁한 악당들을 법원에 잡아들여서 규탄했죠. 약자만 괴롭히는, 그 이상도 그 이하도 아니에요."

"그게 이 나라의 정의야. 법률은 평등하지 않아. 검찰은 내 식구나 챙기고 정치권력과 유착해서 거물급 정치가의 범죄는 눈감아 주는 거야. 억울한 건 약한 놈들뿐이지. 추상열일(秋霜烈日, 형벌을 발동시키는 지조의 엄격함을 가을 서리와 여름 햇살에 빗댄 검찰의 상징—옮긴이)이 약한 자를 괴롭히는 거지."

겐자키의 눈동자가 흐려졌다. 분노의 화신이 씌인 듯했다. 이번 만큼은 후루데라도 왕성한 젊은 혈기를 보고 웃을 기분이 아니었다.

"그러면 도모토 겐고와 'M'의 관계를 폭로한들 죄를 물을 수 없겠네요."

"그렇겠지. 공소권을 쥐고 있는 것은 검찰관뿐이니까. 그쪽이 움직이지 않으면 어떤 범죄자든 소송을 걸 수 없겠지."

"도모토한테 직접 심문하고 싶어도 행방을 모르는 상황이니, 원."

분한 마음을 드러내며 말한 겐자키는 문득 고개를 들고 말했다.

"니시카와가 미사와를 만나러 갔는데."

후루데라도 퍼뜩 생각이 났다.

"위저드를 만나러 갔군."

겐자키가 허둥지둥 휴대전화를 꺼냈다. 상대방을 호출하고 한참 전화기에 귀를 대고 있었으나 이윽고 회선을 끊었다.

"안 받네요."

후루데라는 불길한 예감에 휩싸였으나 입 밖에 내지는 않았다.

"일단 도모토 건은 미뤄 두고 오늘 밤에 일어난 사건을 다시 정리해 볼까? 그레이브 디거 말이야. 'M'의 멤버를 죄다 죽이고 다니는 이자는 대체 누구야?"

창밖으로 눈길을 돌린 겐자키는 농담 반 진담 반으로 말했다.

"그 전설을 믿고 싶어졌어요. 살해당한 곤도가 부활한 사자가 되어 법의 심판을 받지 않는 자들에게 복수를……"

후루데라는 고개를 들었다. 범인이 그 전설을 모방하고 있는 이유를 찾은 듯했다.

"그 각본이 맞지 않을까?"

"무슨 말씀입니까?"

"도모토와 'M'의 네트워크에 법의 심판은 기대할 수 없다. 그래서 범인은……."

겐자키가 말을 이어받았다.

"죽은 곤도의 원수를 갚고 있다?"

"바로 그거야."

말하면서 후루데라는 잉글랜드의 전설과 이번 사건이 묘하게 맞아떨어진다는 점을 느꼈다. 체제에 의한 범죄. 정치하는 사람들의 권위를 지키기 위해 말살되어 가는 이름 모를 시민들. 범인이 그 전설을 모방하는 까닭은 이것이 복수극이라고 말하려는 것이 아닐까? 극장형 범죄로도 볼 수 있는 이 현시성(顯示性)이 강한 범행을 거듭하는 이유는, 사건의 이면에 있는 도모토 국회의원과 'M'의 관계를 시사하려는 것이 아닐까?

"동기가 복수라면 역시 마지막에는 도모토 의원을 노릴 거야."

"그렇다면 복수극은 성공하지 못하겠네요. 도모토의 행방은 알 수 없으니 말입니다."

"그렇겠지."

겐자키가 심각한 표정으로 고민에 빠졌다.

후루데라가 물었다.

"'M'의 총 멤버가 한 200명이랬지?"

"네."

"그레이브 디거는 아마 그 속에 있어."

"어째서요?"

"정보통이니까. 등록된 밀고자 열한 명의 주소나 도모토와 'M' 과의 관계, 그런 사정을 알려면 'M' 에 잠입해야 해."

"이 추측이 옳다면…… 어느 쪽이 정의일까요?"

겐자키가 험상궂은 표정으로 말했다.

후루데라는 당황하며 되물었다.

"정의라니?"

"그레이브 디거의 범행을 막는 게 정의일까요? 아니면 법의 심판을 받지 않는 살인 집단을 없애는 게 정의일까요?"

후루데라도 뭐라 대답을 할 수 없었다.

겐자키는 말을 이었다.

"다만 복수극이라는 가설에도 의문점은 남습니다. 죽은 곤도는 마약 중독자에다 전과자였지 않습니까? 그런 자를 위해서 이렇게 치밀한 복수를 할 사람이 있을까요?"

"노자키의 증언을 떠올려 봐. 곤도한테 생활비를 지원해 주는 사람이 있었다잖아."

"가능성이 희박해요. 하지만 그쪽으로 생각할 수밖에 없겠네요."

힘없이 말하고 나서 겐자키는 시동키를 돌렸다.

"그건 그렇고 수사본부에는 언제 연락할래?"

"범인을 알아내면 바로 하죠."

도쿄구치소의 답변으로는 후루데라와 겐자키는 오전 1시가 넘은 시점에서 취조를 끝냈다고 한다.

두 사람은 무엇을 하고 있는가? 오치 관리관은 심기가 불편했다. 겐자키는 그렇다 치고 후루데라는 과거에 몇 번 함께 일해 본 적이 있는 노련한 수사원이다. 그런 그가 연락을 끊었다는 것은 모르긴 해도 예기치 못한 사태가 일어난 것일까?

전화벨이 울려 후루데라의 전화일 것을 기대하며 수화기를 들자 상대방이 자기소개를 했다.

"과학수사연구소의 시라토입니다."

그 목소리에 실망하며 오치는 응대했다.

"뭔가 알아냈나?"

"하루카와 사나에를 태워 죽인 수법을 알았습니다. 범인은 석궁의 화살에 천을 감아서 거기에 불을 붙여 쏜 모양입니다."

"그건 현장 관찰에서도 지적되었을 텐데?"

"그 후에 일단 불이 붙은 피해자에게 액체연료를 한 번 더 온몸에 끼얹은 모양입니다. 펌프 같은 것으로 뿌린 것으로 보입니다."

오치는 약간 짜증이 났다.

"범인에 직결될 만한 단서는 없는가?"

"직접적인 연관은 없지만 타고 남은 유품에서 에틸알코올 연료가 검출되었습니다."

"그게 어쨌다는 거지? 구하기 힘든 연료인가?"

"아뇨, 그게 아니라 에틸알코올 연료의 불길은 눈으로 보이지가 않습니다."

"뭐라고?"

"이 연료는 불이 붙으면 무색투명의 불길을 만들어 냅니다. 얼핏 보기에는 타는 것처럼 보이지 않습니다."

지옥의 업화의 정체가 이것이었구나.

오치는 눈앞의 안개가 걷히는 느낌이 들었다. 무의식중에 무덤 파는 자의 전설의 공포에 사로잡혀 있었다. 그러나 수사의 방향은 이제 겨우 합리적인 해답을 향해 움직였을 뿐이다.

"그 에틸알코올 연료는 15세기경의 유럽에서도 사용했을까?"

"연료로서는 모르겠고, 에틸알코올이라는 물질은 말하자면 술의 알코올이니까요, 인류가 기원전부터 사용했죠. 태우는 게 아니라 마시는 쪽으로요."

오치는 웃었다.

"알았어. 고맙네."

"지금부터 긴급히 연료에 포함된 불순물을 감정하겠습니다. 입수 경로를 알아내는 데에 도움이 될 겁니다."

"고생 좀 해 주게."

전화를 끊은 오치는 도쿄 23구의 지도를 꺼내어 펼쳤다.

과거 네 건의 범행에서 그레이브 디거가 현장에 지참한 것으로 추정되는 장비의 수량은 꽤 많았다. 모래주머니, 밧줄과 가죽 끈, 그리고 석궁. 이번에 새로이 에틸알코올 연료와 그 알코올을 뿌리는 펌프까지 추가되었다.

차량이 아니면 이동할 수 없다. 표기된 범행 현장을 보면서 복수범으로 단정 지을 수밖에 없다는 결론을 내렸다. 그렇지 않으면 첫 번째와 두 번째 범행의 시간적인 간격을 도저히 설명할 수 없다.

"이봐, 오치."

굵직한 목소리에 고개를 들자 가와무라 수사부장이 서 있었다.

이런 시간에 수사본부장이 나타났다는 사실에 오치는 놀랐다.
"무슨 일이십니까?"
"회의 소집이야. 30분 후에 14층 회의실로 오게."
"14층요?"
오치는 되물었다.
가와무라는 의미심장하게 고개를 끄덕였다. 그곳은 보안부가 있는 층이었다.
"그리고 또 한 가지, 미사와라는 자를 찾아간 수사원은 내가 그냥 들어오라고 했네."
"어째서……?"
"미사와의 이름이 S공작의 수사원으로 등록되어 있더군."
오치는 머리를 한방 맞은 느낌이 들었다.
"설마 보안부가 얽힌 사안이었던 겁니까?"
"자세한 이야기는 회의를 기다려 보지. 그쪽에서 어떻게 나오나 보자고."
어안이 벙벙해진 오치는 연락을 끊은 두 수사원을 떠올렸다. 후루데라와 겐자키는 노자키 고헤이에게 얻은 정보를 토대로, 사건 전체가 어둠에 묻힐 것을 우려해서 자기들의 손으로 진상을 규명하겠다고 나선 것일까?

야가미는 노래를 불렀다. 어릴 적부터 가장 좋아했던 곡이다.
"봄을 좋아하는 아이는 마음이 깨끗한 아이."
「사계의 노래」의 리듬은 80센티미터 폭의 평균대를 걸어가기에 딱 좋은 행진곡이었다. 이 속도라면 헛딛을 걱정 없이 확실하게 전진할 수 있었다.

모노레일의 궤도를 걸은 지 한 시간 이상이 지났다. 급소의 통증은 걸을 만큼은 회복되었다. 덴노즈아일 역을 지나 모퉁이를 하나 돌자 레일은 직선으로 바뀌었다. 이곳에서 모노레일의 고가는 약 5미터까지 낮아졌다. 게다가 도쿄만의 옆을 지나는 수로 위에 있기 때문에 혹시 떨어져도 부상이 가벼울 것 같았다.

"여름을 좋아하는 아이는 마음이 강한 아이."

문제는 레일의 우측 아래로 하네다 수도 고속이 평행으로 지나간다는 점이었다. 심야임에도 차량은 끊임없이 오갔다. 운전자가 위를 쳐다보면 야가미의 모습은 시야에 들어온다. 모노레일의 보수 점검, 뭐 그런 쪽으로 생각해 주면 좋으련만…….

"가을을 좋아하는 아이는 마음이 깊은 아이."

만약의 사태에 대비한 도주 수단은 벌써 정해 두었다. 앞뒤에서 동시에 다가와도 모노레일의 두 궤도를 지지하는 교량이 약 2미터 밑에 있었다. 우선 그쪽으로 옮긴 후에 물속에 뛰어들면 다치지 않고도 레일에서 내려갈 수 있을 것이다.

"겨울을 좋아하는 아이는 마음이 넓은 아이."

지도로 확인한 모노레일의 노선을 머리에 떠올리며 앞으로 세 개 남은 쇼와지마 역에서 지상으로 내려가기로 했다. 그곳이면 로쿠고 종합병원까지 5킬로미터도 채 되지 않는다. 이대로 순조롭게 가면 종점이 코앞이다.

완만한 커브를 두 개 지나자 앞에 오이경마장 입구 역이 보였다. 밑을 지나던 수로가 끊기고 다시 콘크리트 지면이 나타났다.

그렇게 다섯 해의 사계절을 겪고 나니 역의 승강장으로 들어섰다.

총길이가 약 50미터인 오이경마장 입구 역은 지붕이 돌출된 구조라 한층 어두웠다. 야가미가 있는 곳에서 보면 왼편의 승강장과 레일 사이에는 추락 방지용 그물이 설치되어 있었으나 반대편 레일과 이쪽 레일 사이에는 아무것도 없었다. 발을 헛디디지 않도록 주의를 기울이자 「사계의 노래」가 안단테에서 아다지오로 속도가 느려졌다.

"봄을 좋아하는 아이는."

"마음이 깨끗한 아이."

이어 부르는 목소리가 울렸다. 야가미는 화들짝 놀라 걸음을 멈추었다.

"제비꽃 같은 나의 친구."

그 목소리는 테너였다. 야가미는 바리톤으로 물었다.

"누구냐?"

대답은 없었다. 전방을 뚫어져라 응시해도 인기척이 없다.

"누구야!"

야가미는 다시 한 번 물었다.

"다크 덕스(일본의 유명한 남자 사중창 단체—옮긴이)냐?"

그러자 이번에는 등 뒤에서 베이스 목소리가 들렸다.

"자네는 독 안에 든 쥐야."

야가미는 뒤돌아보았다. 승강장 가에 설치된 추락 방지용 칸막이 뒤에서 세 남자가 나타났다. 어둠 속에서 인상착의를 확인하자 낯익은 '리맨'이 있었다.

앞으로 뛰어가려 했으나 그쪽에도 이미 세 남자가 있었다. '스콜라', '프리터'와 또 한 명이다.

리맨과 스콜라를 승강장에 남겨 놓고 나머지 네 명이 레일로 옮겨 왔다. 그러나 그들은 일정 거리를 유지한 채 움직이려 하지 않았다.

"이런 데서 저항하면 생명에 지장이 있을걸."

리맨이 말하며 승강장을 걸어서 야가미 곁으로 왔다.

"자네를 죽일 생각은 없어. 우리와 함께 가면 돼."

"왜 나한테 집착하지?"

"같이 오면 알 걸세."

발소리가 들려서 뒤돌아보니 어느새 뒤에 바짝 따라붙은 두 명이 야가미의 시선을 받고 멈췄다. 야가미는 천천히 시선을 옮겨 레일 위에서 지면을 내려다보았다. 어둠이 삼킨 탓에 높이가 파악되지 않았으나 콘크리트 땅에 떨어지면 즉사할 것이 분명했다.

야가미는 꽤나 오래전처럼 여겨지는 일을 떠올렸다.

"아케이드에서 한 명 떨어졌더랬지? 네놈들도 같은 꼴을 당하고 싶냐?"

"이번에는 자네도 같이 떨어질 텐데."

승강장에서 리맨이 대답했다.

"선택의 여지는 없어. 우리가 하자는 대로 하든가 아니면 땅에 추락하든가 둘 중 하나야."

앞에서 다가오던 두 사람이 야가미가 노려본 탓에 멈춰 섰다.

"무슨 '무궁화 꽃이 피었습니다.' 놀이 냐?"

야가미는 웃었다.

스콜라가 입을 열었다.

"한 가지 알려 주지. 엽기 살인마가 자네의 목숨을 노리고 있어. 그레이브 디거 말이야."

"어? 뭐라고?"

"그레이브 디거. 무덤 파는 자라는 뜻이지. 영국의 전설을 흉내 낸 변태가 자네를 죽이러 오고 있지. 시마나카 게이지도 그놈이 죽였어."

야가미는 일당을 둘러보고 상대방의 말이 어디까지 진실일까 생각했다. 그레이브 디거라는 살인마가 시마나카를 죽였다는 말은 야가미의 추측과 들어맞았다. 문제는 자기까지 노린다는 점이다. 그 이유는 무엇인가? 아니, 그보다도 눈앞에 있는 이 자들은 누구란 말인가?

"그래서 너희들 목적은 뭐야?"

야가미는 리맨에게 물었다.

"경찰에 보호를 요청하고 싶어도 자네는 못 할 거야. 우리는 자네를 지켜 주려는 거라네."

"그럼 순수한 자원 봉사 정신이다, 이건가?"

"그렇지."

"뭔가 바라는 게 있겠지."

리맨은 웃기만 하고 대답하지 않았.

어떻게 해야 할지 고민하는 사이에도 레일 위의 네 남자들은 앞뒤에서 한발 한발 간격을 좁혀 왔다.

"어서 우리와 함께 가자니까."

야가미는 따를 수밖에 없다고 판단했다. 도망치지 못하니 놈들이 시키는 대로 하는 수밖에 없다. 레일 위에 그대로 서서 물었다.

무덤 파는 자 303

"좋아. 어떻게 할까?"

리맨은 만족스럽게 미소 짓더니 승강장과 레일 사이를 손가락으로 가리켰다.

"밑에 추락 방지용 그물이 있네. 좀 무섭겠지만 일단 거기에 뛰어내려. 그럼 우리가 끌어올려 주지."

야가미는 고개를 끄덕였다. 지금 승강장으로 건너가면 적은 리맨과 스콜라 두 명이다. 어쩌면 승산이 있다.

그때 앞에서 뭔가 허공을 가르는 소리가 들렸다. 야가미는 반사적으로 목을 움츠렸다. 잠시 방심한 틈을 타서 레일에 있던 자들이 습격한 줄 알았다.

눈을 들자 고통에 일그러진 얼굴이 있었다. 앞에 있던 둘 중에 한 사람이 가슴에 은색 화살이 꽂힌 채 비틀거리고 있었다. 어둠 속에 그 상반신에만 스포트라이트가 비친 것처럼 뚜렷이 부각되었다. 곧 얼굴 전체가 순식간에 화상을 입더니 물집이 잡히기 시작했다. 야가미는 그 자리에 얼어붙은 채로 눈을 크게 뜨고 바라보았다.

"으악!"

프리터가 자신에게 몸을 기대 오는 같은 편 멤버의 팔을 뿌리쳤다. 그 반동으로 프리터는 추락 방지용 그물로 떨어졌고 고통에 시달리던 쪽은 윗몸에서 연기를 피워 올리며 레일과 레일 사이의 콘크리트 땅으로 떨어졌다.

한참 밑에서 사람의 몸이 으스러지는 무거운 충격음이 울렸다. 그 직후 제2의 공격이 덮쳐 왔다. 은색 빛이 야가미의 눈앞을 스쳤다. 승강장의 벽에 꽂힌 화살을 보고 석궁 같은 것으로 습격을 당하고 있다는 것을 알았다.

　승강장에 있던 리맨과 스콜라가 경계벽 뒤에 몸을 숨겼다. 야가미는 적이 사라진 앞쪽을 향해 뛰기 시작했다. 뛰면서 도대체 무슨 일이 일어났는지 돌아보니 반대편 승강장에 웅크린 검은 윤곽이 보였다. 손에 든 석궁의 시위에 화살을 메기고 있다. 망토를 입었는지 그 윤곽은 둥그스름한 거대한 묘비로 보였다.

　'저게 그레이브 디거라는 자인가?'

　남자는 석궁을 야가미에게 겨누었다. 몸을 숨길 곳이 아무데도 없었다. 야가미는 가느다란 레일 위를 그저 앞만 보고 달렸다. 희미한 발사음과 함께 화살이 날아왔다. 화살은 야가미와 다시 그를 쫓기 시작한 두 남자의 사이를 날아갔다.

　거기까지가 눈으로 확인한 부분이었다. 야가미는 다시 앞을 보고 온 신경을 집중해서 달렸다. 뒤를 쫓는 이인조보다는 야가미가 평균대 운동에 익숙한 상태였다. 날아오는 화살만 맞지 않으면 뿌리칠 수 있지 않을까? 그러나 뒤에서 들리는 발소리는 전혀 멀어지지 않았다. 그는 문득 깨달았다. 자신은 지친 상태였다. 이대로 가다가는 언젠가 반드시 붙잡힐 상황이었다.

　레일은 완만한 내리막길이 되었다. 고도는 서서히 낮아지고 있었으나 그래도 뛰어내리기에는 너무 높았다. 전방에 보여 오는 강으로 뛰어들 생각을 했다가, 폭을 보아하니 깊이가 모자란 것 같아 단념했다.

　야가미는 강을 그대로 지나쳐 다음 시련에 맞섰다. 커브였다. 더 이상 포복 전진으로 느긋하게 움직일 여유는 없다. 전력 질주를 유지하며 곡선으로 돌진했다.

그 직후 머리카락이 송두리째 거꾸로 치솟았다. 속도가 너무 빨랐다. 야가미의 몸은 커브가 내팽개치듯 레일 밖으로 튕겨나갔다.

온몸이 허공을 난 순간에도 야가미의 두 눈은 활로를 찾아냈다. 원하던 것이 바로 눈앞에 나타났다. 레일 밑에 있는 2미터 폭의 작업용 난간에 떨어진 야가미는 타성에 의해 계속해서 굴러가려는 몸에 제동을 걸고 반대편 레일에 기어올랐다.

뒤따르던 두 명도 이쪽으로 건너오려고 난간에 뛰어내렸다. 야가미는 다시 뛰면서 진행 방향 우측에 이번에야말로 제대로 된 활로를 찾아냈다.

레일 바로 밑이 트럭 터미널이었다. 줄줄이 늘어선 운송회사의 차고 앞에 트럭이 몇 대 오가고 있었다. 야가미는 뒤를 돌아보았다. 덮개 달린 2톤 트럭이 들어오고 있었다.

갈 수 있다. 야가미는 확신했다. 트럭의 높이는 약 3미터. 레일에서 차 지붕까지가 거의 2미터였다.

야가미는 타이밍을 맞춰서 다가온 트럭의 진행 방향에 맞추어 뛰어나갔다.

두 발이 레일에서 떨어진 순간, 시야는 온통 콘크리트 지면뿐이었다. 그러나 허공에 뜬 짧은 찰나에 짙은 녹색 삼베가 눈앞으로 들어왔다. 그것은 상공에서 떨어진 야가미를 부드럽게 받아 냈다. 덮개의 지지대가 늑골을 때렸지만 윽 하는 신음만 뱉을 정도의 충격이었다.

야가미는 뒤를 보았다. 모노레일 선로에 두 남자가 우두커니 서 있는 모습이 보였다.

'이 얼간이들아!'

외쳐 주고 싶었으나 트럭 기사가 알아차릴까 봐 참았다. 2톤 트럭은 천막에 그를 태운 채 계속해서 같은 속도로 달렸다.

남자들의 모습이 시야에서 사라지자 야가미는 모퉁이를 돌 때 떨어지지 않도록 배를 깔고 누워 방금 맞닥뜨린 기이한 사건을 되새겨보았다.

승강장의 어둠 속에 도사리고 있던 검은 그림자. 그게 그레이브 디거인가?

후루데라 영감에게 상황을 이야기하려다가 다시 생각해 보니 지금은 병원으로 가는 것이 우선일 것 같았다. 추적자 일당은 그레이브 디거까지 모두 레일에 남아 있는 상태였다. 거리를 벌 기회였다. 게다가 여기까지 왔으니 경찰의 긴급 수배망도 벗어나지 않았을까?

야가미는 트럭의 천막에 누운 채로 배낭에서 지도를 꺼냈다. 현재 있는 트럭 터미널은 오타 구의 북부, 헤이와지마에 있었다. 같은 오타 구의 남쪽으로 가면 로쿠고 종합병원이 나올 터였다.

느닷없이 웃음이 솟구쳤다. 극도의 긴장 상태에서 해방되었기에 더욱 멈추고 싶어도 웃음이 멈추어지지를 않았다. 그렇게 한바탕 웃고 나니 갑자기 불안이 덮쳐 왔다.

이 트럭은 대체 어디로 가는 거지?

회의 소집 시간이 거의 다 될 때까지 오치 관리관은 연락을 기다렸다. 그러나 후루데라의 휴대전화에 재차 재촉을 했는데도 응답이 없었다.

시간이 오전 3시를 넘은 시점에서 타임아웃이었다. 오치는 관련 서류를 들고 고층용 엘리베이터로 향했다.

그레이브 디거의 마지막 범행으로부터 이미 다섯 시간이 지났다. 그러나 살육이 계속되고 있지 않을지 오치는 우려했다. 수사당국이 파악하지 못했다 뿐이지 이 대도시의 어딘가에 새로운 희생자가 쓰러져 있지 않을까? 그 희생자는 한 명일까, 아니면 여럿일까?

지정된 회의실로 들어가자 그곳에는 수사부와 보안부의 책임자가 나란히 앉아 있었다. 경찰청 경비국장까지 참석했다는 점이 그를 놀라게 했다. 보안 수사의 최고 책임자다. 이 회의의 의제는 도대체 무엇이란 말인가?

오치가 앉기를 기다리던 경시청 보안부장이 입을 열었다.

"우선 내 질문에 대답하게."

"예."

오치는 당황하며 말했다. 자신이 질문을 받을 줄은 몰랐다.

"수사부를 위협하는 그레이브 디거 사건에서, 어째서 도모토 겐고 의원의 관여를 의심하는가?"

오치는 상대방의 말뜻이 이해가 되지 않았다.

"무슨 말씀이신지?"

"여당의 도모토 겐고 간사장 말이야. 수사부 수사원의 입에서 그 이름이 나왔다면서?"

물론 오치는 보안부 출신인 도모토의 이름을 알고 있었다. 그러나 이번 사건에 관여되었다는 이야기는 금시초문이었다.

"저는 들은 바 없습니다만."

"정말인가? 그 건을 쫓는 예비반이 두 명 있다던데."

보안국장은 확인이 아닌 의심을 표명했다.

후루데라와 겐자키가 틀림없다. 그러나 오치는 도대체 무슨 영문인지 고개를 갸웃거릴 수밖에 없었다. 그 두 사람이 보안부의 형사와 접촉했다는 말인가?

"짚이는 부분이 없나?"

보안부장이 거듭 물었다.

"파악된 바가 없습니다."

오치는 말꼬리를 잡히지 않도록 대답했다.

"그렇다면 모든 수사원을 즉각 불러다가 확인을······."

보안부장의 말을 가로막고 경비국장이 입을 열었다.

"그 건은 나중에 하세. 지금은 아무튼 도모토 간사장을 보호하는 게 우선이 아니겠나."

"보호라니, 무슨 말씀이십니까?"

오치는 물었다.

"그레이브 디거가 도모토 간사장을 노리고 있다는 신뢰할 만한 정보가 있다네."

뜻밖의 이야기에 오치는 대경실색했다. 이번 사건은 정치적인 테러리즘이었단 말인가?

"도모토 의원님께서는 현재 어디에 계십니까?"

"밝힐 수는 없어. 기밀사항이야. 이미 SAT를 출동시켜 놨네."

SAT는 경시청 경비부 경비 1과에 설치된 테러 대응 특수부대였다.

"수사부에 요청하고 싶은 사항은, 한시라도 빨리 그레이브 디거라는 강력범을 검거해 달라는 걸세. 그것이 도모토 의원의 안전

확보, 나아가 국가의 안전으로 이어지니까."

보안부장이 말을 이어받았다.

"SAT는 한 조 더 대기시켜 놓았어. 범인을 체포할 때에는 출동시키도록 해."

"알겠습니다."

오치가 대답했다.

"도모토 의원이 위험하다는 정보는 신뢰할 만한 겁니까?"

대화를 지켜보던 가와무라 수사부장이 볼멘소리를 냈다. 보안부 주도로 진행되는 회의에 대한 작은 저항인 모양이다.

"그렇다네."

경비국장이 수긍했다.

"그 정보는 어디서 들어왔습니까?"

"우리가 그걸 밝힐 것 같나?"

오만한 태도로 경비국장이 내뱉었다.

가와무라는 분노인지 초조함인지 모를 표정을 지었고, 관자놀이에는 혈관이 튀어나와 있었다. 오치도 그 마음을 충분히 이해했다. 사건에 보안부가 개입함으로써 모든 것이 어둠 속에 묻힐 위험이 있었다.

덮개 달린 트럭은 제7 순환도로를 달리고 있었다. 이대로는 도쿄 북부로 가게 된다. 모든 사건의 출발점이었던 아카바네에는 돌아가고 싶지 않다. 야가미는 서둘러 내리고 싶었다.

그러나 맨 처음 멈춘 신호등 바로 근처에는 경찰서가 있다는 것을 지도로 확인했다. 그래서 다음 적신호 때 내릴 생각이었으나 트럭은 청신호를 받고 그대로 나카하라 가도와 교차하는 미나미센조쿠까지 가고 말았다. 오타 구에는 변함없지만 그곳은 시나가와 구와의 경계 지역이었기 때문에 애써 다가갔던 로쿠고 종합병원과의 거리가 두 배로 벌어지고 말았다.

트럭이 멈추자마자 야가미는 덮개를 잡고 편도 6차선 도로의 중앙분리대에 내렸다. 그대로 길 반대편으로 가려는 찰나, 뒤에서 목소리가 들렸다.

"이봐, 당신!"

뒤돌아보자 트럭 기사가 창문에서 고개를 내밀고 있었다. 40대 후반의 기사는 놀란 눈을 휘둥그레 뜨고 있었다.

"이 차 타고 왔어?"

길에 뛰어내린 것을 뒷거울로 본 모양이다.

"그래. 순경한테는 입 다물어 줄 거지?"

야가미는 웃으며 말했다.

"히치하이크였으면 옆자리에 태워 줬을 텐데. 말벗이 필요했다고."

기사는 투덜대더니 파란불이 켜지자 사라졌다.

야가미는 인도로 가서 지도를 확인했다. 로쿠고 종합병원은 남남동 방향, 5킬로미터 위치에 있었다. 이 거리면 문제없다고 판단하고 야가미는 휴대전화를 꺼냈다. 그리고 119를 눌렀다.

두 번의 호출음으로 상대방은 바로 받았다.

"예, 소방서입니다. 화재입니까? 환자입니까?"

"다, 답답해. 구급차, 구급차 불러줘."

상대방은 부드러운 목소리로 말을 이었다.
"성함과 위치를 말씀하실 수 있습니까?"
"아베 이치로."
가명을 썼다.
"위치는 미나미센조쿠, 제7 순환도로랑 나카하라 가도의 교차로야."
"알겠습니다. 곧 가겠습니다."
그리고 소방서의 직원은 조금이라도 자세한 증상을 확인하고자 꼬치꼬치 캐묻기 시작했다.
"어디가 아프십니까?"
"가슴, 가슴. 숨이, 답답해."
"호흡이 힘드시군요? 지병이 있으셨나요?"
"죽을 지경이야! 빨리 와 줘!"
야가미는 들통이 나기 전에 전화를 끊었다.
몇 분 후에 사이렌 소리가 들렸다. 야가미는 허둥지둥 그 자리에 웅크렸다. 이윽고 회전하는 빨간빛이 주변을 비춰 내기에 고개를 들자 구급차가 멈춰 있었다.
"아베 씨 맞으십니까?"
조수석에서 내린 구급대원이 물었다.
야가미는 심하게 헐떡이며 몇 번이나 고개를 끄덕였다. 그때 다른 대원이 들것을 내려서 야가미 앞으로 가져왔다. 두 구급대원은 놀라우리만큼 신속한 솜씨로 야가미를 들것에 싣더니 그대로 차 안으로 운반했다.
차가 출발하기 전에 야가미는 말했다.

"로쿠고 종합병원으로 가 줘."

"로쿠고 종합병원요?"

구급대원이 되물었다.

"바로 근처에 들어갈 수 있는 다른 병원이 있어요."

"안 돼, 로쿠고 종합병원이어야 해."

야가미는 처량한 목소리로 고집을 부렸다.

"내 유언이라 생각하고 들어 줘."

"그런 말씀하시면 진짜 유언이 됩니다."

구급차가 사이렌을 울리며 달리기 시작했다.

"로쿠고 종합병원에 주치의가 있어서 그래. 제발 부탁이야."

"주치의요? 선생님 성함은요?"

"오카다 료코 선생."

그러자 조수석에서 "로쿠고 종합병원."이라는 목소리가 들렸다. 병원과 연락을 시도하는 모양이다.

구급대원이 물었다.

"증세가 어떠세요? 이전에도 이런 적이 있으셨습니까?"

"자세한 건 오카다 선생한테 물어 봐."

"병명도 모르세요?"

"전혀. 의료 쪽으로는 문외한이야."

그때 조수석의 대원이 말했다.

"오카다 선생님과 연락이 닿았습니다. 아베 이치로라는 환자 분은 모르신답니다."

제기랄. 야가미는 뜻하지 않은 실수를 깨달았으나 이미 때는 늦었다.

무덤 파는 자 313

조수석의 대원이 기사에게 말했다.
"시립 유키가야 병원으로 갑시다."
그때 차 안에 실어 둔 배낭에서 휴대전화의 낮은 진동음이 들려왔다.
"내 전화야. 짐을 가져다 줘."
들것 위에서 야가미는 말했다.
"괜찮으시겠어요?"
그제야 대원의 목소리는 미심쩍은 울림을 띠기 시작했다.
야가미는 비통한 목소리로 호소했다.
"우리 가족일 거야. 세 살짜리 딸내미한테 남기고 싶은 말이 있어."
대원은 배낭을 끌어와서 안에서 휴대전화를 꺼냈다.
야가미가 받자 오카다 료코의 목소리였다.
"혹시 지금 구급차에 탔어요?"
"그래."
왜 더 일찍 알아차리지 못했냐며 야가미는 그녀를 원망했다.
"어떻게든 그쪽으로 가고 싶어서 그랬어."
여의사의 분노는 폭발 직전이었다.
"정말, 어떻게 된 거예요! 왜 가명을 쓰고 꾀병까지……."
"나도 힘들어."
"지금 어디로 가고 있어요?"
"시립 유키가야 병원이래."
"구급차 대원한테 제가 말해 드려요?"
그렇게 해 주면 고맙겠다고 말하려다가 말이 목 안에서 콱 막혔다. 야가미는 뜻밖의 충격에 휩싸였다. 심한 기침과 함께 실제 고통으로 몸을 뒤틀었다.

"여보세요? 왜 그래요?"
"아니, 아무것도 아니야."
"구급대원 좀 바꿔 주시겠어요?"
"그건 됐어. 내가 알아서 할게."
"네? 왜요?"
"아무튼."
"하지만……"
"정말 됐어. 또 전화할게."

야가미는 말하고 일방적으로 전화를 끊었다.
구급대원이 물었다.

"세 살 된 따님이랑 말씀은 나누셨어요?"
"음, 충분해."

야가미는 건성으로 대답했다. 이때까지 전화를 걸 때마다 오카다 료코는 야가미의 현재 위치를 물었다. 밤새 야가미가 도쿄의 어디에 있는지를 알고 있던 사람은 그 여의사밖에 없었다.

틀림없다. 오카다 료코는 리맨 일당과 연락을 주고받고 있다.
구급차의 속도가 떨어졌다. 병원 부지 안으로 들어선 모양이었다.

"가슴이 아파."

야가미는 심장 부위에 손을 얹었다. 그것은 꾀병이 아니라 진짜였다.

곤도 살인 사건의 수사 자료는 감찰계의 사무실에 있었다.

본청에 들어간 겐자키는 특별 수사본부 관계자와 마주치지 않을까 마음을 졸이며 자신의 책상에 있던 서류를 꺼내 왔다.

기동 수사 차량으로 돌아오자 후루데라가 웃으며 말했다.

"좀도둑의 심정이 이해가 되던가?"

"하지만 발각당하는 실수는 안 했죠."

겐자키는 자료를 넘겨서 곤도 다케시의 신상을 조사했던 형사를 찾아냈다. 조후 북부 경찰서의 사토.

전화를 걸자 바로 당직 형사가 받았다.

"예, 수사부입니다."

"본청 인사 1과의 겐자키라고 합니다만 사토 경장님 계십니까?"

"벌써 퇴근했습니다."

겐자키는 사토의 자택 전화번호를 확인하여 그쪽으로 다시 전화를 걸었다.

"예, 사토입니다."

수화기 너머로 졸음이 묻어나는 목소리가 돌아왔다. 겐자키는 마약 중독자의 살인 사건을 재조사하고 있다고 설명했다.

"피해자 곤도 다케시의 교우 관계를 파악한 내용이 있습니까?"

당시의 기억을 되짚을 시간을 둔 뒤 사토는 말했다.

"아뇨. 곤도라는 사람은 친한 사람이 없었습니다."

"생활비를 지원해 주던 사람이 있었다는 정보가 있던데요?"

사토는 뜻밖인 모양이었다.

"그래요? 저희는 몰랐습니다. 그놈은 전과가 있었는데 보호관찰 기간이 끝나고는 보호사도 연락이 끊겼다고 했거든요. 교우 관계는 전혀 나온 바가 없습니다."

"그렇군요. 알겠습니다. 늦은 시간에 미안합니다."

전화를 끊자 후루데라가 물었다.

"단서가 없던가?"

"네."

"어디 좀 봐도 되겠나? 아직 곤도의 얼굴도 안 봤어."

후루데라는 말하고 수사 자료 속에서 곤도의 얼굴 사진을 집어 들었다.

겐자키도 옆에서 새삼 곤도 다케시의 얼굴을 들여다보았다. 칙칙한 느낌의 거무스름한 피부. 홀쭉한 볼. 힘도 의지도 전혀 엿볼 수 없는 나약한 눈. 이 사람은 일찌감치 인생의 목표를 잃고 그저 구질구질한 환경에 몸을 내맡기며 인생을 보내지 않았을까?

뚫어지게 사진을 들여다보던 후루데라가 말했다.

"이놈은 조연에 만족하며 살았겠지. 자기 인생에서도 말이야."

겐자키는 약간 고개를 끄덕였다. 새삼 의문이 솟아났다.

"이런 사람을 위해서 복수를 할 만한 사람이 정말 있을까요?"

후루데라는 그 질문에는 대답하지 않고 물었다.

"곤도가 살던 집이 어디던가?"

겐자키는 수사 자료에 시선을 옮겨 해당 항목을 찾아내고 시동을 걸었다.

"도시마 구요. 서두릅시다."

기동 수사 차량은 북을 향해 긴급 주행을 개시했다.

피곤에 지친 후루데라가 좌석에 몸을 기댄 채로 물었다.

"그런데 야가미 이 자식은 어떻게 된 거야?"

"글쎄요."

겐자키도 대답이 궁했다. 다마치 역과 하마마쓰초 역 사이에서 걸려 온 전화를 마지막으로 야가미의 소식은 끊긴 상태였다. 그러나 한편 경찰 무전으로도 야가미 체포 소식은 들어오지 않았다.

"아직 어디 숨어 있는 거 아닙니까?"

"'M' 일당한테 잡히지 말아야 할 텐데."

"그런데 어째서 'M'은 야가미를……."

겐자키는 문득 묘안이 떠올랐다.

"경장님, 비장의 수단이 남아 있네요."

"뭔데?"

"'M'은 이유는 몰라도 아무튼 야가미를 쫓고 있지 않습니까? 그리고 그 'M'을 그레이브 디거가 노리고 있는 거죠? 그러니 야가미를 미끼로 삼으면 일당을 유인해낼 수 있겠네요."

잠시 뜸을 들인 후에 후루데라는 말했다.

"대담한 작전인걸."

"어떻겠습니까, 이 아이디어는?"

"야가미가 그 이야기를 믿을지 의심스러워. 'M'을 유인해 낸다는 건 구실이고 자신이 체포당한다고 생각하지 않겠어?"

겐자키는 야가미라는 사람을 떠올리더니 마지못해 고개를 끄덕였다.

"그렇겠네요."

"지금은 아무튼 곤도 쪽으로 추적해 보자고."

20분 후에 기동 수사 차량이 도시마 구로 들어갔다. GPS의 안내로 차를 움직이자 가미이케부쿠로의 복잡하게 얽힌 거리의 막다른 곳에 「무라모토 빌라」라는 간판을 내건 낡은 연립주택을 찾아냈다. 곤도는 죽기 전까지 그곳의 102호실에 살았다. 낡은 2층짜리 목조건물은 곤도의 마지막 거주지로서 어울려 보였다. 사회 밑바닥에 살던 마약 중독자의 모든 기쁨과 슬픔을 빛바랜 모르타르 벽이 기억하고 있을 것이다.

차에서 내리면서 겐자키는 확인했다.

"시간이 늦긴 했지만 어쩔 수 없죠?"

"어쩔 수 없지."

둘은 아파트 1층으로 들어가 101호의 문을 노크했다.

3분쯤 계속해서 두드리자 겁에 질린 여자의 목소리가 들려왔다.

"이런 시간에 누구예요?"

겐자키는 최대한 부드럽게 말했다.

"경찰입니다."

"경찰요?"

여자의 목소리가 한층 더 겁에 질렸다.

"한밤중에 죄송합니다. 잠시 여쭤 볼 게 있어서요."

현관에 불이 들어오더니 잠옷 위에 방한복을 껴입은 30대 초반의 여자가 얼굴을 내밀었다. 갈색으로 염색한 긴 머리가 이마 위에서 찰랑댔다. 여자는 방금 뺀 헤어컬러를 세 개 쥐고 있었다.

"경시청의 겐자키라고 합니다. 여기는 후루데라입니다."

두 형사는 경찰증을 펼쳐서 얼굴 사진을 보여 주었다.

"뭐예요?"

여자의 두 눈이 두 사람을 번갈아 보았다.

술집 여자인 것 같았다. 떳떳하지 못한 구석이라도 있나?
"작년 6월까지 옆집에 곤도라는 분이 사셨던 거 아십니까?"
"아뇨."
눈을 깜빡이며 여자는 대답했다.
"전 작년 말에 이사 왔어요."
"그럼 맨 구석의 103호 분은 아십니까?"
"거긴 빈 집이에요."
낙담을 감추며 겐자키는 미소를 지어 보였다.
"그럼 됐습니다. 실례했습니다. 마지막으로 주인집 연락처를 알려 주셨으면 좋겠는데요."
여자는 고개를 끄덕이고 일단 방으로 들어가더니 메모지를 한 장 가지고 왔다.
"주인집 이름이랑 주소, 전화번호예요."
"정말 감사합니다. 협조에 감사드립니다."
마지막 순간에만 여자는 마음을 놓은 듯 미소를 지었다.
겐자키와 후루데라는 기동 수사 차량으로 돌아가 지도로 주인집의 위치를 확인했다. 지금 있는 연립주택에서는 엎드리면 코 닿을 곳이었다. 후루데라와 함께 걸어가면서 겐자키는 휴대전화로 주인을 두드려 깨웠다. 전화를 받은 것은 중년 남성의 목소리였다. 대화를 나누다 보니 「무라모토」라는 문패를 단 단독주택에 도착했다.

불투명 유리창 안에 불이 들어왔다. 호리호리한 중년 남성이 얼굴을 내밀었다.

겐자키는 갑작스러운 방문을 사과하며 말했다.

"102호에 사셨던 곤도 다케시 씨의 일로 찾아뵈었습니다."
무라모토는 납득이 간다는 듯 고개를 끄덕였다.
"곤도 씨요. 살해당한 분 말씀하시는 거죠?"
"맞습니다. 그분이 돌아가시기 전의 일을 여쭤 보고 싶어서요."
"뭔데요?"
"곤도 씨에게 혹시 친한 친구가 없었나요?"
"글쎄요. 모르겠네요."
옆에서 후루데라가 물었다.
"입주할 때 보증인은요?"
"있었죠. 하지만 곤도 씨가 그런 일을 당하고 나서 연락을 취해 봤지만 연락이 닿지 않았어요."
"연락이 닿지 않았다고요? 왜요?"
성실하게 생긴 집주인은 얼굴을 찌푸렸다.
"저도 모르죠. 하지만 곤도 씨는 마약도 하고 도둑질도 했다면서요? 그 양반이 있지도 않은 사람을 서류에 적었거나 아니면 보증인이 어디로 사라졌든지 했겠죠."
생전의 곤도의 처지를 생각하면 둘 다 있을 법했다. 의지할 만한 사람이 주변에 한 명도 없었을 것이다. 그러나 그러면 생활비를 댔다던 사람은 누구일까?
후루데라가 물었다.
"집세 내는 건 어땠죠?"
"그게 생각 외로 제대로 냈어요. 밀린 적이 한 번도 없었으니까요."
"곤도 씨 말고 다른 사람이 집세를 대신 내 준 건 아닙니까?"

"저희는 계좌 이체라 모르겠는데요."

"그렇군요."

겐자키는 후루데라의 얼굴을 쳐다보았다. 노련한 고참 수사원도 더 이상 물어볼 말이 없는 듯했다. 조사는 허탕으로 끝났다.

이번에는 무라모토가 질문을 했다.

"결국 곤도 씨는 친척도 전혀 없었던 거죠?"

"네."

"그렇군요. 실은 곤도 씨의 개인 물품 중에 보관하고 있는 게 하나 있거든요."

"뭐죠?"

후루데라가 물었다.

"잠시만요."

주인은 샌들을 벗고 안으로 들어가더니 현관 옆 작은 방으로 들어갔다. 창고인 모양이다. 다시 나왔을 때에는 보자기로 싼 액자를 들고 있었다.

"이것만큼은 폐품업체에 내 줄 수가 있어야죠."

주인이 보자기를 펼쳤다.

"그 사람의 보물이었지 싶어요. 방구석에 소중히 놓여 있었거든요."

겐자키는 후루데라와 나란히 서서 액자에 끼워진 상장을 뚫어지게 들여다보았다.

"감사장?"

후루데라가 문장을 빠른 말투로 읽어 내려갔다.

"곤도 다케시 님. 귀하는 금년 1월 18일 아라카와 구 히가시닛포리 7번지의 화재 현장에서 신변의 위험을 무릅쓰고 피해자 구조에 힘써 주셨습니다. 소중한 인명을 구해 주신 용기를 치하하며 이에 감사의 뜻을 표합니다. 1975년 1월 22일 도쿄소방청 히가시닛포리 소방서장."

"인명 구조?"

겐자키는 후루데라를 쳐다보았다.

"그 사람이?"

"그런 사람이라도 한 번쯤은 좋은 일을 했나 보죠."

주인이 말했다.

마약 중독 누범자가 남의 목숨을 구해 준 적이 있다니…… 그런 일도 있구나 하는 생각과 함께 겐자키는 곧 얄궂은 우연의 일치를 느꼈다. 야가미라는 악당도 똑같았다. 나쁜 짓을 저지르는 한편 빈사 상태의 환자를 구하려 하고 있다. 자신의 목숨도 돌보지 않으며 말이다.

감사장을 들여다보던 후루데라가 천천히 겐자키에게 고개를 돌렸.

"구조받은 사람이 누구였을까?"

야가미의 혈압은 정상이었다. 맥박도 문제없었다. 가슴에 청진기를 대도 심장 박동, 호흡 모두 이상이 없었다.

"그러니까 다 나았다니까."

여덟 개의 처치대가 놓인 구급 구명 센터. 침대에 누운 채로 야가미는 의사에게 호소했다. 빨리 이곳을 빠져나가야 한다. 오카다료코에게 병원 이름을 알려 주고 말았다. 이러고 있는 동안에도 리맨이 이끄는 일당이 병동 주변을 포위하고 있을지도 모를 일이다.

"뭘 해도 소용없어. 난 건강해."

의사는 건방진 환자에게 불끈 화가 치밀었다. 그리고 암울한 투로 말했다.

"병명을 알아냈습니다."

"병명?"

야가미는 불안해졌다. 골수이식 전에 질병에 걸린 것이 드러나면 모든 게 허사가 되고 만다.

"내가 병에 걸렸단 말이야?"

"과호흡증입니다."

"그게 뭐야?"

"젊은 여성이 많이 걸리는 질환인데, 남성이 걸릴 수도 있습니다. 자세한 이야기를 듣고 싶으면 얌전히 계세요."

"됐어."

야가미는 몸을 일으켰다. 꾸물대다가는 질병과는 다른 이유로 생명에 지장이 있다.

벗은 옷을 입기 시작하자 젊은 의사가 비닐 봉투를 건네주었다.

"앞으로 또 이런 증세가 생기면 이 봉투를 입에 대세요. 안에 숨을 내뱉고 그리고 다시 들이마시면 돼요."

"안에 쭈쭈바라도 있어?"

"쭈쭈바요?"

두 사람의 대화는 그렇게 끝났다. 야가미는 출구로 향했고 의사와 환자는 서로의 말을 이해하지 못한 채 헤어졌다.

접수 창구로 간 야가미는 나중에 의료보험증과 진료비를 가져오라는 말까지 듣고 겨우 병원의 뒷문으로 나갔다. 시간은 오전 4시였다. 한 시간만 있으면 지하철 첫차가 운행된다. 고요한 병원 주차장으로 나와 야가미는 주위를 둘러보았다. 인기척은 없었다. 그래도 차 뒤에 몸을 숨기고 휴대전화를 꺼내 들었다. 위험을 무릅쓰고라도 후루데라에게 전화를 걸기로 했다.

어둠 속에 액정 화면을 들여다보며 등록된 번호를 불러냈다. 회선이 연결되자마자 이름을 고했다.

"야가미야."

후루데라는 기다렸다는 듯이 물었다.

"이봐, 무사한 거야?"

"긴급 수배는 빠져나왔어."

"그놈들한테도 안 잡힌 거지?"

"지금은 그래."

그러자 웃음소리가 들려왔다.

"잘했어."

"경찰한테 칭찬을 받아야 기분 좋지도 않아. 그것보다 역탐지 안 하고 있지?"

"그래."

"용건이 많아. 우선 모노레일 역에 찾아가 봐. 오이경마장 입구역 밑에 시체가 뒹굴고 있어."

"뭐?"

후루데라의 목소리가 진지해졌다.

"설마 자네가……."

"아니야. 죽은 건 나를 쫓아다니던 놈 중의 하나인데 그레이브 디거가 죽였어."

후루데라는 놀란 모양이었다.

"무덤 파는 자를 아나?"

"암호명이 스콜라인가 뭔가 하는 놈이 가르쳐 줬어. 그때 그레이브 디거란 놈이 습격한 거야."

"자네 무덤 파는 자를 봤는가?"

"그림자만 봤어. 얼굴은 몰라."

"그랬군."

후루데라는 목소리에 낙담을 내비쳤다.

"그쪽은 무슨 정보를 알아냈어? 괜찮으면 말씀해 보시지."

후루데라는 잠시 생각해 보더니 대답했다.

"좋아."

그리고 몇 분 사이에 야가미는 사건의 전모를 들었다. 마약 중독자의 살인 사건부터 시작해서 제3종 영구시체의 발견과 도난, 그레이브 디거에 의한 대량 살육의 시작, 그리고 도모토 겐고가 만들어낸 '미니스터'라는 비합법 조직의 존재 등.

그러한 정보 하나하나가 퍼즐의 단편이 되어 야가미가 하룻밤 사이에 겪어 온 기이한 상황과 맞아떨어졌다. 'M'에 가입한 시마나카는 야가미를 납치할 목적으로 접근한 것이다. 그러나 후루데라의 설명을 들어도 두 개의 커다란 수수께끼가 여전히 남아 있었다.

왜 'M'은 야가미를 노리는가? 그리고 또 한 가지는······.

후루데라가 말했다.

"우리는 지금 그레이브 디거의 정체를 찾는 중이야. 15분 정도면 알 수 있을 것 같아."

야가미는 저도 모르게 눈썹을 치켜올렸다.

"그래? 실력 좋은걸."

"경찰만으로는 감당이 안 돼서 소방서에 지원을 요청했거든."

무슨 농담인지 이해가 되지 않았다. 야가미는 모노레일에서 벌어진 참극을 떠올렸다. 화살이 관통한 남자의 얼굴은 마치 타오르듯 화상 물집으로 뒤덮여 갔다.

야가미는 전화를 건 목적을 이야기했다.

"그 '미니스터'라는 일당 말이야."

"약칭은 'M'이야."

"'M'에 오카다 료코라는 의사는 없던가?"

"없을 텐데."

후루데라는 말하면서도 자신은 없어 보였다.

"아까 말한 대로 이름까지 알고 있는 건 경찰청에 등록된 열한 명의 밀고자뿐이야. 남은 약 200명의 회원 명단은 못 얻었어."

"그럼 가능성은 있다는 거네?"

"그렇지."

야가미가 목적지에 도착한 순간 마지막 함정이 도사리고 있을 가능성이 아직 남아 있었다.

"잠깐 기다려 봐."

후루데라가 말했다.

"내 새로운 파트너가 자네와 이야기하고 싶다는데."

수화기를 건네주는 간격 뒤에 젊은 남자의 목소리가 들려왔다.

말투가 남을 훈계하는 느낌이라 야가미에게는 거북하게 들리는 음성이었다.

"경시청의 겐자키다. 자네에게 부탁이 있어."

"뭔데?"

"우리가 지정하는 장소로 가 줬으면 좋겠어."

"뭣 때문에?"

"'M'의 일당들과 그레이브 디거를 유인하려고. 놈들은 왠지 몰라도 자네가 있는 장소를 알아내고는 모습을 나타내니 말이야."

야가미는 얼굴을 찌푸렸다.

"나를 미끼로 삼겠다고? 무슨 일이 생기면 어떻게 해 줄 건데?"

"그렇게 안 되도록 최선을 다하겠네."

"못 믿겠어."

"야가미."

겐자키는 말을 설득 조로 바꾸었다.

"지금 상태로는 거대한 비합법 조직과 잔학무도한 살인마가 방치될 수도 있어. 사회의 안전을 위해서 자신의 몸을 희생하고 싶다는 생각이 들지 않나?"

야가미는 형사의 설득을 단칼에 잘랐다.

"난 자연사하고 싶어. 내버려 둬."

"하지만……."

"후루데라 영감을 바꿔."

수화기는 말이 없었으나 투덜대는 겐자키의 불평이 들리는 듯했다.

"후루데라다. 협상이 결렬된 건가?"

"그래. 시간 낭비였어."

야가미는 언짢아했다.

"마지막으로 한 가지만 묻겠는데, 역이란 역에는 사복경찰을 다 깔아놨나?"

"다시 한 번 협상에 응한다면 가르쳐 주겠네."

야가미는 후루데라의 그 말이 의외였다.

"당신까지 나를 그놈들 미끼로 삼고 싶어?"

"야가미, 잘 생각해 봐. 자네는 지금 연쇄 살인의 중요 참고인으로 수배당했어. 자네가 진범이 아니라고 믿는 사람은 나와 겐자키밖에 없어. 윗선에서는 그런 말에는 귀도 기울이지 않아."

야가미는 묵묵히 상대방의 말을 음미하기 시작했다.

"자네를 악착같이 쫓아다니는 놈들, 특히 무덤 파는 자를 잡지 않는 한 무죄를 증명하지 못해. 어때? 나쁜 거래가 아닐 텐데."

거기까지 듣고 나자 야가미의 머리에 일석이조의 명안이 번뜩였다.

"알았어. 요구는 들어주지. 그 대신 조건이 두 가지 있어."

"뭔가?"

"우선 그놈들을 유인해 낼 장소는 내가 지정한다."

"좋아."

"그리고 오타 구의 유키가야에서 로쿠고까지 무사히 갈 수 있는 경로를 알려 줘."

"거기까지 가 있었나?"

후루데라는 꽤 놀란 모양이었다.

"도쿄의 남부라면 아주 간단해. 첫차가 운행되면 전철로 이동해."

야가미는 맥이 빠졌다.

"정말이야?"

"암. 이번 건으로 긴급 수배 계획은 광역 요점 수배 체제였는데, 터미널과 역의 잠복근무는 심야에 해제됐어. 도쿄 남부의 역이면 더더욱 안전할 거야. 단, 거리를 순찰하는 경찰이 얼굴을 알아보면 끝장이야."

그럴 가능성은 충분히 있었다.

"택시는 어때?"

"가장 안전하겠지. 택시비가 있다는 전제가 필요하겠지만."

야가미는 지갑의 잔액이 떠올랐다. 4000엔이 채 되지 않는다. 전 재산을 투자하면 로쿠고까지 택시로도 갈 수 있다.

"좋아, 장소를 정하면 연락하도록 하지."

"그쪽 휴대폰 번호를 알려 주지 않겠나?"

야가미는 잠시 망설이다가 후루데라를 믿기로 했다. 열한 자리 번호를 가르쳐 주자 후루데라가 말했다.

"잘 알았네. 할 수 있는 데까지 잘해 봐."

"영감도."

야가미는 전화를 끊고 주변을 돌아보았다. 넓은 주차장 건너편에 병원 부지로 이어지는 출구가 있었다. 해 뜨는 시각까지 앞으로 두 시간 삼십 분이다. 어둑어둑한 곳에서 걸음을 옮기며 야가미는 다시 온몸에 투지가 일기 시작했다. 날이 새기 전에 모든 일이 끝난다. 무슨 일이 있어도 살아남을 테다. 살아서 내 골수를 백혈병환자에게 전해 주마.
마지막에 웃는 자는 바로 나다.

야가미와 통화를 마친 무렵 기동 수사 차량은 히가시닛포리 소방서에 도착했다.

운은 우리 쪽으로 기울고 있어. 후루데라는 막연한 기대를 품고 차에서 내렸다. 운전석에서 나온 겐자키도 지친 티도 없이 빠릿빠릿하게 3층짜리 소방서 건물을 올려다보았다. 1층 입구와 2층 창문에 불이 켜져 있었다.

"여기는 미안하지가 않네요."

후루데라도 웃음을 지었다.

"그러게 말이야. 24시간 영업이니까."

건물의 왼쪽 구석에 유리창이 달린 문이 있었다. 후루데라는 그 쪽으로 가려는데 겐자키는 움직일 생각을 않고 셔터를 내린 차고를 물끄러미 쳐다보고 있었다.

"왜?"

후루데라가 말을 걸자 겐자키는 퍼뜩 정신을 차리더니 이쪽을 바라보고 말했다.

"구급차라면 교통 체증도 빠져나갈 수 있네요."

"무슨 말이지?"

"복수범의 근거가 된 범행의 시간차 말입니다. 경찰차나 구급차라면 이동이 가능했겠는데요?"

"긴급 주행이라……."

후루데라는 경찰관에 의한 범행일 가능성에 대해 생각했다.
차고 옆 문을 열자 바로 앞에 접수 카운터가 있었다. 작은 창문 안에는 소방대원들의 모습이 몇몇 보였다. 천장에 달린 표지판에는 '통신실'이라고 적혀 있었다.
"실례합니다."
겐자키가 부르자 짙은 감색 티셔츠를 입은 남자가 돌아보았다.
"무슨 일이십니까?"
"좀 여쭤 보고 싶은데요."
겐자키와 함께 후루데라는 경찰증을 제시했다.
"경찰에서 오셨습니까?"
후루데라는 아파트 주인에게 빌려온 표창장을 보여 주었다.
"이 상장에 대해서 여쭤 보려고 왔습니다."
소방대원은 상장의 감사문을 눈으로 쫓더니 말했다.
"저희가 발행한 상장인가 보네요."
"이 화재의 상황을 자세하게 알고 싶습니다."
"26년이나 지난 옛날 일이면 기록이 있을지 모르겠네요. 일단 2층으로 가 보시겠습니까?"
대원은 복도 끝에 있는 계단을 가리켰다.
이 층은 '서대(署隊) 본부'라는 부서인 모양이다. 후루데라와 겐자키가 올라가자 칸막이가 없는 넓은 공간에 100개 가까운 책상이 놓여 있었다. 그러나 그곳에 대기한 대원은 겨우 한 명이었고 두 사람을 확인하더니 노트북에서 얼굴을 들었다.
"늦은 시간에 실례합니다."
후루데라는 아까처럼 경찰증을 제시하고 방문 목적을 말했다.

"하가 소방장입니다."

30대 초반의 대원이 자기소개를 했다. 그러나 후루데라는 그 계급이 어느 정도 직급을 뜻하는지는 알지 못했다.

"문의하신 건은 소방과 담당입니다."

"소방과요?"

"여기는 방호과라서요."

하가는 형광등이 꺼진 본부 안쪽으로 눈길을 돌렸다. 사람이 없는 공간의 천장에 「소방과」라는 간판이 걸려 있다.

"조금만 기다려 주시겠습니까?"

후루데라가 고개를 끄덕이자 하가는 복도로 나갔다.

사람이 돌아오기를 기다릴 동안 후루데라와 겐자키는 평소에 볼 기회가 없는 소방서 안을 신기하다는 듯이 구경했다.

하가 소방장은 다른 대원을 데리고 금방 돌아왔다.

"요시자와 소방장입니다. 안으로 들어오시죠."

또 한 대원이 말했다.

후루데라와 겐자키는 두 대원의 안내로 소방과 구획으로 갔다. 하가가 천장의 조명을 켜고 요시자와가 벽면에 나란히 놓인 캐비닛 중 한 개를 열었다.

"1975년이라……."

중얼거리며 요시자와가 폴더 묶음을 손가락으로 짚어 나갔다.

"날짜가 어떻게 됐죠?"

후루데라는 손에 든 액자에 눈길을 떨구었다.

"화재가 일어난 건 1월 18일이고 상장은 22일에 전달됐습니다."

"아, 여기 있네요."

요시자와가 파일을 하나 뽑아서 안에 있는 서류를 넘겼다.

"곤도 다케시 씨에 대한 표창."

"맞습니다."

겐자키가 몸을 앞으로 내밀었다.

요시자와는 서면을 눈으로 쫓으며 사실 관계를 알려 주었다.

"1975년 1월 18일 밤 9시경, 2층짜리 단독주택에서 발생한 화재입니다. 부엌 불을 잘 단속하지 않았던 게 원인입니다. 사망자 두 명. 곤도 씨라는 분은 밖을 지나가다가 불이 난 것을 보고 소방서에 신고하고, 그 집으로 뛰어드신 모양입니다."

후루데라는 말했다.

"그래서 그 가족을 구했군요."

"네. 2층에 있던 소년 한 명을 구해 냈죠. 하지만 소년의 부모는 병원에 호송되고 나서 사망했습니다."

요시자와는 계속해서 서류를 넘기며 문장을 짚어나갔다.

"곤도 씨라는 분은 부모를 잃은 소년을 그 뒤로도 간간이 챙겨 준 모양입니다."

"구조받은 소년의 이름을 알려 주시겠습니까?"

요시자와는 서류에서 고개를 들고 두 경찰관을 잠시 쳐다보더니 말했다.

"그러죠. 곤도 씨가 구해 낸 소년은 당시 다섯 살이었던 미네기시 마사야입니다."

후루데라는 경악을 금치 못했다.

"미네기시 마사야요?"

그 심상치 않은 분위기에 겐자키가 물었다.

"아는 사람입니까?"

"골수이식 코디네이터야. 야가미를 담당하는……."

"네?"

겐자키가 놀란 소리를 냈다.

후루데라는 이목구비가 뚜렷한 미네기시의 얼굴을 떠올리며 열심히 기억을 되짚었다.

"하지만 그 사람은 알리바이가 있어. 내가 어제 저녁 6시 30분에 세타가야에 있는 병원에서 만났어. 분쿄 구에서 세 번째 피해자가 발생한 것은 바로 30분 후였거든. 아무리 생각해도 이동이 불가능……."

"긴급자동차요."

겐자키가 말을 막았다.

"각령(閣令)으로 지정된 긴급자동차는 수사용 차량과 구급차뿐만이 아닙니다. 민간 의료 차량도 긴급 주행이 허용될 겁니다. 골수 운반에 이용하는 차라면, 어쩌면 가능할지도 모릅니다."

후루데라는 병원의 주차장에서 실시했던 탐문 조사를 떠올렸다. 미네기시는 처음부터 주차장 안에 있었다. 자신의 차가 눈에 띄는 것을 두려워하듯이. 그렇다면 미네기시는 한창 살육을 벌이던 중에 후루데라를 만났다는 말인가?

겐자키가 말했다.

"동기는 원한이에요. 일련의 범행은 살해당한 생명의 은인의 원수를 갚기 위해서고요."

택시는 미명의 제8순환도로를 달리고 있었다. 야가미는 그 속도가 꿈만 같았다. 도쿄의 북부에서 남부로 오는 데만 얼마나 숱한 고생을 했던가. 그러나 지금은 아무런 장애물도 없이 시속 80킬로미터 속도로 로쿠고로 향하고 있으니 말이다.

요금도 문제없었다. 야가미가 말해 둔 목적지, 로쿠고도테 역에 도착하자 손에는 아직 300엔이 남아 있었다.

비로소 이 동네에 내렸다. 야가미는 감개무량하게 철도역을 올려다보았다. 전철은 아직 움직이기 전이었으나 역에는 조명이 켜져 있었다.

로쿠고 종합병원은 이곳에서 도보 10분 거리였다. 가나가와 현과의 경계 지역, 다마가와 강변의 녹지와 맞닿은 곳이다. 야가미는 과거에 두 번 지났던 길을 떠올리며 그 방향으로 걷기 시작했다.

가는 길뿐만 아니라 주변 풍경에 대한 기억도 정확했다. 역과 병원의 중간 지점에 건설 중인 아파트가 있었다.

야가미는 외장 공사를 이제 막 마친 15층 건물과 길을 두고 반대편에 펼쳐진 녹지를 번갈아 보았다. 건물 위에 올라가면 녹지를 감시할 수 있을 것이다.

철판으로 만든 경계벽의 중간에 트럭과 작업 인원들이 드나드는 쇠문이 있었다. 야가미는 그 문을 타고 올라 아파트 부지로 뛰어내렸다.

어둠 속에 초점을 맞추자 아파트 측면에 설치된 비상계단이 보였다. 철제 격자문이 달려 있었지만 열쇠는 잠기지 않았다. 야가미는 발소리를 죽이고 계단으로 10층까지 올라갔다. 맨 위층까지 올라가지 않은 이유는 단순히 힘들어서였다.

열쇠가 아직 달리지 않은 문을 열고 건물로 들어갔다. 복도는 암흑이었다. 주머니에서 꺼낸 라이터로 불을 켜자 흔들리는 불빛 주위에 방화 보드가 노출된 벽이 보였다. 야가미는 그대로 그 층의 중앙으로 가서 활짝 열린 문을 발견하고는 방으로 들어갔다.

방이 세 개 딸린 넓은 집이었다. 베란다에서 아까 봐 둔 다마가와 강변의 녹지를 내려다볼 수 있었다.

드디어 모든 준비를 갖추었다. 그때 휴대전화의 진동음이 들려왔다. 발신 번호를 보니 후루데라였다.

야가미는 라이터 불을 끄고 전화를 받았다.

"딱 맞춰 연락했네. 난 언제든 좋아."

"지금 어딘가?"

"로쿠고에 도착했어. 자세한 장소를 말할 테니 잘 들어. 로쿠고 도테 역과 로쿠고 종합병원의 중간 지점에 공사하는 아파트가 있어. 그 앞에 있는 녹지로 적을 유인할 거야."

"그럼 자네는 그 녹지에 있는 건가?"

"그 부근이라고만 해 두지."

"좋아. 지금부터 빨리 그쪽으로 가겠네. 30분도 안 걸릴 거야."

야가미는 손목시계를 보았다. 오전 4시 30분. 후루데라가 도착하면 오전 5시. 일출까지 한 시간 삼십 분이나 있지만 꾸물거릴 때가 아니었다. 어둡기는 해도 녹지에는 가로등이 있어서 사람이 나타나면 알아볼 수 있다.

후루데라가 말했다.

"그것보다도 그레이브 디거의 정체가 드러났어."

"누군데?"

"미네기시."

야가미는 잠시 그 이름이 누구를 가리키는지 선뜻 연결이 되지 않았다. 한참이 지나자 성실하게 생긴 청년의 모습이 떠올라 저도 모르게 소리를 질렀다.

"뭐야?"

"들어 봐. 모든 발단은 마약 중독자 살해 사건이었어. 살해당한 곤도라는 자는 평생에 딱 한 번 좋은 일을 했던 적이 있었지. 화재 현장에 뛰어들어서 아이의 생명을 구한 거야."

야가미는 되묻지 않을 수 없었다.

"아이의 생명을 구했다고?"

"그래. 그 구조받은 아이가 미네기시였던 거야."

"그러니까 어른이 된 미네기시가 생명의 은인의 복수를 하고 있단 말이지?"

"그렇지. 'M'에 잠입해서 진상을 알아낸 모양이야."

야가미는 눈을 감았다. 죽은 곤도라는 마약 중독자를 저승에서 데리고 와서 어깨를 두드려 주고 싶은 심정이었다. 자네, 훌륭해. 아이의 목숨을 구하다니 정말 잘했어!

"하지만."

후루데라는 말을 이었다.

"미네기시의 복수극은 성공하지 못해."

"왜?"

야가미는 짜증스럽게 물었다.

"'M'을 만든 국회의원, 도모토 겐고의 행방은 보안부밖에 몰라. 적의 두목을 죽이고 싶어도 불가능한 거지."

"빌어먹을."

야가미는 내뱉었다.

"아무튼 한시라도 빨리 미네기시의 신변을 구속하는 게 최우선이야. 그리고 'M'의 잔당들도 마찬가지고."

"미네기시한테 전화 걸어 봤어?"

"휴대전화 전원이 꺼졌더군."

"알았어. 빨리 이쪽으로 와. 'M'이 오면 미네기시도 모습을 나타내겠지."

"알았네."

형사와 대화를 마치자 야가미는 로쿠고 종합병원에 전화를 걸었다.

"야가미 씨?"

이전과 다름없는 귀여운 목소리로 오카다 료코가 받았다.

"지금 어디 있어요?"

그 질문만큼은 안 해 주길 바랐는데…… 야가미는 대답했다.

"바로 근처까지 왔어. 다마가와 강변의 녹지에 있어."

여의사는 놀란 모양이었다.

"여기서 금방 걸어갈 수 있는 곳이네요?"

"그래, 좀 볼일이 있어서 잠시 발이 묶였어. 해 뜰 무렵에는 틀림없이 그쪽에 갈 거야."

"녹지의 어디쯤이에요?"

오카다 료코는 집요하게 물어 왔다.

"어디냐면……"

야가미는 주변을 둘러볼 정도의 간격을 두었다.

"아파트 건설 현장이 보여."

"아아, 그쯤요."

여의사는 감을 잡은 모양이었다.

"근데 왜 그런 데에 있는 거죠?"

"이래저래 사정이 있어서 말이야."

"모시러 갈까요?"

"아니, 됐어. 오지 마."

서둘러 말하고 야가미는 아직 마음속에 그녀에 대한 미련이 남아 있다는 것을 알았다. 오카다 료코가 'M'의 회원이라면 그레이브 디거에게 학살당할 우려가 있다.

"오카다 선생은 병원에서 기다려."

"알겠어요."

약간 미심쩍어하는 음성으로 여의사는 전화를 끊었다.

이래 놓고 아래의 녹지에 'M'의 일당이 나타나면 여의사도 한패로 보아 틀림없을 것이다.

함정을 모두 설치한 야가미는 베란다에서 실내로 돌아왔다. 방금 나눈 후루데라와의 대화 속에서 깨달은 의문이 있었다. 'M'에 몰래 잠입한 미네기시가 왜 골수이식 코디네이터를 지원했는지. 그리고 살해당한 'M'의 멤버들이 왜 도너 등록을 했는지. 거기에 마지막 수수께끼를 풀 열쇠가 있을 것 같았다.

야가미는 바닥에 무릎 꿇어 배낭을 내려놓고 시마나카의 노트북을 꺼냈다. 라이터 불을 켜서 화면을 열었다. 그러자 화면은 꺼져 있었다. 오카치마치의 여관을 나온 뒤로 전원을 끈 기억은 없었다. 박살이 났나, 아니면 배터리가 다 되었나?

어떻게든 안 되겠나 싶어서 적당히 키를 누르자 기계가 웅 하는 작은 소리를 내더니 모니터에 도너 명단이 되살아났다.

이유는 몰라도 잘된 듯했다. 야가미는 외무부 공무원에게 배운 방법을 떠올리며 키보드 중앙의 버튼을 눌러서 화면에 있는 화살표를 위로 가져갔다.

'편집'이라는 항목에 화살표를 맞추고 키보드 앞에 있는 버튼을 눌렀다. 그러자 작업 항목의 리스트가 화면에 나타났다. 그다음 '찾기' 항목에서 검색어를 입력할 네모난 틀을 끄집어냈다. 워드 프로그램은 써 본 경험이 있어서 문자는 입력할 수 있었다. 야가미는 우선 자신의 이름을 입력하고 엔터키를 눌렀다.

수만 명의 명단에서 자신의 데이터가 눈 깜짝할 새에 검색되었다. 야가미는 어둠 속에 떠오른 화면을 자세히 쳐다보았다.

A2 A26 (10) B13 B35 DR8 DR15.

그것이 야가미의 HLA였다.

그다음에 화면을 보면서 검색어 칸에 자신의 HLA를 입력했다. 같은 백혈구의 유전자형을 가진 다른 사람을 찾아내려는 것이다. 검색을 실행시키자 한 이름이 나타났다.

다치하라 아미.

주소는 가나가와 현 요코하마 시였다. 야가미는 그 뒤에 있는 HLA를 거듭 확인했다.

A2 A26 (10) B13 B35 DR8 DR15.

틀림없다. 야가미가 골수이식으로 도우려는 사람은 이 여자다. 그런데 검색 창에 '다음 검색을 실행하시겠습니까?'라는 문장이 나왔다. 아마도 이것이 사건을 해결할 마지막 결정타가 될 터였다.

야가미는 화살표를 움직여서 엔터키를 쳤다.

그러자 '검색이 완료되었습니다.' 라는 문구와 함께 세 명째 이름이 나타났다.

도모토 겐고.

야가미는 도모토의 HLA를 눈으로 쫓았다.

A2 A26 (10) B13 B35 DR8 DR15.

이로써 모든 게 이해되었다. 왜 자신이 쫓겨 다녔는지, 왜 'M' 이 치명상을 입히지 않으려고 애를 썼는지.

도모토 겐고는 백혈병을 앓고 있는 것이다.

'M' 을 통솔하는 위저드, 즉 미사와는 도모토가 백혈병에 걸린 사실을 알고 골수이식으로 도우려고 신자들의 HLA를 조사한 것이 틀림없다. 그래서 그레이브 디거에게 살해당한 네 명이 도너라는 공통점을 갖게 되었다. 그러나 그들의 HLA는 아무도 도모토와 일치하지 않았다. 그럴 때 야가미가 나타났다. 그러나 도모토와 완전히 맞아떨어지는 백혈구의 유전자형을 지닌 야가미는 다른 환자에게 골수를 이식하기로 결정이 나 버렸다. 요코하마 시에 사는 '다치하라 아미' 라는 환자다. 'M' 은 이식 수술을 하기 전에 야가미를 납치해서 골수를 채취해야 했던 것이다.

한편 미네기시는 곤도 살인 사건의 진상을 찾으려고 'M' 에 잠입했다. 'M' 의 지시로 이식 코디네이터가 되어 도너 명단을 입수하거나 그 외의 작업에 관여했다. 그 과정에서 이번 야가미 납치 계획을 안 것이다.

그리고 어제 'M' 은 야가미를 납치하기 위해 행동을 개시했다. 동시에 미네기시는 'M' 에 대한 복수를 시작했다.

그러나······.
'미네기시의 복수극은 성공하지 못해.'
후루데라의 말이 떠오르자 야가미는 섬뜩해졌다. 상황은 미네기시의 의도대로 전개되지 않고 있었다. 마지막 원수인 도모토 겐고가 완전히 모습을 감추었으니 말이다. 그렇게 되면 미네기시가 복수를 이룰 수단은 유일했다. 도모토를 간접적으로 죽이는 것이다. 즉 국회의원의 생명을 구하게 될 야가미의 골수를 이 세상에서 완전히 없애 버리면 복수는 성공한다.
눈앞의 어둠이 지옥의 입구처럼 보였다.
그레이브 디거의 최종 목표는 야가미였다.

치요다 구 히라카와초에 있는 오피스 빌딩 게이린〔京林〕 회관의 한 방에 우에무라 요시오가 근무하고 있었다. 이 한 사람에게 면적이 8평이나 되는 넓은 근무지가 할당된 이유는 거물급 의원의 정책 비서였기 때문이다.
시간 때우기로 하던 주소록 정리는 30분 전에 마쳤다. 우에무라는 창밖에 보이는 국회의사당의 실루엣을 쳐다보며 생각했다.
'의원님 건강에 문제가 생긴다면 그 선거구는 내가 물려받게 될까?'
그는 전임자가 자살한 뒤에 금고지기로 임명받았다. 겨우 2년 경력으로 후계자 경쟁에 이름을 올리다니, 건방지다는 비난을 면치 못할까?
우에무라는 도모토의 부인에게 좀 더 아첨해 두지 못한 것을 후회했다. 이전에 우에무라는 사무실에서 받은 전화로 음성 사기를 당해서 50만 엔을 고스란히 잃은 실태를 범한 적이 있다. 그때 이래로 의원 부인의 신임을 잃은 것 같아 두려워하고 있었다.

전화벨이 울렸다. 우에무라는 재빨리 수화기를 들었다.

"여보세요."

"도모토 의원님 사무실이죠?"

"맞습니다."

"경시청 보안부입니다. 도모토 의원님을 다른 장소로 대피시켜 드려야 하는데요."

우에무라는 애써 근심스러운 목소리를 냈다.

"무슨 일이라도 생겼습니까?"

"만약에 대비한 안전책입니다. 현재 계신 곳이 알려지면 경비가 허술해질 우려가 있어서요."

"새로운 장소는 어디입니까?"

"그게, 의원님께서는 비서 분이 모시러 오라십니다."

"제가요?"

경비 중에 의원의 신경에 거슬린 자가 있었나 싶어 우에무라는 눈살을 찌푸렸다.

"죄송하지만 의원님을 좀 바꿔 주시겠습니까?"

"잠시만 기다려 주십시오."

수화기를 건네는 소리가 나더니 귀에 익은 목소리가 울렸다.

"나다. 당장 와 주게."

"무슨 불편한 일이라도 있으셨습니까?"

"됐으니까 빨리 오기나 하게."

도모토는 짜증을 냈다.

"지금 내가 있는 병원을 잊은 건 아니겠지?"

"정확히 기억하고 있습니다."

"그럼 어딘지 말해 봐."

"오모리 미나미 진료소 아닙니까."

"좋아. 내가 타던 차로 여기까지 오게. 제한속도는 제대로 지켜야 하네."

"예. 그런데 몸 상태는 좀 어떠……."

묻는데 전화가 일방적으로 끊겼다.

야가미는 살아남기 위한 마지막 정보를 입수했다.

기동 수사 차량은 제1 수도고속을 남으로 질주하고 있었다. 미명의 시간에도 대형 트럭의 왕래가 많은 탓에 조수석의 후루데라는 초조했다. 운전대를 잡은 겐자키도 긴급 주행임에도 속도를 늦출 수밖에 없는 모양이었다.

후루데라는 시계를 힐끗 쳐다보았다. 도착 시간을 여유 있게 말해 두었는데 실상 야가미가 지정한 곳에 도착하면 예고한 대로 오전 5시가 될 것 같았다.

"국도로 갈까요?"

겐자키가 물었다.

"자네가 알아서 가 줘."

GPS모니터를 쳐다보던 겐자키가 문득 고개를 들고 말했다.

"경장님, 하나 발견했네요."

"뭘?"
"'M'이 야가미의 위치를 탐지한 방법요."
후루데라도 새삼 아직 남겨진 그 문제가 생각났다.
"그래서?"
"야가미에게 전화를 걸어 주십시오."

낮은 소리를 내며 휴대전화가 진동했다. 숨을 죽이고 녹지를 감시하던 야가미는 발신 번호로 상대방을 확인하고 아파트의 베란다에서 방으로 들어와서 받았다.
"여보세요."
수화기에서 들려온 목소리는 후루데라가 아니었다.
"겐자키다."
야가미는 아까 자신이 발견한 사실, 도모토 겐고와 HLA가 일치한다는 것을 말할까 고민하는데 그 전에 겐자키가 빠른 말로 가로막았다.
"질문이 있어. 대답해 보게."
"뭔데?"
"시마나카의 방에서 노트북 말고 가지고 나온 게 없나?"
왜 그런 질문을 하는지 의아해하며 야가미는 대답했다.
"컴퓨터 주변기기, 그리고 휴대전화도 가지고 왔지."
"지금도 가지고 있나?"
"그래."
"'M'은 그 휴대전화의 전파를 쫓고 있을 가능성이 있어."
"뭐라고?"

"차량 네비게이션 시스템처럼 위성 전파를 사용한 시스템이야. 오차 범위 몇 미터로 위치를 파악해 낼 수 있어. 시마나카의 전화기를 꺼내 보게."

야가미는 황급히 라이터에 불을 붙이고 불빛 속에서 배낭에 든 전화를 집었다.

"꺼냈어."

"확인할 수 있는 방법이 있어."

겐자키가 말했다.

"'M'은 조직적으로 움직이고 있어. 모두가 서로의 위치를 파악하고 있을 거야. 시마나카도 그 회원이었잖아."

"그래서 어쨌다는 거야?"

"자네는 'M'의 장비를 갖고 와서 자기 위치를 상대방에게 알리고 있었는지도 몰라."

야가미는 소스라치게 놀랐다. 그러고 보니 스미다가와 강에 휴대전화를 빠뜨리고 나서 한동안은 'M'의 추적이 멎었던 생각이 났다.

"지금 내가 방법을 일러 줄 테니까 시마나카의 휴대전화를 컴퓨터에 연결하게."

겐자키가 주변기기의 사용법을 설명했다. 시키는 대로 짧은 코드의 양끝에 있는 어댑터를 꽂자 컴퓨터와 휴대전화가 하나로 연결되었다.

"그다음은 컴퓨터의 커서를 움직여 봐."

"커서?"

"화살표야. 그걸 화면의 왼쪽 밑에 있는 작은 마크에 대 봐."

야가미는 그 지시에 따랐다.

"화살표가 지나갈 때마다 프로그램 이름이 화면에 나오지?"

"어, 나와."

"그 안에 'PHS' 아니면 'GPS'라고 적힌 게 없나?"

겐자키의 말대로 돌아가는 상황에 야가미는 놀랐다.

"있어. '맵 GPS'."

"그 마크를 클릭해. 키보드 앞에 있는 왼쪽 버튼을 누르는 거야."

야가미는 버튼을 눌렀다. 그러자 '다이얼 업 접속'이라는 표시가 나타나더니 화면이 저절로 복잡하게 움직이기 시작했다.

"어떻게 됐어?"

겐자키가 기다리다 못해 물었다.

"잠깐 기다려 봐."

야가미가 말하자 화면 가득히 지도가 나타났다.

"지도가 나왔어."

"역시 그랬군. 그럼 이제 그걸로 적의 위치를 파악할 수 있어. 상대와 같은 방법으로 이쪽도 놈들의 위치를 탐지하는 거지. 지도는 어느 지역을 나타내고 있나?"

야가미는 점점 오한을 느꼈다.

"내가 지금 있는 로쿠고야."

"뭐?"

"아까 말한 녹지 주변을 크게 나타내고 있어."

"그 속에 움직이는 점이 없나? 그게 'M'의 일당일 거야."

여섯 가지 색깔로 구분된 작은 삼각 마크가 화면 속에 꿈틀대고 있었다. 그것은 녹지의 앞길을 낀 좁은 구획에 모여 있었다.

야가미가 속삭였다.

"이별을 고할 때가 온 모양이네. 놈들은 벌써 내가 있는 건물로 들어왔어."

겐자키의 목소리가 절박해졌다.

"정말이야?"

"빨리 와 줘야겠어. 나는 아까 안표로 말했던 아파트 공사 현장에 있어."

야가미는 그 말만 남기고 전화를 끊었다.

일대가 갑자기 고요해졌다. 야가미는 귀를 기울였다. 그러나 아무런 소리도 들리지 않았다.

제 꾀에 넘어간다는 것은 바로 이런 경우를 두고 있는 말이었다. 오카다 료코를 의심한 천벌이었다. 미녀들이란 믿든 의심하든 무조건 재앙을 몰고 오는 존재다. 어떻게 움직일까 고민하다가 야가미는 컴퓨터 화면으로 시선을 돌렸다. 지도는 부감으로 그려져 있어서 건물의 몇 층에 적이 있는지를 알 수 없었다. 그러나 역으로 생각하면 적도 야가미가 있는 층을 모를 것이 분명했다.

야가미는 발소리를 죽이고 그 집의 현관으로 향했다. 그러자 화면의 표시가 야가미를 따라오듯 스윽 움직였다.

뒤에 적이 왔나? 야가미는 뒤를 돌아보았다. 그러나 캄캄한 실내에 인기척은 없었다. 다시 한 번 화면을 들여다보고, 지금 움직인 파란 마크가 자신을 가리킨다는 것을 깨달았다. 다른 색을 보니 나머지 점 다섯 개가 파란 마크를 쫓아 좌우에서 다가오고 있었다.

야가미는 문에서 고개를 내밀어 복도를 살폈다. 캄캄해서 아무것도 보이지 않았다. 적어도 야가미를 찾는 회중전등의 불빛은 없었다.
야가미는 복도로 나갔다. 컴퓨터 화면에서 여러 점이 파란 마크의 옆을 스쳐갔다. 야가미는 확신했다. 적은 이 10층에 없다. 다른 층을 찾고 있다.

목표물은 바로 앞에 있었다. 자세를 낮추고 모바일 컴퓨터의 마크를 보며 복도 안쪽으로 걸음을 옮기고 있다.
그보다 약간 빠른 보폭으로 남자는 목표물의 뒤로 접근했다.
옷깃 스치는 소리가 들렸는지 사냥감이 갑자기 뒤를 돌아보았다. 적외선 고글의 시야에 상대방의 입이 경악으로 벌어지는 모습이 보였다.
화살 끝에 감긴 천에 불을 붙여 석궁의 방아쇠를 당겼다. 튕겨나간 현이 현악기가 되어 낮은 음을 연주했다.
화살은 사냥감의 목을 관통했다. 적외선 장치가 눈에 보이지 않는 화염이 뿜어내는 적외선을 탐지하여 목표물의 머리를 새하얗게 물들였다.

괴이한 절규를 듣고 야가미는 걸음을 멈추었다. 그 비명은 부글대는 물거품이 뿜어 나오는 듯한 소리를 포함하고 있었다.
아래층에 귀를 쫑긋 세웠다. 누군가 목을 잘렸구나. 비명을 지르는 자는 기관지가 뿜어내는 자신의 피로 입을 헹구고 있는 것 같다.

단말마의 목소리는 불과 몇 초 만에 끊겼다. 아파트 전체가 다시금 정적에 갇혔다.

야가미의 두 다리가 긴장되었다. 무덤 파는 자도 지금 이곳에 와 있다.

10층의 탈출 경로는 이미 폐쇄당한 상태였다. 엘리베이터는 움직이지 않았고 지상으로 내려가려면 건물 밖에 있는 비상계단을 이용할 수밖에 없기 때문이다. 그러나 컴퓨터의 파란 마크가 그곳으로 이동하면 적은 모두 계단으로 몰릴 것이다.

남은 수단은 딱 하나였다. 야가미는 방으로 뛰어들어 재킷을 벗었다. 그리고 컴퓨터에 연결한 시마나카의 휴대전화를 잡아 뺐다. 적의 위치를 파악할 수 없게 되지만 어쩔 수 없다. 전원을 켜 둔 전화기를 재킷의 주머니에 넣어 부서지지 않게 둘둘 말았다. 그리고 베란다 밖으로 힘껏 던졌다.

화면에 뜬 파란 마크가 맹렬한 속도로 밖으로 튀어나갔다.

야가미는 1층에 있었단 말인가? 그는 놀랐다. 수색의 눈을 벗어나 창문에서 밖으로 뛰어내렸나?

지도 위의 파란 마크는 몸을 숨긴 듯 아파트 밖의 부지에서 멈췄다.

"비스트."

헤드셋에서 리맨이 부르는 목소리가 들려왔다.

"지금 움직임을 봤나?"

"봤습니다."

"밖에 가서 상황을 살피고 와. 하지만 조심해. 버글러의 응답이 끊겼어."

"알겠습니다."

마이크에 작은 소리로 말하고 비스트는 4층 방에서 깜깜한 복도로 나갔다. 이마의 적외선 고글을 내린 순간 바로 앞에 검은 그림자가 시야에 들어왔다. 왼팔에 소형 컴퓨터를 밴드로 묶고 있다. 일행인가 싶어 고개를 들자 어둠 속에 희미하게 빛나는 은색 가면이 보였다.

잠시 기가 꺾인 비스트의 볼에 주먹이 날아들었다. 바닥을 구르며 일행을 불러들이려고 크게 소리 질렀다. 그러나 숨을 들이쉬는 순간 위에서 쏟아진 소독액 같은 액체가 입과 콧구멍으로 흘러들었다.

캑캑거리며 비스트는 남자를 올려다보았다. 적외선 암시 장치 속에서 눈부신 빛이 생겼다. 성냥불이었다. 그 자리에서 기어나가려고 했으나 이미 늦었다. 허공을 가른 성냥개비가 이미 기화한 액체 연료에 인화하더니 시야를 가득 메운 커다란 화염이 되어 내려왔다.

불지옥 속에서 비스트는 야수처럼 포효했다.

비명이 꼬리를 물고 사라졌기에 두 명째가 당했다는 것을 야가미는 알았다. 이제 'M'의 회원 세 명과 그레이브 디거가 남았다.

비상계단의 문을 연 야가미는 숨을 죽이고 계단 밑의 상황을 살폈다. 발소리는 들리지 않았다. 지금 단숨에 계단을 뛰어 내려가면 뿌리칠 수 있을지도 모른다.

그러나…… 야가미는 손목시계를 확인했다. 오전 4시 45분. 이

제 15분만 버티면 후루데라가 지원하러 온다. 기다려야 하나, 아니면 강행 돌파해야 하나.

야가미는 결단을 내렸다. 앉아서 죽음을 기다릴 바에야 나아가 싸우자.

더 이상 한가롭게 발소리를 죽일 상황이 아니었다. 야가미는 전속력으로 10층부터 계단을 뛰어 내려가기 시작했다.

발을 내딛을 때마다 철판을 짓밟는 무거운 소리가 아파트 전체에 울렸다. 계단참을 돌아가기가 두려웠다. 바로 앞에 무덤 파는 자가 서 있을 것 같았다. 9층, 8층, 7층으로 한 칸씩 건너뛰며 도착한 순간 눈앞의 철문이 세차게 열렸다.

적이다. 야가미는 그 자리에 버텨 섰다. 실내에서 낯익은 남자가 튀어나왔다. 프리터였다. 진로를 차단당한 야가미는 후퇴하려 했으나 그때 프리터가 덤벼들었다. 적어도 야가미가 보기에는 그렇게 보였다. 그러나 상대방의 두 팔이 야가미의 어깨를 잡은 순간, 얼굴에 끼쳐 오는 열기에 야가미는 신음했다. 프리터의 몸은 활활 타오르고 있었다.

반사적으로 팔을 뿌리치자 상대방은 계단에서 휘청거리더니 반 층 밑에 있는 계단참까지 굴러 떨어졌다. 가슴에는 화살이 꽂혀 있었고 얇게 빛나는 상반신이 순식간에 문드러졌다.

그레이브 디거가 바로 이 문 안에 있다. 그 사실을 알아차린 순간에 이번에는 아래층에서 다른 발소리가 한데 엉키며 올라왔다.

도망갈 길은 위층밖에 없다. 야가미는 이제 막 내려왔던 계단을 오르기 시작했다. 이제 그레이브 디거를 포함한 세 명이 남았다. 이대로 서로 죽고 죽여서 상대가 혼자가 되면 승산은 충분했다.

다만 단 하나, 가장 큰 문제는 두 다리의 움직임이 둔해지기 시작했다는 점이었다. 체력에 한계가 오고 말았다. 등 뒤의 발소리는 서서히 간격을 좁혀 왔다. 이대로라면 옥상에 다다르기 전에 잡히고 만다.

계단 표시가 12층으로 바뀌었다. 야가미는 실내로 들어가 방에 몸을 숨기기로 했다. 그런데 손잡이를 돌려도 문이 열리지 않았다. 다가오는 구두 소리에 쫓기듯 뛰어오르며 야가미는 생각이 났다. 건물의 내장 공사는 위에서 아래층으로 실시한다. 그러니 12층보다 위층은 이미 공사가 끝난 것이다.

추격자의 인기척은 반 층 밑까지 다가왔다. 야가미는 계단참을 돌아 급정지했다. 바로 밑까지 접근한 발소리가 멈추지 않고 이쪽을 향해 왔다.

발차기가 정확하게 상대방의 턱을 가격했다. 스콜라가 뒤로 튕기더니 그대로 13층으로 추락했다. 야가미는 다시 계단을 뛰어 올랐다.

조금은 시간을 번 모양이었다. 야가미는 숨이 끊어질 듯 15층을 통과한 뒤, 한 층을 더 올라서 맨 위층에 도달했다. 문이 속 썩이지 않고 열렸다. 도착한 곳은 옥상이 아니라 좁은 자재 창고였다. 페인트 통이나 비닐 시트 너머로 옥상으로 나가는 문이 하나 있었다.

두 개의 발소리가 뛰어 올라왔다. 헐떡이는 목소리도 들려온다. 깜짝 놀라 뒤돌아보자 'M'으로 보이는 두 남자가 바로 밑의 계단참에 모습을 나타냈다.

야가미는 자재 창고를 가로질러 옥상으로 나가려고 했다. 그러나 문이 잠겨 있었다. 손잡이를 쥐고 어깨너머로 시선을 던졌다. 집요하게 따라온 두 그림자는 그러나 곧 발을 멈추었다. 그들과는 다른 또 하나의 발소리가 한 칸, 또 한 칸, 비상계단을 오르고 있었다.

야가미는 그 자리에 얼어붙었다.

무덤 파는 자가 이 자리에 있는 모든 사람을 죽이러 다가온다.

야가미는 주머니에서 라이터를 꺼내어 불을 붙였다. 기름이 다 떨어졌는지 자재 창고를 비춘 빛은 약했다. 그 빛 속에 적외선 고글을 쓰고 꼼짝 못하는 'M'의 모습이 두 명 있었다. 리맨과 스콜라다.

야가미는 작은 소리로 속삭였다.

"저승사자가 납시었소. 이제 어쩔 거야?"

묻는 사이에도 무덤 파는 자의 발소리는 아래층에서 천천히 다가오고 있었다.

스콜라가 발소리를 죽이고 계단 입구로 다가갔다. 그리고 아래층을 살피려고 몸을 내밀었다.

무모한 자식. 야가미가 속으로 욕을 하자마자 화살이 허공을 가르는 소리가 나더니 스콜라가 공중제비를 돌며 쓰러졌다. 가슴팍에 위로 꽂힌 화살은 화살촉에서 연기를 피워 올리고 있었다. 불행 중 다행인지 스콜라는 심장을 직통으로 맞고 즉사한 모양이다. 꼼짝없이 눈에 보이지 않는 불길이 자아내는 연한 빛에 휩싸여 화장을 당하고 있었다.

홀로 살아남은 리맨이 야가미에게 다가왔다.

'M'의 잔당은 말했다.

"자네를 죽일 생각은 없어. 나와 힘을 합해서 여기서 나가고 싶지 않나?"

야가미는 그 말이 귀에 들어오지 않았다. 리맨의 뒤, 계단 밑에서 검은 그림자가 올라왔다.

야가미는 그대로 바닥에 엎드렸다. 그레이브 디거가 쏜 불화살이 리맨의 팔을 꿰뚫어 그를 벽에 못 박았다.

고통스러운 신음이 리맨의 입에서 흘러나왔다. 양복의 소매가 타는지 소량의 연기와 함께 윗도리에서 천이 너덜너덜하게 떨어져 나왔다.

그때 두 번째 화살이 활시위를 떠났다. 이번에는 대퇴부에 푹 찔렸다.

듣고 있기도 힘든 절규를 들으며 야가미는 마음속으로 차라리 빨리 끝을 내 주라고 그레이브 디거에게 빌었다.

"살려 줘!"

리맨이 목에서 쥐어짜듯 내뱉은 구걸은 그 외마디로 끊겼다. 벌린 입에 세 개째 불화살이 꽂혔다. 팔과 왼쪽 다리, 그리고 머리가 벽에 박힌 채 리맨은 선 자세로 숨이 끊겼다.

이로서 'M'의 회원 열한 명이 전멸했다.

야가미는 그 자리에 웅크려서 무덤 파는 자가 모습을 나타내기를 기다렸다. 이윽고 상반신밖에 보이지 않던 그림자가 계단을 오르는 발소리와 함께 전신상으로 바뀌었다. 중량감이 느껴지는 검은 망토로 몸을 감싸고 있다. 그 손이 움직이더니 거대한 활에 새로운 화살을 메겼다. 얼굴을 확인하려던 야가미는 두건 그늘에 빛나는 은색 가면을 보았다.

무덤 파는 자가 천천히 석궁을 들어 올려 눈높이에 맞추었다. 그러나 그 움직임에는 망설임이 보였다. 그렇지 않았다면 리맨 일당을 희생 제물로 바쳤을 때처럼 야가미에게 두말없이 화살을 쏘았을 터였다.

"미네기시."

야가미는 말을 걸었다.

무덤 파는 자가 움직임을 멈추었다.

"생명의 은인의 원수를 갚고 싶은 거잖아, 그렇지?"

얼굴이 보이지 않으니 상대의 반응을 살필 수는 없었다. 그러나 야가미를 노렸던 화살촉은 분명히 흔들리기 시작했다.

"도모토 겐고를 죽이고 싶으면 오모리 미나미 진료소로 가. 그놈은 거기 있어. 아마 무장 경찰관들이 지키고 있겠지."

무덤 파는 자는 묵묵부답이었다. 살육자의 온몸에서 뿜어 나오던 살기는, 소멸되자 비로소 그 처참함을 느끼게 했다.

"하지만."

야가미는 말을 이었다.

"튀는 게 좋을걸. 경찰이 진상을 알아냈어. 자네 복수는 내가 대신 이뤄 줄게. 'M'은 전멸했잖아? 내 골수는 도모토한테 전달되지 않을 거야."

앞에 있던 검은 그림자가 야가미를 겨냥했던 석궁을 내렸다.

"병원으로 가."

쉰 목소리가 들렸다.

야가미는 놀랐다. 상대방이 목소리를 낼 줄은 몰랐다.

"병원으로 가."

상대는 되풀이했다.

"아이의 생명을 구해 줘."

야가미는 퍼뜩 정신이 들었다.

"다치하라 아미가 어린애로구나!"

무덤 파는 자는 말없이 고개 숙인 채로 자신이 방금 학살한 두 남자를 쳐다보았다. 철가면의 음영이 빛의 조화로 울상을 만들었다. 한참을 그 자리에 섰던 기묘한 차림의 남자는 이윽고 발길을 돌려 계단을 내려갔다.

멀어지는 발소리에 야가미는 한참 꿈인지 생시인지 스스로에게 물었다. 일어나서 제 살을 꼬집으며 살아 있다는 것을 확인했다.

아이의 생명을 구해 주러 빨리 병원에 가야 했다. 그러나 그 전에 할 일이 있었다. 야가미는 휴대전화를 꺼내어 후루데라의 번호를 호출했다.

"야가미냐? 어떻게 됐어?"

회선이 연결되자마자 후루데라가 말했다.

"우리는 오타 구에 들어왔어. 5분이면 도착한다."

"잠깐. 차 세워."

"뭐?"

"일단 차를 세우라니까!"

수화기 너머로 들려오던 사이렌 소리가 사라졌다.

야가미는 말했다.

"오모리 미나미 진료소로 가. 거기에 도모토 겐고가 있어. 미네기시가 그리로 갈지도 몰라."

"그게 정말이야? 자네는 무사하고?"

"괜찮아, 상처 하나 없어. 하지만 'M'의 잔당은 죄다 살해당했어. 빨리 오모리로 가."

"지금부터 급행하겠네."

사이렌 소리가 다시 들렸다.

"마지막으로 하나만 말할게. 도모토란 자식은 백혈병에 걸렸어. HLA가 나랑 일치했던 거야."

놀란 목소리를 내는 후루데라를 야가미는 가로막았다.

"나머지는 알아서 추측해. 난 지쳤어. 끊는다."

야가미는 전화를 끊고 천천히 비상계단을 내려갔다. 다리가 휘청거렸으나 승리는 목전이었다. 5분만 걸으면 로쿠고 종합병원에 도착한다.

건물 밖에 나간 야가미는 천근만근 같은 몸을 겨우 일으켜서 건설 현장의 출입문 너머로 뛰어내렸다. 동녘이 어렴풋이 밝아 왔다.

다치하라 아미는 어떤 아이일까 생각하며 야가미는 걷기 시작했다.

처음부터 끝까지 예외조치투성이였다. 요인 경호에 왜 SP에다 SAT까지 출동했는지, 왜 여당의 간사장은 경비 태세를 철저하게 갖추기 쉬운 큰 병원으로 가지 않고 동네 의원을 겨우 면할 정도의 민간 진료소에 들어앉았는지, 그리고 바로 앞에 있는 정책비서는 무슨 엉뚱한 말만 지껄여 대는지……

경시청 경비부의 안도 경감은 찻길과 맞닿은 병원의 현관에 서서 거칠게 말했다.

"지금은 아무도 안으로 들여보낼 수 없습니다."

우에무라라는 정책비서는 눈을 부라렸다.

"왜요? 제가 누군지 아시지 않습니까?"

"물론 압니다."

"의원님께서 호출하셨다니까요? 다른 병원으로 옮길 테니 데리러 오라고."

"그러니까 그건 확인했습니다. 도모토 의원님께서는 병실에서 쭉 주무시고 계셨어요."

"그럴 리가 없어요. 저는 직접 전화를 받았다니까요. 의원님께 확인해 보세요."

안도 경감은 고개를 저었다.

"지금 몇 시인지 아십니까? 의원님을 두드려 깨우란 말씀이십니까?"

그때 상점이 늘어선 길 맞은편에서 소형차 한 대가 달려왔다. 차량의 측면에 '골수이식'이라는 단어가 적혀 있기에 안도는 의료 관계자의 차량이라고 생각했다.

운전석에서 내린 젊은 남자가 진료소에 들어가려 하기에 안도가 막았다.

"잠시만요. 어디서 오셨습니까?"

"골수이식 네트워크에서 왔습니다."

"네?"

우에무라 비서가 끼어들었다.

"혹시 도너를 찾으셨나요?"

안도 경감은 자신이 파악하지 못한 사정인가 싶어 불안해했다.

"무슨 말씀이십니까?"

"아뇨."

우에무라는 말끝을 흐렸다.

골수이식 네트워크에서 온 남자는 우에무라에게 눈을 돌렸다.

"실례지만 누구신지……?"

"우에무라라고 합니다. 도모토 겐고 의원의 정책비서입니다."

"그러셨군요. 지금 비서님께서 말씀하신 바로 그 이유로 온 겁니다."

우에무라는 SP를 힐끗 쳐다보더니 목소리를 낮추었다.

"골수를 입수한 겁니까?"

상대방은 고개를 끄덕였다.

안도를 쳐다본 우에무라는 아까와는 딴판으로 고압적인 자세로 말했다.

"우리를 안으로 들여보내 주게. 중대 사안이야."

어쩔 수 없었다. 안도는 허리에 찬 송수신기를 꺼내며 말했다.

"잠시만 기다려 주십시오. 지금 허가를 받겠습니다."

두 남자는 고개를 끄덕였다.

그때 희미하게 사이렌 소리가 들려왔다. 안도와 우에무라는 소리가 들리는 쪽으로 고개를 돌렸다.

"늦지 말아야 할 텐데."

조수석의 후루데라가 말했다.

겐자키는 운전하면서 왼쪽 팔꿈치를 몸에 대어 옆에 찬 권총의 감촉을 확인했다.

"경장님, 총은 가지고 계시죠?"

"안타깝게도 가지고 있지."

후루데라는 말했다.

"이제 곧 병원에 도착합니다."

"하지만 왜 도모토 겐고는 동네 의원에 있는 거야?"

"야가미를 납치하려던 경위를 봐서는 'M'의 입김이 닿은 병원이겠죠."

후루데라는 납득이 갔다.

"그렇겠군. 골수이식을 몰래 하기에는 제격이겠어."

겐자키는 차량의 속도를 늦추어 진료소로 이어지는 모퉁이를 돌았다. 상점가 건너편에 차 두 대가 서 있었다.

후루데라가 말했다.

"총을 뺄 상황이 되어도 총부리는 위를 겨냥하지 말게. 발을 노리도록 해."

"알겠습니다."

대답하고 나서 겐자키는 마음에 걸렸던 의문을 던졌다.

"만약 미네기시를 잡으면 어떻게 하시겠습니까?"

후루데라가 의아한 표정으로 겐자키의 얼굴을 쳐다보았다.

"어떻게 하다니?"

"체포하시겠습니까?"

운전 중이라 표정은 살필 수 없었지만 후루데라는 크게 놀란 듯했다.

"미네기시가 그레이브 디거라는 사실을 아는 사람은 우리와 야가미밖에 없습니다. 수사본부는 아무것도 몰라요. 이대로 녀석을 사형대로 보내기가 영 내키지 않네요."

후루데라의 입에서 희미한 한숨이 새어 나왔다.

"감찰계 주임이 그런 말을 할 줄은 몰랐어."

"마약 중독자를 죽인 도모토와 'M'을 잡지 못한 법률로 미네기시만 체포한다는 건 불공평합니다."

"상황을 봐서 움직이도록 하세."

후루데라는 말했다.

"미리 그놈을 잡으면 그때 생각해 보자고."

"알겠습니다."

기동 수사 차량이 오모리 미나미 진료소 앞에 정차했다. 차에서 내린 겐자키는 입구 옆에 쓰러진 두 남자를 발견했다.

"경장님!"

후루데라도 뛰어왔다. 겐자키는 두 사람의 경동맥에 손가락을 대고 기절한 상태라는 것을 확인했다.

골수이식 네트워크의 차량을 발견한 후루데라가 말했다.

"놈은 여기 있어."

그때 갑자기 그 일대가 어두워졌다. 진료소 조명이 일제히 차단되었다.

테러리스트가 나타난 사실은 진료소 앞을 맡은 저격수에게 이미 보고받았다.

2층 병실에 마련한 작전 본부에서 SAT의 지휘관인 하야미 경감은 1층에 대기하던 세 명의 SP의 보고를 기다리고 있었다. 갑자기 병원의 모든 조명이 꺼졌다.

SP가 적을 제압하기를 기대했던 하야미는 부하들이 적외선 암시 장치를 기본 장착하지 않았다는 점이 떠올랐다. 자칫하면 테러리스트는 1층의 방어선을 뚫고 요인이 있는 2층으로 올라올 위험이 있다.

하야미는 무선 마이크로 부하 열 명에게 임전태세 돌입을 전한 뒤 자신도 MP5 서브머신건의 안전장치를 해제했다. 암시 장치를 통해 병실 밖을 살피자 복도 양쪽에 있는 각 병실의 입구에 총을 갖춘 부하들의 모습이 확인되었다.

참 경비하기 힘든 위치였다. 하야미는 침대에 누운 도모토 의원을 돌아보았다. 이 병실은 2층 가장 구석진 자리에 있었다. 적이 나타날 때에는 약 15미터 떨어진 좁은 복도 끝 계단이나 엘리베이터를 이용할 것이다. 교전에 들어가면 아군끼리 해치지 않도록, 한 번에 공격할 수 있는 대원은 전방의 두 명으로 제한된다.

1층의 SP에게 상황을 묻고자 하야미는 무선 호출을 했다. 그러나 응답이 없었다. 대신 아래층에서 산발적인 총성이 들려왔다.

하야미는 엘리베이터와 계단을 감시하는 전방대원, 라인 A의 두 명에게 1층을 지원하도록 지시했다.

"로저."

답변이 돌아온 뒤에 검은 헬멧과 전투복을 두른 두 대원이 경기관총을 갖고 복도를 뛰어갔다.

지휘관은 자신이 보호해야 할 요인에게 시선을 돌렸다. 여당의 간사장은 침대에서 눈을 뜨고 있다. 그러나 아무 말도 묻지 않았다. 과거에 경시청 보안부의 비밀 부대를 통솔하던 이자는 SAT에게 모두 맡길 수밖에 없는 상황을 아는 것이다.

하야미는 복도로 눈길을 되돌렸다. 라인 A의 두 명이 계단을 내려간 순간, 동시에 그 옆에 있던 엘리베이터의 상승 램프에 불이 들어왔다.

"라인 B, 엘리베이터에 주의하라."

무선 마이크에 대고 말하자 전방으로 올라온 두 명이 경기관총을 눈높이에 대고 겨누었다.

엘리베이터의 층 표시가 '2'를 나타냈다. 천천히 열린 문 안에 기이한 그림자가 서 있었다. 온몸을 두터운 망토로 감싸고 있다. 두건 그늘의 어둠 속에 어떤 얼굴이 숨어 있는가?

"무기를 버려라!"

라인 B의 대원이 외쳤다.

아마도 1층의 SP는 깜깜한 어둠 속에서 습격당한 듯했다. 엘리베이터에 탄 그자는 경시청 경비부가 정식 채용하는 자동권총을 쥐고 있었다.

"총을 버리고 벽에 손을 대!"

대원이 다시 한 번 소리쳤다.

남자의 손이 움직였다. 총을 버리기는커녕 복도의 좌우에 선 대원들에게 총구를 겨냥했다.

라인 B의 두 명이 동시에 발포했다. 2초 동안 전자동 사격에 의해 수십 발의 총탄을 뒤집어쓰고 남자의 몸이 뒤로 날아갔다. 엘리베이터는 그의 시신을 삼키듯 천천히 문이 닫혔다.

"라인 B, 결과를 확인하라."

하야미의 지시를 받고 라인 B의 두 명이 서로를 옹호하는 태세로 엘리베이터에 다가갔다. 한 명이 문 밖에서 총부리를 상자를 향해 겨누고 또 한 명이 벽의 버튼을 눌렀다.

문이 열린 순간 안에서 휜 연기가 뿜어 나오더니 총을 겨눈 대원을 집어삼켰다. 소화기다. 하야미가 깨달은 순간, 이미 대원은 바닥을 구르며 방탄 헬멧에 묻은 소화액을 닦아 내리고 안간힘을 썼다. 나머지 대원이 상자 속에 머신건을 겨누었다. 그러나 그보다도 약간 빠르게 자동권총을 연사하는 화염이 빛났다. 대원의 상반신은 방탄조끼가 보호해 주었으나 두 발을 맞으면 속수무책이었다. 바닥을 향해 기관총을 난사하며 대원은 그 자리에 무너졌다.

복도의 라인 C가 총격을 개시했다. 엘리베이터 옆의 아군을 잘못 쏘지 않도록 사격 모드는 반자동으로 전환해 두었다. 그러나 단속적으로 덮쳐 오는 총탄을 맞는데도 남자는 쓰러지지 않았다. 발밑에 있는 대원의 목을 걷어차더니 기관총을 빼앗았다.

하야미는 전율했다. 왜 저자는 죽지 않는단 말인가? 그자는 엘리베이터의 구석에 숨겨 둔 방탄 방패를 들고 복도의 좌우에 잠복한 여섯 명의 SAT 대원에게 반격을 가하며 이쪽으로 돌진했다.

라인 C의 두 명이 연발 사격을 맞고 실내로 쓰러졌다. 이를 본 라인 D의 두 명이 일제사격을 시작했다. 남자가 든 폴리카보네이트제의 투명한 방탄 방패에 휜 연기가 피어오르며 변형된 9밀리미터 탄환이 바닥에 툭툭 떨어졌다. 남자의 속도는 약간 느려졌지만 바로 앞에 있던 대원 두 명에게 총격을 가하더니 최종 방어선인 라인 E로 접근했다.

그때 1층에 내려갔던 두 대원이 복도 끝으로 황급히 돌아왔다. 두 사람은 즉시 전황을 파악하여 총을 싱글 모드로 전환한 뒤, 남자의 등을 노려 정밀사격에 들어갔다. 등에 총알을 맞은 남자가 앞으로 고꾸라졌다. 이 틈을 타서 라인 A, E의 네 명이 남자에게 몰려 방탄 방패를 빼앗았다. 그 순간 총격이 작렬했다. 쓰러진 남자가 바닥에서 몸을 돌리며 전자동 사격으로 대원들의 발을 쓸어 낸 것이다.

그 자리에 있던 전원이 총을 맞고 부상 부위에서 피를 뚝뚝 흘리며 그 자리에 쓰러졌다.

병원의 복도를 뒤덮는 고통스러운 신음 속에 남자가 흔들흔들 일어섰다. 하야미는 눈을 크게 떴다. 지옥의 사자라는 표현이 딱 맞았다. SAT의 지휘관은 총구 끝에 남자를 확인하고 방아쇠를 죄었다.

세 발의 총탄이 남자의 가슴에 명중했다. 그러나 쓰러지지 않았다. 남자는 이쪽에 응전하려 했으나 기관총의 총탄이 떨어졌다. 하야미는 다시 한 번 반자동 사격을 퍼붓고 난 뒤에 깨달았다. 남자의 기이한 차림새는 단순한 연출이 아니었다. 온몸을 뒤덮은 검은 망토는 케블라인지 스펙트라인지 아무튼 방탄 마감의 재료로 사용되는 섬유 재질이다.

하야미는 두건의 그늘에 숨은 남자의 얼굴에 총구를 겨냥하여 근거리에서 전자동 사격을 퍼부었다.

날카로운 금속음과 함께 남자의 얼굴에 불꽃이 튀었다. 금속으로 만든 가면을 쓰고 있었던 것이다. 서브머신건에 사용되는 권총의 탄알로는 뚫을 수가 없다. 하야미는 상대의 눈을 노려 마구 쏘았으나 몇 초 되지 않아 탄창이 텅 비어 버렸다. 그러는 동안 남자가 자동권총을 이쪽에 겨누고 하야미의 오른팔과 오른발을 쐈다.

SAT의 지휘관은 문에 기대듯이 쓰러졌다. 그 옆을 남자의 두 발이 지나갔다.

검은 그림자는 그대로 도모토 겐고가 있는 침대로 걸어갔다.

"지금이다."

계단 입구에 몸을 숨겼던 후루데라가 작은 목소리로 말했다.

겐자키는 두 손으로 총을 움켜쥐고 병원 2층의 복도를 뛰어갔다. 통로에는 총알을 맞은 SAT대원들이 고통 속에 몸을 비틀고 있었다. 그들 사이를 지나 겐자키는 도모토 겐고가 있는 병실로 뛰어들었다.

"미네기시!"

총을 겨누었을 때 그레이브 디거는 침대 옆에 있었다. 왼손의 자동권총을 도모토에게 겨누고 오른손에는 끝에 천을 감은 화살을 쥐고 있다. 실내에는 알코올 냄새가 그득했다. 도모토 겐고는 처형당하기 일보 직전이었다.

"멈춰!"

조금 늦게 뛰어든 후루데라가 외쳤다.

무덤 파는 자가 이쪽으로 고개를 돌렸다. 은색 투구에는 탄환에 긁힌 줄 자국이 무수하여 그가 받은 탄환 세례의 처참함을 말해 주고 있었다.

"무기를 버려!"

겐자키는 말했으나 상대는 그 말에 따르지 않았다. 왼손으로 든 권총을 화살촉에 대고 발사했다. 총부리가 내뿜은 불이 금속 화살을 횃불로 바꾸어 놓았다. 눈에 보이지 않는 불길이 타오르며 병실 전체를 어슴푸레한 빛으로 비춰냈다.

겐자키는 상대의 발을 향해 방아쇠를 당겼다. 그러나 탄환은 무겁게 드리운 망토 자락에 저지당했다. 그레이브 디거는 쓰러지지 않았고, 손에 쥔 불화살을 도모토에게 꽂으려고 오른팔을 들어올렸다.

그때 겐자키의 뒤에서 총성이 울렸다. 후루데라가 발포한 것이었다. 회전식 권총에서 튀어나온 탄환이 무덤 파는 자의 오른 손가락 끝을 으스러뜨렸다. 그 기세로 불화살이 창가로 튀어 화염이 옮겨 붙은 커튼이 순식간에 사라졌다.

그레이브 디거는 총알을 맞은 오른손을 움켜쥐고 벽 앞에 떨어진 화살 쪽으로 걸음을 내딛었다. 그러나 그다음 순간 은색 투구가 폭발하듯 흩어졌다. 동시에 그레이브 디거의 뒤통수에서 피가 분수처럼 뿜어 나왔고, 그는 목을 뒤로 꺾으며 바닥에 나가떨어졌다.

겐자키는 숨을 멈추고 창문 유리에 남은 탄흔을 쳐다보았다. 길 건너편 건물의 옥상에서 SAT의 저격수가 한 방에 적을 쓰러뜨린 것이다. 바닥으로 눈길을 되돌려 미네기시의 죽은 얼굴을 확인하려고 했으나 살육자의 안면은 초음속으로 날아온 매그넘탄에 의해 완전히 파괴된 상태였다.

"이럴 수가."

후루데라가 방금 쏜 자기 총을 바닥으로 떨어뜨린 채 넋이 나간 듯 중얼거렸다.

"내가 쐈어."

"신경 쓸 거 없네. 이놈은 죽어도 마땅해."

비웃는 목소리가 어둠 속에서 들려왔다. 겐자키는 고개를 들었다. 도모토 겐고가 어깨를 가늘게 떨며 두 사복형사를 쳐다보고 있었다.

"소화기를 가져오게."

그러나 겐자키는 꿈쩍 않고 썩어 문드러진 권력자를 내려다보았다.

"안녕, 자기야! 잘 있었어?"

야가미가 애교를 부려도 전화를 받은 오카다 료코는 무덤덤했다.

"수면 부족이라 농담할 기분 아니에요."

여의사는 하품을 죽이며 말했다.

"그건 그렇고 지금 어디예요?"

"병원 현관까지 이제 30초야."

"네? 정말이에요?"

야가미는 로쿠고 종합병원의 정문 옆, 산울타리 사이로 안을 살폈다. 넓은 주차장에는 차가 다섯 대밖에 없었다. 문제는 그중에 한 대, 수은등과 가장 멀리 떨어진 곳에 있는 승용차였다. 운전석에 사람의 모습이 보였기 때문이다.

여의사가 들뜬 목소리로 말했다.

"현관까지 마중 나갈게요. 문 열어 드려야죠."

"잠깐. 주차장에 세워 놓은 차는 누구 차야?"

"누구라니요, 병원 관계자겠죠."

"사람이 탄 차가 한 대 있어. 아까부터 보고 있는데 전혀 출발할 낌새도 없어."

"그래서요?"

여의사는 짜증이 난 모양이었다.

"보기와는 다르게 예민하시네요."

야가미가 보기에 자신과 대화를 나누는 사람은 모두 참을성이 없어지는 것 같았다.

"오카다 선생은 이메일을 쓰나?"

"쓰죠."

"이메일로는 음성도 보낼 수 있어?"

"하려면 할 수 있죠. 근데 뜬금없이 무슨 얘기예요?"

"혹시 목소리를 녹음할 만한 기계는 갖고 있어?"

"학회에 가지고 다니는 IC 녹음기는 있어요."

"좋아. 이대로 전화를 끊지 말고 있어 봐. 지금부터 병원으로 들어갈 테니까."

"잠깐만요. 전화를 끊지 말라니 무슨 말이에요?"

"이식을 성공시키고 싶으면 내가 시키는 대로 해."

야가미는 전화기를 귀에서 떼고 정문에서 주차장으로 들어갔다. 30미터 전방에 조명을 끈 정면 현관이 눈에 들어왔다. 야가미는 천천히 걸어갔다. 오른편에 서 있는 승용차가 움직일 조짐은 없었다.

기우였을지도 모르겠다고 야가미는 생각했다. 'M'의 멤버 열한 명은 전멸했다. 이제 야가미의 앞길을 가로막을 자는 없었다.

주차장의 중간 지점까지 걸어갔을 때 야가미를 맞이하듯 현관에 불이 들어왔다. 현관의 유리문 안에서 티셔츠 위에 흰 가운을 입은 오카다 료코가 나타났다.

몸집이 아담한 여의사는 야가미의 모습을 확인하자 마음이 놓였다는 듯한 미소를 지었다. 그 천진난만한 표정에 야가미의 마음은 완전히 치유되었다.

료코가 가녀린 팔로 현관의 무거운 문을 열었다. 야가미는 재치 있는 말을 건네며 병원으로 들어갈 참이었다. 그러나 그때 여의사의 얼굴이 어두워졌다. 야가미의 뒤에서 차 문을 여닫는 소리가 들렸다.

야가미가 뒤돌아보자 남자가 한 명 천천히 이쪽으로 다가오고 있었다. 창백한 얼굴에 둥근 안경을 썼다. 그 파리한 남자의 안면은 전혀 기억에 없었다.

병원으로 뛰어들까 하다가 그냥 그 자리에서 기다렸다. 여의사를 끌어들이는 사태만큼은 피해야 한다. 지금은 다가오는 남자의 정체를 파악하는 것이 우선이다.

"실례합니다."

양복 차림의 남자는 야가미에게 경찰증을 보였다.

"경시청에서 왔습니다."

그 경찰증은 진짜였다. 후루데라가 보냈을까?

"이름이 뭐야?"

"대답할 수 없습니다."

남자는 야가미의 팔을 붙잡으려 했다.

"지금 장난하나."

야가미는 자신에게 뻗어 온 상대방의 손을 뿌리쳤다.

"이름이랑 부서를 말해 봐."

"공무 집행 방해죄로 체포한다."

"뭐?"

남자가 총을 꺼냈다. 야가미는 비로소 마지막 남은 한 명을 잊고 있었음을 깨달았다.

"네놈이 위저드냐?"

남자가 약간 고개를 들었다.

"자기가 무슨 마카로니랑 청바지(형사 드라마「태양을 향해 외쳐라」에 등장한 형사들의 별명―옮긴이) 친척이라도 되는 줄 아시나 보군. 네가 사이비 종교 교주로구나. 본명이 미사와였나?"

그러나 보안부의 형사가 동요한 것은 짧은 찰나에 불과했다. 미사와는 총을 들이댄 채로 야가미의 옷을 더듬었다. 그리고 곧 수갑 열쇠를 찾아냈다.

야가미는 실망을 감추며 말했다.

"흉기는 없어."

"그런 모양이군."

배낭 속까지 뒤지고 난 미사와는 왼손으로 수갑을 꺼내서 야가미의 두 손에 채웠다.

"따라와."

뒤에 붙은 형사에게 채근당하며 야가미는 병원을 돌아보았다. 여의사가 야가미를 배웅하며 오도카니 서 있었다.

이제 10미터 남았는데, 야가미는 아쉬워했다. 자신을 만나 기뻐할 그녀의 얼굴을 가까이에서 볼 수 있었는데!

미사와는 야가미를 차로 데리고 가더니 뒷자리에 태웠다. 잠복 경찰차였다. 운전석에 올라탄 미사와가 도어록을 걸었기 때문에 차 안에서는 뒷문을 열 수 없었다.

차가 달리기 시작했다. 야가미는 뒷유리를 통해 병원을 돌아보았다. 불안해하는 여의사의 얼굴이 쓸쓸해 보였다. 우리는 맺어지지 못할 인연이란 말인가. 야가미는 혀를 찼다.

아직 날이 채 밝기 전에 오모리 미나미 진료소는 전쟁터처럼 떠들썩했다. 병원 앞길을 가득 메운 경찰차, 사건 냄새를 맡고 쫓아온 보도진, 그리고 구경꾼들.

병원 내에서는 중상을 입은 SP, 그리고 SAT 대원들이 응급처치로 지혈 처리를 받은 뒤에 탄환 적출 수술을 할 수 있는 더 큰 병원으로 호송되었다.

겐자키는 넋이 나간 듯이 1층 로비에 앉아 있었다. 후루데라도 긴 의자의 반대편에 앉아 바닥을 물끄러미 바라보고 있다.

2층 병실에서는 미네기시 마사야의 검시와 그 밖의 감식 작업이 진행되고 있을 것이다.

그레이브 디거는 복수를 이루기 직전, 음속의 세 배 속도로 날아온 탄환에 머리가 박살났다. 그리고 무덤 파는 자가 쓰러뜨리려던 원수 도모토 겐고는 상처 하나 없이 살아남았다. 권력자는 이미 언론의 눈을 피하듯 국선 비서의 부축을 받으며 뒷문으로 사라졌다. 현장에 모인 경찰관 전원에게는 사건에 관한 엄중한 함구령이 내려졌다.

겐자키는 자신이 경찰관으로서 직무를 완수하려던 것을 후회했다. 무덤 파는 자의 복수극을 가만히 지켜볼 것을…… 적어도 도모토 겐고만 살아남은 현재 상황보다는 그쪽이 옳은 결과였을 것 같았다.

후루데라의 생각은 어떤지 옆에서 살폈으나 기동 수사 대원은 바닥에 시선을 떨어뜨린 채 꼼짝을 하지 않았다. 겐자키는 후루데라의 마음을 이해했다. 후루데라가 그레이브 디거에게 발포하지 않았다면 복수는 성공했을 것이다.

"겐자키 주임."

이름을 부르는 소리에 고개를 들자 오치 관리관이 서 있었다.

"피곤하겠지만 상황을 설명해 주시겠습니까? 도쿄구치소에 간 뒤로 지금까지 무슨 일이 있었던 겁니까?"

부드러운 말투였다.

겐자키는 입을 다문 채 후루데라 쪽으로 고개를 돌렸다.

후루데라가 커다란 몸을 일으켰다.

"관리관님."

그는 피로가 쌓여 식은땀이 흐르는지 손수건으로 목덜미를 닦으며 두 사람에게 다가왔다.

"독단으로 움직여서 죄송했습니다. 변명할 말도 없지만 마지막으로 하나만 부탁합시다. 3분만 겐자키 주임과 단둘이 이야기를 나눠도 되겠습니까?"

"왜요?"

"둘이 나쁜 일로 입을 맞추겠다는 게 아닙니다."

후루데라는 말했다.

"악당을 잡기 위해 의논하는 겁니다. 선한 얼굴을 한 진정한 악당을 검거하려고요."

오치는 인상을 쓰면서도 허락했다.

"좋습니다. 딱 3분입니다."

겐자키는 후루데라에게 복도로 끌려 나갔다. 두 형사는 사람이 없는 곳을 찾아 외래환자 대기실로 들어갔다.

"다 털어놓자."

후루데라는 말했다.

"도모토와 얽힌 건을 죄다."

"하지만 증거가 없잖아요!"

겐자키는 자신의 대드는 듯한 목소리를 깨닫고 말투를 고쳤다.

"지금 터뜨려 봤자 입건은 못합니다."

"감찰계에서 조사할 수 없나? 미사와 선에서 도모토까지 타고 올라가면……."

"저희가 추궁할 수 있는 것은 피라미뿐입니다. 보안부가 제대로 덮으려 들면 도저히 맞붙을 수 없어요."

후루데라는 혀를 찼다.

"그럼 남은 방법은 한 가지야. 보안부의 책임자인 경찰청 경비국장한테 까발리는 거지. 그들의 자연 정화 작업에 기대해야지, 뭐. 입건은 못해도 도모토와 'M'의 라인은 끊을 수 있지 않나?"

"법의 심판을 받게 할 수는 없겠지만요."

겐자키는 떨떠름하게 말했다.

"게다가 도모토의 정치 생명도 무사하겠죠."

그때 오치 관리관이 입구에 모습을 드러냈다.

"실례합니다."

화들짝 놀란 겐자키와 후루데라는 방금 대화가 들렸나 싶어 서로 마주 보았다.

오치가 말했다.

"두 분의 대화 내용은 나중에 찬찬히 듣겠습니다. 그것보다 긴급 연락이 들어와서요."

겐자키가 물었다.

"뭡니까?"

"감찰계에 니시카와라는 분이 계셨죠?"

"제 부하입니다."

"방금 지요다 구의 공원에서 시체로 발견되었습니다."

겐자키와 후루데라는 놀란 나머지 그 자리에 굳었다.

"칼로 목을 베였습니다. 타살입니다."

겐자키는 니시카와를 죽인 범인을 알고 있었다. 그는 미사와를 만나러 간다며 겐자키와 헤어졌다.

"위저드가 아직 살아 있었어."

관리관을 옆에 두고도 개의치 않고 겐자키는 말했다.

후루데라가 고개를 끄덕였다.

"야가미, 이놈은 어떻게 됐을까?"

관리관이 대기실로 들어오며 말했다.

"무슨 일이 있었는지 슬슬 들려주시겠습니까?"

후루데라가 말했다.

"다 말씀드리죠. 보안부의 책임자를 지금 당장 불러 주십시오."

야가미를 태운 잠복 경찰차는 사이렌을 울리지도 않고 간선도로를 곧장 달렸다. 관할 경찰서에 데리고 가지는 않을 모양이었다.

"어디로 가는 거야?"

야가미가 물었다.

"사이비 종교의 예배당이냐?"

위저드는 대답이 없었다.

야가미는 잡담을 시도했다.

"하나 물어보자. 어떻게 'M'에 있는 놈들을 속인 거야?"

그러자 미사와는 한쪽 뺨을 일그러뜨리며 웃었다.

"부처와 예수가 한 말을 늘어놨지."

"그게 끝이야?"

"그게 다야. 나머지는 내 카리스마랄까?"

"우쭐대지 마. 대단한 건 부처와 예수지 네놈이 아니니까."

야가미는 종교가를 사칭하는 사기꾼에게 말했다.

"전혀 우쭐대는 게 아냐."

너그럽기까지 한 말투로 위저드는 말했다.

"실제로 그들을 길들이기란 식은 죽 먹기였지. 그 자식들 머릿속에는 쓸데없는 지식과 불안밖에 없거든. 듣기 좋게 마음을 다스리는 말만 늘어놓으면 단숨에 넘어오더군."

야가미는 속이 메스꺼워졌다.

"남들을 얕보고 사는군."

"리더로 태어난 자들의 특성이라 할 수 있지."

미사와는 제멋대로 단정지었다.

"조종당하는 쪽이 어리석은 거야. 마약 중독자를 죽였을 땐 내가 놀랄 정도였다니까. 평범하게 생긴 놈들이 환희에 찬 표정으로 곤도에게 갖은 고통을 주며 죽였으니 말이야. 게다가 목숨을 구걸

하는 상대방의 숨통을 칼로 끊어 놓은 건 무역회사에 다니던 젊은 여자였어. 제 머리로 사리 판단을 할 줄 모르는 년놈들의 말로였지."

잠복 경찰차가 속도를 늦추었다. 도착한 곳은 가마타 역 앞에 있는 호텔인 것 같았다.

운전석에서 내린 위저드가 뒷자리의 문을 연 뒤에 윗도리에 오른손을 넣었다. 총을 쥔 모양이다.

"허튼수작 마."

그는 야가미를 견제하더니 왼손으로 수갑 열쇠를 던져 주었다.

"알아서 풀어. 따라와."

"남자랑 호텔에 오는 건 이번만 벌써 두 번째로군."

야가미는 말하고 수갑을 풀었다.

미사와는 총을 쥔 채로 야가미의 뒤로 돌았다. 야가미는 어깨를 쿡쿡 찔리며 호텔에 들어갔다.

로비를 지나 엘리베이터로 최상층으로 갔다. 스위트룸만 있는지 복도 좌우에 있는 출입문의 간격이 넓었다.

중앙 부근의 한 방 앞에 멈춘 미사와가 문을 두드렸다. 안에서 안경을 쓴 남자가 얼굴을 내밀어 두 사람을 맞이하더니 그는 그대로 방을 나갔다. 야가미는 위저드에게 연행되듯 끌려가서 안쪽 침실로 들어갔다.

"데려왔습니다."

위저드가 방의 한가운데에 놓인 의자에 야가미를 앉혔다.

앞에 놓인 킹사이즈의 침대에 두꺼비같이 생긴 남자가 누워 있었다. 도모토 겐고다. 왼팔에는 링거 바늘이 꽂혀 있다. 야가미를 보더니 미소를 띤 듯했으나 흐릿한 눈매만은 웃지 않았다.
"자네가 저지른 죄를 알고 있나?"
뻔뻔하게도 도모토는 말했다. 뉴스 프로그램을 통해 익숙한, 상대방을 협박하는 듯한 큰 목소리였다.
"도쿄를 다 헤집고 다니며 난동을 피웠다더군."
"화두는 빼. 거래하자고."
야가미는 본론을 서둘렀다.
"거래? 무슨 거래 말인가?"
야가미는 옆에 대기한 위저드에게 눈길을 돌렸다. 방에 들어온 이후로 미사와는 거리낌 없이 권총을 야가미에게 들이대고 있었다.
"짐을 꺼내도 상관없지?"
야가미는 물었다.
미사와는 총의 격철을 세우고 말했다.
"좋아. 단 천천히 꺼내."
야가미는 등에 멨던 배낭을 내려 안에서 노트북을 꺼냈다.
"시마나카가 가지고 있던 기계야. 위저드의 지시가 남아 있지. 그리고 도너 명단도 있어."
"그게 어쨌다는 거지?"
재미없는 농담을 들었다는 듯 도모토가 코웃음을 쳤다.
"이거랑 교환 조건으로 나를 여기서 풀어 줘."
도모토는 목소리로만 웃었다.
"그건 안 되지. 절대 허용할 수 없어."
미사와가 다가와 야가미의 손에서 노트북을 빼앗았다.

"그건 나중에 처분해 둬."

정치가의 명령에 현직 경찰관은 대답했다.

"예."

"정신 나간 놈이구먼."

도모토는 야가미에게 고개를 돌려 한심하다는 투로 말했다.

"자네는 지금 처한 상황이 파악이 안 되는 모양인데. 우리가 시키는 대로 하는 수밖에 더 이상 살길이 없다는데 말이야."

"시키는 대로라니?"

"나한테 골수를 제공해야지."

도모토는 말했다.

"당신한테 줄 순 없어. 선약이 있거든."

"그 선약은 파기해야겠어. 이대로 가면 자네는 바로 체포당할 게야. 살인, 도로교통법 위반, 납치 감금, 공갈, 온갖 위법행위를 저질렀으니까. 평생을 감옥에서 썩고 싶나?"

"사람을 죽인 기억은 없는데."

"아케이드 위에서 '스튜던트'를 밀쳤지 않나."

"공부를 지지리도 못하는 학생이었거든. 게다가 그건 정당방위였어."

"우리는 그렇게 생각하지 않아. 게다가 목격자를 만들어 낼 수도 있어."

"곤도가 죽었을 때처럼 말인가?"

"잘 아는군."

야가미는 잠시 생각에 잠긴 뒤에 물었다.

"골수를 당신한테 준다고 하면 풀어 줄 건가?"

"그럼."

도모토는 딱 잘라 말했다.

"게다가 이건 국가를 위해 헌신하는 거나 마찬가지야. 나는 국민들이 국회의원으로 뽑아 준 사람이야. 거리의 이름도 없는 서민보다는 내 생명을 구하는 게 더 가치가 있다고 생각하지 않는가?"

"당신이 반대 입장이었으면 정반대의 논리를 늘어놨겠지. 국회의원이라면 이름 없는 시민을 위해서 죽으라고 말이야."

옆에서 권총을 휘둘렀다. 총목으로 볼을 맞고 야가미의 눈앞에 불꽃이 튀었다.

"얼간이 같으니! 이자를 다치게 해선 안 돼!"

도모토가 위저드에게 호령했다.

"죄송합니다."

미사와는 정중하게 말하고 원 위치로 물러났다.

"모두가 내 건강을 걱정해 주는군."

야가미는 피가 섞인 침을 카펫에 내뱉었다.

"기뻐서 눈물이 날 지경이야."

"어떤가? 나쁘지 않은 조건일 텐데."

"줄거리가 이상하다 싶었는데 이제 이해가 가네."

야가미는 방에 있는 두 남자를 쳐다보며 말했다.

"당신들은 처음에 '미니스터' 그 새끼들한테 나를 납치하라고 시켜서 골수를 빼낼 생각이었지. 하지만 그놈들이 죽는 바람에 거칠게 나올 수가 없어진 거야. 그래서 지금 이렇게 거래하자고 나오는 거로군?"

"그래. 이게 가장 손을 더는 방법이야. 참고로 알려 주겠네. 다른 방에 잘 아는 의사를 대기시켜 놓았어. 일이 이렇게 된 이상 자네가 거부해도 강행한다는 선택지가 남아 있다네."

그 말에 이어 위저드가 야가미의 관자놀이에 총구를 들이댔다.

"날 미워하는 마음도 이해가 되네."

도모토는 이해심을 나타냈다.

"권력의 무대에서는 이상론만으로는 버틸 수가 없어. 구정물에서 뒹굴며 천번 만번 죽어 마땅할 죄를 범하며 계단을 올라야 한다네."

"주둥이만 살아 가지고. 천번 만번 죽어야 마땅하면 죽어라!"

야가미는 정치인을 꾸짖었다.

"뭣이?"

도모토가 얼굴을 붉혔다.

"그래도 끝까지 저항하겠다는 거냐?"

야가미는 단념한 투로 말했다.

"할 수 없군."

고개를 떨구고 밑에 내려둔 짐을 내려다보았다. 도모토 쪽으로 열어 둔 배낭은 소리를 모으는 마이크가 되어 있을 터였다. 야가미는 배낭에서 휴대전화를 꺼내어 말했다.

"이봐, 잘 들었지?"

도모토의 표정이 바뀌었다. 미사와는 당황하며 자신이 모시는 주인과 야가미를 번갈아 쳐다보았다.

"여보세요?"

야가미가 큰 소리로 불러내자 오카다 료코의 목소리가 되돌아왔다.

"들었어요."

"녹음했지?"

"했어요. 아주 자극적인 이야기네요."

"이대로 계속해서 녹음해 줘."

야가미는 말하고 전화기를 도모토에게 돌렸다.

"지금까지 나눈 대화는 모조리 녹음됐어. 나한테 무슨 일이 생기면 언론에 메일이 돌 거야."

도모토는 입을 꾹 다물었다. 작고 보잘것없는 휴대전화를 두려워하고 있는 것이다.

"체포당해도 마찬가지야. 나를 감방에 처넣으면 네놈도 같이 가게 되겠지."

그때 옆에서 미사와가 전화기를 빼앗으려고 덤볐다. 그러나 야가미는 더 이상 무서울 것이 없었다. 상대가 총을 쏠 수 없을 것이 뻔했기 때문이다. 경찰관의 손을 피한 야가미는 상대방의 얼굴에 카운터펀치를 날리고 수그리려는 콧대를 있는 힘껏 걷어찼다.

뒤로 몸을 젖힌 위저드가 코피를 뿜어내며 바닥에 쓰러졌다. 이렇게 통쾌한 일은 평생 동안 그리 자주 없을 것 같아 흡족했다.

부하의 한심한 꼴에 속이 끓었는지 여당의 간사장은 낮은 목소리로 말했다.

"우리나라 언론은 잡을 수 있어. 신문도 텔레비전도 가능해."

"잡지도 잡을 수 있나?"

야가미는 되받아쳤다.

"그리고 해외 언론은 어때? 미국에서 드러난 일본의 정치 스캔들도 있었잖아? 인터넷은 전 세계를 연결하고 있다는 거 모르나?"

도모토의 두 눈이 면도날처럼 가늘어졌다. 볼에 근육이 불뚝불뚝 튀어나오며 이를 가는 소리가 들렸다.

"이봐, 미사와. 넌 현직 경찰관이었던가? 뭐라 말 좀 해 보시지."

휴대전화를 들이대자 미사와는 바닥에 엉덩방아를 찧은 채로 십자가를 본 흡혈귀처럼 뒷걸음질을 쳤다.

승부는 판가름이 났다. 야가미는 미소를 짓더니 배낭을 어깨에 둘러메고 뒷걸음으로 천천히 문으로 다가갔다.

"난 진정한 악당이라고."

방을 나서며 야가미는 내뱉었다.

"거리의 이름 없는 악당을 우습게 보지 말란 말이다!"

호텔을 뛰쳐나온 야가미는 택시를 잡고 오카다 료코에게 전화를 끊도록 지시했다. 그리고 서둘러 후루데라의 번호에 걸었다. 도모토의 숨통을 완전히 끊어야 한다. 그렇지 않으면 통화 기록으로 여의사가 색출되어 위저드가 그녀의 자택을 심야에 방문하는 사태가 일어날 수도 있었다.

전화벨 세 번 만에 늠름한 진짜 경찰관의 목소리가 들려왔다.

"야가미냐? 후루데라다."

"급하니까 용건만 말한다. 도모토 겐고가 음모의 배후 인물이라는 증거를 잡았어."

"뭐라고?"

외치는 목소리에 이어 "경비국장님, 잠시만 기다려 주십시오."

하고 수화기 밖으로 말하는 목소리가 들렸다.
"그래서?"
"영감이나 겐자키한테 메일을 보내려면 어떻게 해야 돼?"
"자네가 컴퓨터를 다룰 건가?"
"아니, 다른 사람한테 부탁할 거야."
"그럼 메일 주소를 전달해 주기만 하면 되네. 지금 적을 수 있나?"
"오케이."
야가미는 택시의 뒷좌석에서 조수석으로 몸을 내밀어 볼펜을 움켜쥐었다.
"말해 봐."
후루데라는 자신과 겐자키의 이메일 주소를 각각 가르쳐 주었다. 야가미는 영문 모를 알파벳의 문자열을 왼쪽 손등에 받아 적었다.
"보내는 건 음성 데이터야. 기다리고 있어."
"알았네."
야가미는 전화를 끊고 오카다 료코에게 다시 걸었다. 두 개의 메일 주소를 말하자 여의사는 바로 보낼 수 있다고 했다.
"그대로 기다려 봐요."
야가미는 전화기를 귀에 대고 오카다 료코가 메일을 발신하기를 기다렸다. 창밖에 여명을 맞은 번화가의 풍경이 지나갔다. 야가미는 손목시계를 보았다. 이제 곧 오전 6시. 이제야 날이 밝아오고 있었다.
여의사의 목소리가 되돌아왔다.

"양쪽 주소에 다 보냈어요. 이제 뭘 하면 되죠?"

"병원이 보이네."

야가미는 앞 유리 밖에 보이는 로쿠고 종합병원을 올려다보며 말했다.

"현관으로 마중 나와 줘."

"알았어요."

여의사는 쾌활하게 말했다.

"밤새 투덜대서 미안했어요."

"나야말로 약속 시간에 늦어서 미안하게 됐어. 도쿄가 이렇게 넓은 도시인 줄 몰랐거든."

"그럼 이번에야말로 1분 뒤에 봐요."

"좋아. 딱 열두 시간 지각이다."

전화가 끊겼다.

야가미는 창문 유리에 자신의 얼굴을 비춰 보고 흐트러진 머리를 고쳤다. 그리고 자신의 웃는 얼굴도 그럭저럭 봐 줄 만하다고 느꼈다.

차가 병원 부지로 들어섰다. 정면 현관 안에 흰 가운을 펄럭이며 뛰어오는 오카다 료코의 모습이 보였다.

이야말로 감동의 피날레다. 야가미는 차에서 내리면 힘이 빠진 척하고 그녀의 품에 안길 속셈이었다. 그 정도 대가도 없이 남자가 무슨 낙으로 이 세상을 살아가리?

택시가 정문 현관에 멈췄다.

료코가 뛰어나왔다. 그 모습은 야가미를 맞이하는 승리의 여신처럼 보였다.

지금이다. 차에서 내리려는 야가미를 기사가 붙잡았다.
"손님, 돈 주셔야죠."
야가미는 곁으로 다가온 승리의 여신에게 돈을 꾸어야 했다.
"500엔만……."

에필로그

겐자키는 완전 연소된 상태였다. 이만한 피로는 여지껏 살아온 30여 년 동안 한 번도 느낀 적이 없었다.

사건에 관한 경찰청 경비국장 구두 보고는 날이 밝을 때까지 이어졌다. 처음에는 도저히 믿기지 않던 표정이던 국장도 야가미가 보낸 음성 메일을 듣자 표정을 완전히 바꾸었다.

그 파일을 시디에 저장한 뒤에 겐자키와 후루데라는 자신들의 컴퓨터에서 메일을 삭제하라는 엄명을 받았다. 동의하긴 했어도 실제로 삭제할 생각은 추호도 없었다. 사건이 최종적으로 결착이 날 때까지 부적이 되어 줄 터였다. 보안부가 사건 은폐 공작을 펼칠 경우 겐자키와 후루데라만 처분당하고 말 가능성이 있기 때문이다.

오전 8시가 지나 겐자키는 후루데라와 헤어진 뒤, 지요다 구의 관할 경찰서로 향했다. 영안실로 가서 유족과 함께 니시카와의 시신을 확인했다. 죽은 자에게 주어진 마지막 명예는 두 계급 특진이었다. 과거의 부하는 겐자키와 똑같은 경위가 되어 다른 세상으로 떠났다.

니시카와의 아내와 초등학생인 아들은 남편이자 아버지였던 자에게 매달려 흐느껴 울었다. 두 사람의 뒷모습을 보며 겐자키는 자신이라면 원수를 갚을 수 있을지 생각해 보았다.

그리고 본청으로 돌아가서 보고서를 작성하느라 바빠졌다. 온몸이 지친 상태라 문장이 잘 다듬어지지 않았다. 그럴 동안 무덤 파는 자의 사건을 담당한 전속 수사원들이 사망한 피의자, 미네기시 마사야의 신상을 낱낱이 조사했다.

미네기시는 다섯 살 때 자택의 화재 현장에서 곤도 다케시에 의해 구조되었다. 그러나 이 화재로 부모를 한꺼번에 잃었기 때문에 그 뒤로는 조부모 밑에서 자랐다. 어렵게 대학을 졸업한 후에는 프리랜서 기자가 되어 정치와 경제에 관한 기사를 월간지에 기고하곤 했다. 그리고 얻은 수입의 일부를 생명의 은인인 곤도의 생활비로 할당했다.

마지막으로 남은 수수께끼는 제3종 영구시체로 발견된 곤도의 시신이 어디 있느냐는 점이었다. 추측되는 가능성은 두 가지였다. 허위의 목격 증언이 시체 소견과 어긋났기 때문에 'M'이 증거인멸을 위해 훔쳐갔다는 것. 또 하나는 영국의 전설을 재현하기 위해 미네기시가 훔쳤다는 것. 그러나 어느 쪽이 진실일지는 영원히 수수께끼로 남을 것이다. 훔친 시신은 바로 땅에 묻든지 해서 처분했을 것이고 당사자는 모두 사망했기 때문이다.

해가 저물 무렵에야 보고서 작성을 마치고 장시간의 근무에서 해방되었다. 그때 오치 관리관의 비공식적인 전화를 받았다. 무덤 파는 자 사건의 처리는 보안부가 주축이 되어 수사하기로 결정되었다고 한다.

"그럼 모든 게 어둠 속에 묻히고 마는 겁니까?"

겐자키가 묻자 오치는 대답했다.

"그럴 가능성이 높습니다. 단 겐자키 주임님과 후루데라 경장님의 처분은 보류되었습니다. 그리고 야가미 도시히코의 체포도 마찬가지입니다."

이는 아마 세 사람이 도모토의 음성 데이터를 쥐고 있기 때문일 것이다.

겐자키는 유일한 가능성을 기대할 수밖에 없었다. 도모토 겐고의 자멸.

"도모토의 병은 정확히 뭡니까?"

"만성 골수성 백혈병이라고 하네요. 통원 치료도 가능했기 때문에 주변에서는 몰랐던 모양입니다."

거기까지 말하고 오치는 목소리를 낮추었다.

"그리고 그 골수이식 말인데요."

"물론 야가미가 아니면 불가능한 거죠?"

"그게 그렇지 않습니다. 완전히 일치하지 않더라도 HLA가 많이 비슷한 제2후보자도 준비되어 있었어요."

"뭐라고요?"

겐자키는 되물었다.

"이식의 성공률은 다소 낮아져도 도모토 겐고의 병이 나을 가능성은 남은 상태입니다."

그리고 지금…….

젠자키는 몽롱한 머리를 어르고 달래며 잠복 경찰차로 도쿄 남부를 향해 달리고 있다. 도모토 겐고가 오모리 미나미 진료소로 돌아갔다는 말은 오치에게 들었다. 그리고 젠자키는 옆구리에 아직 다섯 발의 총탄이 남은 권총을 차고 있었다.

자기 스스로도 판단력이 둔해졌는지도 모른다는 생각이 들었다. 그러나 마음 깊숙한 곳에 있는 의지가 그를 여당 간사장이 있는 곳으로 향하게 만들었다.

차가 오모리 일대로 들어섰다. 복잡하게 얽힌 도로를 지나 진료소에 다가간 무렵, 젠자키는 반대 차선을 달리는 차를 보았다.

순식간에 지나쳤기 때문에 확실하지는 않아도 운전석에 있던 동안의 남자는 부하 직원 고사카가 아니었던가? 전 보안부 직원인 고사카가 뒷조사에 동원된 것일까?

잠복 경찰차는 이내 목적지에 도착했다.

그레이브 디거의 습격으로부터 열세 시간이 지난 진료소는 「금일 휴진」이라는 간판만 걸었을 뿐, 겉으로는 미명의 처절한 전투를 엿볼 수 없었다.

차를 세운 젠자키는 병원 주변에 SP의 모습이 보이지 않아 수상한 생각이 들었다. 게다가 현관문이 잠기지도 않았다. 이미 위기는 지나갔다는 경비국의 판단으로 도모토 겐고의 경호는 해제된 것일까? 어찌 되었든 젠자키에게는 안성맞춤이었다. 인기척이 없는 안내 데스크를 지나 계단으로 2층으로 올라갔다.

복도에는 일면에 총알의 흔적이 남아 있었다. 고개를 들자 안쪽 병실에서 불빛이 새어 나왔다. 도모토는 그곳에 있다.

겐자키는 발걸음을 옮겼다. 지금부터 무슨 일이 일어날지는 스스로도 가늠할 수 없었다. 다만 사죄의 말만은 듣고 싶었다. 총으로 협박해서라도 그 썩어 빠진 권력자를 무릎 꿇게 하고 싶었다.

그때 병실에서 간호사가 뛰쳐나왔다. 겐자키는 걸음을 멈추었다. 비로소 안쪽 병실이 소란스러운 것을 깨달았다.

간호사는 겐자키를 보자 놀라서 멈춰 섰다. 그리고 물었다.

"경찰에서 오셨어요?"

조금 망설인 후에 겐자키는 대답했다.

"맞습니다."

"마침 잘됐어요. 연락 드리려던 참이었어요. 도모토 의원님께서 돌아가셨어요."

"네?"

겐자키는 눈을 크게 뜨고 꼼짝을 못했다.

"지금 뭐라고 하셨죠?"

"방금 사망이 확인됐어요. 오후 6시 12분입니다."

하늘의 심판일까. 도모토는 반나절 만에 병이 악화된 것일까? 그런데 간호사의 말이 그 예상을 뒤엎었다.

"사인은 급성 심부전이었습니다."

"잠시만요. 백혈병 아닙니까?"

"아니에요. 갑자기 심장 발작을 일으키신 것 같아요. 자세한 건 병리해부를 해 봐야 알겠지만……."

겐자키는 그 자리에 얼어붙었다. 후루데라에게서 들었던 이야기가 머리를 스쳤다. 1970년대의, 2차 대전 이래 가장 큰 비리 사건에서 네 명의 관계자가 모두 급성 심부전으로 사망했다…….

겐자키는 밖으로 고개를 돌렸다. 아까 차로 지나친 자는 전 보안부 직원인 고사카가 아니었던가? 게다가 경찰청 경비국이 전담했던 병원의 경호는 마치 침입자를 환영하듯 아무런 조치도 취하지 않은 상태였다.

"오늘 도모토 의원님을 찾아온 사람은 없었습니까?"

겐자키가 묻자 간호사는 두려움에 찬 표정을 지었다.

"있었죠?"

간호사는 고개를 끄덕였다.

"어떤 사람이었어요? 얼굴이 어려 보이는 남자였죠?"

그러자 간호사는 웬일인지 마음 놓았다는 듯한 표정을 지었다.

"경찰에서 오신 분요? 그분은 한 시간 전쯤에 오셨어요."

고사카가 이곳을 찾아온 것은 도모토의 증세가 급변하기 직전이 분명하다. 겐자키는 간호사에게 시선을 되돌렸다. 조금 전 두려운 얼굴빛을 보였던 이유는 무엇인가? 이 간호사도 도모토가 암살당했다고 생각하는 걸까?

"그 남자는 수상한 구석은 없었습니까?"

"아뇨. 잠시 병실에 들어가셨을 뿐이에요. 별로 수상하지 않았는데."

겐자키는 비로소 행간의 의미를 깨달았다.

"또 누가 있었습니까?"

"예."

간호사는 시선을 떨어뜨렸고 다시 표정이 경직되었다.

"복도 끝에 중년 남자 분이 서 있는 걸 봤거든요. 면회는 제한되어 있었으니까 이상하다는 생각에 간호사실에 확인했죠. 그랬더니 아무도 안 들여보냈다는 거예요."

"그 남자는 아무도 모르게 들어와 병실 앞에 있었다는 말씀이십니까?"

"그래요. 그것도 제가 돌아왔더니 모습이 사라졌어요. 그분이 언제 무엇 때문에 오셨는지 아무도 몰랐어요."

"그 중년 남성은 나이가 얼마나 되어 보이던가요?"

"쉰 살 정도였어요."

"생김새는 어땠나요?"

그러자 간호사의 얼굴이 순식간에 창백해졌다.

"안색이 안 좋은, 이렇게 말씀드리기 뭐하지만 마치 죽은 사람 같은……."

"죽은 사람요?"

"예. 직업상 돌아가신 분들을 평소에 자주 보거든요. 바로 그런 느낌이었어요. 그 사람을 본 순간 봐서는 안 될 것을 봤다는, 그런 공포를 느꼈어요."

겐자키의 온몸을 눈에 보이지 않는 얼음이 휘감았다. 설마 싶었으나 등줄기에 달라붙은 오한은 사라지지 않았다. 겐자키는 재킷 주머니에 손을 넣어 경찰수첩을 꺼냈다. 그곳에는 범죄 경력 데이터에서 인쇄한 얼굴 사진이 한 장 끼여 있었다.

"이 남자가 아니던가요?"

사진을 본 간호사는 어깨를 움찔하더니 고개를 끄덕였다.

그것은 곤도 다케시의 사진이었다.

야가미의 입원을 위해 1인실이 마련되었다. 그곳은 야가미가 그전까지 살아 본 집 중에 가장 쾌적했다.

수술 전날 새벽에 병실에 입원한 야가미는 오카다 료코 의사의 특별한 배려로 병원식 3인분을 다 먹어 치운 뒤, 청결한 침대에서 내리 잠만 잤다.

눈을 뜬 것은 밤이 된 후였다. 식사를 가져온 간호사는, 잠이 잘 오는 것은 아직 체력이 남았다는 증거라며 웃었다.

오카다 선생이 벌써 귀가했다기에 야가미는 큰 실망감에 또 잠을 잤다. 그렇게 잠과 식사만 반복하는 사이에 이식 당일 아침을 맞이했다.

아침에는 상쾌한 기분으로 눈을 떴다. 체력이 완전히 회복된 느낌이 들었다. 수술실에는 오전 10시에 들어가기로 되어 있었다. 야가미가 생전 처음으로 좋은 일을 할 시간은 3시간 30분 뒤로 다가왔다.

아침식사를 하고 시간을 때울 요량으로 텔레비전을 틀자 여당 간사장의 사망 뉴스로 떠들썩했다. 놀란 야가미는 빨려 들어가듯이 화면을 보았으나 사인이 급성 심부전이라는 외에는 자세한 내용은 보도되지 않았다.

미네기시는 어떻게 되었을까? 도모토 의원에게 원수를 갚았을까?

연예 코너가 끝날 무렵에 방문을 두드리는 사람이 있었다.

야가미가 대답을 하자 문이 열리고 몸집이 큰 기동 수사 대원이 느릿느릿 1인실로 들어왔다.

"어, 오랜만이야."

잠깐 동안 두 남자는 서로의 얼굴을 마주 보았다.

이윽고 야가미는 말했다.

"영감, 늙었어."

"벌써 인생에서도 고참이 다 됐지. 자네도 나이가 꽤 들었구먼."

후루데라는 웃으며 병문안 선물인지 과일 바구니를 침대 옆 탁자에 놓았다.

"이거라도 먹게."

"난 환자가 아니라니까."

"경찰을 대표해서 괜한 의심을 해서 미안하다는 사과의 뜻이야. 체포당할 염려도 없으니 마음 놓게."

야가미는 만족스러운 웃음을 흘렸다.

"면회 시간도 아닌데 들어올 수 있었네?"

"경찰증을 흔들어 보였거든."

후루데라는 벽에 세워 둔 간이의자를 끌어 와서 침대 옆에 앉았다.

"그건 그렇고 도모토가 죽은 거 알아?"

야가미는 고개를 끄덕였다.

"지금 텔레비전에서 봤어. 미네기시가 했나?"

그러자 후루데라는 입을 다물었다.

"아닌 거야?"

"아니야. 미네기시는 그 전에 죽었어."

"그렇군."

야가미는 낙담했다. 예상했던 사태라지만 너무도 아쉬웠다. 하지만 그렇다면 도모토 의원은 병으로 죽었다는 말이다.

"도모토의 사인은 언론이 발표한 대로야. 심장 정지에 의한 돌연사, 즉 타살이 아니라 자연사야. 그리고……."
후루데라는 목소리를 낮추었다.
"오늘 아침에 알았는데 보안부의 미사와도 죽었어."
야가미는 고개를 들었다.
"위저드도 죽었어?"
"도모토와 똑같은 급성 심부전이었어."
야가미는 의아하게 여겨져서 말했다.
"심장에 털이라도 났을 것 같은 자식이었는데. 무슨 일이 일어난 거야?"
"그걸 모르겠어."
조금 초조하다는 듯 후루데라는 말했다.
"사정을 캐내려도 보안부의 경비 태세가 삼엄해서 손도 못 대겠어."
"천벌인가? 어쨌든 그놈들은 모조리 지옥에 떨어진 거지?"
"그래. 결과적으로는 그레이브 디거의 목적이 달성된 거지. 되살아난 시체의 복수."
후루데라는 눈알을 이리저리 굴리며 말을 이었다.
"어쩌면 그놈들은 자신들이 지은 죄가 무서워서 죽은 건지도 몰라."
"그 뻔뻔한 놈들이?"
야가미는 자기 주제도 잊고 웃었으나 후루데라의 진지한 표정은 변하지 않았다.
"자네, 신이나 악마나 그런 이야기를 믿는가?"

야가미는 고개를 저었다.

"아니. 그런 건 사람이 지어 낸 거야."

"그래?"

후루데라는 뜻밖이라는 듯 야가미를 쳐다보았다.

"인간은 다른 사람을 축복해 주고 싶어서 신을 만들었고 다른 사람을 저주하고 싶어서 악마를 만들어 냈어. 내 말이 틀려?"

"자네, 자기 계발 세미나 같은 거 열지 말아. 다 속아 넘어가겠어."

야가미는 웃었다.

"신이 있는지 없는지는 오직 신만이 알고 있겠지."

후루데라는 웃으며 의자에 바로 앉은 뒤 병실을 둘러보고 말했다.

"그건 그렇고 자네가 도너라니. 이런 생각을 할 줄 몰랐어."

"나도 놀라워."

"돈은 있어?"

"쪽박 찰 신세야."

후루데라는 뒷주머니에서 지갑을 꺼내더니 야가미에게 3만 엔을 내밀었다.

"이래저래 돈이 필요할 거야. 받아."

"괜찮아? 박봉이면서."

"이제 곧 퇴직금이 들어와."

야가미는 놀라서 뻗으려던 손을 거두었다.

"내가 미네기시를 쐈어. 뒷감당은 내가 알아서 할 거야."

"사나이답군."

"내 유일한 장점이지."

야가미는 후루데라의 손에서 1만 엔만 빼냈다.

"나머지는 기부라도 해 둬. 골수이식 사업에라도."

"알겠네."

후루데라는 말하고 두 장의 지폐를 지갑에 다시 넣었다.

이 영감은 진짜 기부할 생각이다.

그때 밝은 목소리가 들리며 간호사와 오카다 료코가 병실로 들어왔다.

"안녕히 주무셨어요!"

야가미는 여의사를 향해 추파를 던졌지만 통하지 않았다.

여의사는 침대 곁으로 왔다.

"무슨 얘기를 그렇게 재미있게 나누세요? 이제 슬슬 가실까요?"

"그래."

야가미가 고개를 끄덕이자 후루데라가 엉거주춤 일어섰다.

"그럼 난 가 볼게. 수술 잘 하게."

"영감도 잘 살아."

후루데라는 미소를 지어 보이고 병실에서 나갔다.

"자, 야가미 씨."

간호사가 말했다.

"방을 옮겨서 수술복으로 갈아입으세요. 갈아입으시면 허리 근육을 이완시키는 주사를 맞을 거예요."

"아픈 거야?"

"사내대장부가 무슨 걱정이에요?"

여의사가 놀렸다.

"마취로 잠든 사이에 다 끝나요."

야가미는 침대에서 내려왔다.

"그 전에 화장실 좀 다녀올게."

"다녀오세요. 밖에서 기다릴게요."

여의사와 간호사는 함께 복도로 나갔다.

혼자가 된 야가미는 침대 옆에 있는 화장실로 들어갔다.

거울에 비친 천생 악당인 얼굴을 바라보며 자신이 도울 아이가 어떤 소녀일까 생각했다. 유치원생일까, 아니면 초등학생일까? 잘 웃는 아이일까, 아니면 울보일까? 친구가 많은 착한 아이일까?

한참을 상상하는 사이에 그런 건 중요하지 않음을 깨달았다. 그 아이가 부모에게서 사랑을 듬뿍 받는 아이라면.

야가미는 세면대를 잡고 무릎을 꿇어 팔에 이마를 대고 기도하기 시작했다. 기도를 올리지 않을 수가 없었다.

하느님, 꼭 그 아이를 살려 주세요. 이식을 성공시켜 주세요. 아무 잘못도 없는 어리고 순수한 생명을 빼앗아 가지 마세요.

무엇 하나 보답받지 못한 인생에서 처음으로 야가미의 마음이 희망으로 가득 찼다.

자신만의 신. 자신의 선한 마음이 만들어 낸 신에게 악당은 열심히 기도를 올렸다.

〈끝〉

해설
니시가미 신타 [에도가와 란포 상 심사위원]

"수영만 조금 했어."
"자전거도 탔어. 그리고 좀 뛰었지."
"철인 경기라도 나간 거예요?"

남한테 쫓기기 좋아하세요?
당연히 싫으시겠죠.
"여자가 하도 쫓아다녀서 뿌리치기가 여간 힘든 게 아니야."
이렇게 연극이나 만담에 등장하는 미남이 큰소리 칠 만한 경우는 빼고요. 쫓기는 쪽, 집착한 대상 쪽에 전혀 책임이 없는 스토커의 피해도 전혀 다른 차원이겠죠.
무계획적인 빚 때문에 돈을 돌려주지 못하는 사람이나, 지명수배당한 범인처럼 '자기 책임' 때문이라 해도 역시 남에게 쫓기는 것은 견딜 수 없습니다.

하지만 현실 세계는 그렇다 치고, 픽션의 세계에서는 쫓는 자, 쫓기는 자를 그린 작품이 매우 많습니다. TV 애니메이션 「톰과 제리」도 그렇고(예로 들기에는 좀 억지스러운가요?) 1965년~75년경에 대히트를 친 TV드라마 「도망자」는 영화화에 이어 작년에 일본판 드라마로도 제작 및 방영되었으니 보신 분도 많으실 겁니다. 추리극의 거장 알프레드 히치콕도 「파괴 공작원」이나 「북북서로 진로를 돌려라」라는 걸작을 남겼습니다.

소설 분야로 눈을 돌리면 모험소설의 고전 걸작인 게빈 라이얼의 『심야 플러스 1』이 제일 먼저 떠오릅니다. 그리고 역시 모험소설의 대가, 데스먼드 베이글리의 최고 걸작 『안데스의 음모』도 적으로부터 도주하는 과정과 적과의 투쟁을 극명하게 그려 냈습니다. 일본 작품으로는 지극히 평범한 회사원이 출장 간 오사카의 거리를 도망 다니는 오사와 아리마사의 『뛰어라, 동이 틀 때까지』가 인상에 남아 있습니다.

이렇듯 추격과 도주를 테마로 삼으면 저절로 박진감 넘치는 이야기가 됩니다. 또한 쫓는 자의 집념과 쫓기는 자의 공포, 초조함을 부각시키면 훌륭한 인간드라마도 덧붙일 수 있습니다. 남에게 쫓기는 작품이 오래전부터 끊임없이 등장하는 이유가 바로 이것입니다.

아무튼 이런 골치 아픈 이론은 제쳐 두고라도 독자와 관객은 쫓고 쫓기는 이야기를 아주 좋아한다는 말씀을 드리고 싶었습니다.

그런 여러분께 추천해 드리는 책이 바로 『그레이브 디거』입니다. 안 좋은 말을 늘어놓는 해설은 읽은 적이 없으니 침이 마르도록 칭찬해 봤자 의심스럽다는 삐딱한, 아니 실례, 신중한 분도 계시겠지만, 정말이지 이 책은 재미있습니다. 근래에 없는 뛰어난 논스톱 서스펜스입니다. 만약 중간에 읽다가 멈출 수 있는 분이 계시다면 얼굴을 한번 보고 싶습니다. 진짜 '환불 보장'을 내세워도 좋을 걸작이니까요.

이 책의 주인공은 야가미 도시히코. 어릴 적 비행의 길에 발을 들여놓은 지도 어언 10년이 넘은 사람입니다. 악당 얼굴이 판에 박혔고, 열 살은 더 들어 보이는 서른두 살의 소심한 악당입니다. 정치인의 성대모사로 사무실에서 감쪽같이 50만 엔을 가로채거나 조직 폭력배의 보험증을 위조해서 사채에서 돈을 빌립니다. 하지만 여고생들을 속인 뒤에 꽤 양심의 가책을 느꼈는지 남을 돕는 일을 하기로 결심합니다. 바로 골수은행 등록이었습니다. 그리고 드디어 이식할 환자도 찾았습니다.

11월 말 정오를 지난 무렵, 입원을 내일로 앞둔 야가미는 허전한 주머니 사정을 해소하기 위해 돈을 빌리러 오지의 아파트를 나와 아카바네에 사는 친구 시마나카의 집으로 갑니다. 그런데 시마나카는 손과 발의 엄지가 엇갈린 모습으로 묶여서 벌거벗은 채로 욕조에서 펄펄 끓고 있었습니다. 게다가 몸에는 십자 모양으로 보이는 상처가 남아 있었습니다. 하지만 놀랄 틈도 없이 방에 세 남자가 들이닥칩니다. 야가미는 시마나카의 노트북과 휴대전화가 든 가방을 집어 들고 베란다에서 상가의 아케이드 지붕으로 뛰어내려서 일단 추적자들의 손아귀에서 벗어나는 데에 성공합니다.

그런데 야가미에게 불리한 조건이 있었습니다. 야가미와 시마나카는 안전을 위해 방을 맞바꾼 것이죠. 자신의 명의로 빌린 방에서 살인이 일어났기 때문에 전과가 있는 야가미는 순식간에 경찰의 중요 참고인으로 수배당하고 맙니다.

한편 야가미가 말려든 사건에 앞서 네리마 구에서 자산가인 한 주부가 시마나카와 같은 수법으로 살해당한 채 발견되었습니다. 현장에 도착한 기동 수사대의 후루데라 형사에게 아카바네 사건에 대한 내용이 전달됩니다. 후루데라는 옛날에 소년부에 있었고 불량소년인 야가미 때문에 속을 썩였다는 인연이 있습니다. 그 뒤로 그날 밤 7시를 지난 무렵, 분쿄 구의 길거리에서 퇴근하던 여사원이 화살에 맞아 보이지 않는 불에 타 죽는 사건이 발생합니다. 경시청은 일련의 엽기 사건으로 떠들썩해지고 삼엄한 경비 체제에 들어갑니다. 물론 경찰의 첫 번째 목표는 야가미입니다.

한편 아카바네 현장에서 택시로 벗어난 야가미는 오늘 밤 중으로 입원할 병원에 들어가기로 했습니다. 사람을 도우려면 수상한 단체와 경찰에 잡힐 수는 없기 때문입니다. 하지만 기타 구 아카바네에서 병원이 있는 오타 구 로쿠고까지 그냥 가도 혼잡한 길은 월말과 주말이 겹쳐 평소보다 심하게 막힙니다. 그리고 야가미가 가진 돈은 단돈 1만 엔도 되지 않았으니…… 택시를 포기한 야가미는 스미다가와 강을 운행하는 유람선의 선착장을 발견합니다. 배로 아사쿠사까지 가서 전철을 갈아타며 병원으로 가자는 심산이었습니다. 그러나 정체 모를 추적자들은 바짝 다가오고…….

이렇게 도쿄의 북단에서 남단을 향한 도피극이 시작됩니다. 그것도 다음 날 아침까지 병원에 도착하지 않으면 이틀 뒤로 다가온

이식 수술을 받을 수 없습니다.

　야가미를 쫓는 정체불명의 일당. 그리고 그 일당의 뒤를 노리며 살육을 거듭하는 '그레이브 디거'. 야가미를 잡으려고 동분서주하는 경찰 조직. 사면초가인 상황에 시간 제한까지 붙습니다. 게다가 무작정 도망만 다니면 되는 게 아니라 병원에 골인해야 한다는 조건까지…….

　무기도 없는 맨주먹에 돈은 1만 엔도 안 되고(맨 처음에 택시를 탔기 때문에 이미 잔액이 7600엔으로 줄어든 상태)……. 여러 악조건이 겹친 상황에서 그의 골수를 학수고대하는 환자의 목숨을 구하고 '자신의 구질구질한 인생에 쫑을 내기 위해' 택시, 유람선, 전철, 렌터카, 자전거 등의 모든 교통수단에다 서커스 묘기에 가까운 필사적인 보행까지 해서 작은 악당의 대단한 도주극이 듬뿍 묘사되어 있습니다.

　이 작품의 매력은 스릴 만점의 도피극뿐만이 아닙니다. 중세의 종교재판에서 잔학한 짓을 한 이단 심문관을 죽인다는 무덤에서 되살아난 사자, '그레이브 디거'. 이 전설을 설정함으로서 작품에 스릴러의 색채를 곁들인 점도 놓칠 수 없습니다. 그런데 이 그레이브 디거 전설 자체가 역사적인 사실이 아니라 작가의 창작이라는 말에 정말 놀랐습니다. '거짓말'을 잘하는 것도 작가의 자질입니다.

　또한 야가미를 쫓는 일당의 목적, 그레이브 디거가 살인을 범하는 동기, 그리고 그 피해자들을 잇는 관계(Missing-link)라는, 이야기의 축을 이루는 커다란 세 개의 수수께끼도 마련되어 있습니다.

　이 작품은 마치 영화의 컷백 수법처럼 야가미의 도주와 경찰의 수사가 교대로 배치되었습니다. 모든 수단을 동원해서 도망가는 직선적인 액션 장면과 수수께끼 해명이라는 곡선적인 부분이 서로 공명하며 하나를 이루어 갑니다. 그리고 직선적인 도주소설에 그치지 않고 보안부와 수사부라는 경찰 내부의 대립 구도를 비롯해서 작은 악당인 야가미와 대칭을 이루듯 등장한 거대악의 존재, 나아가 사회질서를 유지하기 위해 취하는 방법에 있어 옳고 그른 문제 등, 제각기 현대 추리소설의 테마가 될 만한 중요한 요소들이 등장합니다.

　작은 악당이 자신의 모든 것을 건 하루 동안의 도피극. 당연히 즐거우실 겁니다.

　저자 다카노 가즈아키는 2001년에 『13계단』으로 제47회 에도가와 란포상을 수상하며 데뷔했습니다. 이 작품은 사형수의 면죄 문제를 다룬 추리극으로, 당시의 선고위원이었던 오사카 고의 "지난 10년 간의 란포상 수상작 중에서도 출중한 걸작"이라는 높은 평가를 얻은 바 있습니다.

　소설가로 데뷔하기 전에는 명장 오카모토 기하치 감독에게 사사하였고 그 후에 미국으로 건너가 영화 연출, 촬영, 편집 등의 기술을 배워서 귀국 후에 영화, TV 각본가로 활약했습니다. 이 책의 속도감 넘치는 전개와 기막힌 컷백은 정말 영화로 키운 테크닉이 있기에 가능했다고 생각합니다.

　이 책은 수상 후 첫 작품인 만큼 신인상 수상 작가를 평가하는 잣대가 되었는데, 높은 평가를 얻은 데뷔작이 결코 우연이 아니었음을 증명해 냈습니다.

그 밖의 작품에는 아파트 구입과 함께 낙태 수술을 선택한 부부의 아내에게 일어난 인격 장애를 그린 『K. N의 비극』, 천국에 가지 못한 자살자들이 이승으로 돌아와 자살 희망자를 돕는다는 SF적인 경향의 『유령 인명 구조대』가 있습니다.

모두 꼭 한번 읽어 볼 가치가 있는 최상의 엔터테인먼트입니다.

사족입니다.

저자는 집필에 앞서 아주 꼼꼼한 로케이션 답사를 실시했다고 합니다. 옷가게나 여관 등 야가미가 들른 장소는 한 군데만 빼고 모두 실제 있는 장소랍니다.

이 책은 출발점인 기타 구 아카바네를 기점으로 아라카와, 스미다, 다이토, 분쿄, 지요다, 주오, 미나토, 시나가와를 거쳐 종점인 오타 구의 로쿠고까지, 주로 스미다가와 강가에 있는 열 개 구를 이동합니다. 직선거리로는 대략 30킬로미터도 채 되지 않는 거리를, 야가미는 거의 60킬로미터 정도를 돌아서 도주합니다.

도쿄의 지리를 모르더라도 충분히 즐길 수 있지만 한 손에 지도4를 들고 위치를 확인하며 읽으면 더욱 실감이 나실 겁니다. 단 이 작품에 푹 빠져서 지도를 볼 틈이 있을지는 보장 못하지만요.

어서 1초라도 빨리 페이지를 펼치십시오. 지금부터 몇 시간 동안은 더없이 행복한 시간이 될 것입니다.

 밀리언셀러 클럽을 펴내면서

지난 수백 년 동안 소설은 기묘하면서도 교양 넘치고, 자유로우면서도 현실에 뿌리박고 있으며, 흥미진진하면서도 감동적인 이야기로 독자들의 사랑을 독차지해 왔다.

민담이나 전설 등에 비해 비교적 최근에 탄생한 이야기 형식인 소설이 순식간에 이야기 왕국의 제왕으로 올라선 것은 현대인들이 살아가면서 느끼는 희망과 절망, 불안과 평화 등 온갖 삶의 양상들을 허구 속에 온전히 녹여 내어 재창조함으로써 이야기를 읽는 기쁨과 더불어 삶을 재발견하는 즐거움을 주어 온 까닭이다.

사실 이야기를 읽음으로써 삶을 다시 생각하고, 삶을 생각함으로써 이야기를 다시 만들어 온 것은 인간이라면 피할 수 없는 숙명이다.

그런데도 최근 이야기의 제왕이라는 소설의 위기를 말하는 목소리가 점점 늘어나고 있다. 만약에 이 말이 사실이라면, 그리하여 사람들이 소설을 점차 외면하고 있다면, 핏속에 스며들어 있으며 뼛속에 틀어박힌 이야기 본능이 무언가 다른 것에 홀려 있음에 틀림없다.

사람들은 이제 이야기를 소설이 아니라 거리에서, 인터넷에서, 영화에서, 드라마에서, 광고에서, 대중가요에서 즐기고 있는 것이다.

'밀리언셀러 클럽'은 이러한 소설의 위기를 넘어서려는 마음에서 기획되었다. 국내뿐만 아니라 전 세계 각국에서 독자들의 사랑을 한껏 받은 작품들을 가려 뽑아 사람들 마음을 다시 소설로 되돌리고 이야기를 한껏 즐길 수 있도록 배려하였다.

'밀리언셀러'라는 이름을 단 것은 소설이 다시 사람들의 마음을 끌어 널리 읽히기를 바라기 때문이고, '클럽'이라는 이름을 단 것은 소설을 사랑하는 독자들이 이 작품들을 가운데 놓고 오랫동안 이야기를 나누기를 바라기 때문이다.

앞으로 '밀리언셀러 클럽'에는 예로부터 오늘날까지, 동양에서 서양까지 시대와 장소를 가리지 않고 널리 독자들의 사랑을 받아 온 작품들 중에서 이야기로서 재미에 충실할 뿐만 아니라 인간 본연의 모습을 확인시켜 줄 수 있는 소설들이 엄선되어 수록될 것이다.

이 작품들이 부디 독자들을 소설의 바다로 끌어들여 읽기의 즐거움을 극대화함으로써 이야기 본능을 되살려 주어 새로운 독서 세대를 창출하기를 바라는 마음 간절하다.

옮긴이 | 전새롬

1975년 서울에서 태어났다. 1986년 일본으로 건너가, 일본 사회 사업 대학을 졸업했다. 귀국 후 사회 복지 분야에서 일본의 선진 사례를 조사 및 소개하며, 번역을 겸해 프로그램 개발에 참여했다. 2007년 현재 출판 기획 및 전문 번역가로 활동하고 있다. 옮긴 책으로 『13계단』, 『그레이브 디거』 등이 있다.

그레이브 디거

1판 1쇄 펴냄 2007년 6월 29일
1판 10쇄 펴냄 2022년 1월 18일

지은이 | 다카노 가즈아키
옮긴이 | 전새롬
발행인 | 박근섭
편집인 | 김준혁
펴낸곳 | 황금가지

출판등록 | 2009. 10. 8 (제2009-000273호)
주소 | 06027 서울 강남구 도산대로 1길 62 강남출판문화센터 5층
전화 | 영업부 515-2000 편집부 3446-8774 팩시밀리 515-2007
홈페이지 | www.goldenbough.co.kr

도서 파본 등의 이유로 반송이 필요할 경우에는 구매처에서 교환하시고
출판사 교환이 필요할 경우에는 아래 주소로 반송 사유를 적어 도서와 함께 보내주세요.
06027 서울 강남구 도산대로 1길 62 강남출판문화센터 6층 민음인 마케팅부

한국어판 © ㈜민음인, 2007. Printed in Seoul, Korea
ISBN 978-89-6017-110-7   03830
㈜민음인은 민음사 출판 그룹의 자회사입니다.
황금가지는 ㈜민음인의 픽션 전문 출간 브랜드입니다.